网络文学名家名作导读丛书

乱世狂刀与《圣武星辰》

第四辑

房伟 著

肖惊鸿 主编

作家出版社

网络文学名家名作导读丛书

主　　编：肖惊鸿

第四辑编委：庄　庸　许苗苗　房　伟　周志强

　　　　　　西　篱　林庭锋　侯庆辰　杨　晨

　　　　　　杨　沾　瞿笑叶

序

20世纪90年代以来，文学与这个伟大的时代一道，经历了巨大的发展变化，其中一个标志性的现象，就是网络文学的兴起。以通俗大众文学之魂，托互联网与媒介新革命之体，网络文学如同一个婴儿，转眼已成为青年。网络作家们朝气勃发，具有汪洋恣肆的创造力，架构了种种可能的和不可能的世界。科技与商业裹挟着巨大变革中释放的青春、激情和梦想奔腾向前。时至今日，作者是有的，作者群体大到过千万人；作品是有的，作品总量已逾两千万部；读者就更多了，读者群体数以亿计。

网络文学是新生事物，也是一片充满活力的文化热土，是中国特色社会主义文学生机勃勃的组成部分。习近平总书记高度重视包括网络文学在内的网络文艺的发展，勉励广大网络作家加强精品创作，以充沛的正能量满足人民群众特别是青年一代对美好精神文化生活的新期待。

所以，这套《网络文学名家名作导读丛书》生逢其时，它将有助于探索网络文学艺术规律，凸显网络文学的艺术价值和社会价值，推动网络文学的主流化、精品化；同时，它也是精确的导航，通过这套丛书，我们将能够比较清晰地认识网络文学的重要作家和重要作品，比较准确地把握网络文学的发展历程和发展前景。

这套书的入选作者是目前公认的网络文学名家，入选作品是经过一段时间检验的代表作，而导读部分由目前活跃的网络文学评论家群体担纲。预计这套丛书的体量将达到 10 辑至 20 辑、全套 50 册至 100 册。无疑，这是一项浩大的工程，但也是值得耐心地、持续地做下去的工作。网络文学必须证明自己不是即时的快消品，它需要沉淀、甄别、整理，需要积累经验，逐步形成自身的传统谱系，需要展开自身的经典化过程。这套丛书就是向着经典化做出的努力。

这套丛书的主编肖惊鸿长期从事网络文学相关的研究和组织工作，她的眼光和能力值得信赖。尽管网络文学的理论建设近年来已经取得重大进展，但是，将理论落实为面对作品的、具体的分析和判断，实际上仍然是艰巨的课题，也是网络文学理论评论工作的薄弱环节。希望肖惊鸿和其他评论家们深入学习贯彻习近平新时代中国特色社会主义思想，以习近平总书记关于文艺工作和网络文艺的重要论述为指导，自觉运用历史的、人民的、艺术的、美学的观点评判和鉴赏作品，向现在的读者，也向未来的读者交出一份令人信服的答卷。

李敬泽

2019 年 3 月 7 日

于北京

目录

导读

选文

第一卷　异星崛起

导读

第一章
乱世狂刀与《圣武星辰》

乱世狂刀，原名李国瑞，1984 年出生于甘肃省会宁县，现居陕西省宝鸡市，纵横中文网白金作家，中国作家协会会员，甘肃省网络作家协会理事会成员。2014 年成为中国作协鲁迅文学院第一届网络作家高研班成员；2016 百度文学年终盘点成为"男生最佳作者"。曾多次在"橙瓜网络文学奖"评选中位列百强大神，并于 2019 年 7 月被评为首届甘肃网络文学八骏之一。

李国瑞曾解释笔名"乱世狂刀"的由来，"台湾布袋戏霹雳狂刀中的一个人物，就叫乱世狂刀，我很喜欢"。这个经典角色性情刚烈霸气、豪迈奔放，是个为爱执着不悔的血性男儿。乱世狂刀本人的性格如此，他的作品也被定位为男性向热血爽文。

自 2010 年开始网络文学创作以来，乱世狂刀笔耕不辍，代表作有《足球修改器》《国王万岁》《刀剑神皇》《御天神帝》《魔域》《圣武星辰》等。他十分擅长处理带有游戏色彩的故事，处女作《足球修改器》被认为是"竞技小说的巅峰"，曾登上百度风云榜前五十，被评为年度最受欢迎足球竞技小说；《国王万岁》掀起热血格斗流狂潮；《刀剑神皇》同时斩获中国移动阅读基地原创周榜、男频总榜双榜冠军；《御天神帝》2015 年在纵横中文网首发，稳居当年百度小说人气榜第一，改编的同名网络大电影于 2017 年在优酷视频独家上映，反响热烈，至今播放量高达 3411 万次，同年获得优酷分账 1300 万人民币，位居第一名；《魔域》是一部根据经典网游定制的带有西方奇幻色彩的魔幻文；《圣武星辰》入选第三届、第四届"橙瓜网络文学奖"百强作品。

乱世狂刀从一名职业网文写手到成为作品部部爆款的知名写手，颇经历了一番艰辛。他在红军长征会师地甘肃省会宁县长大，是当地2003年的高考文科状元，却因志愿填报失误，未被心仪的名校录取，只能选择复读。第二年，高考再得高分，成功考入南开大学哲学系。大学期间，乱世狂刀几乎把所有课余时间都花在图书馆，阅读大量古今中外的文学经典，构建了自己的知识体系。这时，他接触到《我是大法师》这部网络小说，瞬间惊讶于这种新奇的表达方式，获得了耳目一新的阅读体验，打开了一扇新世界的大门。他开始广泛地浏览各种类型的网络小说。

毕业后，乱世狂刀进入一家外企当董事长助理，文科出身、喜欢文学的他每天与数据、工程打交道。一晃两年，对朝九晚五的生活愈发疲倦后，他决定辞职，开始全职写作。2010年上半年开始创作第一部正式的作品《足球修改器》，幸运地碰上当年世界杯的热度，小说反响不错。证实了自己能力的乱世狂刀，做了第二个重要决定——离开大都市，移居陕西省宝鸡市。在这座山清水秀的历史文化名城，乱世狂刀完成了结婚、生子等人生大事，成家立业，实现了人生的第二次"逆袭"。

从众人仰望的县高考状元到网络小说作家，回望这十五年，酸甜苦辣交织。如今，再回想起2010年夏天，趴在出租屋里用一个旧笔记本开始动笔写作的情景，他这样描述：从一个憧憬未来生活的少年郎，变成了结婚多年的大叔，五本书一千七百多万字，我从未想过，自己能写这么长的时间。如今，乱世狂刀已身价千万，进入一线网文"大神"级别，他从不满足于现状，仍在不断琢磨读者、市场、作者与平台间的复杂变动，尝试着更多类型主题的写作，新作《仙剑在此》已经开坑。自1997年网络文学诞生至今，网络文学历经开荒的"青铜时代"，到百舸争流的"黄金时代"，再到当下推崇变现的"IP时代"，乱世狂刀在十年创作过程中展现的多元创作面向与勤恳的创作精神，是中国网络文学二十年的一个简短缩影。

《圣武星辰》从2017年7月开始在纵横小说网连载，2019年12月完结，是一部五百余万字的鸿篇巨制。它是乱世狂刀写作风格的一个大转变，是一种突破过去写作风格的挑战，主页标签是"升级""穿越""玄幻""搞笑"。此前的写作风格比较正派、严肃，《圣武星辰》更加轻松、诙谐。小说中的主要角色性格也有较大改变，与普通穿越小说的意外穿越不同，主人公李牧主动穿越，肩负重任学习本事，在不断修炼升级后，实现肉身横渡虚空，借助阵法星际穿越。与之前网络玄幻文对现代元素的描写较少相比，乱世狂刀增加了现代元素的比重。

《圣武星辰》多方面的改变体现了网络文学阅读群体的代际更新，"90后""00后"成为阅读的主力军，新世代对娱乐性、幽默性的需求大大提升。

对市场嗅觉敏锐的乱世狂刀，一直敏感于读者群口味的细微变化，也清醒地认识到玄幻小说中的世界观结构脱胎于现实生活，只是套着玄幻的外壳。《圣武星辰》注重细节的丰富与真实，用诸多形色各异的人物，支撑起构架庞大的星际世界。在这个相对完整的、逻辑贯通的虚拟世界中，现实的人性、社会问题、人情冷暖被集中呈现在读者眼前，并利用主人公李牧玩世不恭的外表，用一种轻松的笔调点到为止。既让年轻读者在小说中看到了自身面临的现实问题，又不至于过于沉重，大团圆式的"爽文"模式满足了网文阅读者对超越现实有限性的渴望。

地球人李牧不断打怪升级，终于跨越武道的最高等级"破碎虚空"踏入星河，本以为这个最高等级的领域，一定是高手云集、生活优渥。没想到，这里依旧等级森严，不少在各自星球中风光无限的大人物，虽然凭着过人的努力来到这里，但因为久久不能赚到足够的仙晶而妻离子散，虎落平阳被犬欺，只能靠出卖体力讨生活。他们曾经引以为豪的实力，在这里根本不值一提，就像井底之蛙一跃而出，看到真正的广袤世界后的无力与泄气。乱世狂刀写道："就像是地球上，那些通过努力学习，终于考上了985和211的大学生，还有那些初中毕业就进入社会来到大城市打拼的年轻人，他们也是各自地方的天之骄子，而等到进入到了大都市，才会明白，这天地有多广阔，这世界有多精彩……以及，这个世界上到底有多少的资源和财富，是小地方根本无法创造和享受的。所以，他们会拼命留在大城市。就像是破碎虚空进入虫境的原始世界的天骄雄主们，在踏入星河之后，会想办法在这星河之中立足，会将自己的亲人、传人和门人、朋友都接到星河之中，真正进入武道文明的主流社会。"

这样严肃正经的议论性文字，在《圣武星辰》中并不常见，短短数言饱含乱世狂刀的真情实感，不难看到他从复读的县城高考状元，到大城市打拼的外企上班族，再到网文写作大神的曲折心路历程。也说出了当下无数"小镇青年""农村青年""凤凰青年"的心声，主人公李牧的困境是无数青年所遭遇的现实，李牧的实力是我们无法企及的虚幻。

第二章

劳有所得，勤而有获，是读者最基本的期待

——《圣武星辰》作者乱世狂刀访谈

采访人：房伟、魏雪慧
受访人：乱世狂刀（李国瑞）

问：《圣武星辰》从 2017 年夏天，连载到 2019 年冬天，一共 500 余万字之巨。这部小说也见证了您为人父的过程，可谓意义非凡。可以谈谈创作的两年间，您遇到的最大困难在哪儿吗？

乱世狂刀：最大的困难其实都是在不知不觉中产生和改变的。风格和角色的性格转变要适应和理解。为人父之后可能在书中对弱小的保护更加明显。主角对人生和世界也充满了更多的理解和包容。初为人父教会我很多，对我来说是一种成长，对于作品来说也是一种升华。

问：这部小说架构了宏大的星际体系、武道体系，对人物、兵器和技法都展开了详尽的描写，要使它们逻辑自洽起来，有一定的难度，其中大部分是您创作前就已经有的构想，还是写作时的灵光一现？

乱世狂刀：构思和创作其实是两个部分，灵光一现的是这本书的概念与金手指，而整个脉络和剧情需要提前大量地构思和规划。并且每天创作都要进行小的构思，所以灵光一现的都是章节中的某一个点，而不是大框架。

问：《圣武星辰》在连载期间，您常常用后记、说明等形式，反馈读者的意见、汇报生活近况。您认为当下网文作者与读者的关系是怎

样的？您理想中的状态又是怎样的呢？

乱世狂刀：我觉得读者现在对作者都是一副恨铁不成钢的样子，他们希望作者更新更快一些，同时也更想参与作者的创作，所以在书评区会有很多催更和意见。我会把一些生活信息与读者交流，是想和读者拉近距离，私心希望读者更加理解我，理解网络作者这个行业，六千字从构思到创作需要 6-10 小时，但读者只需要几分钟看完。也需要读者对作品有更深的参与感。当下很好，少些暴力，多些鼓励。

问：在"男频"网文中，最常见的模式是小白不断打怪升级，最终达到巅峰。《圣武星辰》的男主李牧也是这个路线，您怎样看待这类被称为"爽文"的写作模式？您在写作中是否尝试过脱离这种同质化？

乱世狂刀：对这个说法我有不同的理解，网文最大的剧情设定就是努力奋斗，最终成就自己，因为普通的读者心中都有自己的理想。劳有所得，勤而有获。这是读者最基本的一种期待，写作当然需要脱离同质化，但是美好的初衷和读者所期待的根本是不能改变的。

问：《圣武星辰》是部大男主小说，男性荷尔蒙饱满，对李牧的心路成长、男性间的兄弟情谊，都有精彩的刻画。但对女性情感的描写，似乎弱一些。您有没有尝试过从女性视角看李牧以及这部小说？

乱世狂刀：一个作家在创作的时候，首先要给自己一个定位。如果我想写一部女性小说，自然要从女性角度去考虑。可我的读者群一直都是男性，也有一些年纪不大的读者，我想为他们勾勒出男主有血有肉、有担当、有正义感，我希望如果他们爱李牧，就成为李牧这样的人。而情感描写我觉得每个人面对情感都有不同的处理方式，没有对错。我不能给他们一个正确的建议，所以我选择尽量规避。

问：网络小说的衍生品和衍生产业的价值越来越可观。《圣武星辰》的有声小说也上线蜻蜓 FM，您对这部小说的改编和衍生，有什么规划与期待呢？

乱世狂刀：我很期待这本书能在影视和游戏方面早日上线，这本书其实可以看成一本英雄小说。李牧的个人思想和情节设定都是突显这一点。所以我很期待能进行改编。

问：您的更新速度十分惊人，一天可以达到三更，您是如何在生活和写作间保持如此旺盛的创作力？长期的高产，有没有给您带来什么困扰呢？

乱世狂刀：困扰其实还好，但是确实写作的时间会越来越长。除了要进行思考情节和创作，也要阅读大量的作品，丰富自己才能创作出更有实力的作品。除此之外，还要去看下读者的留言，读者的反馈是实时的，这样才能时刻把控自己的作品。

问：小说的男主李牧，虽然和武侠小说中的侠客一样仗剑走天涯，却没有怀着宏大的理想，似乎是一个实用主义者或功利主义者，这与当下年轻人的状态十分相似。您是有意这么处理的吗？

乱世狂刀：其实李牧有宏大的理想。在我的所有书里，李牧是肩负责任最多的一个主角。每个人对自己都有一定的认识，力所能及、为善为乐就是一种善良、一种高尚。一个普通人捡起垃圾扔进垃圾桶，我觉得这也是改变世界。每个人的高度不同，对世界的影响也是不同的。现在的年轻人我觉得很有理想，只是还没有到达能明显改变世界的年纪与能力，但不代表他们以后没有，或者以后不能改变世界。

问：在如此高速的写作中，您对文体和语言是否有专门的设想和规划？

乱世狂刀：网络文学的风格有很多，都要进行研究和分析。毕竟现在我们要了解大多数读者群体是哪些，包括对现在读者喜好的语言风格进行分析、设想与规划。

问：这部小说倾注了您大量的心血，也获得了大批死忠的粉丝和肯定，您在这部作品中还留有什么遗憾吗？

乱世狂刀：其实每本书结束之后，我都会进行一个反思，这本书中有哪些不足，只有认识到自己的不足才能有更好的突破。这本书其实倒是没有什么遗憾，只是觉得有很多不足，很多情节可以处理得更好。当然也要感谢我的读者，对我一直以来的支持和包容。

问：从 2010 年您在起点连载第一部真正意义上的处女作《足球修改器》至今，创作了许多部脍炙人口的作品。您有哪些网文创作的心得，可以给新写手们分享呢？

乱世狂刀：最大的创作心得，就是一定要热爱你所选择的这个行业，任何事情，都只有在热爱的前提下，才能做得更好。其次要多看书，多思考，熟悉网络文学的规律和特色，新人入行的时候，要对自己的特长有一个准确的分析，从自己擅长的分类入手，选择合适的网站，保持稳定的更新，和编辑多沟通，和同行多交流。要善于反思和调整，把握当下的思潮和热点。最后也是最重要的，不管是作者还是作品，都要有正确的三观，都要传递出积极的价值，要发挥出身为一个文字创作者在新时代的社会价值。

问：《圣武星辰》有不少道教元素，您是有意识地在创作中加入传统文化色彩吗？

乱世狂刀：是的，因为一直都对咱们东方神州本土宗教非常感兴趣，也一直都在学习道教、中国的历史传说与民间传说，这些与很多地区的风土人情都最为契合。

问：网络玄幻文学受西方奇幻小说和中国传统武侠小说的双重影响，您认为自己受哪一方的影响比较大？是否有意识地想要摆脱这些"影响的焦虑"？

乱世狂刀：我受中国传统武侠小说的影响最大。我觉得对于大部分网络文学作者来说，这都是适用的一个答案。"金古梁温"等诸多武侠文学大师，影响了一代人，创造出了太多太多的经典作品，塑造出了无数的经典武侠人物，寄托着大众对于侠义的憧憬。作为网络文学作者，我觉得不应该产生"影响的焦虑"这种心态，而是一定要继承这些先辈在小说创作中的思想光芒，同时也要结合当下时代、社会、文学的新形势、新内容，为自己的读者，提供更好、更优质、更健康的阅读体验。

问：有哪些传统文化或者古今中外的小说，对您产生了较大影响？

乱世狂刀：很多网络小说作者的阅读范围极大，并且文化程度较高，我从小学时代，就开始阅读四大名著、《岳飞传》《说岳全传》《水浒后传》《杨家将》《林海雪原》等各种经典的通俗小说作品，包括一些小人书、画册、杂志以及影像作品等等，之后开始接触武侠小说，以金庸、古龙、温瑞安、陈青云、上官鼎、云中岳、梁羽生等大家为主，其后开始接触网络小说，各种类型都看。大学时代，我在南开大学攻读的是哲学，受到了古今中外很多哲学家的思想洗礼，我觉得这些都对我的创作生涯，产生了巨大的影响。至于一些外国文学作品，则以各国的古代神话传说、神话体系的科普为主，也都是在中小学时代接触为多。

问：您保持着旺盛的创作力，一部接着一部连载，创作时间紧张，如何源源不断地获取灵感和素材来源呢？

乱世狂刀：一句话，读万卷书，行万里路。首先，现代年轻人获取信息的便捷程度，超越以往任何一个时代，只要拥有一台联网的电脑，一部开启了4G的手机，就可以在最短的时间里，获取到你所需要的知识，可以与无数同龄人在网上交流；其次，现代交通工具的便捷，也使得"行万里路"成为非常轻松的事情，作为一个网络作者，多看、多走、多思考，并保持对行业的巨大热爱，就可以保持旺盛的创作力。

问：您认为网络连载平台和网络写手间的关系是怎样的？

乱世狂刀：网络连载平台的出现，是网络小说行业持续发展的基础，让作者通过写作实现自己的人生价值成为可能，而作者持续不断的小说创造，是网络连载平台持续发展的最基础动力，我认为这两者是行业最不可缺少的两环，是相互成就、共同成长的关系。

问：从您走上创作道路至今的十年间，您觉得创作环境、读者和自己的创作心态有什么变化呢？

乱世狂刀：简单来说，2010年开始创作网络小说，我从破败的小出租屋到现在有了属于自己的房子，物质上的创作环境得到了极大的改善。更进一步，从行业发展环境来说，网络文学越来越规范，网络作者的社会价值和社会地位，也得到了极大的提高和改善，读者也越来越多，激发了更多有才华的作者进入这一行业。至于读者，就我而言，最早一批读者已经步入中年，新的读者也在不断地涌入，通过平时的交流看，大家对于小说内容的宽度、广度、质量要求越来越高，也更希望网络小说可以在价值导向、社会影响力、文化输出方面做更多的考量和提升，以我自己来说，作为一个从业者，从一开始将网络小说创作当成是一种分享、一份工作，到现在更希望能够以一个作者的身份，写出更多的精品，拓宽自己的写作范围，提升自己的写作能力，能够真正创作出一部乃至数部具有时代影响力的作品。

问：《圣武星辰》长达五六百万字，这么长的篇幅可能会"劝退"不少读者，您当初是如何设计这部长篇巨著的呢？

乱世狂刀：每一部网络小说的创作之初，都有一个鲜明的主题，贯串整个创作的始终，《圣武星辰》一开始的时候，并未预期到会有这个篇幅，毕竟创作是一件非常主观的事情。

另外值得一提的是，现在大部分网络文学作品的创作有两大趋势，第一是简短精品现实化，另一个就是长篇热度延续化，我觉得这两个都是很好的趋势，真正喜欢、了解网络文学的读者，都会接受这两种趋势，甚至还有一部分读者，每次选择书的时候，都对小说的长度有要求，字数不够的都会暂时"养"着，等到字数足够才来阅读。

问：相较于网络文学的虚幻题材，如今的传统文学更提倡创作现实主义题材，您对网络作家创作现实题材持什么态度？您有这方面的规划吗？

乱世狂刀：我觉得创作现实主义题材，对于网络作家来说，是一次很好的机遇，不仅可以提升自己写作的深度，也可以利用作者的影响力，来讴歌各行各业的劳动人民，赞美伟大祖国，宣传新时代的价值观，让自己的写作价值最大化，从而让网络文学整个行业都变得更有深度和力度。我在去年已经完成了一部现实主义题材作品《山花烂漫时》，今年依旧有现实主义题材的创作计划。

问：现在仍有一些声音质疑网络文学的经典性，您认为什么是文学经典？网络文学现在已经产生经典了吗？

乱世狂刀：在我看来，文学经典不应该区分类别，而是首先要具备广泛的空间传阅度，能够得到最广大读者的认可，引起绝大多数读者的共鸣；其次要具有卓越的思想内核，紧贴时代却又不局限于时代，能够具有一定的时间传阅度，具有相当长时间的影响力。我认为当下的网络文学已经产生了经典作品，而且将会有越来越多的经典作品诞生。

第三章
"草根英雄"的步步飞升
——《圣武星辰》故事梗概

2017年，陕西省宝鸡市一座古刹——燃灯寺，14岁的李牧刚以全校第一的成绩初中毕业。他父母双亡，自小被住持收养。住持从小传授李牧真武拳和先天功。他说，十八式真武拳可开山碎碑，十二重先天功帮助洗髓伐毛，让人陆地飞腾犹如神仙。

一日，李牧从屠宰场回到燃灯寺，住持告知，太阳系之外，紫微星域几大超级武道宗门，要修筑史无前例的大型传送阵法，方便对银河系南部星域开发，阵法仙力脉冲正好途经地球，地球即将拆迁。住持要送他离开地球。住持说超级武道会直接将地球摧毁。但前期工作需要约地球时间的20年。必须送李牧去紫微星域的一个低级武道星球。20年之内，若李牧能修炼到打破星球束缚壁垒的力量，方能化解地球危机。住持启动"九星通天阵"，李牧随即消失。同班"校花"王诗雨和一只哈士奇误入，一同消失于天阵。

李牧穿越到文化和认知程度都与地球相仿的"神州大陆"，类似古代中国。他穿越成为李牧公子，年少有为，刚考取文进士，上任大秦帝国太白县县令，书童清风和明月侍奉左右。黑暗势力血月帮，正在追杀李牧。多年修炼的真武拳和先天功，使李牧逃脱了追杀。李牧与两位书童抵达太白县城。思考再三，李牧决定顺水推舟，担任太白县的县令。

前任县令辞官至今，太白县陷入混乱状态。经过细致观察，李牧发现县城掌控在三人手中：县丞周武是根深叶茂的地头蛇；主簿冯元星出身不高，依附周武；典史郑龙兴乃血月帮四大香主之一，是暗杀李牧的幕后黑手。三人暗中掣肘，要架空李牧。冒名顶替的李牧，倒也乐享特权，迷惑这些心怀鬼胎的陌生人。与此同时，李牧发现神州大陆有与地球迥异的灵气，体内的力量开始暴涨，练起真武拳和先天功，事半功倍。此后几日，李牧潜心修炼，先天功和真武拳一内一外相辅相成，武力以难以想象的速度飞升。

县城四大帮之一的神农帮视生意红火的药铺为眼中钉，将药铺主人殴打致死，冲击医馆，打死衙卫，抢走鸣冤的母女。李牧怒火爆发，孤身前往神农帮总舵伸张正义。这一切都是县丞周武的设计。他与主簿冯元星合力，嫁祸神农帮的背后势力郑龙兴，并想借机除掉李牧。可万万没想到，李牧却是武道高手，不费吹灰之力手刃四大金刚，清除了陈年毒瘤。郑龙兴被李牧一箭秒杀，冯元星为表忠心，将周武砍死。神农帮一战，李牧确立铁血县令地位，改变了太白县格局。李牧受了些伤，修炼半日先天功后，伤口自愈，五官感知也再度提升，真武拳更加得心应手。正当他沉浸于喜悦时，县城外周武的父亲，欲请太白剑宗高手出马复仇。

初来乍到，衙卫都头马君武成了李牧的心腹。李牧通过他了解这个星球的秩序：三大帝国和九大神宗共治天下，此外还有千万大小宗门，宗门弟子不受世俗法律约束，武道力量主宰国家命运。武道修炼境界，由合力境、合气境、合意境层层递进。李牧收到名震西北武林的血月帮帮主"血月魔君"的挑战帖。李牧正要认怂，却得知女书童明月已替他应下挑战，只得四处搜罗战技秘籍，以"五行拳"和"疾风刀法"起手，得知府李刚的小儿子李冰的"移肌换骨变身"的易容功法，将"疾风刀法"简化成"风云六刀"。他潜心修炼时，太白县江湖人士争斗频繁，一位名叫断水流的男子，自称是李牧的师兄，帮助李牧将县城的局势稳定住了。清风寨寨主"一刀断魂"带领土匪前来复仇，被李牧出奇招击毙，李牧的功夫又有大进。

为保护书童明月，在天龙帮与虎牙宗对决中，李牧激怒两大宗门，索性至擂台与两名武士过招。两大宗门都为其实力震惊，纷纷求饶，青龙帮全军覆没，"正阳剑"被收缴。县衙大牢，关押多时的知府公子李冰，惊恐地看着数十名重伤的武林强者被拖进来。李牧让高手两两过招，胜者可毫发无伤地离开。武士们用尽毕生功力自保，李牧在旁乐学其技。

马君武禀报，一个盲眼道人带着一只乌鸦闯入县衙捉走明月，称她是妖魔。李牧辩驳不过索性动手，发现引以为傲的拳力犹如打入棉花。空中一股神秘力量凝聚，几根光柱织成巨大牢笼，将李牧和明月困住。一个老乞丐骑着肥狗缓缓而来，劝道人勿要杀戮，提出收明月为弟子。争辩正酣，李牧借机以先天功恢复元气，趁道人不备，打中其左腿。

此时，潭水中突现恶蛟，盲眼道人与之激烈斗法。一位白发的年轻人冲出，解救了众人。他是西秦帝国三公主秦蓁的谋士王辰。三公主为当今秦皇所恶，连同一母同胞的小皇子秦政被逐出国都。随后，情杀道、天狼道高手也闻风而来。他们使出毕生绝学，高级武道和法术目不暇接，李牧马上默记，暗暗练习。他发现自从蛟出现，明月安静得反常。老乞丐解释，这是蛟龙阳气压抑下，明月体内妖灵退缩。若要帮助明月，只能借用蛟血。听罢，李牧立刻借助法术，将一块巨石掷向蛟龙，震撼了在场所有人。面对共同的利益，他们并肩作战。李牧与巨蛟展开激烈搏斗，终于将蛟角割下。白发青年突然偷袭将之抢去，消失不见。李牧只能再度剑斩蛟头，瞬间鲜血激射在李牧嘴里。白发年轻人去而复返，还多了几个人，其中有宗师境高手——情杀道长老卫充。焦急之际，李牧将凝固的蛟血交给老乞丐，叮嘱他看好明月。李牧见势要跑，卫充紧追不舍，其余高手紧跟，老乞丐带着明月消失。盲眼道人还留在原地，杀蛟是他唯一的念头。虚弱的李牧一次次被巨锤砸中，渐渐失去神志……

不知多久，李牧清醒，发现身处山洞。一个低沉的男声传来，定睛一看，竟是初入太白县那日曾有恩于自己的中年男子。李牧尝试用先天功调节身体，几个时辰后，身体发生了不可思议的变化，随着身体啪啪作响，一个更强的李牧诞生了！郭雨青对眼前生龙活虎的李牧难以置信。郭大哥是名草原汉子，武道深不可测，他们一见如故，交流起练武心得，郭大哥甚至将自己的上等功法"我心天箭"倾囊相授。

县衙内的手下们急得团团转。长安府知府大人的使者——"黑心秀才"郑存剑突然莅临。他表面携新任县丞和典史赴任，实则是寻找正在大牢的知府公子李冰。确认公子被关押，郑存剑开始刁难李牧的手下。另一边，正值盲眼道人闯县衙时，为子复仇心切的周镇海，企图挑起宗派势力复仇，借刀杀人。太白剑派发现四位弟子在县衙内被害，在周镇海的煽动下，断定是李牧所为，决心报仇。对这些浑然不知的李牧，正与郭大哥把酒言欢，歃血为盟，结为异姓弟兄，好不温馨。

次日，李牧回到县衙，发现兵卫换了人，暗说不妙。旋即目睹了李冰对自己心腹采用的十八般残忍手段，怒不可遏的李牧一一复仇。大夫直言清风恐怕要失去双腿。他想到自己身体内流淌着蛟龙血液或许能帮助清风，但刀剑却无法割开皮肤。一波未平一波又起，太白剑派院长周镇岳携三十弟子，纠集天龙帮、虎牙宗等诸多门派中人，在县衙外求见李牧，请他为杀害周武及四名弟子给太白剑派一个交代。

李牧见无沟通必要，接受周镇岳的江湖规矩：若接住周某两剑，今后相安无事。两人即将动手，情杀道长老卫充突然出现，高喊着要亲手宰了李牧。宗师级巅峰境界的卫充被脱胎换骨的李牧甩起狠狠砸在地上丧命。见此情形，周镇岳苦笑着作废两剑之约，愿意留下做俘虏，请求放过太白剑派弟子。女弟子赵翎见状，激动得要求做俘虏。得知她医术高明，是太白剑派最年轻的药师，留下或许能保住清风双腿，李牧当即同意。

李冰和郑存剑仍囚于县衙。郑慌乱中称呼李牧为"二公子"，李牧才惊讶得知这个世界的李牧，居然是知府大人的二儿子、李冰同父异母的弟弟。当年，知府乃一介穷书生，李母是西秦帝国一个贵族世家美貌惊人的千金。知府高中探花，费尽心机抱得美人归。在世家扶持下，一步步掌权长安府，但在世家失势后忘恩负义，苛待李母。李母独自抚养李牧长大，并在李牧与父亲冲突出走后饱尝虐待，身边几个忠心侍女也下场凄惨。听了李牧本尊坎坷的成长经历，地球人李牧陷入同情。他来到这个星球，冒名顶替了李牧，理应承担起李牧的责任。如今，李母身处水火，他决定出发长安拯救这个苦命的母亲。

为保护太白县，李牧开始研究风水和阵法。他借用近期搜罗来的材料，对四周的地势、草木、流水改造一番，聚气、纳气守护县衙。王辰想拉拢李牧保护公主，但三公主想到李牧搜刮江湖人士宝贝的贪婪和几次打斗时的残暴，愈发反感。县衙中的赵翎了解到太白剑派与李牧仇恨的来龙去脉，目睹了李牧割腕放血的决绝，对他的看法大为改观，想尽办法保住了清风的双腿。李牧对现状逐渐放心，却总嘀咕着老乞丐与明月的下落。

安排好琐事，李牧带着郑存剑上路，日暮时分落脚平安镇。李牧看到路边一个经营惨淡的面摊，一位面黄肌瘦的老妇人，带着一个小丫头勉强支撑。一位年轻的持剑白衣女子好心给小丫头一颗金锭，吩咐不用找了，把老妇吓得不轻。几个泼皮垂涎金锭，正欲抢夺，被李牧化解。老妇劝阻他快快离开官恶勾结的平安镇。

老妇和丫头匆忙回家，泼皮团伙紧跟其后。正欲行凶，李牧及时化险为夷。为使她们有自保能力，李牧传授小丫头"长生炼气诀"。另一边，白衣女子潜入泼皮老巢，歼灭不少歹人后，却陷入重重机关，被赶来的李牧所救，女子赠予"流风剑术"秘籍。继续勘察现场，李牧有了意外收获。穿过地下暗门，他来到一个庞大密室，除金银珠宝外，他吃惊地发现祭坛绘制的图案，竟与高科技金属探测器如出一辙！支架、太阳能电板、雷达、金属履带一应俱全，甚至印着四个英文字母——NASA。官府卫兵赶来，在势力广布的郑存剑帮助下一切有惊无险，平安镇恢复宁静。

第二日傍晚，李牧抵达西秦帝国首都长安。热闹的街道上花车车队拉着数十名从大草原捉来的女奴。如此展览意在吸引目光，三日后拍卖出高价。大草原不属于西秦、北宋和南楚三大帝国，由游牧民族统治，是一个诸多部落联合组成的政教合一的联盟式大势力。李牧联想到同样来自草原、身世成谜的郭大哥。

郑存剑引着李牧来到贫民区的"赶猪巷"，这里地面泥泞，气味难闻，李母寄身此地一个小院落。才进院子，李牧看到衣衫褴褛的李母，正抓扫帚护着被丈夫诬陷偷窃食物的少女、李母曾经的丫鬟春草。李牧亮出身份，双眼失明的李母这才知道儿子回来了。知府的大儿子、李牧同父异母的兄长李雄得知李牧归来，赶来小院，以兄长身份威逼他服软，但他和援兵都被李牧轻松制伏。回到李府，李刚面色平静地听完儿子的汇报，反而劝告他遇事应喜怒不形于色。打发走儿子后，李刚五指一动，幻化出一缕黑色雾气，暗语几句，便像黑蛇般消失在黑夜……李雄来到只有少数人能进的后院，在一道厚重的金属门前伸手稍停留，门自动打开。居然是指纹检测系统，随后是虹膜检测。层层确认后，到达这座陈设与地球的科技产品一模一样的地下金属宫殿。一个身段妩媚的女人正在煮茶，她是李雄的生母"凌霄医仙"。这个声音销魂的女人一转身令人作呕，一张长满肉瘤的脸，黑牙参差不齐。

为保护李母和春草，李牧决定在长安期间落脚小院，并施以阵法改造。陌生人只能凭专有玉牌进入。李牧准备接几位丫鬟与母亲团聚。第一站是大丰商会。李牧发现受了酷刑、奄奄一息的丫鬟夏菊，忙用道术相救，愤怒之下将后院化为废墟。第二站是城中颇负盛名的天剑武馆，这里炼丹房、禁闭室、刑房等一应俱全。在最深处的地窖，密布着各种狰狞尸体，秋意死状极惨。天剑武馆付出了代价，武馆接班人张吹雪被杀，被监禁的高手、异能者趁机逃脱。馆主张乘风发誓复仇。

天剑武馆深处，张乘风请老祖宗"天剑上人"出关相助。献祭两名女弟子后，老祖宗应允。有了老祖宗撑腰，他们立刻约李牧三日后一决生死。长安武道界被"天剑上人"挑战少年大宗师的消息搅动，甚至惊动帝国高层。当事人李牧却对生死之战不以为意，布置起小院，取名"陋室"，十分应景地附上《陋室铭》。这篇奇文迅速传播，增加了李牧的传奇色彩。纷扰之际，王辰与三公主一行到达长安，与来自草原的援救队几乎同时抵达。

夜幕时分，郑存剑领李牧来教坊司开眼界。容貌绝世的头牌花想容，曾是皇商的千金小姐，一向卖艺不卖身，最近却毫无征兆地宣布开窗，不要金银珠宝，才华出众者便可入幕。几个月下来，竟无人能打动芳心。李牧以汉代李延年的《佳人诗》，敲开佳人心扉。花想容莺歌燕舞配合丝竹乐声，令李牧如过电一般。先天功在体内飞速运转，竟修炼出内气，眉心出现一只二郎神同款"天眼"，眼前所有人在他眼里都成了赤身裸体。李牧体内先天功再次共鸣。花想容是"先天道体"，功力比太白县的"天罡地煞阵"更强。出了闺房，面对一群酸臭文士的嘲讽，李牧亮出武力。花想容对眼前的书生刮目相看。几首"剽窃"地球古人的诗词接连传出，令暗中观察的李父也不得不佩服。

李父派出的黑雾无法攻入李牧施法的陋室，他更对弃子的武道颇感意外。李牧潜心修炼，希望步入宗师境后的"先天境""天人境"。神州大陆中的天人境强者，能掌控万千生灵生死。再往上是"圣人境"，被称为无敌至尊。之后的"破碎虚空"境从未出现，传说达到此境，能白日飞升抵达仙界。

与天剑武馆的决斗终于到来，三教九流纷聚围观。李牧用郭大哥传授的"我心天箭"对抗"天剑上人"的"天剑三十六式"。胜负已定之际，"天剑上人"吞入一颗取一万滴心头精血炼成的红色丹丸。瞬间红色在每一寸肌肤蔓延，变成二十岁左右的年轻人，众目睽睽下晋入先天境。李牧的天眼洞察了对手的变化过程，找出其弱点，使出真武拳最强一式，眼前的一切化为千万张碎片慢慢消融，所有人呆若木鸡。

取胜后，李牧趁热打铁来到花想容处，借先天道之力将刚才的感悟更上一层。随着佳人起舞，他的武力、体力和感受力再度提升。李牧在护法体内种下寻踪术法，找到长安城内的血月帮总舵，前去一探究竟。途中却遇见平安镇的那位白衣女子中了毒，正被三位大宗师境的强者围困。李牧用变身术化为老者挺身相救，得知女子是帝国皇室追捕之人，再次被她纤尘不染的美貌吸引。吸收了李牧含有蛟龙精华的鲜血后，女子苏醒，谢过李牧便消失于绿树山林。李牧误入长安府最大的军墓，碰见平安镇卖面的老妇和小丫头。她们苦苦哀求，却因钱不够被守卫挡在门外。正义感驱使李牧大开杀戒，顺手杀死了帝国镇西王最喜爱的小王爷。打斗后，李牧看到了一群身负重伤的战士亡灵，领头将领感谢李牧的义举，承诺日后一旦需要，墓园的沉睡大军可提供一次帮助。残影们随即消失，令李牧恍惚间以为是幻觉。翌日，李牧送李母等人赶回太白县。他欣喜地看到清风好了不少，教他简易版"先天功"自保，又增强了太白县的阵法，当天折返长安城。李牧来到军墓，找到地下灵脉的中心，作为修炼润滑剂的内气终于诞生，成功练就真武拳第四式，迈入先天境。种种传闻到了当今二皇子耳中，几次派人送帖招纳李牧，被直接拒绝。

李牧见花想容体质特殊，是习武的绝佳材料，便传授她"神女先天功"防身。花想容进步飞速，容貌愈发可人。花想容在妈妈桑的恳求下，同意参加一年一度的花魁大赛。二皇子知道李牧与花想容交好，故意重金支持其他名妓。遭到花想容拒绝后变本加厉打击，但也没能阻止她夺冠。女奴拍卖紧随其后，李牧受到顶级贵宾待遇，为救人而来的王辰等人自然也到场。竞拍开始，李牧连续拍下十几位落难千金，花了十几万金之多，引起窃窃私语。草原女狼神卫近乎赤裸被押上舞台，草原来的势力陆续拍下十名，付出近七十万金的天价，令人咋舌。接着，一个三四岁的幼女上场。主持人介绍她是将军唐崇的小女儿唐蜜，这是教坊司有史以来拍卖过的品秩最高女眷。三公主、草原势力和曾与唐崇有怨的帝都禁军主将之子，展开激烈竞价，三十五万金的天价落锤，被三公主拍下。唐崇的大女儿唐糖正值妙龄，被抬至天价，三公主无力出价。李牧匿名送去一百万金的银票解急，并以白银鬼笑面具人的身份，花八十万金买下唐糖，转手送给三公主，与妹妹唐蜜相聚。李牧的天眼洞悉周围的一切变化与交谈，他知道二皇子想对自己下手，也弄清了竞拍者的不同动机。李牧通过草原女战神青烟身上与郭大哥一样的长弓刺青猜测到郭的身份。李牧解救被囚禁的唐夫人于危急，唐家遗孀跟着三公主一行开始逃亡。

二皇子手下的僵尸老者奉命取李牧性命。李牧与草原势力——射月部落合力，反杀成功。不料，射月部落的宿敌——蛛神殿与秦人合作，要消灭射月部落。李牧出手相助，得到信服。这才得知神箭无双的郭雨青是神州大陆四大神射手之一，因与草原的敌人、九大神宗之一的"问道学院"圣女刘芷沅暗通款曲，未婚先孕，决然私奔，杳无音信。传说他们有一件天外至宝，江湖中人多年来都在追寻他们的踪迹。草原女战神青烟正是郭大哥的侄女。教坊司内，二皇子的手下围困花想容。李牧快速制伏歹人，带着佳人永远地脱离教坊司。官方开始悬赏通缉唐氏遗孀一行，背后势力正是二皇子。他密切监视李牧行踪，其势力幽冥宗，是西秦帝国的大宗门，幽冥宗主闭关百年，晋入天人境。经过反复参悟和练习，李牧学会御刀飞行，实现了飞翔的梦想。

长安城内的两大书院——凤鸣与寒山，素来竞争激烈。寒山野心勃勃，希望一家独大，联合情杀道高手主动挑衅凤鸣，烧杀抢掠。李牧仗义出手，立马收到"赤发杀神"张不老的杀帖。三日后，大战如约而至。李牧利用天眼偷学对手天地之力的技法，终于也跃入天人境，借助道器"五行翻天印"屠杀张不老，收缴了丰富的战利品。两人酣战之际，血月魔君趁机劫掠花想容，被花想容借助法器击退。花想容被从天而降的金色指印所伤，功力尽废。李牧全力将她救回，传授新功法。金色指印的来源，只有李刚的法器"镇天鉴"能查明。

一日清早，"陋室"前蜷缩着一小白狐，主动亲近李牧。经郑存剑调查，白狐乃妖狐族后裔，它受到惊吓，退回狐族形态。为查明伤害花想容的凶手，李牧几番登门拜访李刚方见真容。李刚想联合李牧师门，斩杀二皇子，以此为交换条件开启镇天鉴，查明金色指印的幕后黑手正是二皇子。

唐夫人和三公主一行，藏身长安城一群落魄江湖浪人组成的雄风武馆，帝国巡逻队对这里发起总攻，幽冥宗主也加入战斗，他们均受二皇子指使。前来帮忙的李牧奇招尽出，李刚也现身现场，他位高权重又文武双绝，二十年前被认为是西秦帝国的四大神话之一。在帝国接班人的政治站队中，李刚旗帜鲜明地支持当今太子，引起二皇子的杀心。父子配合，须臾间断送幽冥宗主的性命。二皇子亲自出手，李刚和二皇子开始了仙人间的生死较量。

二皇子自以为胜负已决，召唤出当今圣上秦明帝圣旨，宣布李刚心存反意，秦明帝命二皇子前来就地格杀，夷灭九族。李刚置之死地而后生，使出当年名震天下的"红尘意中剑"，唤出另一道圣旨，内容与刚才截然相反：二皇子勾结外臣心存不轨，命长安知府李刚格杀勿论，将首级送入帝都。突如其来的转变难辨真假。李刚引用天地之力，封锁雄风武馆方圆百米内的空间企图困住二皇子。二皇子化为嗜血狂魔，打得李刚几乎虚脱，却被李牧瞬间使出的道家印法砸进黄沙，邪魔之气生生震散，一刀毙命。众人恍然大悟，多次救唐氏遗孀于水火的白银鬼笑面具人就是李牧。长安城诸事已解决，李牧带着花想容等人返回太白县。在法术的保障下，太白县百姓安居乐业，赵翎的医治也使李母恢复了一些视力。欣喜之际，他不忘询问明月的下落。

秦明帝仍在闭关，试图冲破天人关隘获得永生，各大派系明争暗斗，局势混乱。李牧肩负二十年之内到达破碎之境、拯救地球的重任，唯有更快速地打怪升级才能完成这个不可能的任务。他得知带明月消失的老乞丐乃是北宋第一大帮——丐帮的大长老，已回北宋。赵翎感受到了太白县惊人的灵气变化，目睹了百姓生活的节节攀升，对李牧刮目相看。赵翎的哥哥赵羽是三公主手下一位年轻有为的剑术高手，前来拜访李牧，一是想接走妹妹，二是太白剑派已查明杀害四名弟子的真凶是周镇海，特来向李牧道歉。李牧应允。

郑存剑禀报近日情况，二皇子余党镇西王意图谋反，被几位太子齐力挫败，李牧曾杀死他最喜爱的小儿子。其次，朝廷任命的新太白县令三日后到达，是帝国神宗关山牧场的一位入室弟子黄文远，其父是镇西王义子。黄文远四处闲逛惹是生非，引得百姓击鼓鸣冤。李牧将不可一世的黄文远正法，展现了他神通般的实力。太白县内李牧激发的圣人之力，引出天象异动，大家都感到武坛新霸主诞生了。与此同时，长安城内的李刚也借助镇天鉴证明了李牧的圣人境，心中隐隐不安。李牧偶然得知有一种来自天外的星辰石，对天人境的修炼大有裨益。他以化解郑存剑体内的生死符为条件，命其收集信息。自此，两人结束从属关系。

痛失爱孙的关山牧场副场主黄圣意，得知李牧极有可能是凶手，马不停蹄杀到太白县。李刚和太白剑派掌门赵雪前来观战。与李牧定下决战的血月魔君，赶紧回去闭关保命。黄圣意成为李牧之囚，号称关山城第一铸器大师的他，为求自保答应帮李牧锻造宝刀。在轮回刀的配合下，李牧武力飞升，成为西秦帝国的"准圣人"。原本想让李牧替罪的太子连忙补过，册封他为太白王，太白县升为太白城。身处绝境的镇西王公然叛乱，也向李牧送去厚礼示好。李牧对礼物来者不拒，对使者一概不见，直到北宋使者送去一首李白的《静夜思》，李牧瞬间意识到神州大陆存在其他地球人。诗是北宋八贤王的义女所写，她乃贤王微服私访时所收，名诗雨，封号还珠郡主。李牧确定她就是自己的校花同桌王诗雨。

关山牧场的"刀客"邱引，被认为是西秦帝国年轻一代中武道第一人。他与李牧气味相投，痛饮美酒切磋刀法心得。邱引令他想起郭大哥，提议一同前去拜会。两人当即御刀飞行，寻至山中郭大哥处。

郭雨青的师弟——江秋白，顺着李牧使出的我心天箭线索找到郭，威胁他交出传说中仙王之墓的钥匙。李牧还未出手，便被一只金色的狼形巨爪轰飞，江秋白翩翩离去。三人在郭雨青家喝酒谈笑，突然被太白城方向的一阵震动惊扰，连忙飞奔回去。江秋白攻破李牧的法阵，抢走花想容，要郭师兄带着钥匙，去大草原狼神殿换人。三人决定十日后出发去大草原救人。

一切安顿妥当，长安城传来消息，征讨镇西王叛军的部队突遭重创，知府李刚身负重伤，这背后似乎有天外神魔之力。十天后，邱引失约。李、郭在龙城关停留一天等候。关内第一大营——铁剑营勾结大草原蛛神殿意图谋反。李牧曾在平安镇出手相救的老妇人领着孙女，随儿子生前的部队在此生活。小丫头被大草原蛛神殿使者觊觎，陷入险境，李牧与蛛神殿展开搏斗，最终全身而退。百里之外的草原，射月部落正与蛛神殿展开厮杀，族长被斩，女武神郭青烟命悬一线。李、郭飞奔前往。蛛神殿之主，一招之间被郭大哥射下头颅。片刻后，他居然用蛛丝编织出一个新身躯复活，被"我心天箭"化作齑粉。

花想容抱着小白狐，被江秋白押往大草原。江秋白一路风度翩翩，路遇饥寒交迫的百姓，不吝出手相助。纪律严明宛如军队的白狼群乃是草原神兽，白狼王被称为光明皇帝，有准圣级战斗力，各大帝国无不忌惮。白狼王现身，居然是一只比普通白狼还小的、略显谄媚的哈士奇。江秋白观察到大草原风雪异常，如此下去将民不聊生，决定一探究竟。他带花想容回到只有神能进入的神狼殿，哈士奇竟也穿破隔绝阵法紧随其后。宫殿里出现了两位不速之客——"邪剑魔圣"顾半生和大水川戏浪师。他们听说今天是长生天一千年开启一次之期，有机会直入破碎虚空。唯有神狼殿能找到长生天入口，便铤而走险，最终二人负伤而逃。

感应到危险袭来，江秋白用气息隐藏自己与一人一狐一狗，走向长生天。顾半生和戏浪师借一尊塑像，随后而至。江秋白拼死阻止顾半生和戏浪师进入金色大门，尽全力将花想容推入，自己却还原为一只狈的本相。情急之中，顾半生和戏浪师手中的塑像瞬间复活为天外邪魔，将二人吞噬。无力还击的江秋白，眼瞅巨狼要闯门成功，只能拼尽最后一丝气息随同而去。师兄郭雨青宽大温暖的手掌将他拉回。

当年，郭雨青为心上人离开草原，江秋白留守殿中。仙王之墓的钥匙，只是江秋白让师兄重返大草原的借口。邱引追着李牧特意留的印记赶来，三人会合。郭大哥也意识到风雪反常，带领一干人破开阵法，进入神狼殿，以骇人的力量击退天外之力，在大门即将闭合时，将师弟、两个义弟和女武神郭青烟都拉入其中。长生天内安然祥和，浓郁的元气十分适合强者修炼。李牧发现一块篆刻着地球文字的石碑，其后是孙悟空的师傅菩提祖师隐居的"斜月三星洞"。这正是菩提老祖的修炼之处！八九玄功、五帝长生经这些小说中的名字赫然在列。

李牧迫不及待闭关操练。闭关的他不知外界神州大陆正经历剧变。秦明帝仍在闭关。北宋帝国护国神宗——道重阳，挑战西秦武道第一人"关山九重"李破月，双双殉道，北宋与西秦失去了守护神。随着强者接连陨落，势力间的平衡被打破，其他帝国蠢蠢欲动。灭亡一千多年的大月王朝后裔鱼化龙一鸣惊人，在西秦、北宋间重新树立起旗帜。李牧终于结束闭关，踏入天人境，在仙境中探宝。李牧与在地球驯养的哈士奇重逢。郭雨青、邱引陆续走出大门。江秋白因伤势过重只能暂留。白狐化成小女孩，一边叫爸爸一边向李牧奔来。郭雨青决定重新入主神狼殿，众人自告奋勇将其妻儿接来。

月王朝后裔鱼化龙乔装商队青年在此半年，终于等来李牧。支开旁人后，他直言自己来自地球，是个唐朝人。望月思乡，取名"大月"正是寄托思乡之情。他说服李牧一同复兴大月王朝，李牧表示不想卷入王朝争霸，准备尽快护送郭大哥的妻儿与之团聚，却得知返回关山牧场的邱引，决心为师尊李破月报仇。副场主黄圣意勾结天外邪魔等多方力量意图颠覆，失联已久的邱引寡不敌众。李牧果断推迟草原的行程前去救人。

传闻岳山派有修炼宝物，西秦太子带着杀神应山雪鹰到此亲征，被李牧击退。李牧发现一个高级文明生物制造的祭坛，篆刻着屈原名言，马上联想到鱼化龙所说的仙路，也许可顺藤摸瓜返回地球。研究内部构造时，李牧发现这巨大的岩石居然都是星辰石，遂将其炼化纳入囊中。寻仇李牧而不得的应山雪鹰，转而残害李牧在赶猪巷的旧相识，最终被武力又晋一级的李牧摧毁，连着太子也一同被杀。复出的秦明帝已达破碎境的一半，他将李牧贬为贱民，来帝都请罪。李牧却忙着在太白山与岳山间建立传送大阵，实现瞬间穿梭于两地。恰逢北宋使者来到太白城，传还珠郡主的求助口信，李牧立马动身北宋，落脚青峰峡镇。

北宋第一美女还珠郡主，为替义父解忧，打算嫁给义父政敌晋王。李牧现身直接杀了晋王，救出老同学。李牧发现丐帮踪迹，想要寻找被老乞丐拐走的明月。他发现一位与明月长相相同但气质完全不符的小女孩。经过丐帮大会比武，小女孩竟成为新一任帮主，并与李牧相认。此时血月帮来袭，李牧出手相助，与丐帮结为同盟。

西秦帝国的秦明帝经过修炼威力惊人，击杀大月王朝太子鱼化龙，屠城龙城关，李牧御刀飞回西秦一探究竟。修炼了天外功法的秦明帝，面对参悟了道家秘籍的李牧，最终尸骨无存。

血月帮放出李牧身负重伤的假消息，各路强者想要乘虚而入，全被李牧打得满地找牙。李牧与花想容、邱引一同回到北宋，临安城大战在即，李牧将王诗雨送出城外，意外收到她的表白，生死之间也只好按下不表。临安城中，传说的仙万之墓开启，能帮其开启封印便可得仙道衣钵。如今垂涎者冒死进入，李牧与郭雨青亦然。地宫内有成百上千的墓殿，武道神器遍地，二人边在墓中与路遇的闯入者厮杀，边一路收集宝器。另一边，书童清风、明月带着王诗雨也悄然进入。他们误入镇压着世间最可怕邪魔的五庄观，遇到《西游记》中记载的人参果，几人分食。一批寻找人参果的强者赶到，发现已经落入几个小孩腹中，正要食肉饮血，李牧及时赶到击退敌人，并获得许多闻所未闻的道宝。

血月魔君背后的黑暗势力企图突破破碎境，寻求天外势力的帮助。李牧开始闭关修炼，两年后步入大圣境。距离他来到神州大陆已四年半，是时候踏入星河了。长安城知府李刚与妻子凌霄医仙失和。凌霄医仙的背后是黑衣人组织，三十年前，几名多国航天员驾驶宇宙飞船误入时空缝隙，穿越到神州大陆。他们建立基地准备重返地球，却触发巫族阵法，身躯被借用，地球的科技也为古巫族获得。李牧击败黑衣人，将宇航员们回归本来面目，修复飞船，找回隐藏于黑暗虚空的时空缝隙。它有时无，难以发觉。仔细研究后，李牧参透其中奥秘，邀请王诗雨一同返回。不料，倔强的诗雨决定留在神州大陆修炼功法。

2022年，消失三十年的宇宙飞船重返地球，降落中国境内。回到宝鸡燃灯寺，住持早已不见踪影。李牧替王诗雨保护家人。位于祁连山无人区的哨所，常受恐怖组织力量袭击，李牧帮助军方将侵入其中的外国强者一一斩杀，并传授士兵们一些基本技法。接着，他代表官方进入洞天一探究竟。五个月后大雾弥漫洞天，大家纷纷逃离，但有一百多人被中东势力杀害，永远留在那里。李牧带着几名军官杀到伊拉克，用来自天外的技法诛杀暴徒，为同胞报仇。通过网络直播，李牧超人般的画面传遍世界，获得"东方杀神"美誉，群众意识到"新人类"的存在。2024年，秦岭洞天再次开启，李牧利用其中的时空漩涡再度穿越，来到"苦星世界"，并在危急中解救苦星魔教四脉之一浣刀宗的圣女叶无痕。

得知魔教总坛白帝城所在的蜀山有地穴开启，其内宝光流转，李牧决定去凑热闹。与此同时，地球上中国四川省境内的蜀山也即将开启洞天，几名被李牧传授过技法的士兵被吸入时空漩涡，与苦星世界的李牧相逢。在叶无痕的帮助下，李牧又寻到另一处时空迷雾——白帝城中央的青莲池。得知苦星世界中的蜀山由诗仙一手创建。李牧晋升破碎虚空境界，在苦星世界所向披靡。他召集误入的几名地球同胞，准备赶在洞天关闭前离开。临行，在浣刀宗连蒙带骗的操作下，李牧与叶无痕成亲。神州大陆的血月帮突破神州大陆的破碎虚空前来寻仇，李牧便追随对手从苦星一直打到星河。

李牧降落在星辰驿站——鎏金镇，来往者多是破碎境的高手。这种境界在此英仙星区，不过是虫境，往上还有凡境、兵境、将境，直至还无人诞生的王境。镇中黑道金阳宗，发现李牧是英仙星区各大宗门联合悬赏通缉的必杀犯，兴奋不已，却遭李牧灭帮。通过传送驿站，李牧来到科技发达的天脉区上等星——星风城，购买网卡便能上网冲浪、发帖、购物。为寻找飞升星河的花想容与王诗雨，郭雨青也来到星风城。李牧落入星风城的天一门掌门手中，被当成炼丹的材料置于丹炉，却意外增加功力，晋升兵境，成为刀枪不入的人形法宝。

李牧的真武拳几乎在每次生死大战后，都得到突破，在与星风城圣人的决战中，也不例外地练就了第七式"千星碎"。李牧获得大笔收益，成为网站上宾，也打听到网络用语"罪民"的来源。它专指来自"罪星"地球的生灵。李牧快速星际穿梭，向分散各星球的金阳宗、神武宗、风族、乾元宗、岚族的网络暴民宣战，论坛一时间"谈牧色变"。

为找到鬼修法门，李牧乘星船来到所有人望而却步的百鬼星。这里的"鬼修"以魂体方式存在，由高到低分为游魂、鬼魄、鬼卒、鬼将、鬼王、鬼皇、神魔。目前，鬼宗"骨圣山"势力最盛。正巧此处比武收徒，李牧混入并成为心腹，闯入"双圣"和"双尊"四大强者的混战，帮助骨圣山打败敌军，获得尊重。离别时十万大军出鬼关相送。

天狐族母星的天狐族在整个紫微星域内，为小公主妲己比武招亲，李牧化名"李一刀"参选。得知花想容化名"白云仙子"，将现身天狐族母星。来到天狐族的主城，李牧见识了星河武道文明真正的巅峰。他上网呼朋唤友，让他们一同来这个高阶星球。主城商业气息浓厚，李牧收到"百大星区天骄排行榜"的挑战帖。为在招亲中更有地位，李牧闭关修炼期间，敌人留在体内的黑暗力量突然爆发，疼痛至昏厥。醒来后，李牧奇妙地发觉右臂异变，竟有王者之力。出关后重返擂台，他一日百战，杀进前二十，整个紫微星域为之轰动。李一刀在论坛成为现象级偶像。

李牧应邀参加青狐族的欢迎酒会，花想容翩翩起舞现身，李牧对佳人款款背出二人的定情诗与之相认。李牧又来到小姐己面前，念起陋室门口贴着的《陋室铭》，确认了如今身陷囹圄的公主就是小白狐。天神族悬赏追捕李一刀。男女双修后，李牧借由花想容的先天道体进入将极，花想容的境界居然还在李牧之上。面对族内三股势力的分裂，主城摇摇欲坠，李牧帮助天狐族赢得最终胜利，恢复和平。大战中，百鬼星的鬼修大军立下大功。

时隔几年，李牧重返神州大陆的太白城，与旧友重逢。三公主的亲弟弟秦政上位，成为秦皇，听信国师谗言，向大月王朝发起进攻，惹怒了李牧，不得不退位让贤。从此，神州大陆上没有了帝国，太白城将成为整个大陆真正意义上的主宰。李牧将神州大陆交给同为地球人祖先的玄黄战队接管。

李牧通过蜀山星的时空漩涡回到地球。他离开的几年间，地球天地裂变，中国境内的敦煌位于十几个空间折叠通道，同时连接南美、北美、非洲、欧洲等十一个区域，被称为中转站，外国修炼者络绎不绝，场面难以控制。李牧主动挑起大梁，向侵犯中国的多国境外势力宣战。住持终于回到燃灯寺与李牧重逢。李牧晋入上皇境，闯入天门，来到一座帝墓，取得其中的帝器"天地环"，引来一众人的追杀。在帝墓中，李牧魂穿到风云大陆，附在一名叫李致远的年轻武者身上。五年间见识到这个星球各家各派的武学，又闭关五年。

在与域外邪魔的终极大战中，五大神宗的掌门毙命，风云大陆的武林遭遇毁灭式浩劫。李牧穿越回地球，发现王诗雨为救自己施展禁术，失去两魂六魄。燃灯寺附近的参天大树，是进入混沌领域的"通天之门"，李牧进入其中寻找王诗雨魂魄，闯入混沌世界中的东星村。机缘巧合中，李牧帮助月亮族解除封印，月亮皇请求李牧用天地环收容月族残军，一千甲士将供其日后驱策。

经过一次次杀戮，李牧在仙古巨门转世，一出生就带着前世的记忆和武力。但他小心翼翼地在这个新世界中扮演着新生儿的角色，从襁褓中的婴儿一直缓慢成长为初中生。来自域外的邪恶力量再一次主动找到李牧，战斗中，李牧得知自己居然是道尊斩断过去、现在和未来，诞生的一尊新身，是太始道尊。只是后来被西王母偷送到昆仑秘境，被两个凡人修士收养。原来，自己从出生就注定与众不同，与星际种种勾心斗角、势力争夺纠缠不清，李牧更加清晰了肩上的使命。与花想容等高手强强联合，摆平那些横亘已久的纠葛。

一切争斗都尘埃落定，星际重归和平。奔波半生终得安宁，整个紫微星域沉浸在祥和与欣欣向荣之中。盛筵必散，半月后，李牧携花想容前往仙界，与王诗雨、叶无恨相聚。不日，李牧与三女的大婚隆重举行，地球、仙界、混沌世界的亲友悉数参加，故事在大婚的喜乐中落下帷幕。

第四章

脱序星球中的当代青年形象

"网文最大的剧情设定就是努力奋斗，最终成就自己。劳有所得，勤而有获，这是读者最基本的一种期待"，《圣武星辰》的作者乱世狂刀如此阐述自己对网文的理解。在这部"大男主"网络小说中，主人公李牧正是凭借不断奋斗精进，最终成全自己，顺便完成了拯救地球的宏大使命。小说以几百万字之巨，细细描绘了一位十四岁的地球少年，如何从地球穿越到举目无亲的异星球，在眼花缭乱的宏阔星域独自闯荡，厮杀进浩瀚的强者森林，实现步步飞升。如此逆袭翻盘的情节设计，让不少读者大呼过瘾，赢得了不少铁杆粉丝。李牧形象之所以具有吸引力，与他的现实意义、商业色彩和现代价值观密不可分。

一、漂泊的"草根英雄"

李牧自幼父母双无，被陕西省宝鸡市一座千年古刹——燃灯寺的住持收养。虽长在古刹，却不学佛法，反而被形似"神棍"的住持送去屠宰场杀猪，美其名曰"培养杀气"。后被"神棍"用功法送出地球，辗转数个星球、星域历练功法、打怪升级。这位无根无源、无家无业、无依无靠的"草根英雄"，与当下现实中无数栖身都市无亲无故、无所归依的漂泊青年何其相似。他们身处巨大的社会转型期，面对各式各样的焦虑，李牧的飞升故事实现了网络小说"心理抚慰和梦想代偿"的功能，使读者短暂抽离沉重的现实，在幻想中获得片刻的喘息与满足。

李牧的穿越与重生始终凭借一己之力，虽然过程中不乏兄弟、佳人、盟友的出现，但他的精神世界始终孑然一人。既没有精神上互助的对象，没有武力上始终相得益彰的战友，也非爱情至上主义者，与几位佳人的感情线只是他武道生涯的粉色点缀。这样的"孤胆英雄"，原本可以被塑造为道德与实力都无可指摘的完美形象，但作者没有如此简单处理。恰恰相反，作者时不时刻意地突出李牧身上的"草根性"，使之兼具市侩特质与实用主义价值观。每当击败那些不可一世的"富二代""官二代""武二代"后，他都要贪婪地搜刮一番，不仅是武功秘籍、道具法器，有时甚至还不择手段地敲诈勒索，以达到"取其财、均贫富"目的。

"草根"李牧正如墙缝中的杂草，嗅到一丝阳光雨露，都要拼命地攫取求生。如此"接地气"的主人公，自然与那些"侠之大者，为国为民"的传统侠士形象相去甚远，却更契合草根出身者不顾一切向上攀爬的生活哲学，多了一分俗人俗世的真实与熟悉。他毫不掩饰的野心与向上攀登的明确目标，与纤尘不染的大侠相比，更符合现代社会的运行法则，显得更加"现代"。面对险境，李牧从未犹疑、迷茫与彷徨，而是以一种"神挡杀神，佛挡杀佛"的决绝，使自己变得无限强大。如此快意恩仇、自信果断的主人公，在旁观他一次次完爆对手时，阅读快感油然而生。

若李牧只是一个暴虐成性、搜刮抢掠的莽夫，这个形象则无法获得正当性，也不能被作者委以重任。在疯狂积累原始财富的同时，李牧始终秉持着朴素的"草根英雄主义"，坚持"暴亦有道"。初当县令，面对被恶霸欺凌的店家，他不顾周围劝说，坚持铲除强暴；路遇孤儿寡母，他每每鼎力相助；虽收缴了大量的银两和秘籍，但他也决不姑息恶徒，铁面无私地给出应有惩戒……在《圣武星辰》的乱序世界中，李牧是脱序后的秩序重建者，以善恶有报、有仇必报的朴素价值观纵横异星球，上反抗专制，下关心疾苦，左右逢源。在城市中闯荡的当代青年，大多都曾面对周遭或大或小的脱序，也许是插队者，也许是某些潜规则，大多数人选择沉默、隐忍、接受，而后却往往意难平，后悔没能做出反抗，甚至连反抗的姿态都不曾摆出。

同为"草根"的李牧却截然相反，他向一切不公宣战，对所有不平怒吼。当代青年们因现实的种种羁绊而变得怯懦，不断胜利、不断更强的李牧，刺激着他们的肾上腺素，释放了他们无处安放的力比多。李牧的果敢是他们闲暇阅读时艳羡不已，却又在现实生活中无法效仿的另一种选择。小说中的"草根英雄"形象，满足了读者新鲜猎奇的情感体验和成为强者的审美快感，但同时在人性挖掘和人物性格的复杂性方面有所欠缺。

二、赛博角色的游戏性

点击量和热度左右着一部网络小说的生命，枯燥平淡是最大的克星。为了留住读者，网文作者们需要在情节上不断加码，使小说的刺激程度节节攀升，这一特点在类型文学中体现得尤为明显。从古至今，以读者为根本旨归的通俗小说在此方面进行了持久的探索与实践，是今天类型文学的宝贵资源。例如，作为中国玄幻文学的鼻祖，《西游记》中唐僧师徒历经八十一难，终于取得真经，此类故事原型在如今的玄幻网文中清晰可见。"真实的虚构性"是《西游记》的出彩之处，也是玄幻网文的主要特征之一。吴承恩设置出难易程度不同的关卡，并糅合佛经、神话与多民族文化元素，既与现实拉开了明显的距离，又使读者身临其境。行至当下，"真实的虚构性"结合网络时代的特点和网络文学商业模式的发展，逐渐演变为"角色的游戏性"。网文依靠不断打怪升级的游戏模式、解锁层层关卡的新鲜感，以及小说场景和道具的更新换代，持续刷新着读者的感官与期待，使小说呈现一种狂欢化的特质，正如学者李敬泽所言，"网络文学提供了一个系统性的代偿性的白日梦"。

《圣武星辰》中这种"赛博角色的游戏性"特点十分突出。小说虚构出等级森严的星球、武道、法器级别，在这个虚构的世界，现实的一切规则秩序与人伦关系依然有效，李牧成为带领读者进行星际游览的引导者。在森严的等级秩序下，作者不断设置情节爆点来刷新读者的兴趣，保持读者"黏性"和作品热度。在巨大的点击量压力下，作者也不得不在小说的武力、道具、功法等方面下功夫，层层升级，向着更快更强持续进化。小说中"飞升"的不只是主人公的武力和地位，情节也始终处于"飞升"状态。

　　与潮涨潮落、阴晴圆缺的自然规律相同，人生也有上升下降、得意失落，但《圣武星辰》的设定却并非如此。它如一款惊险程度不断攀升的游戏，只要游戏继续，便有更加刺激的情节等在后面。除了打斗时偶尔暂居下风，主人公李牧几乎没有受挫，不论多么强大的敌人、多么复杂的星球，他总能逢凶化吉，游刃有余，"从胜利走向胜利"，一次次完成不可能的任务，更不用说他在人际关系中的左右逢源、艳福不浅。李牧从来没有爱别离、怨憎会、求不得的世俗不幸，小说从现实生活的一地鸡毛中剥离出一个简单的武道世界，用唯武至上的单一逻辑推动情节发展。这种情节设置的永远上升状态，实则违背了现实生活逻辑，是小说"游戏化"的一种体现。跟随少年的足迹，我们发现即使离开地球，残酷的丛林法则、人类间无止境的争斗依然存在，唯有不断增强自身实力，才能在恒久不变的尔虞我诈中生存。在浩瀚星际踽踽独行的李牧，为官时独当一面，为武时以一敌万，正如大型网游可供玩家操纵的各类角色，既拥有自己鲜明的性格特征，又能够在习得不同技法的过程中，与玩家共同进步。这种"养成系"的循序渐进，消解了玄幻带来的不真实，使故事和人物得以自洽。

　　作者乱世狂刀保持平均一天两次的更新速度，读者与作者、人物之间维持着匀速的进步，李牧的武力提升与性格转变都在读者的见证中进行。从李牧使出在地球屠宰场练就的杀猪刀法，完成有生以来第一次的杀人行为，到之后以一杀万的毫不费力，读者在每日的阅读中，始终怀着对武力进阶的新期待。凡人李牧在仙界解锁了一个又一个板块，他在每一块新大陆，都如鲁滨逊般毫不畏惧地闯出自己的武道位置。他并不是见人杀人、见佛杀佛式的暴虐，反而在历经了无数的杀戮后，始终保留惩恶扬善、有血有肉、有情有爱的正义感。作者曾表示："我希望如果他们爱李牧，就成为李牧这样的人……其实在我的所有书里，李牧是肩负责任最多的一个主角。每个人对自己都有一定的认识，力所能及、为善为乐就是一种善良、一种高尚。"

　　李牧之于《圣武星辰》的真实感，之于年轻读者的亲近感，消除了凡人与仙界间的鸿沟，打破了个人与权威间的遥不可及。李牧置身现实生活的按部就班之外，实现了当代青年疲惫生活中的英雄梦想，打破规范权威的不可动摇，搅动了原本一成不变的上升通道。阅读成为一种幻想的游戏，一种赛博空间中的快感实现。

三、还原修真的个人意义

每个时代对英雄的定义不同，展现的英雄形象也不尽相同，但英雄一直是被书写的基本主题。新中国成立以来，中国当代文学的英雄书写主要有几种类型：服从集体主义的革命英雄、胸怀天下的侠胆英雄、具有人性弱点的平凡英雄。他们从极度理想化的"高大全"，到恢复人之欲望，再到复归"人性"，均突出形象的教化与劝诫功能。受西方文艺作品的影响，以及文学商品化的转型，"个人主义"逐渐成为网络文学中英雄主题的主流，其精神实质是"个人英雄主义"。

李牧的修真之路从一介武力小白被"逼上梁山"开始，通过不断精进功法，逐渐洗髓伐毛，使体质产生质变，步步晋升为小说中"天内天外"的第一高手，如神仙般在星际穿梭自如。作者没有从宏大叙事的角度刻画这个起伏进程，给主人公的行为附加高尚的意义，反而将之解释为"一切为了自己"的个人本位：起初，李牧为重返地球、解救"老神棍"而苦练功法，之后他逐渐被天外有天的武道世界吸引，激起了好奇心，开始废寝忘食地自我修炼，不断战胜强敌获得自我满足，实现保护身边弱者的自我价值。

人物的个性取代神圣性，解构了英雄的崇高和不容置疑，也使小说变得"平易近人"。修真只为个人，修真成就自我，个人主义始终在《圣武星辰》中居于首位。家国天下的"利他"情怀，让步于人性"利己"的真实。李牧的身上投射着当代青年的精神特质，他们靠个人实力说话，不善于占据道德制高点，他们注重自我价值的提高与实现，深知只有自己强大，才能保护更多弱小者。精神自由、个人意志的彰显，带来酣畅淋漓的阅读快感，契合了当下社会青年一代对个人意义的追寻。传统武侠小说中"侠之大者，为国为民"的宏大理想，在李牧身上被置换为"保命要紧，安全第一，活着最重要"的朴素生存法则，宏大叙事的英雄想象在《圣武星辰》中不复存焉，即使是路见不平，拔刀相助，作者也不将之处理成富有伟大意义的壮举。

还原修真的"个人意义"使李牧不是脱离地面的"伟光正"，他是一代青年群体的缩影，身上带着当代青年的精神印记，脱序的异星球也投射着当下社会的种种现实。李牧纯粹的个人状态，对当下的青年们大有吸引力。众多帮派觊觎李牧的武力，千方百计拉他入伙，都被果断拒绝，单打独斗的李牧，从未完全附庸于任何一个阵营、政权、武力帮派，这是人物独立性得以实现的前提，也是现实生活中的青年们难以达成的理想状态。虽然年轻人总标榜个体独立性或个人主义，却在生活中不得不面对集体主义、权威话语的枷锁束缚。每个人都不是一座孤岛，能够真正自我成全、自我满足的人少之又少。

随着城镇化加速，数量庞大的乡镇青年向大城市聚集，他们离开故土面对崭新的城市经验、人际网络和规则秩序，碰壁与挫败成为必修课。他们在城市中单打独斗，从缺少都市生存经验，到一步步建立起熟人网络。虽然需要解决的问题迥异，但他们与李牧的生存境遇相仿，个人奋斗是唯一出路。作者在礼崩乐坏的脱序世界中，用个人叙事的方式刻画出李牧富有现实性的独立形象，例如，他受根基深厚的武林帮派挑衅时的恐惧与坚定；遭遇小人嫉妒、讨好时的愤怒与无力；面对爱情时的现实考量等等。同时，李牧身上也不乏超越生活的虚幻性，他左右逢源，天赋超群，处处遇贵人，每每遇到凶险，均能化险为夷。他穿越到神州大陆，借用当朝知府之子的身躯，其父位高权重、武力超群，但当得知这位知府道貌岸然的劣迹后，李牧誓不与之往来，更遑论依附其权势。

《圣武星辰》作为一部玄幻修真小说，为我们虚构出一个气象磅礴的星际传奇，主人公李牧更是契合了当代青年的精神气质和生存状态。小说中的星际世界与读者身处的地球，二者只是物理空间不同。太阳底下无新事，它们暴露的问题都由人性的贪婪与暴虐引发，不论其中穿插多么怪力乱神的离奇情节，设置多少纷繁复杂的武力层级，小说反映的人性是真实的，角色是现实的，读者通过阅读小说再一次确认人性，确证自我奋斗的价值。阅读成为一次代入感十足的"养成系"虚拟游戏，实现了都市漂泊族们暂时出逃现实生活、自由穿梭天外的英雄梦想。

第五章

玄幻中的现实与传统

——《圣武星辰》的艺术分析

　　《圣武星辰》在其连载平台"纵横中文网"中，被归在"奇幻玄幻"板块下的"东方玄幻"，显示的关键词有：升级、搞笑、穿越、爽文、热血。它叙述了一个对武功一窍不通的地球少年如何被迫修真，最终成为"天内天外"第一强者的故事，是一则极有诱惑力的玄幻修真神话。但是，《圣武星辰》不能被简单地归为"爽文"或"小白文"，在简单直接的线性逻辑背后，小说在艺术方面的探索值得关注。小说围绕"大男主"李牧，设置了逻辑严密的星际体系、功法境界、武功秘籍，它们构成了小说秩序井然的玄幻设定。偶然被抛掷到乱世星球的李牧，带领读者们游览各具特色的异星球。在异星球的种种乱象与遭遇，寄寓了作者鲜明的现实批判色彩。小说按照情节逻辑分为六章：异星崛起、傲啸无敌、地球岁月、星河风云、混沌战场、四象终章，在东方玄幻的宏大背景下，《圣武星辰》广泛借鉴传统文化元素，展现出作者对古典文学、通俗文学的熟稔。此外，作者努力突破既有类型，融合了多种类型文学元素，在语言文字方面也颇下功夫，增强了小说的可读性。

一、庞大的玄幻世界设定

　　《文心雕龙》有云："爱奇者闻诡而惊听。爱奇之心，古今一也。"对怪力乱神事物的好奇与追逐，是人类无限想象力的投射，是跳脱循规蹈矩日常的精神体操，满足了人们对未知世界的审美需求。《圣武星辰》中庞大的玄幻架空世界设定，为读者提供了思维驰骋的空间。作者精心打磨出的异次元版图，显示出逻辑严密的星球秩序，成为整部小说的叙事基石和游戏规则。

《圣武星辰》的序章开门见山地交代了整部小说的时间、地点、起因及设定，和盘托出整个故事的架构和悬念。李牧从小寄身于燃灯寺，在他眼中教他武功、送他去屠宰场的住持是一位不学佛法、"满嘴胡话"的老神棍。小说由某一天老神棍对李牧反常的严肃开始：

"简单来说呢，事情是这样的，在太阳系之外，位于紫微星域的几大超级武道宗门，要修筑一座史无前例的大型传送阵法，以方便他们对于银河系南部星域的开发，而这座阵法的仙力脉冲正好要经过地球，所以地球要被拆迁了，我要送你离开地球，临行呢，有一些事情要交代你，免得你去了其他星球之后一时适应不了……"老神棍的声音无比清晰地从禅房里传出来。

就听老神棍余怒未休，喘着粗气继续道："长话短说，紫微星域那几个超级武道势力，是出了名的心黑，所谓的拆迁，只不过是应付紫微星域诸方舆论的托词，到最后，估计会直接将地球摧毁了事，所以地球距离毁灭也不远了……好消息是，修筑超大型传送阵法，前期准备就需要一些时间，按照地球时间计算的话，大概是二十年之后吧……我先送你离开地球，去紫微星域中的一个低级武道星球，方便你磨砺自身，二十年之内，如果你能够将真武拳和先天功修炼到登堂入室的地步，获得打破星球束缚壁垒的力量，或许就有办法解决地球的危厄。"

打破星球壁垒、解救住持，进而解决地球危机成为突然落在少年肩上的重任。这并不是一件简单的差事，作者为这个任务设置了重重关卡。星河宇宙之中，最大为星系，根据不同的相对方位和区域，星系可以下分为星域，将大星域细化，又可以分为不同的星区，星区之中又有数万亿计的星辰。如神州大陆星球所在的英仙星区，是紫微星域之中的一个星区，共有三千一百颗星，幅员辽阔。但并非每颗星球都有生灵居住，一些死星、废星和矿星，死气沉沉，天道法则不适于生灵生存，只有实力高深的修者们，才能在这些废星上存活。英仙星区中的宗门势力，大大小小有数百个。其中的一些大宗门，动辄占据一颗乃至数颗星球，统治着无数的生灵。《圣武星辰》数百万字的篇幅中，提及的星域颇多，作为重要故事背景的主要有神州大陆、英仙星区、苦星世界、百鬼星、混沌世界、仙界。

清晰地介绍主人公的穿越动机与目的地后，整部小说围绕地球少年李牧如何完成这个不可能的任务展开。李牧最先穿越到"神州大陆"，它与地球同属于紫微星域，等级高于地球，但在整个星域中处于低级武道。这个星球的武道修炼境界，由合力境—合气境—合意境—宗师境—先天境—天人境—圣人境—破碎虚空层层递进。天人境强者，能在一念之间掌控万千生灵的生死。再往上是"圣人境"，被称为无敌至尊，数量不超二十。之后的"破碎虚空"境界从未出现，传说达到此境，便会白日飞升，抵达仙界。小说转换至神州大陆后，通过李牧身边人之口展开新世界的设定：

> 神州大陆分九鼎，乃是三大帝国、九大神宗共治，大秦帝国统治大陆西北……西秦帝国乃至于整个大陆，武林帮派、宗门的地位极为特殊，几乎可以与官府分庭抗礼，许多帝国巨擘政要，都是出身于武林宗门，可以说江湖与朝堂共治天下也不为过，甚至连律法对于武林人士都有格外优待。……三大帝国和九大神宗共治天下，而除却九大神宗之外，亦有千万大大小小的其他宗门。数千年前，曾有古圣人划分大陆秩序，宗门不能直接统治世俗，亦需要论品，而一旦入品，则宗门就具有世俗特权，宗门弟子亦不完全受世俗法律约束……

随着李牧武道境界的提升，他逐渐突破神州大陆的限制，解锁了紫微星域的其他区域。"英仙星区"作为紫微星域中并不出名的星区之一，它的宇宙潮汐正处于平稳状态，并无再上升的趋势，在至少数个纪元之间，不会再有衰减的趋势。这里的星辰驿站是不同区域、星球的中转站，类似地球上的飞机场、火车站，高级武道的高手们云集于此。在神州大陆中位于顶级的破碎虚空境界在此，不过是"虫境"，往上还有凡境、兵境、将境，直至还无人诞生的王境。

紫微星域中英仙星区的"苦星世界"，在很多大势力的眼中，是一颗没有什么殖民价值的星球，连九等星都算不上，资源几近枯竭，环境恶劣，生活在这颗星球上的种族，基本都是一些穷苦的弃族，只能听天由命，混吃等死。但苦星曾经盛极一时，青莲剑神（即中国古代的诗仙太白）创立了蜀山神教，邪恶的天外修士为了围剿蜀山派扶植起九大派，使蜀山教在一场旷世大战中支离破碎。同在英仙星区的"百鬼星"，是一个被称为"阴间"的星球。传闻在这个星球上，魑魅魍魉纵横，阴域鬼怪横行，有专门适用于鬼修的法门，可以让处于灵魂状态的人开始修行，获得神通，进而获取新的生命。鬼修以魂体方式存在，由高到低分为游魂、鬼魄、鬼卒、鬼将、鬼王、鬼皇、神魔。他们是英仙区各大星球上的死者，或精神强大，或心有执念，三魂七魄不散，久降临百鬼星。

紫微星域之外的"混沌世界"，是曾经圣战的遗址。这里的空气中天地灵气无处不在，哪怕是不懂修炼功法的人，随便呼吸也可以强身健体。混沌世界的中央区域是"飞仙之地"，地形极为奇特，四周是宛如利剑般刺向天空的万米峰峦，形成了一个浑圆的圆圈，与世隔绝，峰峦倾斜，与地面形成了四十五度夹角，从天空之中俯瞰，仿佛是一朵巨大的盛开的菊花，数千座剑峰山峦组成了花瓣。飞仙之地据说笼罩在一片奇异的力场中，进入其中的修士破坏力会被极大压缩，轰击出的力量会被这片大地吸收，因而被选中成为百族大战的决斗之地。混沌世界是长生不老的"仙界"的前哨站，到达仙界便可长生不老，仙界中也有高低秩序，由奴仙、飞仙、谪仙、真仙、金仙、仙将、仙王层层向上。

与现实世界一样，《圣武星辰》中的世界具有三六九等的阶级差异，作者将每个重点描绘的星域设置得各不相同。例如，神州大陆主要被设置为与地球相近，却稍高一等的星球，在这里发生的故事自然没有那么离奇，基本与地球无异。随着星球等级的提高，故事脱离日常生活的程度也越高。它们实则代表了对现实、地狱与天堂的幻想，而这些幻想贯穿着人类的历史，内含着我们对生与死的态度和对永恒的猜测。在这个等级森严、唯武力是瞻的星球中，李牧从一介武道小白成长为不惧任何强者的少年英雄，还担任了太白城县令，将县城治理得安定有序。

《圣武星辰》的武力设定与星际设定相辅相成。每一个武力境界的突破都意味着质的飞跃，李牧每次的境界突破，往往都在大战、决战、九死一生中完成，增加了小说的冒险与传奇色彩。小说从李牧的官场、武场两条上升道路，渐次解锁星际地图，为读者勾勒出神州大陆的基本全貌。庙堂与江湖在李牧身上交汇，他在完成拯救地球使命的同时，凭一己之力层层上升至星际的顶端，完成逆袭。《圣武星辰》中玄幻的架空世界，给了角色们上天入地的虚构空间，跳脱了日常经验的束缚，一切变得皆有可能。每个星球都像一个新的城堡，等待李牧带领着读者一一攻克，在不断获得新奇体验的同时，一同构建起秩序井然的庞大玄幻世界。

二、多种类型学元素的杂糅再生

大部分网络文学网站将网文分为七大类：玄幻奇幻、武侠仙侠、都市职业、历史军事、游戏竞技、科幻灵异、同人。《圣武星辰》在"东方玄幻"的大标签下，吸纳了多种类型小说的特点，作者乱世狂刀用数百万字架构出庞大的玄幻世界，但不拘泥于"玄幻"的桎梏，熔玄幻、穿越、悬疑、武侠、科幻、权谋为一炉。类型学上的多元性，拓展了《圣武星辰》的表现领域、表现内容和方法。多种类型的结合，使小说注重情节冲突、悬念设置、情感共鸣的协调，避免滑向自我重复，从而获得了多重审美价值。

在概念上，类型文学是指主题和题材明显相同，作品创作有一定基础模式，能满足受众群体相对固定的阅读快感的文学创作形式。类型文学因具备相对固定的写作程式和叙事模式，所以受众较为稳定，也具有更适合大众阅读的通俗性。类型文学古已有之，但在网络小说出现后，网络文学时代的类型文学生发出了新的面貌。学者白烨认为"'类型文学'是这些年从网络到市场逐渐流行起来的，它其实就是通俗文学（或大众文学）写作的另一种说法，是把通俗文学作品再在文化背景、题材类别上进行细分，使之具有一定模式化的风格和风貌，以满足不同爱好与兴趣者"。类型化是市场化的必然，帮助小说在更短的时间被市场细分，被受众发现，它不可避免地带来小说叙事和结构模式的固化。类型细分则是市场化日趋成熟的另一结果，借助标签化的分类，有助于快速、精确地定位目标受众。网络文学作为现代文化工业的产物，其实质是一件被消费的商品，得益于付费阅读商业模式的完善，类型小说适应了通俗文学分众市场的需求，并通过网络平台得到了爆发式增长。

以"男频"小说为例，打斗、输赢、得失、聚散是构成小说情节的基本戏码。"男频"网文往往故事架构宏大，想象力在星际驰骋，男性读者的想象需求获得了极大的满足。但身处信息爆炸时代的读者不再满足于单一类型，如今的网文呈现出类型融合的趋势，《圣武星辰》亦是如此。主人公穿越至异星球的设定，具有穿越文的基本特点。现代人的思维与古代社会情境的碰撞，带来未知与期待。现代的中学生穿越到类似古代中国的异星球当县令，产生了身份上的落差，引出了官场类型小说的质素。随着主人公足迹版图的扩张，玄幻小说的奇异诡谲开始显现，一幅宏大的玄幻世界版图在读者面前徐徐展开。而贯穿整部小说的一条悬疑线索：异星球是否存在地球人？始终吊着读着的胃口。作者不时故意透露出一些线索，如当朝知府大人的家中竟出现现代指纹锁、异星球为何出现李白诗句……则是悬疑类型小说的元素。多种类型学元素的杂糅再生，持续刷新读者们的期待，也是近年来网络类型文学的一种多元复合态势。

三、凸显的现实批判色彩

网络玄幻小说继承了通俗文学的虚构幻想传统，放大了碎片化阅读时代的消费性和消遣性，有时显得"情节夸张有余，现实色彩不足"。作为闲暇时的调剂，网络玄幻小说制造出的幻想乌托邦，大多刻意与现实世界拉开必要的距离。在这方面，《圣武星辰》虽是玄幻题材的网文，主人公乍一看也似乎玩世不恭，但其内核实际上凸显了传统文学习见的现实批判性。小说借少年之眼，俯瞰诸多社会不平，又用主人公日益强壮的手，打破世间种种不公。因而取得了与现实的有效连接，不至于脱离现实，一味沉溺于虚拟世界的天马行空，小说整体呈现出直指现实的批判色彩。

作为通俗文学，网络文学具有与生俱来的市场性，以简单直白的日常语言、扣人心弦的快速情节和讨喜鲜明的人物形象，迎合甚至"讨好"目标读者的阅读喜好，成效卓著但也广受诟病。经典的"男频"网文常常将男主角打造为刀枪不入、是非意识和正义感爆棚的英雄，《圣武星辰》没有这样简单处理。李牧的身份是一位地球十四岁的普通少年、不谙世事的武道小白，在毫无准备的情况下被生生推入异星球。他的身上保留了热血少年路见不平拔刀相助的勇敢，有着初生牛犊不怕虎的执着。通过他的眼睛，读者见识到的异星球可谓"太阳底下无新事"，它们与地球无异，现实种种依旧残酷。李牧作为一位星际穿越的闯入者，借用异星球一位即将上任县令的少年文状元身躯生存，渐渐发现自己居然还是位高权重的知府之子。可生父知府李刚与李牧早已恩断义绝，甚至要对他赶尽杀绝。李牧的公职身份，使少年窥见官场的种种乱象，心智迅速成熟起来，成为在尔虞我诈间游刃有余的父母官。当朝知府弃子的尴尬处境，又使原本父母双无的他看尽人情冷暖，更加笃定地使用武力，不断加固自己的地位。

从武力全无的文状元，到叱咤星际的少年天才，李牧在迅速飞升的过程中，认清了唯有实力才是硬道理。他有着少年应有的莽撞与冲动，也认同财富地位对一个人的重要性，与那些不食人间烟火的侠客英雄不同，李牧是一位在烟火气中逐步成长起来的现实主义者，他的实用主义有时甚至显出几分贪婪：

冯元星突然想起了什么，赶紧追上去，大声地道："大人，那各大乡绅富户名流送上来的贺礼财物，是不是要属下都以大人的名义退回去？"那些富户名流安的什么心思，冯元星心中很清楚，一旦收受财物，消息传出去，会有损大人的清正廉洁的名声啊。

李牧闻言，停下来，转身看着冯元星，像是看着一个白痴："退回去？为什么要退回去？"

"啊？这……"冯元星结结巴巴，有点儿发怔。怎么回事，大人为什么是这个表情呀？自己这个提议是为了彰显大人您不为财物所惑的威武仁义形象啊，难道说错了吗？

李牧摸着下巴，咧嘴笑了笑，道："记住，来者不拒，多多益善，有武道秘策最好，我要战技，不要功法。"开什么玩笑，送上门来的财富，又不是偷来抢来的，为什么要退回去啊？

而且在经历过社会主义思想洗礼的李牧同学的世界观里，这些所谓的县城名流，不知道贪了多少民脂民膏，绝对都不是好东西，不趁机宰他们宰谁？且地球上那位伟人曾经说过，要警惕糖衣炮弹，但对付糖衣炮弹最好的方法，不是全部都挡住，而是把糖衣剥下来吃掉，炮弹留下来自己用，让资本主义赔了夫人又折兵，这才是上上之策。

暂且不论李牧的三观是否正确，这个情节设置本身就对现实中的个别社会现象，进行了黑色幽默式的嘲讽。值得说明的是，李牧并未将收到的财富用作个人享乐，在此后拍卖草原女奴、修葺太白城阵法等紧要关头，这些入账都发挥了关键作用。《圣武星辰》中的星际世界，可以与当下社会中的种种现实一一对应，隐含着作者对现实社会的隐喻象征和讽刺批判。底层的上升通道不足、社会的财富倾斜、钱权交易泛滥等问题，一一被如实呈现在读者面前。在现实社会中束手无策的读者们，在李牧的身上看到了反击的希望，毕竟这位彪悍的少年从不向任何人妥协、投降。李牧从不把那些武道世家、官宦之后等权贵放在眼里，面对皇族的软硬兼施也毫不留情。从更深的层面看，《圣武星辰》可以被视为一则超长篇幅的现代寓言，它符合不断向上、更快更强的现代性逻辑，也包含着善恶有报的现实讽刺性和教育性。

四、鲜明的传统文化色彩

从唐传奇、宋话本到《封神演义》《西游记》《聊斋志异》等等，玄幻文学在中国传统文学中历史悠久，它们是一座座富矿。从神魔志怪到仙侠佛道，它们的情节模式、故事原型、人物设计，以及道德伦理都在网络玄幻小说中或隐或现。我们不难发现，优秀的网络小说往往蕴含着经典文学的元素，它们对传统文化资源的征用，继承了传统文化的基因，提升了小说的文化品格，显示出富有特色的东方审美。

在玄幻类网络文学中，道家元素较为常见。这与道家文化的内核有关，它强调"天人感应"的身体理念，向外构造天地乾坤，向内修炼肉身功法。内外相互投射与互动，呈现内化与外显的状态，往往身体与外界同步。学者葛兆光认为"道教的全部理想，就是对永恒生命和幸福生活的追求"。玄幻修仙小说的主人公正是在无止境的上升路上，或通过武力的增强，或凭借外力的获得，最终修成正果。作为一部东方玄幻小说，《圣武星辰》也不例外。作者乱世狂刀自言受传统文化、古典文学的影响颇多。作品中的世界以"武道"高下论英雄，达到最高境界破碎虚空后，便可飞升天外、长生不老，与神仙无异，这与道教追求长生不老、得道成仙、济世救人的宗旨不谋而合。乱世狂刀在更新时特意提到，道教是中华土生土长的宗教，他对道士有一种特别的喜爱，所以《圣武星辰》大到总体构架，小到功法、器物的细节都有道教的影子。与《道德经》中"大音希声、大象无形"类似，小说中的高手不凭借稀奇的兵器或技能取胜，而在于其体内气力如何，只有修炼出过人的真气，才拥有以一敌万的实力。"道"作为宇宙本体，是超越时空的神秘存在，"气"是习武之人融合天地之力，自我修炼出的最强之力：

肉身之力恒弱，神兵利器恒弱，山峦流水恒弱，火焰寒冰恒弱……万物皆弱，而天地之间最强之力，唯气。气者，天地之伟力也，万物之规则也，无形无色，无嗅无味，上存于九天之上，下游乎九幽之间，凡愚之辈不可感知，幸上古有圣人出，察天地之道，悟虚无之意，捕捉气于精神，得其法门，炼气入体，得气之力，以纵横天地之间……至今，炼气之法广为流传，天下宗门万千，神功秘术数不胜数，但核心根基，皆在炼气之中，九大神宗概莫能外。

除了内气的个人道术修炼外，道教中另一种修为方法——服食外丹修炼，也在《圣武星辰》中体现。在关键时刻发挥"开挂"的功效，令人心向往之。各式各样的丹药为黑白两道的高手所用，有的济世救命，有的化为恶魔吮吸普通百姓的性命：

五指山周围的天地元气，宛如海眼漩涡一样，扭曲席卷而来，以明光仙帝为中心，疯狂地融入他的体内，配合丹药的药力，来修补他的本源。丝丝缕缕的"仙气"，从明光仙帝的身体之中，流溢出来。那是一种更高层次的力量存在，宛如轻纱，又如青烟，只有丝丝缕缕，看似飘浮不定，仿佛是一阵风都可以将其吹散，但是却给在场所有人一种震撼敬畏之感，仿佛只要被那种力量扫过一丝，瞬间就会被打得永世沉沦一样。天地元气宛如风暴一样，以明光仙帝为中心，流转开来。

《圣武星辰》中的"气"与"丹"分别代表了道家内丹（修炼自身的养生术）与外丹（炼制"仙药"）的方法。它们共同体现了道教的世界观："气"为生命本源，人体即为小宇宙，以人体为炉，以精气为药，通过意念引导，吐纳行气，打通经脉，运行周天，在丹田炼成"金丹"，便能长生不老。

除道家的精神内核外，《圣武星辰》中有不少外在的道家元素。在小说的众多帮派中，有一些直接由道家弟子构成，甚至异星球也出现"道场"。李牧第一次在异星球发现地球文明，便是被带到一座"道德殿"面前，一尊青牛雕像卧地，负着一块石碑，上书"道法自然"。青牛是道家的显著标志，也是太上老君的瑞兽坐骑，传说老子骑青牛逍遥出函谷关不知所终。接下来，李牧在石碑前坐忘，引动心神，触发了对武道的领悟力。

地球上先贤都已承认《道德经》乃是万经之王，后世诸多经文典籍，都是在《道德经》的基础上衍化出来。在小说的设定中，只有"四象"齐聚才能抵抗整个世界重新归零的大劫。《道枢》曰：四象，青龙、白虎、朱雀、玄武也。四象是道家哲学中的本源之一，中国传统八卦系统和五行系统的根源都是太极、阴阳和四象学说。李牧和其余三名志趣相投的武道高手组成四象，最终消灭了魔祖。在小说的关键时刻，道家身影每每出现，成为扭转胜局、突破修为的秘籍。如担任县令时的李牧施展道家的风水之术，管辖下的太白城变为一方风水宝地。道教文化中包含大量的"风水"理念和原则，《道藏》中有风水著作《宅经》，道观选址时也极其注重山川形势、水流、方位等地理环境。

除鲜明的道家色彩外，《圣武星辰》对其他古籍中经典情节的有意致敬也很明显。如真假李牧的出现、菩提老祖的设置、偷食人参果等，使熟稔《西游记》的我们读之亲切亦不失惊险。小说设定中的"混沌世界"可追溯到古代哲学典籍,《西游记》第一回"混沌未分天地乱,茫茫渺渺无人见",《封神演义》开篇"混沌初分盘古先,太极两仪四象悬"。这些传统文化的经典符号,对制造神话氛围大有帮助。此外,小说中还有许多耐人寻味的细节,如"西王母""蜀山"等名称,来自《山海经》;大月王朝皇帝的后裔名叫"鱼化龙",而鱼化龙既是中国传统寓意纹样,可追溯到史前仰韶文化——半坡时期的鱼图腾崇拜,也有古喻金榜题名的意思;大月王朝取名自"望月思乡",代表着穿越异星球的地球人的思乡之情。《圣武星辰》中还蕴含着朴素的中国传统伦理观。小说中泾渭分明的种族设置,延续了中国的神话故事原型:神魔对立、生死之隔、善恶二分,以二元截然对立的观念建构情节矛盾。在正义与邪恶之间,《圣武星辰》没有设置中间地带,凡事有因果报应,善恶有报的观念贯穿始终。

五、幽默风趣,富于画面感的语言

不同的媒介方式,影响甚至改变着文学的形态。随着阅读进入互联网的"读屏"时代,海量的资讯与文本令人目不暇接,网文读者逐渐偏好碎片化、去中心化的文本。相应地,网文的语言表述也较纸媒文学更加简单化、口语化,惯常采用短语式的表达方法,不时夹杂着当下热门的流行语和"梗",它们方便了网民追求速度的阅读习惯。《圣武星辰》的语言富有网文的特点,在描写打斗情节时,擅长使用富于画面感的语言,将作品的雄性荷尔蒙气质展现得淋漓尽致。在日常生活叙事时,则幽默风趣,注重以此来塑造人物的多面性。

在一天两次更新的强大压力下,作者乱世狂刀对语言的"注水"较少,尽量避免了自来水式一泻千里的无效文字。虽然小说不乏玄幻小说夸张离奇的细节和奇妙的想象,但《圣武星辰》兼顾情节发生发展的合理性、故事氛围的奇幻性和视觉感官的冲击力,注重以富于画面感的语言,耐心填充故事细节,使数量众多的打斗场面各具特色,使读者产生阅读的语言快感,以下节选可管窥一二:

一支特制的精钢狼牙大箭搭在弓上,司空境深呼吸,内气运转,在经脉通道之中绕体运行周天，一层淡淡的绿色氤氲缭绕在他的手臂之上，他乃是合气境的高手，运转内气的情况下，力量暴增，弓身的七根缠绕藤条上有一股微不可察的恍惚一闪而逝。

司空境力道用足，将这张弓拉开了约有六分之一。箭尖，对准了李牧。此时，李牧已经将神农帮的精锐，抹杀了三分之二更多。他修炼先天功，感观敏锐，反应快如闪电，那些所谓的精锐弟子，基本上很难捕捉到他的身形，而他们挨上李牧一下子，就好像是西瓜挨了一铁锤一样，瞬间筋骨折断，身体爆裂……这根本就是一场不对等的杀戮。

"死吧。"司空境很是老辣，捕捉到李牧旧力已尽新力未出的瞬间，射出了这一箭。那乳白色的筋状弓弦，竟是没有丝毫的声音。仅有六分之一开弓程度，狼牙大箭瞬间化作了一道急电流光。快到了极点，肉眼难以捕捉。在这电光石火的瞬间，战斗之中的李牧，骤然产生一种毛骨悚然般的危险直觉。他下意识地强行扭腰，往右边一侧身。

作者先是极尽能事将对手描写得神乎其神，把主人公逼向险境，制造出他大事不妙的紧张感，而后情节急转，主人公不仅绝处逢生还反败为胜，读者悬着的心终于落下。短短几个过招的描写，融合视觉、听觉、触觉，语言简练而精确，勾勒出实力相当的高手间难分上下的画面感，场面焦灼得令人目不暇接，勾起读者继续阅读的迫切愿望。不仅高手过招精彩纷呈，在描写实力悬殊的对手时，作者也能将打斗场面描写得代入感十足：

年轻参将面现凌厉之色，气息陡然一变，眼眸之中精芒如刀剑一般吞吐，身体之中，内气涌动，抬手，右掌瞬间凝聚为紫金之色，朝着李牧的手掌轰来。他拍过年轻参将射出来的箭，知道这个看似纨绔一般懒洋洋嚣张霸道的年轻人，是真的有实力的，至少也在大宗师左右，极为可怕。

轰！掌心对撞，劲气流溢。咔嚓，是骨头断裂的脆响声。年轻参将的手掌上，紫金色的异芒消失殆尽，右臂手肘处，以一个触目惊心的角度弯曲，显然是骨折了。

"你……"年轻参将屁股下面的椅子，被震成了粉末，不过他也反应极快，以一种奇异的身法后退，站起身来，看着自己手腕的曲折，惊怒交加，抬头盯住李牧，咬牙道："你知不知道，你在做什么？"

"我知道，但你不知道。"李牧也颇有点儿意外，这个年轻人，最多不过三十，实力却是意外的强悍，刚才一掌，竟然没有将他拍废掉，不过，他并不犹豫，一步踏出，又是一掌。

从打斗前的氛围造势，到打斗时对话的矛盾升级，再到打斗结果的毫无悬念，通过主人公一顿砍瓜切菜式的操作，在能够预判结果的前提下，依旧不妨碍读者"观战"的乐趣。

幽默风趣，是《圣武星辰》语言的另一大特点。戏谑、黑色幽默、无厘头等元素，在小说中轮番上阵，调试了整部小说在修仙打怪时的紧张感：

"妖魔？"李牧摇头，道，"我是人，不过，我不是一般人而已。"

"那到底是什么人？"武彪心中那种不祥之感越发浓重。

"外星人，而且，我还是共产主义事业的接班人。"李牧装×地笑笑。

"外星人？共产主义事业？什么意思？什么是外星人？"武彪云里雾里，显然对于这个称号感觉陌生，道，"接班人，那……是什么帮派？"

李牧笑了笑。老子终于有机会展现自己身为穿越者的优越感了。当下，他抬手指了指双月高悬的暗青色天空高处，一脸正气凛然而又骄傲。

"不怕实话告诉你，外星人，就是不属于这个世界，来自天外，嗯，你可以理解为天外来客，而共产主义事业，乃是我们五讲四美、热血抱负的外星人所共同奋斗的目标，从很小很小的时候，我就立志于为共产主义事业奋斗终生，我先后在小学、中学试炼，修炼本领，掌握知识，也曾先后加入少先队、共青团，当过小队长、中队长、大队委员、大队长……终有一日，我会成为一名光荣的共产党员……怎么样，怕不怕？"

穿越的神秘性和使命感，在李牧戏谑式的自白中被解构。日常生活中的崇高话语，在如此情景下被说出产生的反差感，不禁引人发笑。此外，小说语言的幽默还表现在对现实黑色幽默式的嘲讽。例如，《圣武星辰》中最高境界——"仙界"，本是人人向往的长生不老之地，但由于仙人们修炼时的一次大爆炸事故，仙界的几个大佬，练功出了乱子，把仙界给搞崩了，仙界的仙人们都疯了：

不但把仙界的环境给破坏了，秩序也给炸没了，还把仙界的法则给炸残了。如果只是把仙道法则给弄残了，大家也勉强能够接受，毕竟不是每一个仙人都是修炼狂，想要提升修为，而在仙界几乎就可以与天地同寿，大家混吃等死就行了，但后来，仙人们慢慢发现，仙界的长生物质正在流逝，要知道，仙人们长寿，就是因为仙界到处都有这种长生物质存在，一旦它们消失，仙人们的寿命，也会随之消减，渐渐地，仙界竟然出现了仙人老去死亡的现象，从未体验过的死亡气息降临，这样一来，仙人们的心态一下子也都崩了。

如此一来，作者彻底将仙人世俗化，作为小说中最高理想的神圣之地霎时堕入凡间。天内天外无数高手毕生追逐的飞升梦想，竟是这样不堪一击。何为永恒？何为崇高理想？何为最高境界？在啼笑皆非的真相面前消失殆尽。接下来，作者的结论更是无厘头——"由此可见，任何地方，环境保护都是很重要的"，将生死攸关之事与环境保护无缝衔接，造成了逻辑上的跳跃，也形成了时空的反差，正因其毫无逻辑才更显得幽默讽刺。

从接受美学角度，《圣武星辰》时常与读者的期待视野背道而驰，轻松明快的对话和幽默风趣的叙述语言，使小说不煽情、不滥情、不落入俗套。以李牧与住持"老神棍"历经千难万险，终于重逢的场面为例：

一个身穿着油腻道袍，八成新灰色李宁运动鞋，毛糙糙的短发、好像是几天几夜没有洗脸的老道士，笑得贼兮兮地站在前方天井院子里，脸上的表情，要多贱有多贱，让人一看之下，就有一种恨不得用鞋底狠狠地抽几下的冲动，把"骗子""文盲""不靠谱""下流""敬而远之"等等词语，加在这老贼道的身上，想是全世界百分之九十九的人，都不会有任何意见，而那剩下百分之一的人，有意见的原因仅仅是觉得这些词语甚至还不足以形容这老贼道的无耻气质。他看了看老神棍，再看看寺内熟悉的建筑、松柏和铁钟，突然一种无法遏制的强烈不真实感将他整个人都淹没。猥琐道士，千年松柏，锈迹斑斑的铁钟，破败的庙宇，树叶筛选后稀疏的月光中，秦岭的晚风吹过脸颊，远处依稀可以听到燃灯寺村落里传来的小儿玩闹声和狗吠声。这是李牧曾经魂牵梦萦的画卷……

他自从十四岁以来，经过的事情，可以说是全世界想象力最丰富的、最荒诞的作家都无法描述，换作任何人都会毕生铭记，但对于李牧来说，洗尽铅华之后，真正最让他无法忘却、最是镌刻在灵魂记忆深处的，不是星河之间的这段瑰丽经历，而是眼前的这一幅普通的画卷。

作者刻意回避过于浓烈的情感描写，把写作的重心放在玄幻世界搭建和打怪升级上，因而小说的日常对话语言和场面描写语言是两套体系，对话时的幽默风趣与场面描写的细致入微相映成趣，亦庄亦谐。

选文

第一卷
异星崛起

序 章

燃灯寺村位于陕西省宝鸡市，坐落于秦岭山脉千年原始森林的边缘，依山傍水，绿树成荫，植被茂盛，风景秀丽，民风淳朴，如世外桃源一样，在整个陕西省境内都非常有名，因村中后山上有一座始建于南北朝时期历史悠久的燃灯古寺而得名。

太阳快要下山，余晖照耀着燃灯寺村。

时值盛夏，山林田野间，绿意如涛，景色如画卷，美丽得让人心醉。

一个浓眉大眼、身形修长的少年，嘴里歪歪斜斜地叼着一根草茎，哼着小曲儿从村中唯一一座家畜屠宰场中走出来，身上带着一股杀猪之后沾染的淡淡血腥气，手里的草篮子里放着一块新鲜猪肝。

少年叫李牧，今年十四岁。

今年七月份，李牧刚刚以全校中考分数第一的成绩初中毕业。

李牧是个孤儿，父母双无，很小的时候就被燃灯古寺的住持收养，整个燃灯寺就住持一个人，而这位所谓的住持，也并非出家人，是一个行走乡里的老神棍。

一老一小，在这个古老而又破败的寺庙中相依为命。

不上学的时候，李牧就住在燃灯古寺中，喝山泉观古佛，因为收养他的老神棍在燃灯寺村中颇有威望，加之李牧小的时候长得浓眉大眼虎头虎脑，因此很受村民们的欢迎，从小就在四邻各家混吃混喝，算是吃村里百家饭、穿百家衣长大。

十岁那年开始，寒暑假的时候，李牧就会被他那个神棍爷爷逼着去村子的屠宰场中兼职杀猪，到今年，这份活儿已经做了四年。

老神棍的理由是要让李牧培养杀气。

"我一个初中生，要杀气干什么用啊，再说杀猪能培养杀气的话，那村里的杀猪匠秦叔早就是绝世杀神了……老神棍脑子里一定是进水了。"

想起这事儿，李牧就有点抓狂。

四年杀了不下一百头猪，李牧觉得自己双手沾满了鲜血，简直是造孽哦。

"汪汪……汪！"一条憨肥活泼强壮的鸳鸯眼黑白哈士奇狗，颠颠地跟在他的身后。

这条狗是李牧三年前在学校门口捡的，当时还是个刚出生几个月的小狗崽子，被人遗弃，瘦骨嶙峋，差点儿饿死了。

李牧将它带到燃灯古寺中，一直养到了现在。

三年时间，这只哈士奇长得又肥又壮，且它骨架罕见的高大，像是小牛犊子一样，如今已经成了村子里的一大祸害，俨然是燃灯寺村大大小小六十多条家狗野狗中的一霸，经常纠集率领它的狗军横行乡里，傲啸山林，撵得村子里鸡鸭乱飞鸡毛漫天，要不是李牧爷孙两个在村子里人缘好，估计这只又肥又匪的二哈，早就被怨气冲天的村民们吊死吃狗肉火锅了。

于是李牧给它起名叫将军。

狗中的将军。

"汪汪呜！"将军盯着李牧手中草绳绑着的新鲜猪肝，馋得哗啦啦地直流口水，发出亲昵的叫声，前蹿后跳地跟着李牧，一副讨好的神色。

从屠宰场到后山的古寺，大约要走二十分钟。

一路上，景色无限好，夕阳如金。

遇到干农活归来的乡邻，李牧都主动热情地打招呼。

村里这些大叔阿婶从小就对李牧很好，犹如亲人一样，每一家的饭李牧都吃过，对于这些淳朴善良的村民，李牧的心中充满了感激。

村民们对于李牧也很是喜爱，笑着回应。

夕阳西下。

看着李牧和将军一人一狗消失在远处的山路上，有人摇头叹息。

"唉，可惜了，李牧这娃，学习成绩好，有一股子说不清楚的灵性，中考全校第一，绝对是咱们村最好的读书苗子，不知道为啥，李大师死活不让他继续读高中了。"

"是啊，听说市里最好高中的校长，亲自去燃灯古寺，想要免学费招收这娃，还给进什么雨林班，每月都发生活费……但都被李大师给拒绝了。"

"估计李大师想要李牧这娃继承自己的衣钵吧。"

"现代社会，李大师的那一套风水、养生、除妖、捉鬼的本事没有什么用处啊，总不能让李牧这娃儿以后也当个神棍捉鬼除妖吧？李大师本事是真的有，不过听说有精神疾病啊，有时候神经病发作起来也是很可怕的，可怜李牧这娃儿还得小心伺候着。"

村民们议论纷纷，都替李牧觉得可惜。

……

"老头，我回来了。"

李牧一进寺门，就大声地打了个招呼。

后院禅房里并没有如往日那样传来老神棍的回应声。

李牧也不以为意，踢了将军一脚，让它自己一边玩去，然后直接朝着厨房走去。

整个燃灯寺中，只有他和老神棍两个人，禅静清幽。

李牧刚才是一路小跑回到燃灯古寺中，此时浑身微微出汗，到了厨房之后，先将猪肝放在缸里藏好，免得被无孔不入的二哈将军偷吃，然后在厨房门口的水井里，舀了一瓢井水，咕嘟咕嘟喝了个透心凉。

丢下水瓢，李牧照例到寺中空地上开始练拳练功。

拳是真武拳。

功是先天功。

名字很唬人。

两样都是老神棍传授给李牧的。

从刚学会走路的时候，李牧就被老神棍逼着开始练这两样东西了，真武拳是武术套路，而先天功则是一种呼吸法门，到如今，已经整整修炼了十一年，每日早晚各练一个小时，已经成了惯例。

按照老神棍的说法，真武拳是仙人之拳，十八式真武拳融会贯通可以开山碎碑，哪怕是略有小成，一拳打烂一辆装甲车也是轻而易举，而十二重先天功更是了不得，可以洗髓伐毛，让人体产生质变，冲入先天之境陆地飞腾犹如神仙一般。

可问题是李牧修炼了十一年，真武拳连一块木头都打不烂，先天功在他身上唯一的作用就是增大了肺活量，老神棍描述的那些诱人的威力，连个影子都没有看到。

对此，老神棍自有他的一套解释。

按照老神棍的说法，如今的地球正处于仙武之道的末法时代，天地力量潮汐枯竭，空气之中灵气元素根本没有，不具备修炼条件，所以他传授的这两部仙道功法，没有办法练成。

这种弱智的理由都说得出口。

骗子！

李牧早就懒得去揭穿老神棍了。

他气愤的是，既然老神棍你自己都承认在地球上没有办法练成，为什么还要逼着我练？

刚开始练的前几年，五六岁的李牧想要反抗，但是被老神棍一顿棍棒打得皮开肉绽，不得不一把鼻涕一把泪地继续练，后来李牧长大一些，老神棍打不过了，硬的不行来软的，一旦李牧不听话，装神经病发作，满口胡话，满山裸奔，李牧哭笑不得，无奈之下只好认怂接着练。

再到后来李牧也习惯了。

反正练这玩意儿勉强算是可以强身健体，就当是每天做两个小时的儿童广播体操来锻炼身体了。

呼呼呼！

一套拳法功法练完，李牧浑身发热。

尤其是五脏六腑，像是着了火一样燥热，但又觉得很舒服。

李牧对此习以为常。

晚课结束之后，他光着膀子来到后院的禅房门口。

"老头，功我练完了啊，晚饭你想吃什么？我从屠宰场里拿回来一块新鲜猪肝，要不就做你最爱吃的冬瓜猪肝汤面吧……"从六岁起，李牧就开始了童工生涯，被无良的老神棍逼着做饭，这些年两个人的伙食，都是李牧下厨。

"今天是一个大日子，先不着急吃晚饭，我要告诉你一件非常重要的大事。"

老神棍难得一本正经的声音，透过门帘从禅房里传出来。

"大日子？"李牧闻言一怔，他摸着脑门想了想，今天是 2017 年 7 月 14 日，既不是什么法定节假日，也不是传统农历节日，更不是国际大事纪念日……很普通平常的一天啊，算什么大日子？

"在禅房门口坐好，听我说。"老神棍的语气罕见的凝重，根本不是平日里那猥琐淫贱的声音，"我接下来要说的事情，很重要，你要仔细听好，我说完之前，不要插嘴。"

"哦？好。"李牧心中狐疑，在禅房门口坐下。

他有一种不好的预感。

因为以前每一次老神棍说有大事发生的时候，其实都是他神经病发作的时候。

只怕这一次也不例外。

"简单地来说呢，事情是这样的，在太阳系之外，位于紫微星域的几大超级武道宗门，要修筑一座史无前例的大型传送阵法，以方便他们对于银河系南部星域的开发，而这座阵法的仙力脉冲正好要经过地球，所以地球要被拆迁了，我要送你离开地球，临行呢，有一些事情要交代你，免得你去了其他星球之后一时适应不了……"老神棍的声音无比清晰地从禅房里传出来。

什什什什……什么？

李牧一呆。

地球拆迁？紫微星域？还超级武道势力？

果然。

老神棍又犯病了！而且看起来这一次病得不轻啊，这种胡话都说出来了。

再说下去就是银河系五大星系的外星人入侵地球，抢夺国宝大熊猫了吧。

"咳咳，老头，你先停一停……这样啊，我觉得呢，地球拆迁这种小事，我们先放一放，还是你的身体要紧啊，你可能是有点儿发烧了，不如我先送你去医院打针退烧吧。"李牧尽量让自己的措辞听起来显得真诚一些。

以往的经验告诉他，老神棍神经病发作的时候，一定要顺毛捋，不能生硬地否定，否则这老家伙只会疯得更厉害。

砰！一只拖鞋从禅房里飞出来，准确无误地砸在了李牧的脑门上。

"小王八蛋，老子说了让你别插嘴，阵法已经启动，时间宝贵，还废话，你是要气死我啊，给我闭嘴，好好听老子说……"禅房里传出了老神棍愤怒的吼声："我没病，是你这个小王八蛋眼界太窄，井底之蛙……shut up！闭嘴！"

李牧擦了擦脑门上的鞋印，哭笑不得。

今天老头子发病发得有点儿厉害啊，这么暴躁，还开始飙英文了。

"好好好，消消气，你继续说，我不插嘴……"李牧只能开口安抚。

就听老神棍余怒未消，喘着粗气继续道："长话短说，紫微星域那几个超级武道势力，是出了名的心黑，所谓的拆迁，只不过是应付紫微星域诸方舆论的托词，到最后，估计会直接将地球摧毁了事，所以地球距离毁灭也不远了……好消息是，修筑超大型传送阵法，前期准备就需要一些时间，按照地球时间计算的话，大概是二十年之后吧……我先送你离开地球，去紫微星域中的一个低级武道星球，方便你磨砺自身，二十年之内，如果你能够将真武拳和先天功修炼到登堂入室的地步，获得打破星球束缚壁垒的力量，或许就有办法解决地球的危厄。"

"噢……这样啊，明白了，老头你放心，就算不是为了地球，而是为了你和燃灯寺村的乡亲们，我也一定会好好修炼你教给我的这两大神功……"李牧一看老神棍的神经病犯得不轻，于是只能配合。

"嗯，明白就好。"老神棍欣慰的声音从禅房里传来，然后又道，"小王八蛋，咱们爷孙一场，也算是缘分，以后你就要自己闯荡了，我老人家也不得不再叮嘱你几句，知道习武之人闯荡星际江湖最重要的是什么吗？"

哟呵，这一回老神棍入戏有点深啊。

李牧无语，只能继续配合。

他故作认真地想了想，义正辞严地道："武者当然是要锐意进取，不管遇到什么困难，都要与天争一线，而行走江湖更是义字当先，为了朋友两肋插刀，面对邪恶决不退缩，就算是舍生取义在所不惜……"

话音未落。

啪！第二只拖鞋从禅房里飞出来砸在李牧的脑门上。

"stupid……蠢货，我老人家平日里的教导你都听到哪里去了？两肋插刀？舍生取义？错！大错特错！你这个小王八蛋简直要气死我，记住，行走江湖第一要诀是打不过就跑，跑不过就认贼叫爸爸……不管什么时候，保命要紧，安全第一，活着才是最重要的。"

老神经病气急败坏，一副朽木不可雕的失望语气。

李牧："我@#￥%……"

老神棍继续语重心长地道："孩子，这么多年，我一身傲啸宇宙星河的惊天本事，该教你的我都教给你了，一直以来我虽然对你严厉，逼着你做了很多你不愿意做的事情，让你没有一个完美的童年，但这都是为了你啊，等到了那个低级武道星球之后，你就会明白，我传授给你的这一身本事到底有多珍贵，你肯定会感激我的……"

李牧撇了撇嘴。

说实话，如果不是明知道你这是在一本正经地胡说八道，说不定他就真的感动了。

老头子病得这么严重，该怎么劝他去医院呢？

就在这时，老神棍又道："好了，言尽于此，出去闯荡不要丢我的脸……你进来吧，我送你离开。"

李牧嘿嘿一笑，好机会，进去想个办法近身，将老神棍绑起来先送到医院再说。

李牧揭开禅房的门帘，直接走了进去。

谁知道一进去的瞬间，他猛然觉得眼前一花，意外的事情发生，门帘之后的地面竟然并不是实地，李牧好像是一脚踏入了万丈深渊一样，脚底踩空，直接就一头朝着下方栽了下去，然后耳边是一阵嗡嗡嗡奇怪的响声，整个人彻底处于失重状态……

"我靠，好卑鄙，老神棍你神经病啊，竟然在禅房里面挖了个这么深的坑……"李牧悲愤地叫喊。

但这声音旋即又戛然而止，像是从这个世界消失。

"哇哈哈哈哈，成功了……我老人家花了十年工夫才镌刻出这'九星通天阵'，又流淌了身体里一半的灵血，才让它启动，便宜这个小王八蛋了，终于把这个拖油瓶送走了，我也算是彻底解放了……哇哈哈，我终于可以回去了……转变阵法坐标……哈哈，地球这灵气干枯的鬼地方一刻也不想待了，哇哈哈……"

老神棍丧心病狂的欢笑声在禅房里回荡。

然而，就在这个时候，燃灯寺的外面，突然响起了一阵脚步声。

"将军，小牧哥就在这禅房里面吗？"一个悦耳的少女声音响起。

外面，小牛犊子一样的大哈士奇狗将军，正摇头摆尾一脸谄媚地带路。

它身后跟着一个十三四岁的美丽少女。

这少女身姿高挑，约有一米七，一头乌黑的秀发，容貌秀丽，肌肤雪白，未开言先露三分娇笑，雪白 T 恤之下隐约可见胸前的隆起，紧身牛仔裤被一双修长笔直的玉腿绷紧，凹凸有致的窈窕身形，十足的美人坯子。幽静清冷的燃灯古寺，仿佛都因为这个少女的出现而变得明媚了起来。

如果李牧在这里的话，一定会认出来，这少女正是初中毕业前班里的学习委员王诗雨，初中校花，他曾经的同桌。

"汪……汪汪。"哈士奇将军兴奋地跳着，拼命地摇着尾巴，一边讨好地引路，一边直接兴奋地一头扎进了禅房里。

王诗雨紧跟在后面，也没有多想，也一步走了进去，笑着道："小牧哥，你在里面吗？是陈老师让我来找你的，他希望你能继续去读高中……"

然而，下一瞬间，少女和狗的尖叫，就同时在禅房里响起。

再然后，这一人一狗的声音和动静也彻底消失。

接着沉默了好长一段时间，然后老神棍那悲愤欲绝的声音有点儿后知后觉地响起来——"不……该死的蠢狗……啊，小丫头片子……你们怎么闯进来的……该死，我失血过多元气大伤，没有来得及阻止，更没有来得及调整阵法坐标，阵法又被激活……天啊，一个凡人丫头和一条蠢狗，也被传送走了，竟然浪费了我剩下的所有灵血……啊啊啊啊，造孽啊，怎么办，这可是个一次性阵法啊，没有了阵法，没有了灵血，我要被困在这地球上了，老天爷，你这是在玩我吗？"

老神棍抓狂。

许久之后，禅房里又传来老神棍自言自语的声音。

"小王八蛋，这下有的玩了，你的狗，还有你的妹子，都被传送过去了……你们在那个星球上的会面，肯定会很有意思……你这个臭小子一定要在二十年之内，将先天功练到极致，打破星球桎梏来救我啊，不然，老子只能留在这里为地球陪葬了。"

第一章
认错人了

夜，狂风暴雨。

荒郊野外的一片悬崖边，两个瘦小的身影瑟瑟发抖。六个手握森寒长刀的劲装武士，将这一对瘦小身影逼到了悬崖边上。

一道雪白电光闪过，照亮了那两个瘦小身影的面孔，一男一女，都不过是十三四岁的孩子，都是眉清目秀，青袍小帽，一副书童的打扮，表情中充满了恐惧、绝望和……愤怒。

"嘿嘿，正主儿已经跳崖摔死了，老五老六，动手吧，把这两个小崽子杀了灭口，今晚的计划就算是完美结束，可以回去交差了。"六武士之中为首的壮汉冷笑着，"这场雨来得真是时候，一切痕迹都会被冲刷干净，真的是天助我也……"

唰唰！刀光森寒。

两个劲装武士狞笑着，朝悬崖边上的两个孩子走过去。

咔嚓！轰！又是一道闪电，粗壮如蛟龙，骤然划破了暗青色的天穹。

有点儿不可思议的是，这一道闪电巨大得有些出奇，仿佛是一把利剑，霎时间照耀得天地犹如白昼，震耳欲聋的声音炸响，似是要将这黑暗的天地劈开一样，黑色的天穹更似被这闪电撕裂开了一道缝隙，仿佛整个世界都在电闪雷鸣之中颤抖了起来，诡异可怕。

那两个出手的武士，也被吓了一跳，手中的长刀不由得停下来。

怎么回事？今晚的雨夜，为何如此之多的闪电？就算是劲装武士首领，心中也是一阵嘀咕，他正要再说什么……

就在这时，突然一个奇异的声音从天穹之上传来——"啊啊啊啊啊啊啊……老神棍挖的坑，怎么这么深啊？"一个如同被踩了尾巴夺了毛的土猫尖叫一样撕心裂肺的声音，从头顶空中传来。

还未等众人反应过来，一道黑影急速坠落下来，扑通一声，掉进了两个男女小书童旁边的半米高的野草堆里，草屑乱飞。

怎么回事？劲装武士们面色一变。六个人顿时警戒后退，暗中站好方位，隐隐将这草堆也一起包围了起来。

几秒钟之后。

"额滴个亲娘嘞，屁股都摔成八瓣了……老东西，你说你都一把老骨头了，没事在禅房里挖这么深的坑干吗？"

一个修长的黑影，哆哆嗦嗦地从草丛里爬出站起来，却是一个身形健硕的少年。

只见他光着膀子，上身赤裸，一头黑色的短发，下身穿着奇怪造型奇怪材质的直筒裤，浓眉大眼，龇牙咧嘴地叫唤着，看样子也是摔糊涂了，从草丛里爬起来，一边揉着腰，一边小心翼翼地四周打量着。

说来也是奇怪，自从这个从天而降的少年出现之后，原本的漫天大雨和电闪雷鸣，都骤然毫无征兆地停止了，就连天空中的阴云，也是瞬间散去，消失得无影无踪了。

双月高悬，银色的月光洒落了下来。

这少年下意识地抬头，看到了天空中的两颗月亮。

霎时间，他整个人猛然都僵住了。

"我靠……两颗月亮？不是做梦吧？难道真的是……老神棍没有骗我？"少年震惊了，嘴巴张开成了一个大大的 O 形，不可思议地倒吸冷气，"这么说来，我前脚不小心掉进了老神棍在禅房门口挖的坑里，然后，后脚就真的被传送到了异星球？"

从掉进坑里到出现在此地，不过是十几秒的时间而已。

怎么可能？他捏了捏自己的脸。嗯，有点疼。是真的，不是做梦。

他猛然尖叫了一声，然后像是一个疯子一样拍打着自己的脸，喃喃自语，表情一会儿迷茫，一会儿狰狞，一会儿痛恨，一会儿又变得兴奋，像个疯子一样。

这少年，自然正是被老神棍传送而来的地球人李牧。

冷风吹过，万籁俱寂。这本是杀戮的现场，但此时气氛有一种令人啼笑皆非的诡异。

而那六个劲装武士面面相觑。他们一时也搞不清楚这怪事怪人到底是怎么回事。画面像是定格了一样。

突然，一个惊喜无比的颤抖声音，打破了这诡异的气氛。

"啊……少爷，是您？真的是您？少爷您从悬崖底下爬上来了？太好了，您……还活着？呜呜呜，实在是太好了，少爷您还活着……"说话的是男孩小书童。

小家伙背后背着一个和他差不多高的竹制书柜，装得满满的也不知道塞着一些什么，突然冲到了李牧的身边，正一脸惊喜地看着李牧，无比的兴奋，才说了几句话，竟然激动得哭了起来。

一边的小女孩书童怔了怔，也扬起白皙秀气的小脸蛋，看着李牧，水汪汪的大眼睛里，带着困惑和怀疑："少爷，你……真的是你？你不是掉下悬崖了吗？咦？你的头发是怎么回事？这么短……竟然在悬崖底下换了个发型，这一身衣服好奇怪啊，哪里来的？"这小丫头有点儿话痨趋向，而且关注的点完全和小男孩不是一回事。

呃？这是怎么回事？

李牧低头疑惑地看着两个小家伙。

少爷？认错人了吧？不过，自己居然能够听懂他们的话！

"小子，你……竟然没有死？"对面，劲装武士首领一脸震惊地也开口，扬着手中森寒锋利的长刀，神色惊疑不定地道，"从这二十多米高的悬崖上摔下去，你居然还能活着爬上来，真是命大啊，嘿嘿。"

李牧这才注意到，原来一边还有六个凶神恶煞、杀气腾腾的劲装武士的存在。他一脸蒙地看着武士首领。

又一个认错人的！这么巧，他的话，我也能够听懂哎。

"不好……公子……快……快跑，他们是来杀你的……"那小男孩书童猛然反应过来，连忙焦急地大喊了起来，一边喊一边推着李牧逃跑。

呃？李牧愣了愣。

看了看两个焦急的小书童，再看看握着钢刀凶神恶煞地缓缓逼过来的六个劲装武士，李牧的心中突然也明白了什么。

看样子，一穿越过来，就卷入了阴谋仇杀中？不是吧，这么狗血老套的剧情，竟然被我遇到了？

"……等一等。"李牧抬手。

看到他抬手的动作，劲装武士都心中一跳，立刻止住了脚步。

之前发生的一切实在是有点儿诡异，尤其是李牧从天而降的那一幕，让他们不得不小心谨慎，以免李牧又弄出什么幺蛾子，弄不好要阴沟里翻船。

李牧也是松了一口气。从这些人的反应来看，李牧可以确定，他们也听得懂自己的话。看来在异星球语言交流这一关可以过了。

"对对对，就这样，先停下来，没什么事情是一顿小龙虾解决不了的……呃，没吃过小龙虾？不好意思，忘了这不是地球了，不过，那也没关系，我只是举个例子……都不要激动，听我说。"李牧此时还有点儿蒙，脑子里一团糨糊，一看对面有暴走砍人的趋势，脑门都发麻了。

他深深地吸了一口气，隐约觉得这个世界的空气无比的清冽甘甜，吸到肺里像是温泉水在身体里涤荡一样，感觉无比的舒适，呼吸之间，有一种飘飘欲仙的美妙感觉。

但这不重要，重要的是先从这危机杀局中脱身。

他努力地让自己的笑容显得真诚，笑着道："几位大哥，说出来可能你们不会相信，但事情真的是这样的，其实呢，我是一个外星人，你们认错人了……我不是你们说的那个人，我只是路过……被一个无良的老神棍从地球传送到这个世界的……地球你可能不知道，要是详细说起来，估计得解释三天三夜了……"

空气中一阵尴尬的沉默。

"公子，你是不是从悬崖上掉下去摔糊涂了……什么外星人，你在说什么呀？"

小女孩书童一副"你是不是傻"的表情看着李牧。

李牧："……小妹妹，你真的认错人了啊。不要乱说话好不好啊，会死人的。"

劲装武士首领呆了呆，旋即冷冷一笑："李牧李公子，你的画像，我已经看过数十遍了，不会认错，就算你们读书人头脑灵活诡计多端，但是，用这种白痴的借口，就想要骗过我们兄弟，你不觉得太拙劣了吗？你这是在侮辱我们兄弟的智商。"

"咦？你怎么知道我的名字……"李牧一怔，下意识地问道。

但旋即，他意识到要糟糕了。应该是对方追杀的那个人，竟然也是叫李牧。卧了个大槽，天下间还有这么巧的事情，不但长相一样，连名字都一样？而且这句话一出口，他就明白坏事了。

这么说，这不等于自己承认了吗？黄泥抹到裤裆里，不是屎也是屎了。

他妈的，这算是什么事情啊？有没有搞错啊？老子是肉身穿越，肉身穿越啊，又不是魂穿附身，这种事情都能遇到？

"哼，又承认自己是李牧了？"那武士首领冷笑，眼中已经是不耐烦之色，道，"装疯卖傻，想要拖延时间？五弟六弟，夜长梦多，出手吧，宰了他们，早点回去复命。"

旁边两个劲装武士狞笑一声，冲过来，速度极快，直接出手。

第二章

好强大

刀光如雪，寒意森森，朝着李牧脑袋砍下。

"还讲不讲道理了？有点儿过分了，喂……我真的是外星人，不信我可以证明啊，我会英语，我懂数理化，电脑三级，英语四级，自学日语十级……高等文明……上下五千年……我很珍贵，很有价值的……"李牧哇哇大叫，吓得汗毛都竖起来了，连忙朝后退，手忙脚乱。

但谁知道，仓促之间，李牧拙劣的动作，竟然是轻松地躲开了这两道看似快如闪电的刀光。

咦？怎么这两个人出刀的速度这么慢？这个奇怪的念头，在李牧的脑海之中一闪而过。

嗖嗖！又是两道刀光劈面砍来。

李牧再躲，竟然是又轻松地躲开了。

"这是怎么回事？怎么他们出刀都软绵绵的，好像是放慢动作一样，被我看得清清楚楚，这不是来杀我，是来演戏搞笑的吧？"李牧觉得很奇怪。

但是这两个武士的表情狰狞且杀气腾腾，不像是在故意放水。

"哇，公子你……变得好厉害，公子加油……不要一直躲啊，还手……快还手啊，打死这群坏人。"一边的小女孩书童是个呆瓜，完全没有意识到危险，反而在兴奋地拍手，大声地加油起来。

倒是她身边的小男孩书童，一脸害怕的样子往后缩，又无比关切，在一边急得跺脚。

李牧很是无语。小妹妹你的表情有点儿浮夸啊！难道这个时候你不应该和旁边的小伙伴一起表演害怕吗？你不会是一个小太妹吧！

嗖嗖！刀光又是劈头盖脸地狠辣地斩来。

"喂，有完没完啊，砍几下得了，我都让你们三招了……就不能有话好好说啊……"李牧又急又恼，一股子邪火就压不住了，"你们真的认错人了，承认自己的错误就这么难吗？我可以熟练背出元素周期表和《出师表》，唐诗三百首我也倒背如流，我可以做很多事情证明给你们看，我真的是外星人……停！给老子住手！"

躲过刀锋，李牧反手抓住两个武士的胳膊，随手一推。他的本意是想要将这两个人推开，再好好理论一番。谁知道就是这么轻轻一推，就听咔嚓咔嚓一连串如同捏干脆面一样的脆响。

两个武士的手臂骨当场就不知道断裂成为多少截，同时口中狂喷着鲜血，被李牧推飞出去四五米，砰砰撞在了远处的树上，像是西瓜砸在了石头上一样，然后滑下来，瘫软在地，四肢抽搐，进的气少，出的气多，眼看是活不成了……

卧槽！李牧吓了一跳，见了鬼一样看着自己的双手。这是什么鬼？轻轻一推，就打死了两个彪形大汉？这……我什么时候有这种力量了？

李牧的内心再度蒙圈了。

"什么？这种力量……"一边的那劲装武士首领，看到这一幕，也是面色剧变，心神狂跳，一股冰冷寒意瞬间将他笼罩。

好可怕的力量！武士首领面色变得无比难堪。他盯着李牧，神色阴沉，眼神中带着难以掩饰的忌惮之色。

半晌之后，他不动声色地退了几步，拉开距离，色厉内荏地冷笑道："好，真是没有想到，原来皇榜高中文进士的李公子，居然深藏不露，也是武林中人，一身修为更是强大到这种程度……这一次，我们兄弟走眼了，认栽，青山不改，绿水长流，我血月帮不会就这么放弃的……撤！"

撂下这些场面话，这劲装武士首领急匆匆身形一闪，仿佛是死了爹娘赶回去奔丧一样，如同大鸟一样飞起，几个闪烁，仿佛是逃难一样，就消失在了远处夜色之中。

而剩下的三个劲装武士，也都神色惊慌，连死去那两个同伴的尸体都顾不上抬走，紧随首领之后，身形腾跃，速度极快地消失在夜空中。

阿嘞？飞檐走壁？草上飞？这几个人会轻功？武林高手哎！

李牧眼睛亮了，这个星球真的是一个武道世界？

不过……糟糕，事情还没有说清楚呢，招惹了这样的武林中人，打死了人家的兄弟，按照地球小说里描写的，一定会被这些江湖好汉追杀到死的吧？

"哎？等一等，听我解释，听我解释啊……"李牧追了几步，扬手挽留道，"几位大哥，我真的是外星人，你们真的认错人了……我不是故意打死你兄弟的，等一等，咱们说清楚嘛……"这一次要是说不清楚，万一这血月帮再来追杀怎么办？

但那几个劲装武士早就吓破了胆，哪里还敢停留，头也不回地逃了，就怕李牧追杀上去。

"哇哇哇，公子，你什么时候变得这么厉害了？"小女孩书童连蹦带跳地跑到李牧的身前。

小丫头水汪汪的大眼睛里闪烁着崇拜的色彩。

李牧瞪了一眼。这丫头片子，绝对是一个好战分子。

"公子，此地不宜久留，我们快离开吧，再有几十里路，就到太白县城了。"小男孩书童的表现就正常了很多，稚嫩的脸蛋上，一脸劫后余生的样子，背着和他一样高的书柜，模样滑稽，神态诚恳地道，"到了县城，等您接掌了县衙，就不用怕这些血月帮的武人了，直接派兵围剿他们。"

"阿嘞？"李牧一脸蒙逼地看着这个人没有书箱高但口气比天大的小家伙，"接掌县衙？派兵围剿？"

"是啊，公子，难道你忘了，你考取文进士，被帝国任命为太白县的知县，我们现在是在上任的途中啊，就快要到了……"

"帝国？什么帝国？"

"大秦帝国啊，公子你摔傻了吗？"

"呃……大秦帝国，如今天下是大秦帝国统治？难道是历史上的秦朝？不对啊，两个月亮怎么解释……"

"统治天下？怎么可能，神州大陆分九鼎，乃是三大帝国、九大神宗共治，大秦帝国只是统治大陆西北，公子你不会真的摔傻了吧，这种常识都忘了啊……而且，天上一直都是两个月亮啊。"

"啊？那白天呢？不会是两个太阳吧？"

"是啊是啊，不是两个太阳难道是一个吗？公子你没事吧？"

"啊啊啊啊啊啊……该死的老神棍，到底把我传送到了一个什么世界啊……异星球太危险了，我要回地球。"

……

太白县城位于大陆西陲最为著名的秦岭山脉支脉太白山山麓。李牧和两个小书童来到太白县城门口的时候，天色已经大亮。夜间处于关闭状态的县城大门，此时刚刚开启。

进城赶早集的各色人等，有数千人，陆陆续续到来，在城门口排起了长长的队伍，挨个接受驻防兵卫的盘查之后，才能放进城。

李牧驻足而望。

时值七月，植被正盛。

太白县城位于太白山的山麓，依山而建，被碧波如涛的原始林海簇拥，城墙高拱，已经有数百年的历史，站在城外远眺，可以看到山势稍高之处青砖青瓦、古色古香的建筑鳞次栉比，镶嵌在碧绿树涛之中，有一种原始而又细致的美丽，简直如同世外桃源一样。

"宛如古代，真美啊。"李牧排在队伍中，忍不住发出了一声感叹。然后他饥肠辘辘的肚子，就很配合地发出一阵雷鸣般的咕噜声。

算起来，在地球燃灯寺的时候，李牧练完功还没有来得及吃晚饭，就被老神棍很不负责地传送到了这个世界，到此时已经过去了一夜时间，其间担惊受怕一路奔逃，此时当真是快要饿得头晕眼花。

"少爷，再忍一忍，到了县衙就有吃的了。"小男孩书童名叫清风，开口道。

清风的身上原本是有一些干粮的，但昨夜被血月帮的人追杀逃跑时，慌不择路都掉落了，其实他自己此时也已经饿得眼冒金星，不过对于这个小家伙来说，显然主人才是第一位的，可怜兮兮地在一边安慰李牧。

"好。"李牧心不在焉地答应了一声。

咕噜噜！肚子又轰鸣了起来。

周围排队的人，都朝着李牧看来。在别人异样的眼光中，穿越者李牧同学脸红了。

因为昨夜被血月帮的武林高手追杀，一路走来都是心中惶惶，连鞋都快跑丢了，此时他们一主二仆行迹狼狈，衣衫破烂，简直像是逃难的流民一样……这一副形象，真是给无所不能的穿越者这一开挂群体丢脸啊。

"大哥哥，你是不是好久没有吃东西了？给你这个。"一个稚嫩清脆犹如空谷百灵一样的声音，突然怯生生地在旁边响起。

李牧下意识地回头。却见一个七八岁的小丫头，贫民装扮，身穿粗布褂子，裤子上布满了补丁，穿着草鞋，扎着两条乌油油的辫子，圆嘟嘟的小脸有一种健康红润的光泽，明亮的大眼睛清澈，像是两颗毫无杂质的黑宝石一样美丽，长长的睫毛忽闪忽闪，小手里高高举着两个拳头大小的金黄山杏递向李牧。

"额？给我的？"李牧有点儿惊讶。

他不认识这小家伙啊。

第三章
冒名顶替当县长

"嗯。"小姑娘点点头，"娘亲让我送过来的。"说着，指了指旁边。旁边有一对年轻夫妇。

男子三十出头的样子，身形魁梧，络腮胡国字脸，神态坚毅粗犷，身负一杆三股打猎钢叉，且背着数张新剥带着血迹的山兽皮，一副猎户打扮，而女子年龄却要小一些，二十三四岁的样子，肌肤白皙，容貌秀丽，怀中抱着一个还未断奶的小婴儿，这女子虽然是荆钗布裙穿着清贫，但却难掩优雅气质，乍一看给人一种惊艳之感，倒不像是贫户，反而似是大家闺秀一样。

她脚边放着两个竹筐。竹筐里面装着散发清幽果香的金黄山杏，应该是从山中采摘的野果，要拿进城去集市上贩卖换钱。

看到李牧的目光，这对夫妻脸上都露出一丝善良的笑意。

"多谢。"李牧模仿古人拱手，然后才接过小姑娘手中的山杏，摸了摸她的头，微笑着道，"谢谢小妹妹，你叫什么名字啊？"

"我叫丫丫。"小姑娘开心地笑着，蹦蹦跳跳地跑回到父母的身边。

异星球的人民真的是友善淳朴啊。李牧眼含热泪地发出感慨。

两杏之恩，让李牧对于异星球充满好感。这两个金黄山杏，又大又甜，勉强可以充饥，李牧自己吃了一颗，两个小书童清风、明月分了一颗。

入城的队伍依序前进。很快那对年轻夫妇和丫丫就到了城门口。

盘查的兵卫一看就是老兵油子，衣甲松垮，面带贪相，明目张胆地吃拿卡要，但凡是进城的人，都要被克扣盘剥一些东西，可谓雁过拔毛。这对夫妇的两张兽皮和半筐山杏被夺走，敢怒不敢言，带着孩子进城而去。

终于到了李牧三人跟前。小书童清风刚上去想要表明身份，那为首的都头，捂着鼻子，上下打量三人："妈的，哪里来的三个乞丐，又脏又臭，真晦气，快滚……到了城里别犯事，不然打断你们的狗腿……"然后就命人直接将李牧三个人赶进了城。

李牧进了城里，一步三回头，看向城门，哭笑不得。虽然顺利进入了县城，但是这种被鄙视的感觉，还真的是很不爽啊。而且，窥一斑而知全豹，可见西秦帝国的吏治，看起来并不怎么样嘛。

太白县城是山城。进入其中，更能感受到这座古城的魅力。

几条主干道以太白山特产的青石铺就，光滑平坦，堪比地球上的柏油马路，而其他道路大部分都含台阶或者弯道，曲曲折折，穿梭在山水之间，仿佛是山水园林一样，数道河流环绕古城，从高到低流淌下来，在城中形成几处瀑布，不过水势不大，清澈见底。

城中古树盘踞，树冠如华盖，动辄数百年的树龄。景色优美，徜徉其间，很容易迷路。

大约两个小时之后。

李牧带着两个书童，一边问路一边爬山，花费了半天时间，才来到了位于县城最高处的县衙门口。

是的，李牧同学经过了激烈的思想斗争之后，决定顺水推舟，暂时冒充太白县的县令。

原因有三个。

一则是因为得罪了那个什么血月帮肯定会被追杀，现在的他没有自保之力；二则是通过与书童清风的交流得知，在西秦帝国，没有户籍的黑户会被官府打入奴籍；第三个原因就更简单了，李牧在地球上不过是一个初中毕业生而已，没有什么生存技能，若是在各处流浪，几天时间就要被饿死了。

当然，一穿越来就混个县长当一当，也是美滋滋啊。

县衙门口，有两队衙役守卫。

三个人刚来到门口，就有衙役骂骂咧咧地走过来："三个臭要饭的，县衙之地，闲人退散，不想死就滚远点……"神态非常凶狠恶劣。

"你们几个不长眼的东西，竟敢骂我家少爷，信不信我家少爷一拳打死你们……"暴力呆瓜女书童明月双手叉腰，毫不示弱地骂了回去，"狗眼看人低的东西，我家少爷乃是太白县新任知县，你们这些不知死活的东西，还不赶紧滚过来迎接知县大人！"

……

半个小时之后。

"参见知县大人。"

县衙大堂，在验证了任命函和官印之后，一群大小文吏、武官神色不一，低着头齐声拜见新知县。

李牧坐在官椅上，面无表情。虽然他只是一个菜鸟，但是却也看得出来，这些县衙的成员，对于自己这个新任县令，并无多少尊敬惧怕，倒是之前那几个出言无状的衙役，有点儿被吓着了，此时跪在最外围瑟瑟发抖。

"不用多礼，都退下吧……"

他不想去计较这些人的态度问题。因为心虚啊。毕竟李牧冒名顶替的是一位经过了帝国科考的文进士，绝对是一个知识渊博的主，熟知西秦帝国官场秩序，而身为穿越者的李牧却是对这个世界的大部分官场常识都一无所知。

"啊？"一群文吏衙役都有点蒙。

什么情况？这就让退下？知县大老爷新官上任，难道不了解一下如今县衙的状况吗？

"大人，自从一年之前，前任县令卢大人辞官求道至今，太白县已经一年没有县令坐镇，县衙中没有批阅的案牍卷宗累积如山……"一个看起来身形微胖像是员外郎一样的中年人，躬身微笑，道，"下官已经将过去一年来县中发生的大小事件、文卷、官文、案件各种记录，都已经备好，大人您现在就可以过目审阅……"

李牧摆摆手，打断了他的话，道："你是？"

"下官周武，乃是本县的县丞。"微胖中年人笑着道。

哦，县丞，那就是副县长啊。不过听他说，前任县长竟然辞官求道去了？这是什么鬼？李牧不动声色地点点头，道："本官长途劳顿，很是疲倦，政务什么的回头再说吧……你们先退下。"

反正他打定了主意，就是不能和这群家伙扯太多。否则，言多必失。

一众大小官吏闻言，抬头看看李牧，神色不一，有人失望，有人高兴，有人鄙夷，有人默然，再度行礼，依序朝外走去。

"哎，等一等，那个周什么……"李牧突然抬手指了指县丞周武。

后者心中一颤，神色猛然一变，回身看向李牧。

"那个什么，我……本官有点儿饿了，让人准备点吃的送到后衙来。"李牧尽量让自己表现得理所当然地道，"要有酒有肉。"

"哦。"县丞周武脸上惊色褪去，一抹不易察觉的鄙夷之色从他眼睛深处闪过，脸上露出一丝诡异的微笑，"好。"

然后一群官吏走出了县衙大堂。

再然后外面很快传来一阵哄然大笑之声。

一边的小书童清风、明月都羞愧得捂住了脸。

很显然，刚才少爷坐在官椅上的表现，已经成了同僚们的笑谈了，很快就会在太白县城上层圈子里传开，这可真的是新官上任三把火还没有烧起来，就先丢了个丑啊。

李牧在官椅上翘起二郎腿，一脸无所谓，甚至嘿嘿地笑了笑。当这个县令只是为了生存而已，对于所谓的权力，他一点儿都不在乎。毕竟他是一个外星人啊。

他来这个星球是为了锤炼武道，之前发生的一切，都证明了老神棍所说的都是真的，先天功和真武拳极有可能真的有仙人一般的威力，而且也有可能在这个星球上练成。

只要两大神功能够练成——不，哪怕只是略微入门，其威力都可以横扫这个低等武道星球，就算是三大帝国的皇帝和九大神宗的掌教们，都要在李牧的脚下瑟瑟发抖，一个小小的县官算什么，到那个时候，金钱美女高官厚禄岂不是唾手可得？

"啊哈哈哈哈……"畅想美好未来的李牧同学，忍不住坐在官椅上狂笑了起来。

一边的清风、明月小脸上都写满了无语。少爷这也太没有出息了，居然高兴疯了啊。

……

大约半个小时以后，周县丞派人送来了一桌美食，果然是有酒有肉，山珍河鲜应有尽有。

李牧和两个小书童根本就控制不住自己，直接就在县衙大堂上开吃，风卷残云一般吃了个痛快，肚子差点儿撑爆，像是饿死鬼投胎一样，把旁边的几个衙役看得瞠目结舌。

吃完饭，掌管县衙防卫的都头马君武前来求见，说是要请示县衙的防卫布置。

西秦帝国的县级行政单位分工极为简单，也极为清晰，在知县之下，有三大副县级的官僚，分别是掌管县政的县丞、掌管钱粮赋税的主簿和掌管兵备的典史。

典史相当于地球上的公安局长。

典史之下又有三大都头，分别是负责县衙防卫的衙卫都头、负责缉捕追凶的兵卫都头，以及掌管民壮民兵的民卫都头，对应地球上分工则大致相当于武警内卫、刑警队和民兵队一样。

衙卫都头马君武，负责县衙防卫布局，照例必须请示县尊。

"不见。"李牧毫不犹豫地拒绝求见，让小书童清风前去应付。

他自己，则第一时间躲在了后衙中。

第四章
李牧是高手

后衙是知县的私宅。

前任知县是个修仙狂热者,喜欢道术,常年在县衙内炼丹修道,最后更是辞官不做,据说是挂印而去,前往太白山深处的幽境之中求仙问道去了,所以这县衙后宅的布局,隐隐像是一座道观,一间道堂供奉着道祖,两间书房,一间练功房,一间丹房,六间卧室,还有其他几间杂物间,数个小院落,一个花园,还有假山流水,颇为幽静。

不过,因为一年多没有人居住打扫,所以到处都布满了灰尘。

李牧随意逛了一圈,对于后宅的布局就了如指掌。女书童明月狐假虎威地叫了几个杂役,将整个后宅打扫了一番。

一天的时间很快结束。

入夜。

李牧在主间的卧室窗户前,静静地站立。他开始思考一些事情。

这一夜一日的见闻,足以证明,老神棍说的一切都是真的,这也就意味着,地球可能真的面临着被拆迁毁灭的命运,所以就必须按照老神棍所说,在二十年之内,将先天功和真武拳修炼到一定的程度,可以打破星球桎梏,走出这颗星球,进入星域之中,才能改变地球的命运。

地球上,有李牧的朋友、同学、乡亲,还有老神棍,还有那条肥肥的哈士奇,以及……以及李牧青春期懵懂而又纯真的暗恋对象……这一切的美好,都值得李牧用最真诚的姿态去捍卫和维护。

"要做到这一点,希望就在先天功和真武拳上了。"李牧的思路越发地清晰了起来。

在地球上的时候，老神棍用了十四年的时间，教给李牧很多的东西，比如捉鬼、画符、风水、通灵、神打等乱七八糟的东西，大多数都是骗人的，但老神棍最重视的还是真武拳和先天功，曾说过，这两种功法练到极致处，可以横扫星域一方为尊。

以前李牧觉得老神棍在吹牛×，但是现在看来，很有可能是真的。

"也许我现在力大无穷，就是因为在地球上修炼了先天功。"

李牧想起自己昨夜随手一推，就杀死两位血月帮武林高手的事情。

地球上没有灵气，所以无法修炼先天功，但十四年的修炼，让李牧打下了完美的基础，来到了存在着灵气的异星球之后，十四年的积淀立刻就勃发，呼吸之间，身体都会感觉到一种难以言喻的美妙感觉，空气无比香甜，这就是所谓的灵气？

在灵气入体滋养之下，李牧的力量已经开始暴涨。虽然过去的一天一夜时间里，李牧也曾暗中尝试过，但却依旧没有弄清楚，自己的力量到底有多强。而这，还只是到异星球一天一夜时间的效果而已。如果在这样的环境之中，多修炼一些岁月，会强大到什么程度？李牧想到这里，整个人都激动了起来。

"先天功，真武拳……"

他站在卧室中间，身形肃立，然后缓缓地拉开架势，开始练习真武拳。

真武拳共有十八式。每一式都不算复杂，动作古朴简单，招式分明。

在地球上的时候，李牧已经将这十八式招式修炼得炉火纯青，并未觉得有什么特别的威力，和学校里的第八套儿童广播体操差不多，十四年的修炼，就算是闭着眼睛从尾到头倒着施展，李牧也能做到熟练无比。

但是，此时，李牧很快就感觉到了诡异之处。

十八招真武拳招式，别说是招式，他竟然连拳路的起式桩功，都无法施展出来，才稍微摆开一个架势，立刻就觉得全身的肌肉仿佛是撕裂一般的疼痛，就似是有千万根牛毛银针在肌肉骨骼经脉之中穿行一样。

李牧大叫一声，全身顿时被冷汗湿透了。

"怎么会这样？"他感觉到匪夷所思。

怎么回事？难道来到了异星球之后，真武拳竟然发生了异变？

连续尝试几十次，最终他勉强站出真武拳起式桩功。但也是撑不到三四秒的时间，浑身剧痛就难以忍受，似是千刀万剐一样，脸色蜡黄，蚕豆大的汗珠从额头滑落下来，李牧大叫一声，仰天栽倒。

至于真武拳的前三式冲天锤、朝天锥、破天崩三式，别说是施展，想都别想。李牧躺在青砖地面，胸膛剧烈起伏，急促地呼吸。他在大脑中急速地思考出现这种异样的原因。

不过，大概一刻钟的时间之后，意外的变化又出现了。李牧突然觉得全身的那种剧痛如潮水一般散去，一种酥酥麻麻暖暖的感觉涌动全身，有一种说不出的舒适之感，仿佛是泡在温泉中一样美妙。

李牧一个鲤鱼打挺站起来。他活动手脚，觉得浑身舒适，精力前所未有的充沛。仿佛之前的痛苦，只是一种幻觉而已。

"咦？"李牧发出一声惊呼，发现自己的皮肤上，有一层黑乎乎的污渍，仔细看，却是肌肤毛孔之中沁出来了一种类似于地球上美女鼻子上挤出来的叫黑头的污垢，手臂、双腿、胸腹，甚至是面部、足部……全身上下都有。

这是……难道是伐毛洗髓改变体质？

李牧突然有点儿明白了。在充满了灵气的异星球，真武拳的某种奥义被引动，所以威力初步展现，哪怕只是一个简单的起式桩功，都具有无与伦比的威能，自己刚才修炼真武拳，引动了这部仙人之拳的奥义，无声无息地改变了自己的体质，而那种剧痛，应该就是身体被改造提升时的副作用。

明白了这一点，他骤然兴奋了起来。果然是仙人之拳。既然真武拳有如此威能，那先天功呢？

兴奋之中的李牧，根本顾不上去清理身上的黑色污垢，而是直接在原地盘膝而坐，迫不及待地尝试修炼先天功，他舌抵上颚，眼观鼻，鼻观心，心守真我，以一种奇异的韵律，开始呼吸了起来。

先天功，是一种呼吸法和导引之术。

呼吸之间，一种地球上从未有过的体验，在李牧的身上出现。

月光莹莹，照射在李牧的身上，让他整个人好似散发出银辉一样，有着一层梦幻般的色彩。

传奇，开始启幕。

……

同一时间，夜幕降临。

太白县县丞周武的府上，一场规模不小的官场聚会正在进行中。除了掌握兵权的典史郑龙兴之外，其他大大小小的官员都出现在了周府。

"朝廷不公啊，周县丞您代理掌管太白县一年，兢兢业业，劳苦功高，本应该是您接任的知县之位，却被一个黄口小儿窃取，他李牧只不过是一个百无一用的书生，榆木疙瘩而已，凭什么居于周公您之上？"一个不入品的文吏大声地道。

"不错，我今日观那李牧，不过是一个腹内草莽的废物而已，根本不具备管理守牧一县之地的才能，让这种草包县令管辖我等，我等不服。"

"嘿嘿，不管如何，反正以后，我依旧是只听周公您一个人的。"一群大大小小的文吏，争先恐后地向县丞周武表决心。

县丞周武一身玄色常服，居于主座之上，笑眯眯地端着一杯酒，像是一个和气的富家翁一样，看着众人，也不说话。

周家在太白县是数一数二的大家族，而身为当代周家家主的周武，更是绝对意义上的地头蛇。

一年之前，前任县令辞官而去，县令之职空缺，周武经营了一年，整个太白县已经是铁板一块，而且他也在上头活动了一阵，原本这个县令的职位，已经是他囊中之物了，却不知道在最后的关头，哪里出了问题，让一个乳臭未干的小东西夺走了。

周武心中不甘心。但他这么多年已经习惯了喜怒不形于色，绝对不会表露出来。

这时，一直没有开口说话的主簿冯元星放下手中的酒樽，心中已经有了计较，微微一笑，道："诸位不必焦躁，今日一见，我观那李牧神色虚浮，心中带怯，只不过是在故作镇定而已，且从其他种种迹象和消息来看，也不是世家大族出身，不用太过看重，所谓强龙亦不压地头蛇，何况这李牧连强龙都算不上，不过是一尾爬虫而已，只要我等联合起来，日后，这太白县的政令之权，依旧在周公手中，只有周公的话才算数，李牧只不过是一个笑话而已。"

论官秩品级，身为主簿的冯元星与县丞周武相当，身为知县之下的三大巨头之一，但因为是外地人，且出身不高，在太白县的官场上无依无靠，难以聚拢山头，所以一直以来，冯元星都是依附于周武，以下属自居，从不争权。

"哈哈，全靠各位鼎力相助，请畅饮此杯。"周武听到这里，脸上露出了满意的微笑，心中快慰，哈哈大笑，举杯敬酒。

大堂之内，顿时觥筹交错，一片欢声笑语。

……

典史府。

密室之中，身为太白县三大巨头之一的典史郑龙兴，神色惊疑。

在他的面前，一个浑身黑色劲装的武士，单膝跪地，道："回禀香主，根据帮中传来的消息，那李牧是个武林高手，一招之间就将帮中两个合力境的兄弟秒杀……这一次的刺杀任务失败了。"

第五章

尿了？

"怎么会这样？"郑龙兴轻轻地抚摸颔下三缕长须，神色惊讶，道，"这李牧不是文进士出身吗？怎么又变成了武林高手？合力境的实力，虽然算不得什么，但在江湖上也能入流了，竟然被一招秒杀，难道王都中传来的消息有误？"

郑龙兴除了身居太白县典史之位外，还有另一重身份，那就是血月帮的四大香主之一。

这一次刺杀李牧的行动，就是他推动进行的。他本身就是一个武林高手。虽然合力境是武道修炼初入门的境界，再往上还有合气境、合意境等等，但不管怎么说，进入合力境的武者，已经初步掌握了粗糙的内劲，在整个江湖上也算是三流武者了。

且血月帮这一次派出截杀李牧的武者，都是帮中机警精锐的弟子，除了五名合力境的三流武者之外，带队首领更是一位合气境的武士，可以算是三流武者中的高手，这样的力量，对付一个年龄不到十五岁的文进士，绝对是绰绰有余，谁想竟然失败了，还搭上了两个帮中弟子的性命。

"也许是因为李牧隐藏太深，之前从未听说此人会武功。"黑色劲装武士低头道。

郑龙兴脑海中浮现出了今日白天在县衙中见到李牧时的情景。

那个少年坐在官椅上，看似镇定，实际上极为局促，故作淡定，实则很容易被看穿，不论是神态还是气息，都是十足的菜鸟，没有丝毫文进士或者是武林高手的征兆迹象，难道是伪装的？

如果真的可以伪装到这种程度，那也太可怕了，绝对是一个心机深沉之辈。

这一次，郑龙兴铤而走险，推动血月帮半道击杀，其实也是为了谋求县令之位。

西秦帝国乃至于整个大陆，武林帮派、宗门的地位极为特殊，几乎可以与官府分庭抗礼，许多帝国巨擘政要，都是出身于武林宗门，说江湖与朝堂共治天下也不为过，甚至连律法对于武林人士都有格外优待。郑龙兴原本只是一个镖师，后来加入血月帮屡立大功，升到了香主之位，才在帮派的运作之下，成了太白县的典史，掌握兵权。

如今西秦帝国政令混乱、吏治败坏，已经隐隐有了乱世之相。

他已经谋划好了一切，只要截杀新县令成功，然后也会迅速解决掉县丞周武，利用血月帮的能量，运作之后，这个县令之位，绝对会是他的。

郑龙兴野心极大。在他看来，太白县位置极佳，经营得当的话，会是一方世外桃源，可以慢慢积蓄力量，养精蓄锐，日后揭竿而起成就一番事业，也不是不可能的事情。

但是现在，这个计划一开始，就产生了变故。

他在密室之中，沉思良久，最终脸上浮现出了狠色："计划绝对不能改变，事不宜迟，让帮中再派更强的高手，刺杀李牧，务必在他立足未稳时，将其绝杀。我的计划，绝对不能有任何的耽搁。"

……

一夜时间，飞速过去。

太阳升起于东方的天穹。一共有两颗太阳，一大一小，一先一后。阳光明媚，风和日丽。

吱呀一声，房门打开。李牧从房间里走出来，精神前所未有的充沛。

"少爷，你……"天然呆小书童明月瞪大了眼睛看着李牧，过了半晌，尖叫着转身就跑："好臭，臭死了……少爷你一身黑乎乎的是什么东西啊，怎么和屎一个味道啊。"

李牧无语。

昨夜一整夜，他都在修炼先天功，进入了一种从未体验过的入定状态之中，一夜时间宛如一瞬一般，走出房门之间，李牧没有仔细看，被明月这么一闹，才发现自己身上竟然又沁出了一层细腻的黑色污垢，都是从肌肤毛孔之中排出来的。

一股酸臭味道缭绕周身。连他自己，都觉得酸臭扑鼻。

"来人啊，备热水……本官要洗澡……"李牧大叫了起来。

县衙中有杂役，很快就烧好了热水，连同浴盆一起送到了李牧的房间里。

洗完澡之后，李牧浑身舒爽。他惊讶地发现，洗掉了皮肤上的那些黑色污垢之后，自己的皮肤竟然细腻了许多，对着镜子一看，一夜之间，头发也长长了不少，昨夜还只是短寸，今天就可以梳个中分了，连身形骨架，似乎都拔高了一些。

"这先天功真的神奇啊，还具有美容效果。"李牧啧啧称奇。

不过他很快就又犯愁了。因为除了官服之外，他手头竟无其他衣物可换。

从地球带来的运动鞋、运动裤和背心，他是不打算再穿了，毕竟与这个世界格格不入，穿着反而引人注目，遭人非议，不如先留下来保存好做个纪念吧，二十年之后再回地球时也许还用得着。

想来想去，李牧有了主意。他依稀记起，昨晚察看后衙的时候，在前任知县的炼丹房里，有几个箱子，里面装着的似乎是衣物，也许可以暂时穿着应急，等到回头俸禄发下来，手头宽裕了，让两个小书童去街上买两件成衣回来。

妈的，这个县长当得憋屈啊，第一天就被人看笑话，更是穷得一个铜板都没有了。李牧愤愤地穿过后衙的走廊，来到了丹房。

丹房位置幽静，需要通过前面练功房的暗门，才能进去，里面摆着丹炉、栅格柜子、蒲团、蒲扇、药柜等必需品，还摆着一堆劈得整整齐齐的硬木柴火……总之一应炼丹的物品，林林总总，应有尽有，一看就知道，前任是下过一番功夫布置这丹房的。

这反而让李牧觉得亲切。因为在地球的时候，老神棍在燃灯寺中的禅房，也是类似的风格布置。

他扫了一眼，来到几个黑木箱子跟前，将其打开。没有记错，里面果然是有几套衣物。但拿出来一看，却是六件颜色不同的道袍，做工颇为精细，竟是用细细的金丝缝制，不同颜色的道袍，大小、制式皆略有区别，上面用银色丝线绣有日月星辰、仙鹤、麒麟、八卦、宝塔、龙凤等图案，且六件道袍都配有内衫、长裤和靴子，极为完整，并浆洗得非常干净。

"唔，看起来我的前任还是个讲究人啊。"说实话，李牧对于这位辞官而去深山寻道的前任，还真的有了一些好奇。

他很快穿上内衫，换上了一件蓝色的道袍，竟然觉得非常合身。道袍的材质贴身也极为舒适，仿若纯棉一样。

李牧走出丹房，返回自己的房间，对着铜镜看了一番，非常满意。镜中的少年身形修长挺拔，英气勃勃，在蓝色金丝道袍的衬托之下，隐隐有一股飘然出尘的气质，真的如同道教仙人一样。

"还不错。"

李牧对于这个卖相很满意。唯一的缺陷，就是袖子太大，还有点儿长。这要是遇到敌人打架，还得先抽空把袖子挽起来。穿衣的问题总算是暂时解决了。

有衙役送来早餐。一起吃早餐的时候，两个小书童看到李牧这一身打扮，却是并未过于吃惊。

"少爷总算是正常一点了。"清风一脸的如释重负，就像是含辛茹苦的老爹看到傻儿子恢复正常了一样的欣慰。

明月则满眼的桃花，欢呼道："少爷好帅。"

后来李牧才知道，原来西秦帝国崇尚道教，许多贵族、名士和上层人物，常以道袍为常服，对于这种服饰极为推崇，在民间也颇为流行，所以身为县令的李牧，穿着道袍现身，并不是什么奇怪的事情。

饭还没有吃完，就有衙役来报，说是县丞周武等人又来求见，要请示县政云云。

"不见，没空。"李牧很任性，干脆利落地拒绝。

他就是不想见外人，以免被看出破绽。

"呃……少爷，要勤政……"小书童清风一副朽木不可雕的表情。

李牧摆摆手，直接就起身回了后衙。

身后传来了小书童明月的没心没肺的大笑声。

······

一转眼，三日时间过去。

县衙前厅。

"居然又不见？"县丞周武看着前来回复的小书童明月，难以理解地道，"县令大人难道不想了解一下县中政事？"

明月这天然呆的小丫头，这几日在县衙里吃饱穿暖，养得那叫一个眉清目秀，唇红齿白，笑嘻嘻地点头，道："我家少爷说，一应政务，皆由周县丞权衡即可，他没有兴趣。"说完，心里想着今日午餐还有几块被她偷偷藏起来的红烧肉没有吃完，顿时口水哗啦啦地转身就跑了。

"这······"县丞周武和一众文吏，你看看我，我看看你，面面相觑，一脸蒙 ×。

这几日以来，他们本来早就准备好了演一场戏，来给李牧一个下马威，谁知道这个小县令竟像缩头乌龟一样躲了起来，一副甩手掌柜的样子，躲在后衙之中根本不出来，谁都见不到他，也不知道是真的对于政务权力没有兴趣，还是知道会出糗，所以识趣地躲了。

第六章
有人鸣冤告状

而人群中，典史郑龙兴则是神色阴郁。

他本来做好了各种计划来刺杀李牧，谁知道李牧竟然一直都缩在县衙中不出去，血月帮虽然实力雄厚，也有官方背景，但是闯入县衙刺杀一位九品县令，还是有风险的，所以只能等待机会，可是看这个架势，这李牧竟似要一直龟缩在县衙内，这要等到什么时候？

"得想个办法，将李牧引出来。"郑龙兴心中想着，已经有些迫不及待了。

……

时间一天天过去，半个月一闪而逝。

县衙后衙的练功房中，李牧一拳轰在了一人多高的花岗岩上。

砰的一声。刀剑难伤的花岗岩就像是面粉捏的一样碎裂了开来，变成了一地的碎石块。

这样的威力，简直堪比超人了。

"这一拳，不知道有多大的力量。"

李牧满意地吹了吹拳头上沾上的石屑。这些日子，他白天修炼真武拳，终于可以完整完美地完成真武拳的起式桩功的动作。

同时，第一式"冲天锤"，李牧虽然也可以勉强施展一遍，但却颇不得这一式的神韵，且每次施展之后，肌肉犹如撕裂一般，若是强行推动这个招式，会导致肌肉撕裂甚至是脏器受伤。

李牧尝试过几次，最后就放弃了。到现在，他已经对真武拳和先天功都有了更加清晰的认识。

真武拳似乎是一种锤炼肉体的锻体之术。每一招每一式都具有神奇的强化肉体的作用。

这半个月时间里，李牧仅仅是修炼了一个起式和一半左右的第一式"冲天锤"，就察觉到了自己的肌肤皮膜变得坚韧了起来，用锋锐的碎石棱角划在皮肤上，根本划不破，只留下一个淡淡的痕迹而已。

而先天功的作用，则与真武拳截然相反。它可以修复内伤，强化精神。

每一个夜晚，李牧都在修炼先天功。

这种呼吸法，可以让李牧精神旺盛，哪怕是整夜整夜都不睡觉，依旧精力充沛，还可以让李牧五官能力变强，变得耳聪目明，听力、视力和反应能力都大幅度增强。

且先天功具有极强的伤势恢复作用，好几次李牧强行推动真武拳造成内伤和肌肉伤，都是用先天功修复了。

修炼先天功时，通过奇异的呼吸节奏和法门，吸纳天地之间的灵气，进入己身，荡涤脏器，然后将体内的杂质，通过呼吸排出体外，这有点儿类似于神话传说之中的伐毛洗髓，一点一滴地改变李牧的体质，达到一种脱胎换骨的味道。

隐约之中，李牧已可以明白老神棍的用心。

先天功和真武拳一内一外，相辅相成，可以彻底改变一个人的体质。

李牧在环境污染严重的地球上生活了十四年，呼吸浊气，饮食亦含有有害物质，体内还是留下了不少的暗伤和杂质，如今通过修炼这两种功法，可以逐渐恢复最原始天然的先天状态，只有这样，日后他才有可能踏入星际武道之路，与诸天星辰的绝世天骄们争锋。

唯一让李牧稍微感觉到郁闷的是，不论是先天功还是真武拳，似乎都不具备实战的威力？

"咳咳……"李牧想着想着，忍不住咳嗽几声，吐出一口痰。

痰中带着一些暗红色的血丝和黑色的污垢，这已经不是第一次。刚开始吐出血痰的时候，李牧吓了一跳，以为自己得了绝症。后来他才慢慢明白，这是因为先天功在荡涤脏器，将五脏六腑中的杂质和暗伤驱逐出来，吐出血痰，是因为先天功正在强化和清理肺部，才会有如此吓人的现象。

"已经在衙门中龟缩了二十多天了，也该出去透透风了。"李牧一边咳嗽，一边活动身体。

他本来就是一个喜欢热闹的好动少年，要不是害怕血月帮的武林豪客来刺杀，只怕是早就去外面县城中闲逛了。

如今个人实力稍微提升一点，也算是有了一些自信，思前想后，李牧决定去县衙外面透透气。

老神棍也曾说过，修炼武功，最忌讳的就是闭门造车，埋头苦练一年，有的时候，不如与他人切磋一次，在对厮杀的生死线上走一遭，或许比得上十年苦功。

李牧当然不想与人生死搏杀，但出去见见世面，也是好的。既然来到了这个世界，总要尝试融入其中。

李牧正这样想着，还没有来得及招呼两个小书童，突然——咚咚咚！县衙大门口的方向，轰隆隆宛如雷鸣一般的敲鼓声传来，将整个县衙都震动了。

小书童清风气喘吁吁地跑来："少爷，有人敲鸣冤鼓告状……"

李牧眼睛一亮。

"鸣冤鼓……这是有人告状啊。"

他想起了地球影视剧里出现的县令升堂审案的画面。

哈哈哈！李牧在心中狂笑了起来。正好借这个机会，过一过官瘾，顺便装装×，放松一下。

嘿嘿，想当初，《大宋提刑官》《洗冤录》等电视剧，他不知道看了多少遍，这一回可以派上用场了。

闹到击鼓鸣冤的份上，必定是疑难大案，看我来自地球的外星人李牧虎躯一震，用地球古人的智慧结晶来碾压这个低等武道世界的渣渣们。

一边修炼提升武力值，一边为民做主，当一个刚正不阿、百姓膜拜的李青天。

这种感觉，想一想都觉得美滋滋啊。

"来人，升堂，升堂！"李老爷迫不及待大踏步地朝着前衙公堂走去。

"哎？少爷，等一等，您好像忘了换官服了……"小书童清风气喘吁吁地追了上去。小家伙有点儿精力憔悴。自从来到太白县城，他就有一种又当爹又当妈的感觉。

后衙的花园里，小女孩书童明月正举着一个网兜捕蝉，听到雷鸣一般的鼓声，一怔之后，立刻明白过来，顿时露出了兴奋之色，哇哈哈，有人敲击鸣冤鼓，这岂不是有好戏看了？

她一张嘴，将一只趴在树干上的蝉直接吞掉，津津有味地咀嚼。整个动作，快如闪电，肉眼根本无法看清楚。根本不是人类。

……

"升堂……威武……"六个衙卫，松松垮垮地站在两侧，以杀威棒拄地，有气无力地呼着"威武"。

公堂之中，有那么一点点的庄严肃穆气氛蔓延开来。

李牧兴致勃勃地坐在公堂之上。

啪！惊堂木一拍。

"带原告上来。"李牧进入角色很快。

旁边一个衙役犹豫了一下，面色古怪，凑过来，低声咳嗽了一声，道："大人，师爷不在，无人记录，无法升堂啊……"

"啊？那师爷呢？为何不来？"

"这个……师爷身体不适，前几日就告假养病去了。"

"这事为何本县不知？"

那衙役的神色更加古怪了，道："师爷亲自来呈假条三四次，大人您都拒不接见。"

李牧的脸就红了。原来这事儿怪自己啊。这可咋办呢？

正好，这时气喘吁吁地捧着官服送过来的小书童清风到了，李牧眼睛一亮："过来，小家伙，你先当一会儿师爷，在那边记录案情……"李牧指着旁边师爷的位置道。

"啊？少爷……这不合适吧？"清风呆了呆。

李牧嘿嘿一笑："有什么不合适的，我说你合适就合适。"

"哦。"小书童当然是拗不过主人，不过，他高举着官服，道："少爷，你还是先把衣服穿上吧。"

李牧："我这不是穿着衣服吗？"

"可审案要穿官服啊。"

"那衣服穿着难受。不穿不穿，我是县长我说了算。"

小书童："……"

片刻，原告被带上来。却是一个十岁左右的小姑娘，满脸泪痕，身穿孝服，搀扶着一位同样身穿白色孝服，但却浑身鲜血染红衣衫、伤势极重的妇人，两个人一步一串血脚印，跌跌撞撞地走进了大堂。

卧槽！什么情况？这原告怎么这么惨？难道是命案？

李牧心中一跳。

"请县老爷为小民做主……"那妇人扑通一声跪在地上，嘴角流出血，放声哀号，坐也坐不稳了，张口又吐出一摊血。

一边的小姑娘吓得面色苍白："娘，娘，你不要吓我，爷爷奶奶爹亲都不在了，你不要……呜呜呜，娘，芹儿害怕。"

李牧看这状况，也吓了一跳。

有衙役将带血的状纸递上来。

李牧在过去的二十多天里，对这个世界的文字，亦进行了一番粗略的了解，大致与中国古代的官书繁体字差不多，他拿着状纸一看，对案情有了基本了解。

这案子，是地球上电视剧小说里极为常见的仗势欺人、巧取豪夺桥段。堂前重伤的妇人张李氏，与公婆、丈夫张胜，在太白县中经营着一家小药铺，因为货真价实、童叟无欺而生意极好，被城中第一药行神草堂视为眼中钉，找了个理由仗势强买，要以不到十分之一的价格，将张家这个小药铺盘下来。张李氏公公拒绝，结果被活活打死，丈夫张胜和婆婆气不过去讲理，亦被殴至重伤而死，少妇张李氏和女儿小芹孤苦无依，被从药铺之中赶出来……

第七章
强 势

身为二十一世纪遵纪守法的好少年，以前在微博上看到小朋友被抢棒棒糖这种事情，都气不过要在键盘上喷个三五日的资深愤青，李牧看完，心中怒火中烧。

"岂有此理。来人，立刻去，给我把神草堂掌柜以及动手行凶的狗腿子，都给老子……都给本官捕回来听审。"

李牧惊气得堂木拍得啪啪响。本来就是准备来审个案装个×的他，这个时候，却是动了真怒。

堂中的六个衙卫闻言，神色古怪，并未遵命而动。

"怎么回事？"李牧瞪眼，看向他们。

"呃……大人，是这样的。"又是之前那个衙卫，一个劲儿地使眼色，又靠近过来，在李牧的耳边，低声说了一通。

原来这神草堂在太白县城之中，可以说是根深蒂固，势力极大，且身后有帮派背景，据说是太白县城四大帮之一的神农帮的产业，早就在县城之中横行惯了，平日里打死打伤几个人，根本算不了什么，在此之前，县衙也基本睁一只眼闭一只眼。

"我不管，立刻给本官去抓人，一个不漏都抓回来，以前是以前，现在老子是县长，这件事情，我管定了。"李牧鼻子都气歪了。

什么狗屁四大帮派，竟敢如此嚣张，把人命不当回事，简直可恶。这是异界黑社会山口组吗？但我不管，我是县长，太白县城我最大。

李牧心中很不屑，就算是山口组，也不可能对抗首相啊。

"这……"那衙卫犹豫了。

其他五个衙卫也是一个个站得远远的低着头，生怕李牧点名让他们去抓人。

"愣着干什么？都去，给我把人抓回来。"资深喷子李牧感觉到自己身为县令的威严受到了挑衅，疾言厉色地大喝道。

最终，在县老爷李牧的严厉命令下，六个衙卫战战兢兢，满脸的畏惧，千万个不情愿地出去抓人了。

整个公堂显得空荡荡的，小姑娘芹儿的低声呜咽，就显得特别清晰。

李牧心中同情，走到堂中，安抚那惊慌失措哭泣的小姑娘，又摆出一个义愤填膺的姿势，拍着胸脯，对那妇人道："你们放心，本官一定为你们做主。"

当官不为民做主，不如回家卖红薯。李牧虽然是个冒牌货，但他觉得自己一身正气，既然冒充了县令，那就一定要在其位，谋其政。

"多谢青天大老爷。"妇人暗淡的眸子里流露出感激之色。

她伤势极重，说话喘息，嘴角又溢出鲜血。

说实话，前来县衙告状，是走投无路之下的最后拼一把运气，她不敢抱有太大的希望，但是现在看来，这个新任县老爷似乎是一个疾恶如仇的清官，让这个可怜的妇人心中，又有了几分希望。

正好这时，小书童明月兴冲冲地跑进来。

李牧一回头："你，对就是你，快去，到城中找个大夫来，先给这位大姐治伤。"

小女孩书童明月停下脚步，脸上的兴奋笑意顿时凝固，旋即头摇得像是个拨浪鼓一样："不行，我要留在这里看热闹，让他去。"这呆瓜指的人，正是坐在一边桌案后面记录案情的清风。

李牧不屑地笑道："你识字吗？你会写字吗？你会写文章吗？你能记录案情吗？"

话还没说完，明月一言不发，转身一脸羞愧地捂着脸冲出公堂去找大夫了。

很快就过了一个小时。其间，派出去的衙卫回来了一个，面色淡淡地回复，说神草堂的掌柜今天比较繁忙，没有时间来公堂受审，改天有空了再说……

李牧都气乐了。

"告诉他，一炷香的时间之内，不出现在公堂，老子就亲自去，砸了他的药店。"

李牧咬牙切齿。妈的，繁忙就不来了？竟敢在县长面前装×？李牧最喜欢的就是装×，最受不了的就是别人在他面前装×。

那衙卫无奈，愁眉苦脸地出去了。

倒是十几分钟之后，小女孩书童带着一个山羊胡大夫来到公堂，给张李氏检查包扎，说是伤到了脏腑，不过暂无性命之忧，需要静养和按时吃药，三五个月可以恢复小姑娘芹儿在一边千恩万谢，跪下给那大夫磕头，看着让人心酸可怜。

李牧心中感慨，小女孩一家，能够在太白县城中开得起一个小药铺，并不贫苦，可以算是中产，起码衣食无忧，但面对恶势力的欺凌，却根本无力抵挡，几乎一夜之间就家破人亡。

究其原因，其实还是太弱小。弱肉强食，在这个文明落后如中国古代的世界，表现得如此丧心病狂。

这让李牧意识到，个人强大的武力值，在这样一个世界，是多么的必要。

又过了大约一个小时。六个衙卫，带着一个身穿锦衣的中年人，来到了公堂之上。

"黄掌柜，您请。"衙卫对这中年人极为客气，将他领进来，然后才转身，向李牧行礼，道，"回禀大人，人带来了，这位是神草堂的黄维掌柜。"

李牧的目光，落在这个黄掌柜的身上。

"小人见过知县大人。"黄维身形不高，白白胖胖，一身锦衣极为贵气，笑着行礼。

虽然和颜悦色，但李牧修炼了先天功，知觉大幅度提高，异于常人，能够清晰地感受到他身上和神色中那种鄙夷不屑的姿态。

"张李氏，此人是不是凶手？"李牧问向那妇人。

妇人死死地盯着黄维，但最终摇头，道："回禀大人，我不认识他，他不是打死我公公婆婆和我丈夫的凶手。"

李牧心中一怒，看向几个衙卫。衙卫畏畏缩缩，头也不敢抬。

黄维微微一笑，一副早有准备的样子，道："回禀大人，此事有误会，小人也是今日几位公差上门时才知道竟然发生了这样的事情，立刻严查下去，原来是我药店之中的一位见习掌柜，带着几个学徒所为，只是三日之前，这见习掌柜和那几个学徒，已经因为斑斑劣迹，而被我们神草堂辞退了……关于张李氏一家的事情，小人也很同情，但这件事情，与我神草堂已经没有关系了。"

啊咧？我勒个去！竟然玩这一出！这不就是地球上的"临时工大法"吗？

李牧呆了呆之后，勃然大怒，这是在糊弄人啊！

"放屁，哪里有这么巧的事情。"一边站着的小女孩书童明月气得小鼓鼓的胸脯剧烈起伏，忍不住破口大骂，用词极为……粗鲁粗鄙。

黄维瞥了一眼明月，见她不过是个乳臭未干的小书童，于是面带冷笑，并不说话。

"你这是什么眼神？信不信我家公子一拳打死你……"明月十一二岁，明眸皓齿，肌肤如玉，粉雕玉琢一般，一个活脱脱的小美人坯子，脾气暴躁得像是一条小母狼，要不是一边的衙卫见状拦住，就要冲过去咬人了。

啪！李牧拍了拍惊堂木，咬牙切齿地道："本官不管那么多，限神草堂在三日之内，将那几个凶手给我交出来，否则，就等着查封关门吧，强占张家的药店铺面，即刻还回去，还有，赔偿张李氏白银五百两汤药费和……额，精神损失费。"

临时工这套，还是别拿来丢人现眼了。既然神草堂选择不讲理，那李牧决定就用不讲理的办法来解决。

"大人，您这是强人所难啊。"黄维微微一横，旋即皮笑肉不笑地道，"几个凶徒已经不是我们神草堂的人了，而张家的药店铺面，可是我们花了大价钱买来的，怎么说是强占？这里有契约为证，上面还有产权所有人张隆的手印……"说着，从怀里掏出一张黄色的契约文宗，让衙役递上去。

"假的，那是假的……"伤势不轻的张李氏见状，激动了起来，挣扎着冲向黄维，愤怒地道，"那是你们伪造的，一定是你们将我公公打死后，用他的手印按的……我公公要是同意卖店，怎么会被你们打死……你这个披着人皮的恶魔禽兽……我和你们拼了……"

一边的衙役，赶紧将妇人拦住，喝道："公堂之上，不得喧哗。"

"噗……"妇人又急又气，张口又喷出一口血。

"娘，娘……娘你别吓芹儿，娘你醒醒啊，芹儿已经没有爸爸了……"小女孩芹儿涉世未深，面目姣好，短短几日时间对她来说简直就是从天堂掉到了地狱，一切都没有了，一双眼睛都哭肿了，惊慌失措的样子就像是一只在暴风雨中瑟瑟发抖的小鸭子。

李牧接过黄色契约文书，看也不看，直接就撕了。

"你……"黄维面色一变，盯着李牧，最终皮笑肉不笑地道，"大人，这可是盖有县丞周大人官印的契约文书，直接撕毁，你这是何意？"

李牧站起来，从桌案后走出，来到黄维跟前，盯着他，突然笑了笑。

"老子不怕现在就把话讲开了，我也不和你们玩这种狗屁文字游戏，真相是什么样的，你自己心里很清楚，契约文书怎么来的，你也很清楚……老子刚才说过的话，每一个字，都不能改，你就都给我记清楚了，回去告诉你的主子，要是做不到，三天后，老子就亲自带人去砸店。"

第八章
三流高手

黄维被李牧盯得有点儿心虚。他从未见过这样一个县官，以老子自居，说话如此粗俗，如此霸道。

"好，很好，大人您真是好大的官威啊，呵呵，小人记得了，不过这太白县，大人您说的话，不一定算数啊，呵呵。"黄维回过神来，也不再掩饰了，阴冷地一笑，略带嘲讽地道，"大人的话，我会一字不漏地转告我家主人，希望大人您说出来的话，到时候真的能够做到，嘿嘿，小人告辞了。"

说完，转身就走。走了两步，他觉得还不过瘾，又回过头来，鄙夷轻蔑地一笑："奉劝一句，大人你初来太白县，可能还不知道我们神草堂在县城中的分量，你最好抽空好好打听一下，否则，三天之后，大人您只怕是后悔都来不及了。"说完，他扬长而去。

一个小小的掌柜而已，就敢在县衙公堂上这么嚣张，可见这个什么神草堂，以及背后的什么神农帮，平日里在太白县城中有多么跋扈了。

李牧看着他的背影，几次想要追上去抽烂黄维那张嘴，不过最后还是忍住了。他知道，自己上任之后这二十几天的深居简出，已经被当成软柿子了。

这怎么可以？看来自己真的要露一下獠牙了。要找个机会，让这些异星体土著感受一下来自地球的热情问候。现在不着急，三天之后，一起收拾。不过在此之前，李牧还需要搞清楚一些事情。

"来人，将张李氏和张芹儿送到医馆去疗伤休息。"李牧道。

妇人和女儿被衙役扶起来。

"放心，三日之后，本官会给你们一个公道。"李牧安慰这可怜的孤儿寡母。

张李氏和小芹千恩万谢地走了。她们在人生最黑暗、最绝望的时候，终于看到了一丝丝的公平和希望。

"今日升堂，为何就只有你们六个人？"李牧回到官椅座位上，看向剩下的四个衙卫，之前他就觉得奇怪了，之前粗略地听清风提过，县衙的衙卫编制足有百人，今天居然只出现了六个？其他人呢？

"呃，这个……"

"这……"

四个衙卫支支吾吾。

"你说。"李牧指向最开始升堂时说话的那个衙卫，"你叫什么名字？"

这衙卫很年轻，二十岁出头的样子，身体壮硕，面容棱角分明，被李牧一指，顿时面色大变，支支吾吾地道："属下章如……其他人……可能……都被派出去了吧……我也不是很清楚……"

李牧一看这样子，就知道事实绝对没有他说的这么简单。不过，他想了想，摆摆手，示意可以退下了。从这些小衙卫的口中，也问不出来什么。

衙卫们顿时如蒙大赦，逃也般地退下去了。

"少爷，有人想要架空你。"小女孩书童明月一脸愤愤地道。

小男孩书童清风记录完了李牧大老爷第一次审案经过，搁下毛笔，站起来，一脸担忧地道："这一次，明月说得对，衙门里这段时间的气氛不太正常……"

明月先是一喜，美丽的大眼睛笑得像是月牙儿，但又意识到了什么，那白皙精致的尖耳朵动了动，看向清风，道："这一次？那你的意思是，我以前说的都是错的了？"

清风："……"

"我突然想起来，公子的内裤还没有洗，我先回去洗衣服了……"清风转身就走。

明月跳起来："别走，说清楚。"

李牧摸了摸额头。那个掉下悬崖生死不知的李牧，到底是从哪里找到这两个活宝书童的？第一次升堂给李牧的感觉不太好，装 × 没有得到应有的爽感。

主要的是，李牧很认真地想了想，觉得自己应该更主动地融入这个世界，最好能够与这个世界的武道圈子产生交集或者碰撞，虽然老神棍说过，安全第一，但武道之路哪里有绝对的安全，平静的湖面锻炼不出高超的水手，只有惊涛骇浪之中，才能锤炼出真正的船长。

李牧要在二十年之内达到走出星球的武道修为程度，那就必须战斗。

想通了这一切，李牧的脑海清晰了许多。他回到后衙之中，继续修炼。

……

第二日一早，他命人召来了衙卫都头马君武，了解一些事情。

“见过大人。”

马君武是一个身形魁梧雄壮的汉子，络腮胡，国字脸，身穿黑色软甲，头戴布质的笠盔，腰间悬着一柄厚重的连鞘钢刀，颇有一股气势，身为太白县三大都头之一，他显然颇具实力，至少给李牧的感觉，他要比当日追杀自己的六个血月帮武士的头领还要强一些。

“马都头不用客气，请坐。”李牧指了指旁边的座椅，道，“今日请马都头来，是想要请教马都头一些江湖上的事情。”

“江湖上的事情？”马君武一怔，这位前段时间一直都对自己避而不见的年轻知县，召见自己竟然不是为了县政，而是问起江湖事？

李牧点头，道：“听闻马都头也是帮派出身？”

马君武是个武人，性格沉默，道：“属下出身于太白派。”

“太白派？”

“正是，就位于这太白山之中，帝国千百宗门之中，太白派位列第九十九位，在整个大陆上，也已经入品，属于九品宗门。属下十年之前，曾经有幸得到一位太白派外门长老的指点，收为记名弟子，传授一身武功。”马君武老老实实地道。

实际上，他之所以可以成为太白县的衙卫都头，除了上任县令的赏识之外，太白派外门弟子的身份，也是一个原因，毕竟在方圆数千里之内，太白派的名气极大，影响深远。

"九品宗门？"李牧若有所思，"宗门也分品级？"

马君武以为这位年轻县令潜心学文，所以不知道这些武道常识，点头回答道："正是，三大帝国和九大神宗共治天下，而除却九大神宗之外，亦有千万大大小小的其他宗门。数千年之前，曾有古圣人划分大陆秩序，宗门不能直接统治世俗，亦需要论品，而一旦入品，则宗门就具有世俗特权，宗门弟子亦不完全受世俗法律的约束……"

李牧没有说话，安静地听马君武讲完。他大概明白，这个世界，其实和地球古代并不相同。

在这个世界，武道力量可以起到主宰国家命运的作用，宗门万千，无所不在，渗透到了这个世界的每一个角落，大陆三大帝国西秦、北宋、南楚，三朝并立，统治着世俗界，而帝国中许多官员、大臣、将领都有宗门背景，甚至三大帝国的皇室，亦是有着悠久传承的武道势力。

虽然在老神棍的口中，这是一个低等武道星球，但很显然，这个星球的武道水准，要比地球古代高明了许多。

"九大神宗，都是哪些？"李牧又问道。

"大人竟不知道？"马君武很是惊讶，普天之下，不知道三大帝国的皇帝名讳情有可原，但不知道坐镇天下、传承数千年的九大神宗，那就很是奇怪了。

李牧一本正经地道："哦，这样的，前段时间，掉下悬崖摔坏了脑子。"

马君武将信将疑，不过还是回答道："九大宗门，分别是华藏寺、青城山青城道观、太阳神殿、天妖府、问道书院、点苍派、大草原狼神宫、极南大水川以及我西秦帝国的镇国神宗关山牧场。"

李牧点点头，怕引起马君武的怀疑，没有继续细问，话锋一转，道："本官是文人，不了解武道修炼之事，请问马都头，武道境界如何划分？武者实力高低可有不同的称呼？"

马君武这一次倒不怀疑，耐心地解释道："武道修炼的确是有着境界之别，正常健壮之人通过修炼法门，可以打熬提升力气，使自身血气旺盛，比普通人强一些，配合一些招式武功，可以一个人赤手空拳打败十几个普通人，具备千斤之力，就是合力境，算是江湖上的入流高手了。再往上，若是成功开启体内的气门，掌握内气，则算是合气境了，可以算是三流高手。若是能够更进一步，将力与气合一，则是合意境，算是江湖中的二流高手……"说到这里，马君武不再继续往下说了。

李牧听得津津有味，见他停下来，忙问道："合意境之上呢？还有什么境界？什么样的强者，才算是一流高手？"

马君武苦笑，道："属下资质愚钝，昔年恩师传授的也都是一些基础功夫，合意境之上的具体境界划分，属下就不甚了解了，至于真正的一流高手，除了当年属下的恩师之外，只怕是太白县城中并没有，属下未曾见过。"

"不知道马都头处于哪一境界？"李牧又问。

马君武也不隐瞒，道："属下资质不高，苦修十年，才进入合气境。"

"哇，这也很强了。"李牧口不对心地恭维了一句。

他若有所思地点点头。马君武给他的感觉和压力，并不是特别强大，李牧有信心一拳就击伤他。也就是说，自己如今的战力，要比合气境武者强大，算得上三流高手了。

第九章
突 变

但缺乏实战经验，真要是打起来，对方也不会像是石头一样站在那里任自己打，所以对上马君武这种实力的人，赢的机会在七八成这样。李牧对于自己有了一个相对客观的定位。

"神农帮在县城中实力如何？帮中可有厉害的高手？"李牧又问。

马君武闻言，心中一动。昨日发生在公堂上的事情，如今整个太白县高层圈子里都传遍了。很多人都觉得这个小县令疯了，都在等着看笑话。而现在县令大人这么问，难道真的打算对神农帮动手了？

"神农帮成立时间有二十多年，乃是太白县的一些药农、猎户、采药人组成的帮派，帮众有数千人，虽然大部分为普通人，在太白县城中也算是一方势力，帮中合力境的入流高手有十多人，合气境的三流高手两人，分别为帮主司空境和客卿范长安，"马君武显然是一个合格的衙卫都头，对于这些信息，还是了解得很清楚，娓娓道来。

说到最后，这位耿直的都头，忍不住又补充了一句，道："神农帮在县城中经营数十年，与一些富商、官吏都有盘根错节的联系，不容小觑。"

这算是一种很隐晦的提醒了。马君武觉得，自己能做的，也就只有这些了。至于这个小县令能不能听懂，那就是他自己的事情了。虽然李牧是他的上司，但根基太浅，太年轻冲动，他绝对不会陪着李牧作死。

李牧听了这些信息，心中一阵突突。这么说来，神农帮的势力不小啊，有点儿棘手啊。要不先忍一忍，过个一年半载，等到自己实力提升了再说？但转念又一想，不行啊。自己装的×，就算是流着泪也一定要装完。否则岂不是真的成了笑话？

就在这时，突然外面传来一阵急促的脚步声，一个衙卫慌慌张张地跑进来："大人，大人，不好了，有暴徒冲击医馆，张李氏和女儿被抢走了，章如也被人给打死了……"

"什么？"马君武勃然变色，站了起来。

李牧一怔，旋即明白过来，两三步抢到那衙卫跟前，喝道："你说什么？到底怎么回事？"

"神农帮的人冲击医馆……"那衙卫身上带伤，哆哆嗦嗦地回禀。

案子的原告张李氏和女儿小芹，被李牧安置在医馆中疗伤，同时那个叫章如的衙卫，也是他派去保护原告的人，这才过去了一天，一群神农帮的帮众被人怂恿，说是张李氏诬告神草堂，勾结县衙狗官，要断他们的生路，冲到医馆中就打砸，原告被抢走，而身为公差衙卫的章如，竟然还被人给打死了……简直是反了天了。

李牧一下子脾气就爆了。敢说老子是狗官？老子非弄死这群王八蛋。

……

太白县官衙医馆。

大门被砸了个稀巴烂，牌匾也被砸掉，院子里一片狼藉，处处传来痛苦呻吟的声音。四名医馆的医师，被打昏了三个，还有一个头破血流，断了一条腿，在同样满脸伤痕的学徒的搀扶下，坐在诊厅的门口顺气，看着一片狼藉的医馆，都是神情麻木。

神农帮的人已经撤了。李牧几人来迟一步。空气中弥漫着一股血腥味道。派来保护张李氏母女的四个衙卫，除了之前逃回去报信的那个，两个被打断了手脚，昏死在诊厅里。

而唯一一个李牧知道名字的衙卫，也就是那个年轻强壮的章如，似乎是因为反抗，却是被一柄锋利的长柄药铲洞穿了胸膛，被活生生地钉在了诊厅红木屏风上，眼睛睁得大大的，手中死死地握着制式钢刀，脚下一大摊血，表情痛苦愤怒，死不瞑目。

这是李牧第一次如此近距离地看到死尸，但他并没有感觉到害怕。

昨日还是活生生的一条人命，今天就变成了冰冷的尸体。

李牧抬手将章如尸体抱下来，轻轻地拂过他的脸，让他闭上了眼睛。一边的都头马君武，这些年已经习惯了帮派的嚣张，但脸上也难掩愤怒之色。

神农帮真的是越来越过分了，竟然连公差都敢杀，简直胆大包天。

李牧的神色，倒是冷静了下来。他之所以给了三天的缓冲时间，其实是为了了解更多的信息，好从容应对这件事情，但是现在看来，有些人的骄横已经无法控制，只能用最简单的方式了。

他从章如尸体的手中拿过钢刀，站起来，看向那逃回来报信的衙卫，道："你可看清楚了，真的是神农帮的人干的？"

那衙卫战战兢兢，不敢看李牧的眼睛，连连点头，道："属下看得清清楚楚，是神农帮的四大金刚，带着人冲进了医馆打砸，抢走了张李氏母女，章如大哥让我逃回去报信，谁知道……"说到这里，这衙卫也流泪了，虽然怕死，虽然胆小，但章如毕竟是平日里对他照顾有加的同僚兄弟啊。

李牧看向马君武，道："马都头，神农帮总舵可在城中？"

"就在城中。"

"那你敢不敢带我去？"

"这……"马君武犹豫了一下，神农帮的帮众成分复杂，不乏一些亡命之徒，总舵所在地更是乌烟瘴气，要是真的闹起来，难免这些亡命徒红了眼收不住手，说不定会有性命之忧。

"你不用怕，只需将我带到总舵跟前就行，不用你陪我进去。"李牧神色冷静地道。

但他的神色越是冷静，马君武就越是能够感觉到这个年轻县令体内如火山即将爆发一样的怒火。

"属下当然敢带大人过去。"马君武被李牧的话激得脸红，胸中一丝热血被激起来，一咬牙，吼道，"章如是我的兵，我也要讨一个说法，不过，大人不可孤身涉险，不如先召集衙卫和兵卫，调动人马，一起过去……"

李牧摇头，面露一丝嘲讽，道："马都头觉得，我能调动如今这太白县的兵卫人马吗？"

马君武面色尴尬地默然。县丞周武和典史郑龙兴暗中架空这位年轻县令的事情，他多少听到一些风声。因此他当然也清楚，除了一部分衙卫之外，这位县令其实就是一个空架子，根本没有实权，调动不了兵马。

"走吧。"李牧拎着刀，一步一步地朝医馆外走去。

……

周府。

县丞周武把玩着手中一串崖柏手串，脸上带着一丝阴笑。

"倒是没有想到啊，这个小知县，文官出身，居然有点儿胆气，竟然孤身前往神农帮总舵，呵呵……真是天助我也。"他笑着，脸上带着一丝毒蛇般的兴奋。

他消息灵通，县城中发生的一切事情，都在他的掌握之中。

一边，主簿冯元星微笑道："神农帮是典史郑龙兴扶持起来的帮派，是这位典史大人的左膀右臂，这些年为他做了不少事情，只是这郑龙兴却不知道，大人您早就在神农帮中安插了暗桩，郑龙兴让神农帮冲击医馆，估计并不想杀人，却被大人您暗中出手……呵呵，这下子，事情闹大了，看他郑龙兴怎么收场。"

周武神色玩味地笑了笑，道："这事情啊，还不够大。"

"大人的意思是……"冯元星笑着问道。

"你说，如果咱们这位小县令，一不小心，死在了神农帮总舵，那郑龙兴是不是就更加狼狈了？"周武淡淡地道。

冯元星一怔，旋即眼中一抹惊惧之色一闪而过。好狠毒的计策。如果借势将小知县杀死在神农帮总舵，那太白县城只怕都会翻了天。毕竟是一位九品官员，死于帮派之手，帝国的吏治就算是再败坏疏松，也不会不查，以郑龙兴与神农帮的关系，帝国很容易查到他身上，到时候，就算是不死，这个典史也是当到头了。这样一来，只要稍微运作，这太白县的县令之位，就彻底属于县丞周武了。

……

同一时间。

典史府。

郑龙兴脸上带着喜色："哈哈，这个缩头乌龟终于走出县衙了，不枉我苦心布置了这么多……不过，那个衙卫怎么会死？我不是说过，不许杀公差的吗？"

"也许是神农帮的那群亡命之徒没有控制好手段。"地上跪着的心腹，心中惴惴地辩解。

"罢了，目的已经达到，死一个衙卫，倒也不是什么大事。"郑龙兴摆了摆手。

"大人，不如让司空境直接出手，杀了这个小家伙，一了百了。"心腹做了一个割喉的动作。

"放屁。"郑龙兴骂道，"谁不知道神农帮与我的关系，要是让这个小县令死在神农帮，那我也脱不了干系，嘿嘿，这个时候，只怕是整个县城都在关注着这件事情，你现在就去告诉司空境，让他闭门不出，不要去见那个小县令，若是小县令硬闯，就让手下人假装不认识，先抓起来，让他吃点儿苦头，折辱一番，再在大庭广众之下放他走……之后的事情，就不用他管了。"

"遵命。"心腹起身而去。

第十章
杀猪刀

郑龙兴又召唤另一个心腹进来，递过去一封信，道："你去送信，通知血月帮那边的高手，按照我信中的布置，准备动手。"

"是。"心腹转身出去。

密室的阴影中，这位太白县巨头之一的典史大人，咧开了嘴，笑容阴森："呵呵，一个十几岁的文官，受了这种折辱，一时想不开自杀了，这个理由，天衣无缝，谁也查不出来什么……呵呵呵，哈哈哈哈！"

……

"大人，到了。"马君武指着前面一片石林说道。

这片石林位于太白县城西南角，地势偏僻，怪石耸兀，草木茂盛，且地气潮湿，多生蛇虫，兼有瘴气，被神农帮占据下来，二十几年的经营，仿佛是一个小山寨一样，栅栏纵横，正是其总舵所在，固若金汤，宛如迷宫，就算是来个三四百人的军队，也难以完全攻下来。

提起这片区域，太白县城中的人，无不变色战栗。对于城中居民来说，这片石林，和修罗地狱差不多可怕。

"你可以回去了。"李牧回头对马君武说了一句，然后拎着钢刀，朝神农帮总舵大门走去。

"大人……"马君武想要再劝，但话到嘴边，却又说不出来，他狠狠地咬了咬牙，将心一横，道，"我陪您一起去……"话说出来的瞬间，他又后悔了，万一进去出了事怎么办。

李牧头也不回地摆摆手，道："你就在这里等着。"

马君武的腿就像是灌了铅一样，一步也都不动。他回头看了看来时路，远处人影憧憧，都老远地看着，有县衙中的一些大小官吏，有其他帮派的成员，还有一些城中大富之家的护院保镖之类的……很显然，这件事情，已经以惊人的速度传播了出去，并且让整个太白县城中有名有姓的人物都在关注。

一场惊天大浪，就要席卷而来了吗？马君武突然觉得有些眩晕。

这时，李牧来到了神农帮总舵的大门口。两根二十多米高的巨型石柱，仿佛是刺向天穹的石剑，撑开了一道门，门扇是千年古木打造，同样二十多米高，极为厚重，染成了鲜红色，犹如浸血，大门口站着十几个神农帮的弟子，穿着古怪的赤红血衣，身上有一股刺鼻的药味和邪气，神色阴狠，盯着走过来的李牧。

"神农帮主司空境，滚出来见我。"李牧心中怒火燃烧，大踏步地逼近。

神农帮的弟子顿时像是炸了窝的麻雀。

"你是什么人？"

"站住……"

"找死不成，竟敢闯我神农帮总舵？"

一片怒喝之声，神农帮的人围了上来。

李牧不理，一声大喝："司空境，我不信你不知道本县来了，给我滚出来。"

这一声，宛如白日霹雳一样，炸响半空，周围所有人，都觉得耳朵被震得嗡嗡嗡响，顿时都露出了诧异之色。这个小县令，嗓门怎么这么大，难道他是武道强者？不对啊，他身上，并无丝毫的气感啊。

"敢直呼帮主名讳，拿下他。"

一个阴森森的声音，从寨门后面传出来。

"上！"神农帮的人立刻都冲了上来。

李牧身形微微一低，双腿发力，脚下的地面瞬间如蜘蛛网般塌陷。然后他像引擎轰鸣到了极致的超跑一样，猛然前冲，速度快如闪电。

神农帮弟子们根本没有反应过来发生了什么事情，只觉得眼前一花，人影一闪，一阵风刮过来，吹得他们东倒西歪，却已经不见了李牧的身影。

"什么？"远处的马君武心脏一紧，瞳孔皱缩。这种速度……就算是合气境大圆满的高手，也不可能具有吧？怎么回事？难道李县令竟然是一个深藏不露的武林高手？

他身后远处亦是传出一片惊呼声，显然暗中观察的人，也被吓了一跳。

紧接着——轰！宛如天神擂动神鼓一般的声音炸响。

李牧如一阵狂风一样冲到了那神农帮总舵巨门跟前，一脚踹在了巨门之上。

在无数道不可思议、极度震惊的目光注视之下，万斤之重的巨门，在这一脚之下，就像是两片弱不禁风的木板一样，直接脱出门框倒飞出去七八米，轰隆一声砸在了后面的石林中，烟尘暴起，石屑飞溅，方圆数千米之内的地面急骤地震荡，仿佛是地震一样，这种暴力而又疯狂的画面，简直难以形容。

"天……"

"什么？"

"我的妈！"

"怎么可能？"

"那……那……那是什么力量？"

一连串无法遏制的惊呼，从马君武身后各处暗中围观的人马口中发出。这一瞬间，无数人的脑海之中一片空白，根本丧失了思维能力，包括马君武在内。

这位出身于太白剑派的高手，有生之年，从未见过这种恐怖的力量，那个犹如一道刀光闪电一般冲出去的少年人身影，在这一瞬间，就好像是一个人形暴龙一样，这根本不是合气境的武林高手所能拥有的力量，这已经超出合气境太多太多……

"司空境，还不滚出来，要老子拆了你这个老鼠窝吗？"李牧大喝，声音如同滚雷一般，炸响总舵上空。

一片惊呼和惨叫从神农帮大寨石林中传来。巨门的倒塌，砸断了数十根石柱，隐藏在暗中的神农帮弟子不少因为躲闪不及而受伤，砸断了腿脚，这个时候才反应过来，惊恐畏惧地大呼着，冲天而起的石粉灰尘之中，隐隐还有帮中高手气急败坏的呼喝之声……

平日里阴森如人间地狱一般的神农帮总舵，就像是被狠狠地捅了一棍子的麻雀窝，彻底乱了。

李牧脚下发力，拔地而起十米，轰的一声，落在了倾斜的大门上。

"狂徒，毁我总舵大门，该死。"一声厉喝在烟尘中飞起，伴随着的是利刃破空之声。

烟尘乍分。一个灰色人影如鹰击长空一般飞射过来，双手握着一柄两米长的精钢铡刀，凌空斩下。

这一刀，气势骇人。但李牧修炼先天功，身体机能和反应速度早就超出常人的范畴，这快如闪电的凌空一刀，在他的眼中，实际上极慢，他微微往旁边侧开两步，就躲开了这借助烟尘掩护势在必得的一刀。

很简单的躲避动作，发自李牧的本能。但是在远处无数暗中观察的各方人马的眼中，李牧的动作行云流水，大巧不工，时机掌握之妙，简直堪称羚羊挂角。

锵！一簇火星溅起。这一刀斩在岩石上，金石交鸣之声炸开。

"你是什么人？"李牧看向握刀的灰色身影。

这是一个四十岁许的阴鸷中年人，身形消瘦，灰色长发飘散，身穿一件黑色软甲，浑身流转着一股阴森戾气和毒药腥味，闻言，手中两米长的精钢铡刀一横，傲然冷哼，道："我乃神农帮四大神药金刚排名第三的'斩天刀'徐志，不管你是什么人，竟敢破我神农帮总舵大门，今天都要付出代价。"

"四大金刚？"李牧眼睛微微一眯，道，"今日带人闯入医馆，打伤杀死衙卫，劫走张李氏母女的四大金刚，其中有你吧？"

"哈哈哈，不错，正是老子。"徐志狂笑。他心中已经知道，眼前这个年轻人是小县令，只是装作不知道而已。上面放下来的命令，是当众折辱这个小县令，自然要好好执行一下了……嘿嘿，打断手脚或者是废掉命根子，应该算得上是折辱吧。

"是你就好。"李牧心中狂怒，但眼中却一片平静。他将钢刀插在一边，伸手将道袍宽大的袖子挽起来绑好，试着活动了一下，觉得松紧正好，才又握住那柄从已经死去的章如手中拿过来的钢刀。

这样的李牧，画风突变，就好似是街头混混要打架的前奏，毫无高手风范，原本远处各方暗中观察的人马，已经被震惊得不行，但看到这样的画面，顿时觉得画风好像转变得有点儿突兀滑稽，如同一个原本清高绝世的月宫仙子突然因为内急而憋得满脸通红、坐立不安的那种感觉。

然而下一瞬间，所有人再度陷入震惊石化的一幕，又出现了。

李牧握住钢刀的瞬间，脚掌发力，嘭的一声，靴子被双腿传来的恐怖力量撑破炸裂了开来，岩石也炸裂化作粉尘……

地面一震。他又冲了出去，快如疾电。

"嗯？""斩天刀"徐志瞳孔骤缩。因为他发现，自己眼前一花，视线之中，已是猛然失去了李牧的身形。

咻！刀光一闪。电光石火的瞬间，李牧已经在徐志身后十米处出现。因为冲得太狠，又往前奔了两步，才刹住身形。

吭当！两米长百斤重的特制精钢铡刀坠落。

"你……嗬嗬……我……""斩天刀"徐志双手捂住自己的脖子："你……你这是……什么刀法？"

李牧低头看了看手中的衙卫制式钢刀，道："杀猪刀。"

他用的，的确是在地球时，屠宰场里练出来的杀猪刀法。

第十一章
可怕的杀猪刀

这一刀，经过了李牧的千锤百炼，纯熟无比，再肥再野的猪，这样一刀下去，肯定能够让它毫无痛苦地死去。

"斩天刀"徐志张嘴想要大吼，但喉咙里发出的却是野兽濒死时那种不甘而又恐惧的声音。

嗤嗤嗤！一道血线从他的脖子里出来，冒出血雾，越来越清晰，血水染红了徐志的双手，最终噗的一声，鲜血冲起，在太白县城之中臭名昭著的神农帮四大金刚之一的"斩天刀"的头颅，像是被斩断的韭菜一样，一歪就断裂掉落了下来。

画面血腥残酷。

李牧回头。从某种程度上来说，这是李牧有生以来第一次真正意义上的杀人——雨夜血月帮两大弟子之死只是误杀，但他的心中，并无任何愧疚负罪感。

看着徐志的尸体、断头和鲜血，他亦无任何恶心呕吐不适之感。这一瞬间，李牧突然想明白了，为什么老神棍要逼着他去屠宰场杀猪。

真的是为了培养杀气！是为了让他提前见识和习惯眼前这种鲜血和断肢混合的画面。老神棍很早就料到了今天这样事情的发生。

他将李牧传送到一个遵循弱肉强食从林法则的武道星球上去锤炼，不但要自保，更要逆流而上修炼武道，锤炼己身，锻炼心灵，想要脱颖而出走出这颗星辰，成为真正意义上的强者，不拔刀，不杀戮，那是不可能的。

而此时，李牧心中的怒火，还未熄灭。

"神农帮要付出代价，而四大金刚，都要死。"他神色坚定无比。

这时，漫天弥漫的烟尘已经渐渐落下。

一大串脚步声传来。数百神农帮的弟子，在帮中高层的带领下，冲了出来，四面将李牧团团围住。

淬了毒汁的弓弩对准了李牧，各种毒虫也暗中放出，各种瘴气也被引导过来……神农帮中多是亡命之徒，精通用毒、操控五毒虫，这些才是神农帮可以在太白县城中骄横嚣张的最大本钱。

"不择手段，拿下他，留一口气就行，残不残废无所谓。"一个阴毒的声音，从人群的后方传来。

……

神农帮总舵深处。

一身绵软绿色长袍的帮主司空境神色淡然地坐在巨大的石窟中。

正午的阳光从天井中照射下来，照亮了石窟大堂最中间一个方圆三米左右的圆形水池，池水碧绿如翡翠，散发出一股诡异的氤氲之色，无色无味，让整个石窟充斥着一种阴森恐怖的味道。

"神农帮主司空境，滚出来见我。"一声滚雷般的怒吼，从远处传来，透过天井，清晰地回荡在石窟中。

司空境是一个表面上看起来只有三十岁左右的中年男子，面容俊秀，大耳剑眉，气质儒雅，脸上始终带着若有若无的微笑，令人一看之下，就容易产生好感。

但若是仔细看的话，会发现他的肌肤，有些过于苍白，像是敷粉一样。光线稍微好一点，就可以看到那苍白肌肤之下青色的纤细血管。

执掌神农帮十五年，司空境在帮中的地位，可以说是犹如主宰，不可动摇。他以强大的实力和狠辣手段，将恐惧敬畏深深地种植在每一个帮众的心中。

"呵呵，这个小县令，居然真的来了，果然是少年人，有几分勇气。"司空境惬意地躺在藤椅上，身后站着两个身披薄纱的妙龄女子，正在轻轻地摇着羽扇，而他的嘴角，略微划过一丝轻蔑的笑意。

说实话，他对这个小县令根本不放在心上。上任县令手段不俗，但最终还不是被逼得进入深山老林中学道去了？

如今大秦帝国吏治混乱，太白县地处帝国东部边陲，山高皇帝远，更是势力错综复杂，鱼龙混杂，官方已经逐渐不能控制真正的局面，帮派的力量占据了主导权，一个根基浅薄犹如浮萍一般的小县令，跟脚都没有站稳，竟然要拿神农帮开刀？

司空境哂笑。石窟中，还有一些神农帮的高层，闻言都哈哈大笑了起来。整个石窟之中，洋溢着一种高高在上的欢快气氛。

能够令县令束手无策，这要是传出去，多少也是一份殊荣啊。

轰隆！突然，巨响声传来，地动山摇。石窟震荡，宛如地震一样。天井中圆形水池中静如翡翠一般的绿色池水，荡起了一丝丝的涟漪。

所有的笑声，戛然而止。一众神农帮高层面面相觑，神色带着惊疑，像是数十只被掐住了脖子的鸭子一样，一点儿声音都发不出来了。

司空境表情微怔。

片刻，一个气喘吁吁的帮众冲进来，道："报……县令闯进来了，他一脚踹飞寨门，势不可当……"

"什么？"有人惊叫。

"踹飞寨门？一脚？开玩笑吧，那两扇门，可足足有万斤之重！"

"确定是那个小县令？"

"他不是个文进士吗？"

犹如麻雀窝里捅了一棍子，神农帮的高层炸了窝。

司空境的面色阴沉了下来。他轻轻地咳嗽了一声，所有的嘈杂声瞬间彻底地消失。

"也许是因为年久失修……"司空境淡淡地笑着，"那两扇门矗立在正前方，已经有十几年了啊，估计门框松了，呵呵，回头命人修缮就好了。"他给了一个理由，又极为自信地道："徐志今日当值，守卫寨门，嗯，他一口特制的精钢铡刀，三十六路疾风刀法，连本帮主都很看重，已经是合力境巅峰的修为，值得信赖，诸位，只怕这会儿说话的工夫，徐志长老已经将小县令捉住了……"

话音未落。又是一阵急促的脚步声响起。另一位传讯的神农帮弟子面色苍白地跑来，声音颤抖，单膝跪地结结巴巴地道："帮帮帮……帮主，各位长老，不好了，徐志长老被斩了……"

司空境脸上的笑意淡去，嘴角一阵抽搐。他脸上火辣辣的，像是被人抽了一个耳光一样。

"岂有此理，这个小县令欺人太甚，全力出手，给我将这个小县令捉回来，我要让他好好尝尝我的手段……"司空境终于动怒了，霍然起身，眼眸中闪烁着凶焰，"传令下去，令帮中弟子不必顾忌，只要不当场打死就行！"

……

"你……你这……到底是……什么刀法？"

神农帮长老之中的四大金刚，最后一位的"枪出无敌"宋同，眼睛里全都是恐惧和不甘，他赖以成名的镔铁长枪断裂成了两截，掉在了一边，脖子里传来丝丝绝望的凉意，脑海里依旧回荡着刚才那迎面斩来的一刀，分明是普通至极的一刀劈砍，为什么自己状态、内气都运转到极点，也挡不住这一刀？

"杀猪的刀法。"李牧实话实说。

他手中已经只剩下了一个光秃秃的刀柄。衙卫的制式钢刀毕竟普通，难以承受李牧恐怖的怪力，在之前的劈砍之中，终于碎裂损毁了。

噗！血雾冲起。"枪出无敌"宋同头颅掉落，血箭从脖颈中喷出，倒了下去。而在他的尸体旁边，还躺着四大金刚之中"雪花毒剑"赵勇、"毒手"杜恒已经冰凉的身躯，都是被一刀枭首。

算上之前被斩杀的"斩天刀"徐志，这四位神农帮凶名显赫的四大金刚，哪一个不是从死人堆里走出来过，手段狠辣凶戾，纵横太白县近十年都屹立不倒，却在不到一盏茶的时间里，在联手的情况下，被人一刀一个，剁掉了脑袋，简直就是不可思议的事情。

而这个剁掉四大金刚脑袋的人，竟然还是一个在此之前，被所有人都认定是软弱可欺、无足轻重、手无缚鸡之力的少年县令。

远处，马君武脑海之中一片空白。他摇摇晃晃，站立不稳，眼前出现了幻觉，依稀还有那宛如白色闪电般的恐怖刀光。

可怕！太可怕了。那到底是什么样的魔鬼刀法啊，砍杀四大金刚就像是砍瓜切菜一样，一刀一个，全部了账。

马君武在太白县城之中，也算是可以排得上号的高手。但是他自问，以自己的实力，对上四大金刚之中的任何一个，在三四百招之间，绝对难以赢下，而若是对方联手，那绝对是有死无生，哪里能够做到如县令大人那样轻松。

整个场面和过程，给人的感觉，根本就不像是凶威显赫、成名已久的四大金刚在围攻李牧，更像是李牧一个人挥着屠刀先后屠杀四头肥猪。而在马君武的身后，那些或明或暗观察着这一幕的各方人马，也完全陷入了呆滞和恐惧之中。

他们简直无法相信自己看到的一切，也无法理解这一切，尤其是一些本来抱着幸灾乐祸看笑话态度的人，这会儿如同被雷劈了一样，各种表情凝固在了脸上，因为巨大的震惊和惊恐，脸色都苍白如纸一样。

"怎么会这样？"

"李牧是高手！"

"太强大。"

"不好，要赶紧回去禀告，不然，要出大乱子了。"

"快，快去告诉宗主，立刻马上……必须第一时间调整针对这位小县令的姿态和策略。"

一瞬间，无数个念头，从这些人的脑海之中疯了一样地冒出来。

第十二章
李牧发飙

他们浑身冷汗，意识到自己所属势力之前对于小县令的懈怠是一种多么疯狂的作死行为，就快要被吓得魂飞魄散，这哪里是众人想象之中那个可以随便捏的软柿子，根本就是扮猪吃老虎的狠人啊。

神农帮这一次，算是踢到了铁板上了。就看司空境怎么收场吧。

轰隆！李牧又一脚踢在了一根石柱上。双人合抱粗细的石柱，就像是面粉捏的一样，轰然倒塌。碎石纷飞，犹如雨下，将地面上爬过来的毒虫全部都砸成了色彩斑斓的肉泥，一些驱赶着毒虫的神农帮赶蛇人，也被砸得惨叫着后退。

李牧再度如人形暴龙一样跳起来，朝着神农帮石林深处突进。

"先把人救出来再说。"

他在寻找原告张李氏和芹儿。

轰隆隆，石林中传来轰隆声，一根根的石柱倒塌，烟尘漫天，不断传来一阵痛呼、尖叫和惊呼。就好像是一头猛虎闯进了鸡圈里面一样。不久之后——

"你们……做出这种天理难容的事情……该死，你们都给我死！"李牧愤怒到近乎爆炸的怒吼，仿若炸雷，轰然在石林深处传来。

再然后，便是神农帮弟子惊恐的惨呼、哀号和求饶。很快便有刺鼻的血腥味道，从石林深处传出来。有不少的人被斩杀了。李牧大开杀戒。

马君武站在外面，远远地看着这一幕幕，大约已经知道发生了什么。

神农帮刚开始的时候，是一些药农、采药客的联合，不过是为了讨生活而已，也算是一个正常的小帮派，后来逐渐崛起，许多亡命徒加入其中，就开始膨胀，而自从当代帮主司空境入主之后，就开始彻底变了个样，迅速黑化。

这些年，神农帮可以说是太白县城中的一个毒瘤，为非作歹，这些年时而有一些妙龄女子失踪，最终的线索都指向了神农帮，传闻都被劫掠到了神农帮总舵之中，任由神农帮弟子凌辱折磨，更有甚者，神农帮帮主司空境，为了修炼毒功，用活人做靶子，用活人来炼药试药，用活人的心肝来喂养毒虫等等，可以说是残忍到了极点。

除了神农帮的弟子和客人之外，其他人，只要是被抓进去，那就是死路一条。这一次，张李氏和女儿被抓进了神农帮总舵，绝对是有死无生。

马君武看得出来，县令大人并非嗜杀之人，之前闯入神农帮，也是为了救人，除了将杀害衙卫章如的四大金刚斩杀之外，并未屠戮普通的神农帮弟子，但现在，应该是看到了石林深处宛如地狱一般的一幕幕的惨状，看到了死去的原告尸体，所以才会如此愤怒，才会大开杀戒。

一声声的惨叫，从神农帮石林深处传来。许多在外面观看的人，都一阵阵的毛骨悚然。

小县令发飙了啊。

……

"什么？"县丞周武惊得站起来，手中的红瓷古韵茶杯，啪的一声掉在地面，摔了个粉碎。

"大人，李牧是个武道高手，很恐怖的高手，一把单刀，就快要将神农帮给推平了，四大金刚联手，都没有在李牧的手中走过四招，一刀一个，全部斩了……"跑回来传讯的是一个周家的家奴，气喘吁吁，脸上依旧带着苍白的恐惧之色，说话的时候，依旧觉得背后一阵发寒。

"怎么可能？你……是不是看错了？"周武嗓音突然有点儿沙哑，心中升起一种不妙的感觉。

"绝对没错。"家奴大口地喘着气，仿佛还未从之前的震惊和恐惧中摆脱出来。

周武一屁股跌坐在椅子上，面色难堪，一脸吃了死耗子的表情，半晌说不出话来。一边的主簿冯元星摆摆手，示意那家奴下去再探。

等到家奴出去了，冯元星起身，拱手，道："大人，我们的判断有误啊，这个李牧，来者不善，扮猪吃老虎，之前我们都被他骗了，当务之急，还是要仔细衡量接下来该怎么办，相信很快就会传遍整个县城，各方都要调整对李牧的姿态了。"

周武点点头，但却还是说不出话来。如果李牧只是一个文进士，根本不足为虑，再退一步，如果李牧只是一个高手，也不是很致命，但现在的问题是，李牧不但是一个恐怖的高手，还具有县令的身份地位，这两者结合，就变得非常可怕了。

在大秦帝国，县令虽然只是牧守一方子民的最低独立行政官员，但却具有绝对的权威和权力，兵政治一体都在县令的掌控之中，周家虽然是太白县的地头蛇，但对上这种权力和力量合一的角色，就变得很被动了。

……

同一时间。

典史郑龙兴面色阴沉呆滞地坐在密室中。他脸上的表情，还未完全散去。自以为一切都在掌控之中的郑龙兴，遭受到了巨大的打击，让他突然之间觉得，自己好像是一个跳梁小丑一样，一直都隐藏在暗处自以为是地谋划谋算着一切，实际上恰恰是被那个小县令玩弄于股掌之间。

他突然明白，这些天小县令躲在县衙中深居简出，并不是因为在躲避追杀或者是不敢见人，实际上根本不屑于和自己等人计较，根本没有将他们放在眼中。

好后悔啊！血月帮的第一次截杀失败，他收到了消息，但却并未太过重视，对于李牧的实力，判断失误了。

一步错，步步错。现在，该怎么办？

一头原本懒洋洋并无伤人之意的老虎，被激怒，变成了吃人喝血的猛兽，已经无法控制。

而这一切，都是自己造成的。

"不行，我得赶紧赶过去。"郑龙兴呆坐了许久，猛然回过神来，打了一个激灵，跳起来，道，"来人，传令，点兵备马，快随我去支援县令大人。"

……

李牧愤怒了。非常愤怒。

他觉得自己的胸膛里面好像充斥着某种火热的东西，快要爆炸了。在神农帮的总部看到的人间地狱一样的画面，在他的脑海之中不断地闪过。

张李氏和芹儿母女浑身赤裸，狼藉地被丢在死人堆里，张李氏被割掉了胸部，每一根手指和脚趾上都钉着铁钉，满脸的痛苦和绝望，临死还用双手紧紧地抱着女儿，可惜她柔软的肩膀并没有保护住女儿，怀中的芹儿则是被剜掉了眼睛割掉了舌头，下体塞着一根木棍……

这对原本还等待着沉冤昭雪的母女，被神农帮用最残酷的方式折磨而死。除了这对母女，李牧还看到了一具具不知名的尸体，像是被宰杀了的牛羊一样，剥得光溜溜的，被丢在石林中的一片空地上，还有大量的残肢断臂，而一些神农帮的弟子，竟然在煮人肉，用来喂养一些蛇虫和猛兽，他们的表情平常，显然是已经习惯了这样……

还有一些人，像是畜生一样，被关在猪圈一样的地方，也不知道被关了多久，神情麻木，肢体瘦弱，浑身伤痕，基本上都残废，眼神呆滞，没有丝毫的生气，好似是待宰的羔羊一样。

神农帮总舵，根本就是一个修罗屠宰场。

李牧被这一切刺激得出离愤怒了。他的眼睛冒火，脑海之中唯有一个念头——杀！杀光这些披着人皮的禽兽。

之前的衙卫制式钢刀早就损毁，他冲到神农帮弟子中，随手一拳一掌，巨力之下，直接就将这群畜生轰爆，一脚踢飞一根石柱，轰隆声中，岩石崩裂，不知道砸死多少神农帮弟子，耳边的惨叫和求饶声连绵不绝，但李牧没有丝毫的心慈手软。

恐怖的肉身之力爆发之下，神农帮中，根本就没有他的一合之敌。哪怕是帮中的一些合力境、合气境的高手，也根本架不住李牧盛怒之下的随便一拳。

他一路冲杀，朝着神农帮石林深处冲去，如虎踏羊群，势不可当。

石林深处的石窟中，气氛无比的沉重。

帮主司空境面色阴沉，身上已经换上了一副纯黑色的软甲，身边数十个神农帮的高层也都是全副武装，这些都是神农帮中实力最强的执法队精锐弟子，也是司空境这些年以来苦心培养的真正心腹死士，具有军队一般的战斗力。

这是神农帮的真正底牌。

"完了，神农帮完了，毁了……"

司空境的心在滴血。二十多年的苦心经营，眼看着就要化作东流水，这简直就是在割他的肉。

司空境的心里非常清楚地知道，总舵之中的一切一旦曝光，他的身份只能从帮主变成通缉犯，典史郑龙兴根本没有能力捂住这一切，从此之后，他就只能踏上亡命天涯的道路，二十多年的荣华富贵化作过眼云烟。

而这一切，都是那个小县令造成的。

"反正横竖都是被官府通缉追杀，干脆一不做二不休，宰了这个小县令，先出了这一口气，毁我根基之仇，不共戴天！"

司空境心中的戾气在滋长。

"兄弟们，随我出去，为帮中的兄弟们报仇，不管是谁，得罪了我们神农帮，都得死。"他大喝一声，鼓动士气，就要带人冲出石窟。

话音未落。轰！石窟大门发出轰鸣巨响。有人在外面砸门，震得整个石窟都颤抖，天井上方土石簌簌落下。

第十三章

碾压神农帮

"啊……"那几个美貌侍女、歌舞丽姬被吓得尖叫,瑟瑟发抖地东躲西藏,花容失色。

司空境扫了一眼,眼眸之中闪过一丝狠毒之色,反正这些女人也都带不走了,不能便宜了别人,他掌心一甩,数十道绿色飞针飞出去,射中了这些可怜女子的眉心,将这些平日里百般宠爱的禁脔,全部都击毙,毒针中的化尸毒液,将她们的尸体化作了绿色的液体。

"司空境,滚过来受死。"

石窟之门被砸开。烟尘石屑弥漫之中,一个身影踏着破碎的石门,身披着滚滚烟尘,隐约可见一个大概的轮廓,犹如神魔一般,一步一步地走了进来。

此人正是李牧。

司空境神色狠毒,阴阴一笑,一挥手,道:"杀了他,给我将他剁成肉泥!"

"杀!"喊杀声冲天。

神农帮精锐弟子身披铠甲,手握长枪、弓弩、斩马刀、绊锁等等武器,犹如军阵一样,朝着李牧疯狂地杀过去,犹如浪潮一样,要将李牧的身形淹没。

李牧几脚踢出,脚下的石板、岩石都飞出去,携带着万斤巨力,砸到了这些人中间。

骨头断裂的声音响起,血肉飞溅,惨叫声一片。还未到短兵交接,所谓的神农帮弟子就被砸死三分之一。

李牧的这种战斗方式，根本就不符合常理，强大无匹的绝对力量之下，神农帮弟子身上披着的足以抗衡利刃正面劈砍的铠甲，根本就像是纸糊的一样，不但不能保护他们，反而让他们失去了敏捷和速度，死得更快。

司空境面色大变。他立刻意识到，正面交手，就算是自己，也绝对挡不住李牧的一击。司空境则稍稍往后退了一下，从旁边的石壁上，取下了一张大弓。这张弓通体银白色，似是某种藤枝削制，弓身由七根藤条犹如蟒蛇一般蜿蜒缠绕而组成，藤枝表面纹理粗糙，这弓的外形古朴简单，长约一米五，比一般的弓弯曲弧度要小得多，弓弦是一根乳白色的筋状绳索，大约一指粗细，显然要比一般的弓弦粗许多，透露着一种不凡。

这张弓，很重。以司空境的修为，握着这张弓的时候，手臂都微微有些发抖。

"就用这把弑神弓，送你上路。"他看着战圈之中的李牧，发出了无声的狞笑。

一支特制的精钢狼牙大箭搭在弓上，司空境深呼吸，内气运转，在经脉通道之中绕体运行周天，一层淡淡的绿色氤氲缭绕在他的手臂之上。他乃是合气境的高手，运转内气的情况下，力量暴增，弓身的七根缠绕藤条上有一股微不可查的恍惚一闪而逝，似乎产生了某种变化。

司空境力道用老，将这张弓拉开了约有六分之一。箭尖，对准了李牧。

此时，李牧已经将神农帮的精锐，抹杀了三分之二更多。他修炼先天功，感观敏锐，反应快如闪电，那些所谓的精锐弟子，基本上很难捕捉到他的身形，而他们挨上李牧一下子，就好像是西瓜挨了一铁锤一样，瞬间筋骨折断，身体爆裂……这根本就是一场不对等的杀戮。

"死吧。"司空境很是老辣，捕捉到李牧旧力已尽、新力未出的瞬间，射出了这一箭。那乳白色的筋状弓弦，竟是没有丝毫的声音。

仅有六分之一开弓程度，狼牙大箭瞬间化作了一道疾电流光。快到了疾电，肉眼难以捕捉。

在这电光石火的瞬间，战斗之中的李牧，骤然感觉到了一种毛骨悚然般的危险直觉。他下意识地强行扭腰，往右边一侧身。

嘭！一声闷响。李牧只觉得左肩似是被什么东西狠狠地一撞，巨力涌来，然后身体一轻，整个人就倒飞了出去，轰隆一声，狠狠地撞在了十米之后的石壁上。

他被这一箭洞穿了左肩。狼牙大箭穿过肩膀，将李牧活钉在了石壁上。

嗡嗡嗡！狼牙大箭的箭羽兀自震动不休。一股炙热的感觉，从肩头传来，李牧扭头看了看大箭，然后张口发出粗重的呼吸声。

撕裂般的剧痛，从左肩传来，令他近乎眼前发黑。

"哈哈，上，给我杀了他，杀！"一箭偷袭得手，司空境狰狞地大笑了起来。

剩下四五个惊魂未定的神农帮精锐弟子，都是狂喜，挥动长刀利刃，砍杀过来。

李牧的眼眸炙热了起来。伴随着越来越厚重急促的呼吸声，他整个人就像是一头狂化了的牤牛一样，进入了疯狂的状态，双脚在墙壁上一蹬，巨大的反冲之力，让他直接从石壁上挣脱，鲜血飞溅中，身躯带着狼牙大箭冲出。

普通的闪烁步伐。毫无章法！但是，快，太快了！

砰砰砰！五个神农帮精锐弟子只觉得眼前一花，身体一震，爆裂开来，一切就已经结束。

李牧的身形，已经冲到了司空境的身前。司空境大骇，内气运转，施展轻功，仿佛是身后有一条无形的绳索在拉着他一样，直直地朝后退去，同时，再次弯弓搭箭，勉强拉到了十分之一的开弓程度，嗖嗖嗖连续射出三箭。

但这一次，李牧有了准备。依旧是看似笨重的左右闪避步伐，但因为闪避速度极快，将这三箭全部都避开，箭矢擦着发梢带着滚烫的气流射了过去。

"你就是司空境那个人渣？"李牧怒吼着问道。

司空境内气运转，身形一闪，避开到一边，也不说话，反手抽出身后箭壶中的特制精钢狼牙大箭，再度弯弓搭箭，他放弃了近距离肉搏交手，因为他很清楚，以李牧表现出来的那种强大到近乎怪异的力量，即便是稍稍一碰，自己就要受伤。

李牧身形微微一顿。一把抓住迎面射来的钢箭，然后左右挥动一拨，叮叮两声，将另外两只狼牙大箭拨开。

轰！他双腿蓄力完毕，脚下的岩石地面裂开无数道缝隙，身体如出膛的炮弹射出去，不给司空境再度射箭的机会，如一道闪电一般，瞬间近身，直接一拳轰出，结结实实地打在了这位神农帮帮主的小腹上。

嘭！司空境张口喷出一道血箭，小腹部位的脏器彻底化作了肉泥，身躯在那黑色宝甲的保护下，并未炸裂，但却也是瞬间重伤，倒飞出去十几米，轰的一声，就撞在了石窟天井中央那圆形水池的池壁上，以一个人字形状凹陷了进去。

他喘息，彻底丧失了战斗的能力。一缕缕黏稠的血液，从他的口中流淌出来。

啪嗒啪嗒！李牧一步一步地靠近，盯着他，依旧怒火燃烧的眼神，简直要将司空境焚化。

"呵呵，呵呵呵呵……"司空境惨笑。

他知道，自己错了。错在不该因为仇恨而对李牧动杀心，如果一开始，自己就直接逃走的话，还是有机会的，可因为一念之差，想要杀了李牧泄愤，结果坠入了万劫不复之地，这样的重伤，他知道别说是逃，活都活不了了。

"像你这样的人渣，应该死一千一万次。"

李牧低头俯视司空境，道："说罢，你想怎么死？"

"死吗？"司空境自知难以幸免，反而冷静了下来，面色苍白，张口喷出一团血液，斜着抬头，看着李牧，惨笑道，"我见过的死人，实在是太多了，不管是八十岁的耄耋老人，还是还未生出来的胎儿……呵呵，我都杀过！死就死吧，在这个人吃人的世界上，就算是高高在上的帝国君王，就算是九大神宗的宗主，也都有死的一日，我享受过，值了……呵呵，你问我想要怎么死？"说到这里，他大声咳嗽着笑了起来，"我——想——和——你——一——起——死……绿龙，还不出来！"

话音落下。

哗啦！原本平静如镜面一般的碧绿色水池之中，突然一道绿色的闪电暴起冲出。这一道绿色闪电快到了极点，瞬间就将李牧直接一圈一圈地缠住，却是一条浑身长着绿色斑点的巨型水蟒，如水桶般粗细，头上生出两个角质骨朵，宛如蛟龙一般，速度极快，张开血盆大口，就朝着李牧的头吞噬过去。

"不好。"李牧反应过来，身体已经被缠住。他双手一抬，抓住了巨蟒的上下颌，让它无法咬下。一股麻痹的感觉，顺着手掌传来。

有毒？李牧神色变化。

"哈哈哈，放弃吧，这绿龙乃是太白山中的异种，成年可以吞噬虎豹，我花费了大价钱才得到，用各种草药宝药，养了它十年，刚刚通灵成熟……咳咳……我……本来是想要用它来炼丹入药……如今没有机会了，哈哈，绿龙浑身上下都是剧毒，我都不敢沾染……你死定了，黄泉路上再见！"

司空境狰狞而又欣慰地大笑。大口大口的鲜血，从他的口中喷出来，其中更是夹带着破碎的脏器碎块。

李牧感觉到从手臂传来的那种麻痹之感越来越强烈，渐渐地双臂似乎失去了知觉，已经不能再勒住绿色巨蟒了，那喷吐着毒雾毒液的血盆巨口，一点一点地靠近李牧的脸庞，一股刺鼻的腥臭腐朽味道，令李牧几乎瞬间就昏死过去。

第十四章
各方汇集

喊杀声停止了。

神农帮总舵大门之外，气氛诡异地安静，明里暗里观察的各方人士，仿佛连呼吸都忘记了，可以清晰地听到自己心跳的声音。

马君武神色变化不定。县令大人应该是赢了吧？他犹豫着，终于下定决心，正要走进去。

突然，身后传来了一阵如雷鸣般的马蹄轰鸣声。五百多太白县兵卫在典史郑龙兴的率领之下，急匆匆地赶到。

"马君武，县令大人何在？"他老远地就喝问道。

"回禀典史大人，李大人杀进去了……"马君武神色恭敬地道。他是都头，典史郑龙兴是他的直属顶头上司，不敢有丝毫的怠慢。

"那你怎么还在外面？儿郎们，不要停，随我杀进去，去救县令大人。"郑龙兴大喝着，一脸焦急担忧的神色，催动胯下的骏马，如一道闪电一般，当先冲进了神农帮已经倒塌了的大门。

郑龙兴来了？周围暗中观察的各方人马，看到这一幕，心中都有了一种奇怪的感觉。这意味着什么？谁都知道，这些年在背后扶植神农帮的人，就是这位郑典史啊。

神农帮为什么会触怒李牧，这背后的原因，一些心思聪明、消息灵活的人，稍微想一想，就可以猜出来，如今神农帮被铲灭，等于是剁掉了郑龙兴的一个胳膊，这算不算是搬起石头砸了自己的脚？

郑龙兴这么急匆匆地赶来，估计是想要收尾，趁机毁灭一些勾结神农帮的证据，想要脱身而出。

不过，哪里有那么容易？谁都知道，这一回，郑典史的麻烦大了。

而郑龙兴等人刚刚冲进去，远处又是一阵急促的脚步声传来。

就看县丞周武带着三百多兵卫人马，急匆匆地赶来。不过最前面和周武并排而行的，除了主簿冯元星之外，还有李牧的两个小书童清风、明月，也不知道怎么与周武走到了一起。

"马君武，李大人呢？"周武的表现和郑龙兴一模一样，老远就关切地喝问。

马君武指了指神农帮总舵大门，还未开口说话……

嗖！一阵风从他身边冲过去。

"公子，公子，你是不是在里面……你没死吧？你还活着吧？"天然呆萌少女明月爆发了，像是脱了缰的野狗一样，拉着满脸焦急一头大汗的小男孩书童清风，直接冲了进去，留下周武等人在屁股后面吃灰。

好快！马君武呆了呆。这小丫头吃什么粮食长大的，怎么跑得这么快？

"什么？郑典史已经进去了？这……快快快，进去营救李大人。"周武听到典史郑龙兴已经进入了总舵废墟之中，心中顿时大急，心说绝对不能让郑龙兴提前一步毁灭证据洗白干净，当下不顾一切地带着心腹们就往里冲。

看周武那担忧急躁的样子，不知道的人，还以为失陷在里面的是他的爹娘呢。马君武这个时候，不再犹豫，立刻也跟在后面往里冲。

很快，他们就看到了石林中的废墟画面。

"天啊，这……"总舵石林内，所有人都被一次次地震撼。

神农帮的石林中，根本不像是发生了一场战斗，更像是经历了一场毁灭性的地震。几乎所有的建筑都倒塌，岩石崩散，有的上面还有凹陷清晰的拳印和脚印，残肢断臂到处都是，还有喷射的血浆、肉泥、骨屑……四大金刚的尸体已经被之前进入的兵卫收拢了起来，神农帮的核心弟子们几乎都没有完整的尸体，都被活生生地打爆了。

看到这样的痕迹，周武、冯元星、马君武内心都是战栗的。可以想象，当时的战斗，可怕到了什么程度。

尽管之前已经从心腹的口中听到了消息，但周武亲眼看到这样的战斗场面，依旧禁不住再度震撼，他的心里，不由自主地滋生一种恐惧和无力感，很显然，李牧的真正实力，要比他之前最坏的估计都强很多，隐约之中，他感觉到自己仿佛是在面对着一个狂暴的史前巨兽，而不是不足十五岁的文进士。

周武抑制着自己内心的惊恐，转身对跟在一边的主簿冯元星低声吩咐了几句什么。冯元星点头，然后一挥手，带着一队精锐兵卫，朝着四面散开去。马君武想了想，还是跟在了县丞周武的身边，并没有离开。

越是往里走，战斗的痕迹越是可怕。

马君武看到一根需要五六人合抱的天然石柱，被从中间轰断，而断口处一个凹陷进入足足半米的拳印清晰宛然，很显然这石柱是被一拳轰断的，想一想都觉得心惊肉跳，到底是什么样的力量，才可以做到这一点？

就算是合气境巅峰的修为，也不可能徒手轰出如此恐怖的力量吧？

县丞周武也是面色不断地变化。他也算是一个武道高手，自然知道这一路走来看到的战斗痕迹意味着什么。

神农帮是太白县城之中的四大帮派之一，也是最难惹的一个帮派，帮众弟子善于用毒，各种下三烂的阴险手段层出不穷，在权力的争夺之中，周武也曾想过借着几次大案将神农帮铲除，这样就可以断掉典史郑龙兴的臂膀，但数次谋划都无功而返，甚至还有一些损失，神农帮的地位势力也是越发稳固。

而现在，这样的顽固势力，却被一个人，在不到一个时辰里连锅端了。周武只觉得自己的后脊背一阵阵的寒意直冒。

而那些跟在他身边的心腹武士，面色也是苍白难堪，有几个心腹家丁，更是被看到的血浆如泥、白骨如柴的惨烈场面，吓得战战兢兢，更有数人，趴在一边无法遏制地呕吐了起来。

一行人急匆匆往前走了大约千米，来到了神农帮总舵石窟入口处。令人意外的是，典史郑龙兴以及麾下百多名心腹兵卫，竟然只是站在入口，并未跟进去。

一群人站在石窟入口，像是在因为某种原因而犹豫着。

听到脚步声，郑龙兴回头，看到周武等人，眼中闪过一丝阴毒之色。

但这种表情一闪而逝，下一刹那，郑龙兴脸上的表情，就变换成了温和的笑意，像是见到了多年不见的老友一样，哈哈笑道："周大人，来得很快啊，这事情，都惊动你了啊。"

周武也是皮笑肉不笑，快步走过去，拱拱手，道："不来不行啊，县令大人有危险，我必须来救驾呀，呵呵，听说有些人想要谋杀李大人啊……哈哈，倒是你郑大人，竟然来得比我还快，佩服佩服啊。"

"呵呵，我乃本县典史，掌管兵秩，责任之内，当然要来得早。"郑龙兴满面笑容。

两个人说话和和气气，笑意盎然。不知道的人，还以为这两位太白县的巨头级人物真的是一个娘养的亲兄弟呢。

"哦，既然如此，那郑大人为何不进去？"周武开口问道。

郑龙兴微微一笑，并未回答。他来到这石窟门口，已经有一盏茶的时间，却一直都没有进去。原因很简单，在石窟之中已经没有了任何动静，他甚至尝试喊了几声，但都没有丝毫的回应，又派人在石窟周围看了一圈，并未见追逃的痕迹，可以确定，不论是司空境还是李牧，都在石窟之中。

也许……他们同归于尽了？司空境这个人，郑龙兴还是很了解的，心狠手辣，睚眦必报，且底牌极多，手段阴狠，也许李牧攻入石窟之中，被司空境用阴招算计了，最终与司空境同归于尽了？如果真的是这样，那可就太好了。

所以郑龙兴自己站在门口，一边观察，一边犹豫。他担心自己进去，万一李牧还没有死透，反而尴尬，但是，事情闹到这种程度，他也不敢在这么多的兵卫面前，冲进去对李牧补刀。

这样略微犹豫，周武就赶来了。

而郑龙兴的心思，周武很快也就想明白了。

李牧如果死在了里面，对于周武来说，绝对是一个天大的好消息，只要利用这件事情，稍微运作一番，就可以打垮郑龙兴，以后这个太白县之主的位置，绝对就是他的囊中之物了。

这简直就是一个天赐的良机。想到这里，周武也在心里祈祷，最好让李牧死在里面。

两队人马，就这样站在石窟门口，略微僵持，也不进去，都沉默着，气氛很是诡异。

就在这时，石窟里面传来了一个大哭的声音——

"公子，你怎么了？呜呜呜呜，公子，你……"

是小男孩书童清风悲痛欲绝的声音。

之前，就在郑龙兴犹豫的时候，两个小书童清风、明月就不顾阻拦冲了进去，这个时候，显然是发现了什么，听这个小书童哭得如此悲伤，只怕是李牧真的死在了里面，绝对凶多吉少。

周武脸上露出喜色。

郑龙兴也悄悄地松了一口气。

"走，快进去，支援李大人。"

"进去！"

两人发话，带着数百军士，呼啦啦地就冲了进去。

第十五章
差点儿忘记了一件大事

周武和郑龙兴步履轻快，心情都变得极好。之前一路走来看到的恐怖战斗痕迹带给他们的惊恐敬畏，也在这个时候一扫而空。

不管是多么强大的高手，就算是九大神宗的宗主，活着的时候当然让人害怕敬畏臣服，但死了之后却不会再有任何的价值作用，一想到李牧死在了里面，两大巨头的心情简直就像是三伏天在树荫下吹着凉风、吃着冰镇大西瓜一样甜爽。

前面，小书童清风的嚎哭声断断续续地传来。

"呜呜呜，公子……"

哭声凄惨，听者落泪。但在周武和郑龙兴的耳朵里，却简直是美妙如天籁一样。两人走得更快了。

"咦？好像有一股香味……"

"是啊，什么味道，好香？"

旁边有几个衙卫低声地议论着。

前方终于到了石窟的最深处，也正是神农帮总舵最核心的位置——石窟大厅天井区域。

周武和郑龙兴加快脚步，几乎是用跑的方式，冲到了石窟大厅中。

然而——

"这……"

"什么？"

两个人抬眼一看，顿时瞠目结舌，不知所措地呆在了原地，好像是石化了一样。就看大厅中，原本应该已经死去的李牧，非但没有死，反而生龙活虎地坐在一个石椅上吃烤肉。

是的，没有看错，是在吃烤肉。

李牧上身宽大的道袍脱去了一半，露出了精壮结实的臂膀胸腹肌肉，肌肤莹白如玉石一样，肩膀上插着一支杆身要比成人拇指略粗一点的精钢狼牙大箭，箭尖从后肩胛骨位置穿透出来，带着血肉和骨屑，看起来很是恐怖，但李牧神色泰然自若，仿佛不疼一样。

他前面点燃了一团篝火。李牧用另一支狼牙大箭，穿了几大块不知道哪里来的雪白鲜嫩的肉块，正放在火上烤得滋滋冒油。

一股奇妙的肉香充溢着整个石窟大厅。这种味道，让整个气氛变得更加尴尬和诡异。

怎么会是这样？周武和郑龙兴差点儿咬掉舌头。

这一瞬间，他们的心情再也不是三伏天吃冰镇大西瓜了，而是好似在三九寒冬中被人用一桶冰水从头到脚浇了个剔透一样，感觉一颗心都凉透了。

李牧……没死！不但没死，看起来还很滋润。竟然在这里吃起了烧烤？这……他妈的到底是怎么回事啊？两大巨头快要抓狂了。

"哟，来人了啊，挺面熟啊，那个谁……对，就是你，叫什么来着？"李牧一边很认真地烤肉，一边漫不经心地抬眼瞄了一眼，指着周武问道。

周武内心里涌起一阵无力感。自己在背后殚精竭虑谋算了这么长的时间，将李牧视为最大的障碍，但感情人家根本就没有将自己放在眼里啊，之前已经问过了一次，但到现在，人家连自己的名字都没有记住。

"属下县丞周武，见过大人。"他挤出一丝微笑，"恭贺大人大显神威，踏平神农帮，威震太白县。"

李牧点点头，也不再理会，转而拿起烤好的肉，吃了一口，不满意地摇摇头，道："缺了点孜然，味道不纯……哦，对了，那你呢？看样子，也是个官吧？叫什么？"他用烤肉的大箭指了指郑龙兴。

"属下典史郑龙兴，拜见大人。"郑龙兴一脸的苦涩，行礼拜见。

两大巨头的身后，数百兵卫齐刷刷地单膝跪地，大声地道："拜见县尊大人。"

李牧抬了抬眼皮，并未说免礼之类的客套话。

让神农帮这样的毒瘤，堂而皇之地占据县城一隅之地长达二十多年，荼毒平民，太白县官场从上到下，不管是谁，都有责任，县长大人李牧对于这些尸位素餐的官员，有很大的意见。

周武和郑龙兴不约而同地看向小男孩书童清风。刚才在石窟门口，就是被这个小东西给迷惑了。你家公子这么活蹦乱跳的，你在里面哭个什么丧啊，害得我们被误导了，还以为你家公子挂掉了，兴高采烈地冲进来……现在怎么办？

小清风根本没有注意到两大巨头的目光，一边哭，一边擦拭李牧肩膀上伤口里流出来的鲜血，然后不知道哪里找来的绷带，想要缠上，但那支箭拔不出来，绷带根本无法缠，边哭还边抽泣，一副伤心欲绝的样子。

而边上的小女孩书童明月，则是眼冒金光地盯着李牧手中的烤肉，口水哗啦啦地流淌了下来。

至于为李牧受伤而伤心？不存在的。对于呆 × 明月来说，只要公子不死就行了。有什么比吃肉还重要？

篝火噼里啪啦地燃烧。肉香弥漫，空气中弥漫着一种诡异的气氛。

过了片刻，县丞周武勉强调整心情，试着打破沉默，道："大人，您是不是先离开这里，疗伤比较要紧。"

"不错，大人您受了伤，请尽快去医馆治疗，这里交给属下清理就行了。"郑龙兴现在也是巴不得李牧赶紧离开。

他知道，已经错过了击杀李牧最好的机会。他心乱如麻，下一步该如何进行，已经完全没有了主意，安排血月帮高手刺杀李牧的计划，肯定是要终止了，之前安排的那几名刺客，合在一起还不够李牧一拳打的。

"不着急啊，打了半天，有点儿饿了，先把烤肉吃完再说。"李牧慢条斯理地将精钢狼牙大箭上的烤肉吃完，指了指身后，道，"还得烤一会儿。"

这个时候，周武和郑龙兴等人才注意到，在李牧的身后，一条三十多米长的绿色蟒蛇软绵绵地躺在地上。

这蟒蛇头生出了两个灰色的骨角，竟是隐隐生出了化龙之兆，但却死了，不用猜，是被这位小县令给弄死的，蟒蛇尾巴约一米长的地方，被利刃斩了下来，剥了皮，露出了白森森如玉的肉质，其中一部分被挖下来，很显然李牧狼牙大箭上烤着的肉，正是从这蟒蛇尾巴上剐下来的。

一条即将化蛟之蟒，竟然就这样被宰掉了？周武和郑龙兴一看之下，心中再震。

他们目光不俗，自然认出来，这蟒蛇乃是异种，极为罕见，价值极大，对于武者来说，更是梦寐以求的宝药，蛇血、蛇胆、蛇皮、蛇毒乃至于蛇肉，都是可以增进武者功力的，可以提升内气，强壮气血。

神农帮中，什么时候竟然养出来这种东西了？郑龙兴的面色，越发难看。他以为自己对于神农帮完全掌控，但是现在看来……司空境有很多事情，还是欺瞒了他。

"公子，我我我……"呆×小明月指着自己，一边流口水，一边道，"别顾着自己吃啊，给我吃一串。"

李牧丢了一块烤蛇肉给这个小呆×，然后又递了一串给小清风，道："哭什么哭啊，一个大男人……先吃肉，百年蛇精的肉啊，哇哈哈哈，很好吃。"

小清风泪痕未干，张嘴想要说什么，被李牧直接一块烤蛇肉塞到嘴里，呜呜咽咽地说不出话来了。

李牧大笑了起来。说实话，在内心深处，对于这两个小书童的表现，他还是有些感动的。此时现场这么多的人，真正希望他平安无事的人，估计也就是这两个小家伙了，其他人……李牧也不是傻子，大概能看出来其他人一个个都安着什么心思。

一时间，血腥气味弥漫的石窟之中，李牧主仆三人，大快朵颐着，除了吃肉的声音，再无其他。

气氛越发诡异了起来。郑龙兴和周武两个人，心里在打鼓，有些忐忑。

突然，李牧似是想起了什么，啊了一声，拍着大腿大叫了起来。

两人心中一惊，连忙躬腰，齐齐看向李牧，道："大人何事？"

李牧道："糟糕，差点儿忘记了一件大事。"

两人心中越发惊疑不定。大事？难道这个小县令要……

却听李牧继续说道："来人，速速将神草堂的掌柜黄维，给本县带到这里来。"

周武闻言，不明所以，但还是转身吩咐人立刻去办。大约一炷香时间之后，在两名兵卫的带领下，神草堂掌柜黄维战战兢兢地出现在了石窟之中。

"大大大大……大人……"黄维吓得脸色发白，嘴唇发青，看到李牧，这位神草堂掌柜都快哭出来了。

神草堂是神农帮的产业之一，他自己也算是神农帮的成员，此情此景之下，如何能够不怕？

就在一炷香时间之前，黄维也是刚刚收到消息，说神农帮总舵被人给挑了，刚听到这个消息的时候，他还以为是哪个不长眼的在开玩笑，在他的想象之中，太白县城中能够挑掉神农帮总舵的人还没有出生呢，谁知道下一瞬间，一队衙卫就出现在神草堂大门口，将他直接带到这里来了。

一路上的所见所闻，总舵损毁石林中的那些尸体，还有石窟中司空境依旧在流血的残躯……这一切，都让黄维吓得心胆俱裂。

尤其是看到司空境那血淋淋的尸体，黄维觉得简直就像天塌下来了一样。

第十六章
背　叛

要知道在黄维的心中，一直以来，司空境简直就是主宰神农帮所有人命运的神灵魔主啊。现在，他心目中不可战胜的存在，竟然被人打成了一堆烂肉。而这个杀了司空境的人，竟然还是几日之前，在公堂之上，被自己公然嘲讽藐视过的小县令。如果时光能够倒流，黄维真的希望那日在公堂上，自己跪在地上叫爸爸，而不是公然嘲讽藐视这个小县令。

李牧一边吃着香喷喷的烤蛇肉，一边笑嘻嘻地看着黄维的表情。

大好时刻，怎能不装×？他最喜欢看到的，就是那些敢对他嘲讽的人，一转眼就被他吓得六神无主的样子。这种感觉，贼特么的爽！

"大大大大……大人饶命。"黄维被李牧的眼神看得如坐针毡，魂飞天外。

李牧哈哈大笑："大大大大……大你个头啊……哇哈哈哈哈，说起来，那日在公堂上，你不是很嚣张吗？"

"小人该死，小人该死……"黄维磕头如捣蒜。

李牧心里爽得冒泡，道："喂，当日你说，这太白县城中，本官说的话，并不算数，现在你能不能告诉本官，谁说的话才算数呢？"

"这……"黄维快被吓傻了，没想到这个小县令这么记仇，瑟瑟发抖地道，"小人猪油蒙了心，小人该死……这县城中，大人您一言九鼎，只有您的话才算数。"

一边的周武和郑龙兴这个时候，也才明白过来，原来李牧口中所谓的"大事"，竟然就是将黄维这个小小的神草堂掌柜拉过来秋后算账啊，这也太记仇了吧？

两人都有一种无语之感。

但李牧哪里管那么多。这个黄维当日那么装 ×，今天就该狠狠打脸啊。男子汉大丈夫，七尺之躯，顶天立地，如果别人在你面前装 × 你都不打脸回去，那还算是男人吗？此时此刻，正是打脸的最好时机啊。

"我还记得，当日，你说让我在县城中打听打听你们神草堂的分量，我今天来神农帮问了问，司空境好像并不太愿意告诉我，所以我只好送他上路，黄掌柜，不如还是你亲自来说一说？"李牧一边吃烤肉，一边一本正经地问道。

李牧哦了一声，道："那张李氏一家的案子，到底是怎么回事，你能说说吗？"

"这……"黄维心中一颤，本能地想要辩解一两句，但转眼一看到水池旁边快被打成了如烂肉一样的司空境的尸体，再看看李牧那似笑非笑玩味的眼神，他顿时心里也明镜儿似的，不敢再有丝毫的侥幸，一五一十老老实实地将自己指使神草堂学徒巧取豪夺的过程，都交代了。

"大人，小人全都招了，小人错了，小人罪该万死……但求大人饶小人一命，小人日后一定洗心革面，重新做人……"黄维说完，痛哭流涕，一副万分忏悔的样子，苦苦地哀求道。

李牧放下手中的烤肉，神色突然变得伤感了起来。

"好一个重新做人，说得真是轻巧呢，黄掌柜，你可以重新做人，可张李氏一家呢？张小芹还只是一个孩子啊，她惨死之前，在这修罗地狱一样的神农帮总舵中，到底经历了什么，你知道吗？你敢想象吗？好呀，如果你能够让张小芹一家重新活过来，那本官就给你一次重新做人的机会，好不好？"

黄维闻言，如遭电击，眼中露出绝望之色。

"大人好狠毒的心啊……"他眼中怨毒，如诅咒一般盯着李牧。

李牧迎着他那怨毒的眼神，坦然一笑道："我的狠毒，不足你十分之一……记住，下辈子，多做点好事，少装 ×。"

话音落下，他脚尖发力，一颗石子从地面激射出去，洞穿了黄维的额头。这个恶贯满盈的神草堂掌柜，就此一命归西，结束了自己罪恶的一生。

旁边的周武和郑龙兴心中顿时一个激灵，小县令不会是在杀鸡给猴看吧？

李牧扭头看了看他俩，道："你们也都看到了，他自己招供了自己的罪行，按照帝国律法，理该处死，本官出手，这不算是挟私报复吧？"

你分明就是在报复好嘛！所谓的大事，就是在这样的时刻，把黄维这样的小虾米特意从神草堂中带来一番恐吓，然后弄死吗？周武和郑龙兴腹诽，但嘴上当然不会说出来。

"当然当然，大人明镜高悬，为民做主，怎么会挟私报复呢？"

"哈哈，杀得好，这种草菅人命之徒，就该千刀万剐。"

两人恭维道。说实话，哪怕是在一个时辰之前，他们都不敢想象，自己竟然会对这个小县令说出这样阿谀的话。

李牧点点头，道："那就好，来人啊，将这个恶徒的尸体，给我挂到总舵石林入口处，张贴告示，明述其罪，警诫他人，日后还有人敢在县城中作奸犯科、巧取豪夺，这就是下场。"

几个兵卫大声地应命，冲上来将黄维的尸体带走。

李牧想了想，又补充了一句，道："传本官的命令，神草堂一干案犯，不可放走一个，全部抓捕，严加审问，挖出幕后主使，不管是涉及谁，一律按帝国律法定罪。"李牧的声音，仿佛是洪钟一样，回荡在石窟之中，每个人都感觉到了这话音之中那种凛然不可动摇的意志。

"遵命。"有热血翻滚的兵卫，自发地、大声地回应道。

李牧点点头，脑海之中，又浮现出了张李氏母女的惨状，不由得一阵伤感自责。这个案子，他本来可以处理得更好，本来可以挽救这对苦命母女的性命，可是却因为一时大意，因为瞻前顾后，因为想得太过于理所当然……因为种种原因，让两条无辜的生命惨死在了这个魔鬼窟中。

这世道，怎么如此险恶？这人心，为何如此阴狠？李牧有点儿胸闷。他单枪匹马挑掉了神农帮总舵，但心中这口气，却还没有完全宣泄出来。造成这样局面的，并不只是一个小小的神农帮而已。真正的罪魁，那些虽然手不沾血但却在幕后操控一切、罪孽深重的所谓的"大佬"，还在逍遥法外。

这时，远处又传来脚步声，却是主簿冯元星带着一队人马走了进来。

看到冯元星，周武的眼神一亮。他之前命冯元星去总舵废墟之中搜寻一些典史郑龙兴与神农帮勾结的证据，莫非已经完成了？

想一想这些年，冯元星跟在自己的身边，充当智囊军师的角色，委实是帮助自己解决了许多麻烦，也算是忠心耿耿，嗯，只要等到自己登上了县令之位，就一定要重用这个冯元星，还是很识大体、知进退的嘛。

想到这里，周武向冯元星投去询问的眼色，想要知道战果如何。

谁知道冯元星这一次，竟是看也没有看周武，而是径直来到了李牧跟前，单膝跪地，道："属下太白县主簿，拜见李大人。"

李牧大马金刀地坐在石椅上，瞥了他一眼，也没有说话，大口大口地吃着蛇肉。

"回禀县尊大人，属下带人在神农帮废墟之中清理战场，已经将那些被困废墟中的无辜女子和贫民都安置妥当，亦捕捉到一百七十一名还未死的神农帮余孽，已经临时关押，要如何处置，请县尊大人示下。"冯元星低着头，不理会周武频频看过来的目光。

李牧依旧没有理他。他仿佛是真的饿坏了一样，大口大口地吃肉，嘴角流下来金黄的油。

冯元星咬咬牙，将心一横，做出了决定，道："回禀大人，还有另外一件事情，事关重大，属下不敢隐瞒，在捕获的神农帮余孽之中，有几个长老级的人物，为了脱罪，说是愿意指证本县典史郑龙兴，与神农帮勾结，杀害无辜……"

"闭嘴。"郑龙兴大怒，喝道，"冯元星，你竟敢污蔑本官，你……"

"哎，郑典史，不要急躁嘛，让冯主簿说完嘛，清者自清，浊者自浊，郑典史你怕什么呢？"一边的周武，心里简直是乐开了花，心道这个冯元星还真的是会来事，趁着小县令现在正在气头上，将这事儿直接揭露出来，稍微煽风点火，郑龙兴就完了，在大秦帝国中，县令权柄极大，掌握着生杀大权。

但是，周武话音未落，却听冯元星接着道："还有一位神农帮余孽，声称自己是县丞周武的心腹，他为了脱罪，指证这一次袭击医馆，杀死衙卫章如，其实是县丞周武背后安排，为的就是激化县尊大人与郑典史之间的矛盾，同时……同时，他们也准备借刀杀人，刺杀县尊大人您。"

"闭嘴，"这一回轮到周武大惊失色地怒喝，道，"冯元星，你乱说什么？你……本官一直以来待你不薄，你……你竟然污蔑本官，你……"

第十七章
撕破脸

一边的典史郑龙兴闻言，却是幸灾乐祸了，道："哎，周县丞，不要急躁嘛，让冯主簿说完嘛，清者自清，浊者自浊，周县丞你怕什么呢？"

刚才周武说的话，被郑龙兴原封不动地送了回去。

周武气得浑身发抖。他做梦都没有想到，一直以来表现得服服帖帖，在自己面前言听计从近乎软弱的冯元星，在关键时刻，竟然背叛了自己，朝着自己的身上插刀子……好一条毒蛇啊，自己以前都被他骗了。

李牧笑嘻嘻地撸串，一副你们先撕×、不用管我的表情。多好玩的场面啊，李牧置身事外的样子像是看戏。

一边的小明月也根本没有理会大人们的尔虞我诈。她嘴馋得实在是忍不住了，干脆自己找了几根狼牙大箭，从绿蛇身上割下来肉自己烤。

倒是小男孩书童清风，若有所思，似是在思考着什么，神色像是一个小大人一样。

冯元星跪在地上，不敢起来，额头上冷汗一滴一滴地流淌下来。李牧这样的姿态，让向来足智多谋的他，也无法猜透县令大人这个时候是什么想法。

他原以为，在听到了自己的汇报之后，这位冲动暴怒的县令大人，一定会勃然大怒，彻底将周武和郑龙兴都拿下问罪，因为从今日神农帮之事来看，这位小县令绝对是一个易冲动的性格。

但是，现在李牧的反应，却让他心中没底，渐渐害怕起来。

脚步声传来，却是马君武带着一位医馆的大夫前来，为李牧疗伤。

这位大夫四十多岁的样子，相貌清癯，之前在医馆之中见过李牧，当时心中愤怒的他，表情麻木，哀莫大于心死，对于这世道已经绝望，但是此刻，看向李牧的目光，却充满了崇拜和狂热。

他简直无法相信，这位年纪轻轻的县令大人，竟然真的以一己之力将神农帮铲平，为受伤的医馆众人报仇。

征得了他同意之后，他检查了李牧的伤势，心中惊讶，崇拜之情更甚。

箭矢的洞穿伤，射穿了骨头，换作是别人，只怕是早就痛晕了，但李牧却面无痛色地在这里吃烤肉，果然是成大事的非凡之人。

"大人，包扎伤口之前，需先将箭矢拔出，可能有点儿疼，大人您且忍耐。"这大夫小心翼翼地准备先将创口周围的碎肉骨屑清理掉。

"哦。"李牧点点头，"我自己来好了。"

他反手握住狼牙大箭，直接扑哧一下就拔出来。

咻的一声，一道血箭射出去，喷到了跪在前面的冯元星身上，吓得这位心思深沉的主簿大人尖叫一声往后退了几步，神色惊恐，而李牧也不看他，将拔下来的狼牙大箭，在倒在一边的司空境尸体衣服上擦了擦血迹，神色自若，串起蛇肉，继续烤了起来。

"现在可以包扎了吧？"他吃了几口，回头看着这位目瞪口呆如见了鬼一样表情的大夫，笑了笑，道，"要不要先吃两串，蛇肉真的很好吃。"

"不不不……大人……您真乃神人也。"

那大夫回过神来，看着李牧的眼神更加狂热，就像是在看着神明一样，连忙动手为李牧包扎起伤口来。

而周武和郑龙兴看到这一幕，心里顿时就无法遏制地打了一个寒战。这个小县令，真他妈的是一个狠人啊。

那狼牙大箭可是有倒刺啊，拔出来带着肉，伤口变成了一个大血洞，李牧却面不改色，心不跳，这个人的毅力和狠劲儿真的是太可怕了，这种人岂是居于人下之辈？早知道是这样，应该先联手对付李牧，不应该就这样迫不及待地自相残杀。

两人对视了一眼，心中都忐忑了起来。现在，这两大巨头心中都后悔了。

片刻之后。

李牧的伤口包扎好。

他站起来，拍了拍肚皮，满意地呻吟了一声，道："好了，吃饱了，舒坦。"

回头看了看还剩下大约十分之九的蛇尸体，对小书童明月吩咐道："好了，小吃货，别吃了，先找几个人，将这条蛇抬回县衙去，可以吃好多天了……记住，小心保存到冰窖里，别腐烂了。"

"好好好……"明月小肚皮已经吃得鼓鼓的了，还在狼吞虎咽地吃着。

这小呆×吃完一串，才心满意足地站起来，白嫩的小手擦了擦嘴，笑嘻嘻地招呼马君武过来，带着数十名衙卫，抬起这条巨大的绿色蟒蛇朝着石窟外面走去。

李牧拍了拍清风的肩膀，道："你也去，那丫头做事太马大哈，我不放心。"

清风迟疑了一会儿，看李牧好像真的没有什么大碍，张口想要提醒几句什么，但李牧摆摆手，示意他不用说，自己都知道，最终清风只好同那医馆的大夫一起，也跟着出去了。

午后的眼光从石窟天井中照射下来，引入一柄柄银色的剑，可以看到烟尘在光线之中狂乱地飞舞。

整个石窟里面就剩下了李牧，以及分别以周武、郑龙兴为首的两拨人马。

李牧缓缓地坐回到石椅上，从司空境尸体上，将那张奇异的白色大弓拿起来把玩，然后将二十根狼牙大箭，都插了在身边地面上，这才抬起头，看向众人，道："这段时间，是谁他妈的背后耍手段，架空我？"

啊？不论是周武，还是郑龙兴，在这一瞬间，都微微一阵错愕。令他们错愕的不是李牧问话的内容，而是问话的姿态和口吻。

这种感觉，不像是一位高高在上的县令在发问，倒像是一个在街头打架被打得鼻青脸肿的混混在搬来救兵之后要清算的语气。

"这……"周武面色难看到了极点。

而郑龙兴在一边保持着沉默，并未煽风点火，落井下石。他已经意识到，今日的局面有点儿危险了，虽然他以前想要弄死周武很多次，但这个时候若还是和周武撕×，那他就是傻×了——想过今日的难关，说不得要和周武暗中联合一下，一起对抗来自小县令的威胁了。

"妈的，敢做不敢说？真特么的尿包！"李牧冷笑了一声。

然后，他看了看冯元星，道："你刚才说的那些，可都是真的？"

冯元星如蒙大赦，擦了一把额头上的冷汗，道："下官敢用自己的性命保证。"

"呵呵，冯主簿，你可要想好了再回答，你的命，已经不太值钱了。"周武幽幽地在边上冷笑了一句。此时，他心中对于冯元星背叛的愤怒，超越了对郑龙兴这个老对头的仇恨，且盛怒之下，他心中也很清楚，不管自己心中有多么不愿意，此时都要和郑龙兴联手了，先渡过这个危机再说。

"是啊，冯主簿，你要想清楚了，你说的话，意味着什么。"典史郑龙兴语气不阴不阳地道，其中的威胁意味，不言而喻。

李牧笑了笑，道："妈的，竟敢在我面前装×……说实话，和你们这两只跳梁小丑说话，我都觉得恶心。"

周武和郑龙兴都冷哼了一声，腰杆也挺直了，脸上再也没有了之前对李牧那种笑意。他们已经彻底确定，这个时候，一味地服软已经不能解决问题了。两个人虽然并未直接沟通，但多年的相互斗争经验，却让他们很默契地达成了协议，决心要联合对抗李牧了。

但李牧也不理会他们，而是看着冯元星，一边把玩手中的弓箭，一边漫不经心地问道："你来说说，勾结神农帮，残害无辜，谋害本县令……按照帝国的律法，罪该如何？"

"罪该处斩。"冯元星彻底坚定下来，一字一句地道。

这四个字出来，周武和郑龙兴面色勃然一变。

冯元星这个杂碎，这是要一条道走到黑了啊！

"姓冯的，你很好，这笔账，咱们慢慢算。"郑龙兴神色阴狠地道。

他已经盘算着，等待今日事了，找个机会，要让冯元星这个毫无根基的外来户知道死字怎么写。

周武却不说话，只是嘿嘿嘿地冷笑不止。但熟悉他的人都知道，这是周武愤怒到极点，起了杀意的时候，才会露出的表情。

"两只小老鼠，还有什么要说的吗？"李牧看向这两大巨头。

周武和郑龙兴同时冷哼了一声，这种局势下，对于李牧，他们心中已经再无任何敬畏，也不怕李牧真的杀他们，一时之间，就连表面上的虚与委蛇也不用维护了。

"李大人，既然这里的事情已经结束，恕本官告退了。"周武不阴不阳地道。

"本官也有事，李大人且在这里慢慢收拾残局吧。"郑龙兴也是冷笑。

两个人心中已经在琢磨，回去之后该如何联手对抗李牧这个强势的县令了，不管李牧实力如何强悍，但他在太白县城之中，终究毫无根基，只不过是一个人而已，想要依靠匹夫之勇，与他们苦心经营了二十多年的势力对抗，那就骑驴看唱本——走着瞧吧。

李牧也点点头，道："好，两位要走，我也不挽留。"

第十八章
送你们上路

冯元星听到这句话，顿时面色一变。

小县令还是拿这两个地头蛇没有办法啊，看来，自己今日的投靠，实在是太过于心急了。

周武和郑龙兴闻言，心中也是略微轻松，哈哈一笑，再也不掩饰他们脸上的挑衅之色，转身大踏步地朝着石窟之外走去。

这个时候，李牧又接着道："我送两位上路。"

嘣！一声轻微的弓弦震颤之音响起。郑龙兴只觉得背后风声响起，心中大骇。但以他的实力，竟然是做不出任何的反应，只觉得后心一震，身体轻飘飘飞出去，轰的一声，撞在了石窟石壁上，张口喷出一道血箭，穿心的剧痛，这才慢慢地涌来……

"你……我……"他脸贴着石壁，无法回头，看不到身后众人惊骇欲绝的表情。

郑龙兴挣扎着，反手摸到了洞穿了后背的狼牙大箭兀自高速颤动不休的箭羽，想要运功拔出来，但力量犹如退潮的潮水一样散去，他尝试了几次，到最后手臂甚至虚弱到抬也抬不起来了。

"我……我不甘心啊……你……李牧，你到底是什么人？"郑龙兴用生命最后的力量发出大吼。

这一箭的威力何其恐怖，射穿后心，射爆了五脏六腑，就算是神仙来也救不了他了，此时，只不过是生命最后时刻的回光返照而已。

而李牧完全没有回郑龙兴用生命发出的质问的意思。他坐在石椅上，像是刚才那一箭并非他射出去的一样，看着手中的弓，眼神发亮。

"哈哈哈，我乃是……血月帮……香主……你……血月照空，血流天下……血月……不会放过你的……"郑龙兴四肢抽搐几下，彻底咽气，被活活在石壁上钉死了。

血月帮的人？李牧心中一动，但表面上，他的神色依旧如若未闻。他依旧在打量摩挲着手中的银弓。

"好弓。"他忍不住赞叹。

以他的力量，刚才开弓，也只是拉出不到四分之一的程度，一箭就将一位合气境的高手秒杀，若是能够将这弓拉到满月程度，那威力将会有多么恐怖？这样的弓，必定来历非凡，落在司空境的手中，真的是明珠暗投。

而一边，石窟之中数百位兵卫、冯元星以及周武等人，却是如同石化一样，彻底傻了。

真真真……真的杀了？谁都没有想到，这位县令大人，竟然毫无征兆地出手，一箭秒杀典史郑龙兴，根本没有丝毫的犹豫。

这也太杀伐果断了！被射死的，可是一位堂堂典史啊，是太白县的巨头级人物啊，跺一跺脚都会让太白县地震的大佬。

结果，这样的人物，说杀就给杀了，就像是杀猪一样……太他妈的暴力了。

所有人都被这一幕给震撼了。那无与伦比的视觉和心理冲击波，让他们一瞬间甚至丧失了思维的能力。

第一个反应过来的是周武。难以形容的恐惧，瞬间犹如潮水一样，将他整个人都淹没。他惊恐万状地怪叫一声，身形闪烁，如一道急电一般，朝着石窟外飞蹿。

李牧敢杀郑龙兴，那就敢杀他周武。在这一瞬间，他的心中仓皇惊恐到了极点。

这位盘踞太白县数十年的周家族长，第一次感受到了死亡的威胁，也意识到，自己之前还是看轻了这个小县令，这哪里是什么软柿子，也根本不是什么匹夫之勇的莽夫，而是一条真正的强龙，一个绝对的杀星，亏他之前还想要依仗家族势力来和这个杀星做对抗，在绝对的实力面前，任何势力都变得那么不堪一击。

嘣！又是一道轻微的弓弦震颤之音，如同死神的呼唤。

嘭！周武的身上爆起一团血雾。

"啊啊，不……"他倒在地上，凄惨绝伦如杀猪一般哀号了起来。

周武的一条左腿，被狼牙大箭直接射爆，齐根断掉，炸裂成为血雾和肉泥，而那狼牙大箭则余势不衰，射入了远处的石壁之上，直至没羽。

李牧摇摇头："不好意思，射偏了。"

他没有练过射箭，准头把握不好，刚才这两箭，虽然都射中了，但靠的是修炼先天功而得到的敏锐感知力，并非箭术有多高超。

李牧突然觉得，弓箭这种武器，太适合自己了。如果之前有这样一张弓，再练就一身箭术，哪里还用得着肉搏拼杀啊，直接站在老远开弓射箭就行了。

今天要不是因为气炸了，完全没有忍住心中的冲动，以李牧平日里怕疼猥琐、安全第一的原则，绝对不会干这么危险的事情，装 × 有风险，出头需谨慎啊，但是弓箭的话，可以完美解决这个问题，这玩意儿练好了，就像是端着一杆狙击枪，躲在老远一枪一个，简直不能更爽更猥琐啊。

李牧决定今日事了回去以后，一定要苦练箭术了。

"啊啊，啊啊啊……"周武凄惨地哀号着，"我的腿，我的腿啊……"虽然本身也是武者，但养尊处优这么多年，他的身上，毕竟是少了一些勇武之气，断了一条腿，疼得眼泪鼻涕一起都下来了。

而其他人则是依旧处于呆滞之中。如果说之前一箭射杀郑龙兴，让所有人都震撼莫名直接呆滞的话，那此时周武的惨叫传入耳中，其他人却是都从呆滞之中被惊醒了过来。

但是，他们依旧不知道该如何反应。普通的兵卫，早就被之前看到的神农帮中的战斗痕迹给吓得丧失了士气。

周武和郑龙兴的心腹，也差不多被吓得屎尿齐流，这个时候他们哪里敢站出来，巴不得李牧根本不认识他们，生怕引起李牧的注意呢。面对着这个如同杀神一般的小县令大人，就算是悍不畏死的死士，也提不起任何的战斗欲望。

被屠戮的神农帮弟子鲜血未干，轻描淡写拔掉肩头之箭的震撼未消，两箭射杀县城两大巨头的冲击依旧在眼前，对于所有人来说，此时此刻，身具绝对实力和绝对地位的小县令，根本就是谈笑之间主宰着一切的神一样的存在。

谁与争锋？

"啊啊啊……不，不要杀我，我不想死，大人……我错了，饶了我。"周武吓破了胆，哀号着，眼泪鼻屎齐流，趴在地上，挣扎蠕动。

这一声声的惨叫，就像是一道道重锤，狠狠地敲在其他人的心头，令他们心惊肉跳。

李牧皱了皱眉："真吵。"

他的目光，看向主簿冯元星。

冯元星一个激灵，顿时明白了李牧的意思。他咬咬牙，站起来，捡起地上一把刀，一言不发地走过去。

"你……冯元星……你……不，你干什么……饶命……李牧……李牧大人，我再也不敢了……我发誓，从此以后，百分之百效忠于您……饶命……我不想死啊……来人，来人啊，救我……"周武预感到不妙，疯狂地挣扎起来，哀求地看向李牧，像是一条被打断了脊梁的狗一样。

但李牧根本不看他。想要谋害自己，那就要有承担后果的觉悟。

冯元星一看李牧这样的表情，也不再犹豫，手起刀落，直接将周武砍死，鲜血溅了他一身。他将刀丢到一边，抹了一把脸上的血，走回来重新跪地行礼，道："大人，两个罪官都已经伏诛了。"

李牧点点头。

其他数百名兵卫，低着头跪在地上，一动都不敢动，全部慑服于李牧的威压之下。

大局已定。李牧暗中松了一口气，站起来，活动了一下身体。肩膀包扎的地方，有鲜血溢出来，浸透了白色的绷带。他疼得咧了咧嘴，差点儿叫出来。

妈的，装 × 果然是要付出代价的啊。之前自己拔箭，并不是因为他不怕疼，而是因为他的体内的蛇毒还未散去，就像是打了麻药一样，感觉不到疼痛，但现在，蛇毒逐渐褪去，疼痛感越来越清晰，像是一柄柄小刀在割剐一样，剧痛无比。

李牧强忍着没有呼喊出来，但额头上已经是一层细细密密的汗珠沁出来。同时，他感觉到，体内发生了一种难以控制的变化，血管之中，好似有岩浆在奔流一样，炙热到了极点，整个人的身体都像是着了火。

李牧隐约猜出来，这是因为那条绿蛇的蛇血，在自己的体力溶化融合。

与司空境一战的最后时刻，他一时大意被暗算，中了蛇毒，力气消退，差点儿被蟒蛇绿龙所吞噬，关键时刻，却是想起了曾经在武侠小说《射雕英雄传》中看到的郭靖咬蛇七寸生吞蛇血的段子，于是奋力一拼，直接将那条巨蟒咬死，吸干了它的一身血，才转危为安。

这一会儿，他看似一直都风轻云淡地坐在石椅上吃烤肉，实际上是在暗中运转先天功来压制蛇毒和蛇血的力量，现在，蛇毒消退，但蛇血的力量，快要压制不住了。

不管怎么样，今天的装 ×，算是圆满了。

李牧站起来，朝着石窟外走去。他要尽快回到县衙中，闭关修炼，将体内的蛇血炼化。

第十九章
李青天

"恭喜大人，镇压神农帮，一举剪除了周武和郑龙兴这两个罪魁，从今日后，整个太白县城，都在大人您的掌控之中了。"主簿冯元星跟在李牧的身后，一脸谄笑地道。

李牧的身形猛然一顿，转身回来，看着冯元星。

"你以为我杀他们，是为了夺权？"李牧道。

冯元星的笑容凝固。

李牧的眼神，从跪着的一众士兵的身上扫过。

趁此机会，再装一波 × ？

于是这个小县令立刻表现出一副大义凛然、慷慨激昂之态。

"你们给我听清楚了，我杀这二人，乃是秉公执法，是为太白县城诛除毒瘤恶霸，是为那些惨死在神农帮屠场中的无辜者报仇，是为了庇护我太白县的子民的利益，是为了端正我大秦帝国的吏治，为了……"李牧慷慨激昂地说了一遍，充分展现了自己大公无私的形象之后，才又反问，"周武和郑龙兴，若是真正的爱民勤政之人，就算是他们架空我，我又岂会杀他们？"

冯元星立刻反应过来。

"是是是，大人侠肝义胆，一心为公，乃是我太白县子民之福，属下以小人之心度君子之腹，实在是该死该死。"他连忙改口，一脸惭愧之色，无地自容地道，"我太白县数十万子民，能够有大人您这样仁慈爱民的县尊，实乃是天大的福气啊。"

李牧嘴角一个抽搐。

妈的，这老东西拍马屁比我还不要脸。

"接下来的事情，交给你去处理，郑龙兴和周武的余孽，要清理干净，但是，不要牵连无辜，不能连坐，不能搞扩大化，一切都要按照帝国的律法来……至于今日发生的事情，冯主簿你草拟文卷，直接上报吧，本官涉身其中，不便回应。"李牧说完，转身离开。

"遵命。"冯元星面带喜色，大声地道。

这说明县尊大人已经接纳自己了吗？

……

神农帮总舵之外，人山人海。

关于这里发生的一切，已经风暴一样传了出去——当然，不包括石窟之中发生的事情。

除了县城中排得上号的各方势力、各方人物之外，诸多普通的平民也都闻讯而来。

自从李牧踏破神农帮大门之后，消息不胫而走，像是插了翅膀一样。因为在过去的十年时间里，神农帮勾结官府、为非作歹、杀人越货、强买强卖等恶事做了不少，将太白县居民祸害得不轻，很多人深受其害，却敢怒不敢言，如今，听闻新任县令大人征讨神农帮，许多人的第一反应是不敢相信，旋即随着消息愈演愈烈，这才有更多的人涌聚而来。

此时，一切的一切，都已经说明，神农帮的覆灭似乎已经是板上钉钉了。但所有人都想要知道，在石林深处，到底还发生了什么。他们不敢进去，只能在这里等待。

所以，当李牧骑着一匹从衙卫手中牵过来的白马，不紧不慢地从石林中走出来的时候，被眼前这人山人海的画面吓了一跳。

"卧槽，怎么这么多的人？"

放眼看去，总舵大门之外，人潮拥挤，至少有四五千人，黑压压的一片。而看到李牧出来，原本喧哗鼎沸的人群，像是被施了消声魔法一样，瞬间变得鸦雀无声。

出来了！各方势力的大人物们，看到这一幕，心脏又狂跳了起来。

虽然在此之前，已经有了心理准备，但此时看到李牧骑马而出，他们还是再度被震撼到了。

因为这意味着，小县令做到了，他真的以一人之力屠戮镇压了太白县四大帮派之一的神农帮，除了肩部一点点伤势之后，近乎毫发无损地走了出来……这需要什么样的力量和彪悍之勇啊？

这更意味着，从今以后，太白县或将迎来一位铁血强势的县令，政治局面将要彻底改观了。

对于诸多帮派和富豪来说，这并不是一个好消息。

而对于许多平民来说，第一次见到李牧的他们，是无比惊奇和欣喜的，因为原来这个新县令竟然是如此年轻，虽然身上沾满了血迹，但浓眉大眼的样子，让他们感觉到一种亲切，就好像是隔壁家的小子一样，并未有以前见到的那些官僚趾高气扬、威仪重重、不可靠近的那种高高在上的感觉。

许多平民对于李牧的第一印象，可以说是非常好。不过，这个时候，没有人敢说话来打破沉默。

李牧用银弓敲了敲战马的屁股，战马啪嗒啪嗒地加速。

人群自动让开一条通道。

李牧策马而过。

"可惜了，一个多好的装×机会。"李牧心中叹息，做下了这种大事，本应该再面对着太白县的子民慷慨激昂地演讲一番，民心可用，但此时，他体内那蛇血的力量犹如火山一般在沸腾，他需要赶紧回去运功炼化了，不能在这里耽误时间。

一人一马，身形消失在了远处的街道。

片刻之后。

冯元星带着数百县衙兵卫，从神农帮总舵石林中走了出来。

外面的人群中，出现一阵躁动。

一个人影分开人群走出来，来到冯元星跟前，拱手，道："冯大人，司空境怎么样了？怎么不见周县丞和郑典史两位大人出来？"

冯元星抬眼一看，面色平静地道："原来是天星武馆的魏馆主啊，神农帮主司空境冲击医馆，杀害无辜，目无法纪，冒犯县尊大人，罪无可赦，已经被县尊大人亲手格杀，至于周县丞和郑典史嘛……"冯元星说到这儿，顿了顿，才继续道："他们两个人，勾结神农帮，荼毒平民，谋害县尊，其罪当诛，亦被县尊大人按律斩杀了！"

"什么？"天星武馆的馆主魏子龙闻言，大吃一惊，以为自己听错了，"冯大人，你……莫不是在开玩笑吧？"

冯元星鼻子里冷冷一哼，面无表情地道："如此非常时刻，本官哪里有心思和你开玩笑。"

说着，他转身一挥手，大声地下令，道："来人啊，将司空境、周武、郑龙兴这三个罪人的尸体，送到官办义庄中，命人严加看守，其他人，随我前去周府和郑府抄家，县尊大人有令，绝对不能放走了神农帮的余孽和周、郑二人的同党。"

说着，带兵匆匆而去。

就看二十名精锐兵卫，将司空境、周武、郑龙兴三人的尸体，从石林中抬了出来。这一下子，围观的数千人，顿时犹如麻雀窝里扔了一颗炸弹一样，彻底爆炸了，沸腾了。

魏子龙站在原地，犹如石化了一样，脑海一片空白。

怎么会这样？怎么会发生这种事情？怎么可能发生这种事情？

太白县四大帮派，除了神农帮之外，就是听雨寺、长风镖局和天星武馆，除了听雨寺因为是佛家寺院另有背景之外，长风镖局和天星武馆，都与周武、郑龙兴之间有着千丝万缕的联系，与神农帮比起来，虽然要好一些，但也好不到哪里去。

一听到这两大巨头竟然被杀了，魏子龙的心中，顿时一片冰凉。

一股难以形容的彻骨寒意，从屁股尾椎骨冲起来蹿过脊梁柱直到天灵盖，令他如置冰窟一样。

远处，几个听雨寺的僧人，皮肤白净，肥肥胖胖，听到这样的消息，面色也都变了变，交头接耳商量了几句，转身离去了。

还有几个身穿着长风镖局镖师制式软甲的彪悍汉子，混在人群中，也都是满脸震惊之色，在确认了那担架上躺着的真的是司空境三人的尸体之后，也面色震惊地匆匆离去了。

魏子龙强行忍住自己心中的震惊和惊惧，也急匆匆地转身而去。

太白县的天塌了啊。

各大势力重新洗牌那是肯定的。

实力格局要发生翻天覆地的变化。

天星武馆何去何从？

他必须早做决定了。

而与此同时，周围人群轰然沸腾的议论，越发变得炽烈了起来。

许多人到现在为止，都不敢相信自己的耳朵听到的，也不敢相信自己的眼睛看到的，毫无征兆地发生了这么大的事情，简直就是风云骤变，如果说神农帮的覆灭和司空境的死，还有那么一丢丢在众人的意料之中的因素的话，那周武和郑龙兴的死，简直就是骤然而起的狂风暴雨，一下子就让所有人在这雨打风吹之中蒙 × 了。

原来刚才那个骑马而去的小县令，竟然做出了这么大的事情！

"李青天！"人群中不知道是谁高声大喝了一声。

许多平民顿时轰然响应。

"青天大老爷。"

"呜呜，翠儿，你在天之灵看到了吗，县令大老爷为你报仇了，神农帮的畜生都死了……呜呜呜！"

"爹，娘，司空境死了，你们可以安息了。"

"县令大人是真正的青天大老爷啊，为民做主，我们太白县，终于迎来了一位好官啊。"

"拨云见日啊。"

"谁家有冤，快去县衙鸣冤吧，青天大老爷一定会为我们做主的。"

民众沸腾，群情激昂。甚至有人不知道从哪里找来了鞭炮，直接在神农帮总舵大门口放了起来。噼里啪啦的爆竹声传遍方圆数里。

气氛热烈，许多人热泪盈眶，就好似过节一样。

第二十章
真武拳第二式

县衙。后衙，练功房之中。

李牧盘膝坐在蒲团上，眼观鼻，鼻观心，心守一，呼吸极有节奏，运转先天功。

他在炼化体内的蛇血之力。一股股蒸腾的白色雾气，从他的头顶升腾起来，仿佛是蒸笼一样。

李牧可以清晰地感觉到，随着先天功运转，体内四肢百骸中那种蛇血燃烧一般的痛苦炙热感觉，正在缓缓地消退，转而变成为一种极为舒适的暖流，一种泡温泉一样的感觉，蔓延周身。

那条被司空境称为绿龙的异种蟒蛇，被司空境养在神农帮之中，以各种灵药宝物辅以秘术喂养，几乎通灵，头上生长出蛟角，就快要化蛟了，对于武者来说，具有神奇的价值，可以活跃气血，提升内气，甚至改变体质，从此之后可以抵御大部分的毒药，可以说是浑身都是宝。

原本司空境辛辛苦苦养了十几年，是想要留着为自己提升实力做准备。若是没有这一次的事情，只怕是他已经服下了蛇血，到最后，却是便宜了李牧。

时间流逝，转眼，半日时间就过去。

李牧浑身白色蒸汽腾腾，整个人犹如置身于蒸笼之中一样，每一个毛孔之中，都冒出来热气。

练功房密室的气温，提升了数十度。

"呼……"他长长地出了一口气，睁开眼睛，缓缓地站起来，只觉得浑身舒坦。尤其是肩膀上受伤处，竟是丝毫感觉不到疼痛了。

李牧拆开包扎的绷带，一看，顿时大吃一惊。

"咦？伤势完全复原了……竟是一点儿疤痕都没有留下！"

这让他无比意外。因为那一处箭伤，乃是洞穿伤，后来他自己为了装×，生拔狼牙大箭，让创口撕裂更加严重，可以说是前后透明了都，但是现在，区区半天的时间，竟然完好如初，连一点点的疤痕都没有……这简直是太不可思议了。

怎么回事？

是因为蛇血融合，还是先天功的效果？李牧心中兴奋到了极点，一时间难以判断出来。

他兴致勃勃地找了一把小刀，自己在手背上比画了几下，想要割破皮肤试验一下，看伤口能不能快速愈合，但突然又觉得这样可能会很疼，犹豫了好几次，最终还是算了。

不管怎么说，这么严重的伤势半日恢复，都是个好消息。

而且，李牧还隐隐觉得，自己的体质发生了某种变化，力量比之前攻入神农帮总舵的时候，又增加了不少，他感觉到自己的体内充满了力量，仿佛一拳可以打破天穹，一拳可以捶碎大地，简直有一种恨天无环、恨地无把的感觉。

除此之外，李牧感觉到，经历了这样的一场大战之后，自己的五官感知再度提升了一些，身体之中仿佛是有什么枷锁被打开了一样，全身上下每一个关节都无比灵活，韧带也变得无比柔软。

李牧尝试施展真武拳，起式桩功轻松完成。

第一式"冲天锤"施展起来，也不见了往日那种禁锢滞涩、韧带疼痛、肌肉发胀发麻的感觉，反而觉得有一种前所未有的舒畅，力道生于腰腹之间，贯通于脊柱，如一条大龙一般呼啸，发自拳脚之间，随意一挥，便是一道气爆之声，宛如雷鸣。

李牧简直沉醉于这种感觉之中。

他施展完"冲天锤"，没有继续推进第二式"朝天锥"，而是依旧循环往复地施展"冲天锤"。

一遍遍地施展，动作越来越舒展，越来越优美。

李牧感觉到，一种奇异的信息出现在自己的脑海之中，那是一种蕴力和发力的技巧，极为高明，就像是福至心灵一般，让李牧在脑海之中感觉到，旋即通过"冲天锤"的招式变化，最终融会贯通于全身，化作筋骨肌肉的本能。

　　也不知道过了多久的时间，李牧浑身大汗淋漓，但一招一式之间，不会再出现气爆之声，每一拳每一脚打出，都仿佛是流云掠过天际，又似是溪水潺潺过平湾，不再蕴含烟火气，亦不会感觉到其中蕴含着什么样的力量。

　　李牧停了下来。他知道，自己对于力量的掌控，又精深了一步。

　　真武拳虽然不是杀伐交战的武功，但是在锻体、凝意、明悟，甚至是开启武道智慧方面，却有着无与伦比的效果，堪称蕴含大道于最简单的动作之间，老神棍说真武拳是仙人之拳，现在李牧相信了。

　　的确，普通武道功法，不可能有这样的效果。

　　真武拳和先天功，都将是李牧最大的秘密，绝对不能流露出去。否则，匹夫无罪，怀璧其罪。

　　要是被这个世界的武林高手强者们知道了，有这样的功法存在，只怕是如金庸武侠中《九阴真经》出现江湖一样，会引起腥风血雨的争夺和厮杀，李牧虽然自信，但时日尚浅，他毕竟还没有成长起来，羽翼未丰，别看他今天碾压神农帮近乎无敌，但神农帮不过是一个小县城中的小帮派而已，对上真正的武道巨擘，李牧并无胜算。

　　李牧在练功房之中，活动着四肢。

　　他来到练功石碑面前，也不蓄力，一拳缓缓地挥出，打在石碑上，扑哧一声，拳头就像是打进了软泥一样，直接陷了进去，练功石碑却没有任何裂纹出现。

　　这是力量收敛到了极致的表征。

　　李牧心灵明悟，拳头之中劲力猛然一放。

　　嘭！一声轻响。质地坚硬如铁的练功石碑，突然就像是一团干面粉一样，毫无征兆地爆了开来，化作了一团石屑齑粉飘散。

　　李牧吹了吹身上的石粉，对于这样的威力很满意。

　　他意识到，真武拳第一式"冲天锤"蕴含着的，是"举重若轻"

的发力奥义，这一拳蕴含着数万斤的力量，但却轻飘飘地挥出，犹如一根风中飘摆的稻草一样，绝对会令对手防不胜防。

"唯一遗憾的是，好像我的身体之中，并未产生这个世界武者所修炼的内气？"

李牧有点儿不太理解。先天功似乎并非修炼内气的功法，虽然在呼吸的时候，奇经八脉之中也会产生一种暖流，但在修炼结束之后，这种暖流就消失了，不会储藏在身体之中。

也许应该尝试修炼一下这个世界的武道功法？毕竟先天功和真武拳，更像是一种提升力量和体质的辅助功法，并非真正的战斗之道。

李牧心中思考着，走出了练功房。

门外，夜幕深深，月华如水。

月夜下，一个瘦小的身影站在门外的假山边，一声不吭，像是个幽灵一样。

"谁？"李牧吓了一跳，走近看，才认出来是小女孩书童明月，道，"我去，怎么是你这个小东西，鬼鬼祟祟地站在这里弄啥嘞？吓我一跳。"

明月回过头来，月牙儿一样的眼睛亮晶晶，好似是两团流动的月辉一样，不满地道："少爷，你用词越来越不准确了，什么叫鬼鬼祟祟，我这是在赏月……哦，对了，那个叫什么冯什么的马屁精，在县衙中等你呢，已经等了一个时辰了。"

李牧闻言，有点儿好笑。连明月这个小屁孩都看出来，这个冯元星是马屁精！估计是来汇报今日之事后续的扫尾工作吧。

他刚想要出去接见，突然又想起什么事情，嘿嘿地笑着，对明月道："咱们后衙，有没有鸡鸭之类的活物啊？"

月光照耀下的小书童，肌肤白皙似冰雪，小模样精致讨喜，抓着黑色小辫子歪着脑袋想了想，点头，道："好像有……少爷，要宰了吃肉吗？我要吃鸡屁股。"

李牧无奈地抹了抹自己的额头，道："好好好，鸡屁股归你，你先去宰一只鸡，给我端一碗鸡血过来。"

……

县衙，前衙正厅。

冯元星内心忐忑地等待着。他已经在这里等了一个时辰，心中焦急万分，但脸上却不敢露出丝毫不满之色。

等待的时间里，今日在神农帮总舵之中发生的一切，一遍遍地在冯元星的脑海之中回荡着，每回荡一遍，他心中对于李牧的敬畏，就会加深一层。

今日的事情，一开始，在石窟中，他干脆利落地选择背叛周武，就是认定了李牧少年心性易冲动，这样的人，虽然有强大的武力，但只要设计得当，是可以操控的，冯元星在周武这种老奸巨猾的地头蛇身边蛰伏了这么长的时间，对于自己的计谋手段和城府，还是非常有自信的，他认为自己可以操控李牧，让这个小县令对自己言听计从，从此之后主宰太白县的大权，但是到了现在，他却越来越没有把握了。

李牧的表现，让他感觉到了畏惧。

这时，脚步声传来。冯元星心中一震，知道是县令来了，连忙站起来，整理官袍，面色肃穆尊敬地迎接。但一抬头，看到从后面侧门中走进来的身影，冯元星顿时呆住了。进来的，倒的确是李牧。但和冯元星想象之中完全不一样。

眼前的李牧，整个上半身都缠着夸张的绷带，殷红的血迹渗透了绷带，看起来触目惊心，整个人的神态都有些疲惫，手里拄着一个拐杖，走得很慢，一副重伤难忍的样子，和白天那种生龙活虎、镇压四方的凶威相比，完全就是另外一个样子，虚弱到了极点。

"拜见县尊大人。"冯元星愣了愣，连忙上前行礼。

第二十一章
内 气

李牧摆摆手，在小女孩书童明月的搀扶下，做到了主座上，道："有什么事情，快说。"

冯元星弓着身子，道："回禀县尊大人，神农帮总舵已经整理完毕，余孽皆已下狱，一应财物、兵器、药材、粮食等，都已经运送到了县衙中，听候大人处理，典史府和周家，都已经查封，只不过……"说到这里，他有些犹豫，不敢再说下去。

"只不过什么？"李牧有气无力地问道。

冯元星咬牙回禀："属下带人去的时候，典史府和周家，都已经成了空宅，一应财物都已经被转移，核心成员也都失踪了，只剩下一些家仆婢女，一些机密之地也都被损毁，没有什么收获，也没有追查出来什么。"

这等于说，他完全扑空了，没有立下任何功劳。

怎么一瞬间，冯元星胆战心惊，生怕这位小县令脸一沉，直接来一句"送你上路"，然后像弄死周武和郑龙兴一样直接一箭射死自己……真是有一种伴君如伴虎的感觉。

"哦，这种小事啊，你自己看着处理吧，能查就查，不能查就算了。"李牧兴致缺缺。

他杀周武和郑龙兴，也不是为了图财，更不是为了那些所谓的秘密。冯元星松了一口气。

李牧又道："查抄的神农帮财物中，可有武道修炼秘籍？"

"有几本粗糙的功法册子，从司空境的身上，也搜出来一本'五毒经'和一本'炼气诀'，都是一些普通功法，和大人您的盖世神功比起来，天差地远……"冯元星又是一顿马屁拍过来。

李牧不耐烦地道："废话少说，册子都给我送过来。"

冯元星脸上没有丝毫愠意，连忙道："是是是，下官立刻就去为大人取来。"

他转身刚走，李牧又想起了什么，道："对了，这县城之中，可有箭术高手？"

冯元星转身过来，道："大人您可问巧了，咱们衙卫的都头马君武，正是太白县第一神射手，大人可是要学习箭术？"

李牧点点头，突然剧烈地咳嗽了起来，张嘴哇的一声，吐出一口血痰，面色一变，道："好了，没有你的事情了，退下吧。"

冯元星看到那血痰，心中微微一动。县尊大人的伤势，看起来要比想象中的更严重啊。他突然又有一点儿担心。这种状态的县尊大人，是否可以抵抗住血月帮以及周家的报复呢？周武和郑龙兴被杀，这两大势力损失惨重，绝对不会就这么善罢甘休。

冯元星心事重重地离开了。

他一走，小丫头明月就乐不可支地跳了起来："少爷，你干吗要全身抹鸡血装死啊……那个马屁精看样子信了，那表情就像是吃了屎一样……哈哈哈，对了，你怎么还在吐血痰？不会真的要死吧？哈哈哈，说话要算数，鸡屁股一定要给我吃啊。"

"你妹啊……去吃你的鸡屁股吧。"李牧抬手就给这丫头后脑勺上一巴掌。

这个小呆×，情商真特么的低啊。

……

夜色深深。

"李牧，此仇不报，我周镇海誓不为人。"

县城之外，前往太白山深处的山道上，一位面容阴鸷的六十多岁老人，挥手遥望夜色中星火点点的太白县城，发出了凄厉的诅咒。

他的身边，跟着数百个人。其中有县丞周武的兄弟妻妾以及子嗣，都是周家的人。而这个发出诅咒的花甲阴鸷老人周镇海，正是县丞周武的父亲。周家的人，眼中都带着仇恨。

他们原本在县城，锦衣玉食，为所欲为，过着土皇帝一般的生活，但却因为新来的小县令，这一切结束了，他们不得不仓皇出逃，放弃现有的一切，在深山之中去受苦，尤其是一些周家的小辈，娇生惯养，没吃过什么苦，此时连夜奔逃，在这崎岖的山道上脚掌磨出血泡，又被蚊虫叮咬，苦不堪言，一个个恨不得将李牧生吞活剐。

"也许我们留在县城中，姓李的，也不敢把我们怎么样，我们可以动用关系……"一个周家子弟不甘心地道。

"闭嘴。"周镇海面色凌厉阴狠，犹如暴怒的雄狮，目光一扫众人，所有人都低头，才道，"蠢货，那李牧心狠手辣，乃是豺狗虎狼之辈，他敢杀我儿，就做好了斩尽杀绝、鱼死网破的准备，我们若是留在县城，此时只怕早就已经是横尸血泊中了，你们若是想死，那就回去。"

众人都是噤若寒蝉，不敢说话。

今日，听到了周武被杀的消息，正是以前的老族长周镇海，力排众议，当机立断带着周家的人转移，第一时间离开了太白县城，才保全了周家的底蕴和血脉。

"哼，且先由得他嚣张几日，我们去太白剑宗，找我那位在宗中担任外门长老的哥哥，只要请太白剑宗的高手出马，必定将李牧千刀万剐，剁为肉泥，挫骨扬灰，以报今日之仇。"周镇海恶狠狠地道。

"我们走。"他拄着拐杖，眼神凶狠阴毒地再看一眼太白县城，率先走在崎岖山路上，朝着深山中走去。

……

黑暗之中，冰森寒冷。

"郑龙兴死了，嘿嘿，死得好，堂堂一个香主，血月帮费了那么多的人力财力帮助他，让他从一个废物成长为太白县典史，结果竟然死在了一个十几岁的小孩子之手，如此无能之辈，死得越早越好，以免再浪费帮中的资源。"

犹如夜枭一般的声音，在一座黑色的大殿之中回荡着。

一轮血月，在大殿穹顶幽幽地飘浮着。大殿里的光线仿佛流动着的血水一样，地面上跪伏着二十多名身穿血月战甲的武林高手，连大气都不敢出，因为谁都明白，帮主对于这件事情非常不满意，多年以来累积的威压，让血月帮中没有人不怕这位神秘莫测的帮主。

"但是，杀我血月帮一位香主，这件事情，如果就这么算了，我们就会成为西北武林的笑话，想要晋级入品，也会成为泡影……"血月帮主的声音，再度响起。

其音如同金铁交鸣一般，让人听了忍不住会胃里面冒酸水，一阵阵的心悸。

"既然这个李牧也是武林中人，一切都好办了，命人传讯，三个月之后，本座出关，于鸡峰山之巅，亲自挑战太白县令李牧，按照九大神宗制定的规矩，来解决这件事情。"大殿之中，回荡着血月帮主犹如嗜血修罗一般的声音。

所有的血月帮高手顿时心中都一阵战栗。

闭关十年，帮主终于要出关了吗？十年之前，帮主就已经是合意境巅峰的强者了，杀出一片天，是西北武林人见人怕的狠角色，为了将血月帮带入品级宗门，他选择闭关，修炼一种极度阴狠霸道的功法，如今，十年一度的天下宗门评品论级盛事即将开启，帮主在这个时候出关，意味着他已经有了突破，有着绝对把握吗？

可以想象，西北武林的一位绝代狠人，即将现世，掀起腥风血雨了。

至于那位太白县的小县令？

必死无疑。

……

"这玩意儿也配称为经？"

李牧一脸鄙夷地摇摇头，将手中的藏蓝色小册子放在一边。

冯元星昨夜离开之后，第一时间就将从神农帮中搜集而来的武道册子都派人呈上来，基本上都是一些白菜货色，其中最重要的是一本"五毒经"和一本"炼气诀"，勉强可以算是武道秘籍。

李牧先看的是"五毒经"，看完以后有点儿失望。

这本所谓的"五毒经"，其内容大概是炼毒、制毒以及如何利用毒药来淬炼兵器、设置陷阱以及用毒来练功杀人，总的来说，其上记载的都是一些歪门邪道的杀人手段和技巧，可以速成，但成就有限，想要长久修炼提升，却是根本不可能。

李牧虽然才开始修炼，但在地球时候的各种武侠文化的耳濡目染，以及老神棍一直以来的教导，让他早就明白，歪门邪道不可取，真正的强大是自身的强大，而不是借助毒物等外物。

所以看了一遍之后，对于"五毒经"这种旁门左道的东西，李牧就没有了任何的兴趣。

然后他开始翻看"炼气诀"。这本册子记载的内容，篇首一些开宗明义的叙述内容，倒是引起了李牧的兴趣。

"肉身之力恒弱，神兵利器恒弱，山峦流水恒弱，火焰寒冰恒弱……万物皆弱，而天地之间最强之力，唯气。气者，天地之伟力也，万物之规则也，无形无色，无嗅无味，上存于九天之上，下游乎九幽之间，凡愚之辈不可感知，幸上古有圣人出，察天地之道，悟虚无之意，捕捉气于精神，得其法门，炼气入体，得气之力，以纵横天地之间……至今，炼气之法广为流传，天下宗门万千，神功秘术数不胜数，但核心根基，皆在炼气之中，九大神宗概莫能外……"

第二十二章

气　门

　　这段话讲的是武道本源。它的大意是说，万物都有其弱点，哪怕是水火金铁，看似无情，但都不是最强的力量，最强的力量，乃是气，气无所不在，一般人感知不到，而在上古年间，幸亏有圣人大能出现，察觉到了气的奥义，得到了修炼法门，才开创了炼气之路，普通生灵掌握了这种炼气之道，就会变得强大起来，堪比神仙，纵横于天地之间。

　　所以这个世界的武道修炼体系，可以称为炼气之道。这还是李牧第一次看到关于这个世界武道体系的清晰阐述。

　　"炼气诀"之中的开篇阐述，对于"气"的力量，无比推崇，认为它近乎道，而且也举例详实地证明了"气之力"的可怕，讲述了诸多将"气"的力量修炼到极限的强者的可怕战技，最后以绝对的口气和姿态认定，世界上最强大的力量，就是气的力量，若是不修炼气，那人体天生的桎梏难以打破，锻体到极限都难以真正超脱后天范畴。

　　而很显然，这并非"炼气诀"在自吹自擂，而是一种已经在这个星球日积月累形成的颠扑不破的绝对真理。

　　李牧看到这里，心中若有所思。这种关于"气"的说法，很有意思。

　　在地球上，中国古人修炼武功，也有一套关于"气"的说法，比如气功，而经过后来诸多武侠文化的衍化，曾经在中国掀起过气功热，认为修炼气功可以获得内力，也可称之为真气、内气之类的说法，同样认为修炼气功可以打破人体肉身的桎梏，做到许多仅仅是依靠锻炼身体无法做到的事情，比如隔空取物、隔空伤人、隔山打牛等等，甚至连西方流传的魔法之类的东西，也与气有关，不过西方人将其称为元素。

这个星球关于武功修炼的起源和说法，近乎与地球上的气功如出一辙。不同的是，地球以科技为主，气功总是不断地受到质疑，气功修炼者们所宣言的种种奇异的威力，如隔山打牛、踏雪无痕、隔空取物、飞檐走壁等，大多数都出现在武侠电影之中，而这个星球上，气的力量真正被发掘和体现，被整个世界所承认，真正让人具有了超人一般的力量。

总的来说，李牧还是认同"炼气诀"开篇之中对于"气"的认定和阐述的。

他继续往下看。"炼气诀"在开篇之后所记载的内容，则是正式的一般炼气法门。这种法门，也是一种呼吸法。

不过，与先天功不同的是，这种呼吸法，需要配合一些特定的姿势来进行，而且还极为清晰地注明，炼气是需要特定的先决条件的，比如体力、气血、精力、年龄等等，也就是说，普通人想要直接炼气，那是不可能的，只有经过了系统修炼的合力境武者，将体力推进到一定的境界，才能尝试炼气，开启"气门"，炼气入体，掌握"气"的力量。

这本"炼气诀"，很低级，同样是呼吸法门，但是和老神棍的"先天功"比起来，差距简直难以道里计，而且修炼资质要求苛刻，应该是一种大路货色……想来也是，小小县城中的帮派里，能有什么好的修炼功法，要是有，司空境也不至于被我给一拳打爆了。

李牧看完，有点儿失望，也将这本"炼气诀"丢到了一边。经过这样的对比之后，他心里对于"先天功"和"真武拳"的评价，再度飙升了数个维度。

"现在的问题是，我无法修炼出内气……"

关于这一点，李牧有点儿想不通。为何修炼比"炼气诀"更加高明的"先天功"，反而无法产生内气？

李牧对于内气，还是很看重的。他现在的肉体力量，固然已经强到离谱，铲平称霸太白县数十年的神农帮，对他来说，就如同砍瓜切菜一样容易，这还是建立在之前未曾有过战斗经验的基础上，相信随着战斗经验的增加，李牧的战力，还会增强。

但问题是，仅仅依靠肉体之力战斗，就像是一条腿走路，终究有许多缺陷。而许多必须由内气或者说是内力来推动的功法，李牧就无法修炼。单单靠肉体的力量，如何能够打破桎梏，走出星球，横渡宇宙星空？

在地球的时候，老神棍也曾强调过内气的重要性。不过在这个神神叨叨的老货口中，这种力量称之为"仙力"罢了。

在李牧看来，这个星球推崇的内气，很有可能是所谓的"仙力"的低端粗糙版本，是低一级的力量，日后若是想要掌握仙力，如今就应该尝试修炼内气，然后逐渐衍化提升，因为"气"的力量，毕竟涉及天地大道的本真面目，而肉体再强大，终究是后天之力。

"根据'炼气诀'的描述，我的体质绝对是达到了要求，可体内为什么无法产生内气？难道是因为'先天功'是所谓的仙人功法，所以修炼过程之中并不会产生内气？"

李牧思忖。最后，他又拿起了那本"炼气诀"，翻阅起来。一炷香的时间之后，李牧将其中的精义都了然于胸。

他开始尝试，按照"炼气诀"之中的法门，试图开启"气门"。

……

一夜时间，很快就过去。

清晨，阳光明媚。

李牧从练功房里走出来的时候，面色很古怪。

"奇怪了，难道我就是传说之中那种穿越之后超级废柴的倒霉蛋，一夜时间，'炼气诀'都快倒背如流了，但体内奇经八脉之中，却根本无法产生丝毫的气感，更别说是开启什么狗屁'气门'了。"

是的，一夜时间，李牧千方百计地尝试，但"炼气诀"的修炼终告失败。这种普通货色白菜秘诀，他竟然无法修炼成功。

"一定是因为这本秘籍太普通了，而我注定是要修炼顶级功法秘籍才能成功的绝世天才啊……一定是这样的，没有别的理由。"

李牧在心里呐喊。要拯救地球的命运，就必须在二十年之内打破星球桎梏，走入宇宙星空。而走入星空只是开端而已。因为只是走入星空，不一定就真的能改变紫微星域那些庞大的武道势力的决定，让他们心甘情愿地终止超大型传送阵法的修建，多半要采取武力，到那个时候，说不得还有一场大战。所以现在的这二十年时间，对于李牧来说，至关重要。

修炼"先天功"和"真武拳"，提升自己的生命本质和力量，具有仙人之力，这是一方面，而另一方面李牧还得磨炼自己的战斗技巧和战斗经验，最大限度提升战力，将体内潜藏着的力量激发出来。

这两个方面，相辅相成，缺一不可。否则，就好像是被压制在地底下的火山岩浆，哪怕是积蓄再多的力量都难以爆发一样，缺失战斗力的法门，李牧空有一身惊天动力的力量，在对敌的时候，也无法完全酣畅淋漓地彻底发挥出来。

最简单的例子，如果李牧修炼了战斗技法的话，那昨日与神农帮一战，绝对不会弄得惊天动地，将整个神农帮总舵打成废墟，也不会在战斗之中被司空境暗算受伤。

相信老神棍之所以将李牧送到这个低等武道星球上来，而不是直接一口气将李牧送到真正仙道星球上的原因——老神棍一定希望，李牧可以在这个低等武道星球上磨砺己身，从低等的武道战技开始修炼，找到一个属于他自己的可以发挥"先天功"与"真武拳"带来的力量的战斗方式。

耳边传来一阵阵黄鹂鸟的脆鸣之声，无比悦耳。

李牧缓缓地伸了个懒腰，打了个哈欠。

这太白县城乃是山中之城，位于大片的原始森林之畔，景色秀丽，山城郁郁葱葱，绿树如荫，美丽到了极点，灵鸟飞禽极多，空气之中飘满了花香，清新无比，犹如世外桃源一样，而县衙位于山城之巅，后宅的景色之美，可以说是冠绝县城。

李牧行走在县衙后宅之中，宛如行走在仙境之中一样。他的大脑在飞快地运转着。"既然'炼气诀'不行，那就要想办法找一些更为高级的修炼功法和战技了，那些名宗大派中，应该有高等秘籍，想办法弄一些来看看，看能不能帮我修炼出内气，然后再找一些成名强者打打架，交流交流，嘿嘿，这样才能起到最好的修炼效果。"

李牧的脑海里面，有了一些很可怕的想法的雏形。而整个星球的武道界，也注定因为李同学这个质朴的想法，而掀起惊涛骇浪。

来到前厅的时候，小书童清风早就已经命人备好了早点，两小碟爽口小菜，外加一大碗鲜美无比的蛇羹——那条异种绿蛇，被储藏在了县衙的冰窖中，足够李牧外加两个小书童吃一段时间了。

明月很是不爽地抱怨道："做什么蛇羹啊，直接吃肉多好……"妥妥的肉食动物。

第二十三章
箭　术

"不能吃得太油腻。"清风一副小大人的姿态，谆谆教诲道："膳食要合理搭配，明月你最近食量太大，要节食啊，否则会发育过快……"

李牧心中好笑。这段时间接触以来，他也算是彻底摸清楚了这两个小书童的秉性了。小男孩清风可以用"少年老成"这四个字来形容，时时刻刻一副小大人的样子，做事细心且有计划，而且熟读诗书，精通大秦帝国的律法、人文、历史、官秩，腹中有才学，完全配得上是"书童"这个称呼。

而小女孩明月则截然相反，根本就是一个疯吃疯玩的天然呆，除了吃和玩之外，偶尔关心一下李牧这个主人，就已经算是格外的恩惠了，而且李牧有几次偶然地发现，这个疯丫头力气很大，跑起来如狂风一样，也是个天生怪胎。

但不管如何，这两个小家伙，算是李牧来到这个星球之后最亲密的人了。

午餐吃完，李牧走出前厅的时候，衙卫都头马君武就已经背着弓箭，在厅门口等着了。

"大人，校场已经准备好，大人可以随时去练习射箭。"马君武恭敬地说道。

李牧有心学习箭术，身为太白县第一箭术高手的马君武昨夜就接到了命令，准备妥当。前来传授射箭之术，对于马君武来说，这显然是一个千载难逢与县尊大人拉近感情的机会，他兴奋无比，昨夜准备了一夜，决心要把握好这一次机会。

"好，备马，现在就去校场。"李牧兴致勃勃。

在这个星球的前期时间，他决定走狙击手ADC路线，隔着老远就解决对手，无疑是最有效率的战斗方式。

刚走到县衙门口，迎面走来主簿冯元星，过来参拜，一脸苦笑地道："大人可是要去校场练习箭术？衙门口被堵住了，大人您这会儿要是想出去，不妨走后门吧。"

县令大人闻言，勃然大怒："什么人，竟敢堵住县衙大门？神农帮的教训还不够吗？"

冯元星吓了一跳，道："大人误会了，是县城中的富户县绅等名流人士，前来参拜大人，恭贺大人大显神威破了神农帮，并献上各种贺礼，还有城中一些贫民，听闻大人廉洁公正，都前来鸣冤，现在县衙门口人山人海，这都是大人您威望所致啊，民心可用啊……"

原来是这样。李牧面色转阴为晴，掩饰不住的得意。要不要现在就走出去到大门口刷一波存在感呢？转念想了想，还是算了，时间紧张，修炼要紧，提升实力才能保命啊。

李牧也不是傻子，他知道杀了周武和郑龙兴是有危险的，周家是地头蛇，结交了三教九流，难说没有什么靠山，而郑龙兴是血月帮的香主，早在刚刚传送来到这个星球的时候，就已经与这个帮派结下了梁子，说不定什么时候血腥报复就来了，所以也不能太大意，不得不防。

"这样吧，你去升堂，有冤的平冤，有仇的报仇，一桩桩一件件，都按照帝国律法审案处理，"李牧转身朝着后门方向走去，走了几步，回头看向冯元星，道，"你既然位居主簿，应该有几分才学吧，不要弄出冤假错案来，要秉公而行，懂吗？"

冯元星激动得浑身发抖。这说明了什么？说明县尊大人很信任自己啊。直接放这么大的权力给自己，相当于代理县尊之权了。

冯元星热血沸腾，只觉得自己隐忍这么多年终于得到了回报，下跪行礼，大声道："大人放心，下官一定殚精竭虑，公平公正地审理每一桩案件，绝对不会有损大人公正廉洁的青天之名。"

李牧摆摆手，与马君武转身朝着后门走去。

冯元星突然想起了什么，赶紧追上去，大声道："大人，那各大乡绅富户名流送上来的贺礼财物，是不是要属下都以大人的名义退回去？"那些富户名流安的什么心思，冯元星心中很清楚，一旦收受财物，消息传出去，会有损大人清正廉洁的名声啊。

李牧闻言，停下来，转身看着冯元星，像是看着一个白痴。

"退回去？为什么要退回去？"

"啊？这……"冯元星结结巴巴，有点儿发怔。

怎么回事，大人为什么是这个表情呀？自己这个提议是为了彰显大人您不为财物所惑的威武仁义形象啊，难道说错了吗？

李牧摸着下巴，咧嘴笑了笑，道："记住，来者不拒，多多益善，有武道秘策最好，我要战技，不要功法。"

开什么玩笑，送上门来的财富，又不是偷来抢来的，为什么要退回去啊？而且在经历过社会主义思想洗礼的李牧同学的世界观里，这些所谓的县城名流，不知道贪了多少民脂民膏，绝对都不是好东西，不趁机宰他们宰谁？

且地球上那位伟人曾经曰过，要警惕糖衣炮弹，但对付糖衣炮弹最好的方法，不是全部都挡住，而是把糖衣剥下来吃掉，炮弹留下来自己用，让资本主义赔了夫人又折兵，这才是上上之策。

一直到李牧的身影消失在后门的方向，冯元星才回过神来。他猛然觉得，自己似乎要推翻之前对于县尊大人的既定认识了。原本以为这位小县令是一个清流派的人物，但是现在看起来……太难以捉摸了啊。

……

烈日炎炎，骄阳如火。

异星球在两颗太阳的照射之下，气温却不算是太高，和地球差不多。

咻！箭矢如流星，射中了靶心，箭羽嗡嗡嗡地震动。

马君武在一边鼓掌，道："大人威武，一点就通，于箭道之上的天赋，远超下官。"

李牧嘿嘿一笑，道："怎么你这浓眉大眼的，也和冯元星那个眼镜蛇一样喜欢拍马屁？"

马君武闹了个大红脸，连忙摆手解释，道："下官之言，绝非阿谀奉承，而是发自肺腑啊，从未见过于射箭之道上有如大人这般天赋之人，别人苦练一年，或许不及大人半日之功啊。”

李牧嘿嘿一笑，心中受用无比。不管在何时何地，千穿万穿，马屁不穿啊。不过，他心中也很明白，自己是因为修炼了“先天功”的原因，所以耳聪目明，五官感知极大提升，所以学习射箭，只需要掌握了基本的技巧之后，就可以做到百发百中，以至于在马君武看来，简直就是天生的射箭奇才。

今日练箭，李牧用的是一般的强弓，而不是那张银弓，考验的是他对于力量的掌握，而且那银弓太过于强力，几箭射出去，只怕是整个校场都会被毁了。

“你的箭术，在帝国之中，能够算是什么水准？”

李牧连射十箭，箭箭射中靶心，头也不回地问道。

马君武脸上浮现出惭愧之色。

“下官只不过是潜水池子中的小虾米而已。当年，下官是山中的猎户，这一身射箭之术，乃是猎户的传统射法，下官后来又加以改良，在整个太白县城之中，算是稍有点儿名气，但是在整个帝国之中，就是末流之中的末流了。传闻大秦帝国的护国神宗‘关山牧场’之中，有三千控弦之士，不仅是一等一的武道强者，更是举世罕见的神射手，控弦营之主‘流星’韩羽，号称天下四大箭神之一，可算是我大秦帝国第一箭手……不瞒大人您说，下官因为困惑于县城官场之争，曾数次前往关山牧场，想要尝试考入‘关山牧场’的控弦营，可惜都失败了。”

李牧闻言，若有所思地点点头。

在秦人的心目之中，号称大秦帝国护国神宗的“关山牧场”，乃是九大神宗之一，有着至高无上的地位，但对于“关山牧场”，李牧其实并不了解，怎么神宗之中，也养着一支神箭手军队吗？

“以大人的天赋资质，若是前往‘关山牧场’，日后或可成为与‘流星’韩羽鼎足而立的箭神。”马君武说起来的时候，脸上带着由衷的羡慕。

李牧嘿嘿一笑，并没有接话。

身为一个肩负着拯救地球伟大使命的外星人，他的志向，岂是一个小小的"关山牧场"所能容下的？

接下来的整个白天，李牧都在校场之中练习射箭。

这种认真疯狂程度，让马君武为之瞠目。他原本以为，李县长不过是来随意练一练而已。

而李牧的箭术，也在这种枯燥而又连续的弓弦震颤声之中，以一种夸张到了肉眼可见的速度在疯狂地增长着。

很快，他就领会到了马君武箭术的精华。马君武改良自狩猎射法的箭术，是从山中猎人狩猎时的习惯而来，很有意思。

这种狩猎箭术，一开始是不动如山，潜伏如狙击手，这个时候讲究准确性，要计算一切，尤其是第一箭，最为重要，讲究的是精气神合而为一，以求在第一时间最大化地射伤敌人，所以这第一箭的威力最大最可怕，而一旦第一箭射出，则射法大变，以出箭速度见长，其特点是争取在最短的时间里射出最多的箭矢，尤其是连珠箭，号称一绝。

第二十四章

大人物？有多大

转眼，一日时间过去。

李牧仔细体会，等到日暮之时，他已经将马君武的一身箭术射法完全掌握。其中精义掌握或许不如马君武这种浸淫箭术数十年的老手透彻，但准确性已经是不相上下。

再过一段时间，他的射术超越马君武这个太白县城第一神箭手是肯定的。

"大人真乃奇才。"马君武一脸羡慕地道，"我的天赋，远不如大人。"

李牧若有所思地看了他一眼。一天的接触下来，他发现这个县衙衙卫的都头，箭术绝对算得上是高超，但问题是，这个人似乎是有点儿自卑，或者说是不够自信，这或许和他的出身有关。

李牧对于马君武，其实还是有些了解的。因为这些日子，一日三餐吃饭的时候，平日里惜字如金的小男孩书童清风，风格就会摇身一变，就像是一个话痨一样，婆婆妈妈、絮絮叨叨地讲很多太白县城中各种事情，尤其是县城官场中的一些人和事情的秘密差不多都了如指掌，娓娓道来。

也不知道这个小家伙从哪里听来的。不过李牧也能够猜出来，这个小家伙估计是眼看李牧在官位上不务正业，心中那叫一个恨铁不成钢，只能用这种方法来提醒和帮助李牧，想必也是费了不少心思专门听来的。

而从清风的描述之中，李牧大概也知道，猎户在大秦帝国之中的社会地位并不高，马君武当年若不是祖坟上冒青烟运气好，深山中打猎的时候偶遇一位太白剑派的内门高手，传授了他一套功法，算是和太白剑派扯上了一点关系，后来又因为上任县尊赏识，又怎么能够得到官身，成为县衙都头？

也是因为是前任县令提拔的人，所以当前任县令辞官修仙而去之后，马君武这个"前朝余孽"在县衙中，颇受排挤，并不得志，加之性格本身就沉闷，越发消沉了起来。

从本质上来说，马君武不是一个坏人。

在如今太白县官场犹如污泥一摊的情况下，马君武虽然没有制止一些恶行，但他没有同流合污，选择独善其身，已经是很难得了，毕竟他的实力地位还不够格。

李牧想了想，道："马都头，失败乃是成功之母，且成功向来都是百分之九十九的汗水加上百分之一的天赋换得，你想要考入'关山牧场'的控弦营，首先得问问你自己，你是否流淌了足够多的汗水，是否真正努力了。"

马君武怔住了。

同样的话，从不同的人口中说出来，有着不同的效果。

李牧以一人之力铲平神农帮的余威还未散去，今日连续一日不间断射箭苦修的画面依旧在眼前，马君武突然好像明白了，为什么李牧年纪轻轻，实力却这么强横——都是平日里流血流汗辛苦修炼而来的呀。

想一想李牧来到太白县之后，对于官场上的事情并不热心，对于权势也不热衷，一直都躲在后衙之中，所有人都以为这是因为李牧太年轻因为惧怕所以躲了起来，现在看来，李牧一定是在争分夺秒地修炼武道啊。

马君武越想越觉得自己猜的是对的。

而这样一来，李牧刚才说的话，就如同雷霆一样，激荡在马君武的脑海之中，给他一种振聋发聩的震撼力和激励感。

"多谢大人指点，下官明白了。"

他激动得跪地感谢。

李牧笑了笑，一副高姿态，道："很好，只要你自己想明白了，破了心魔，那以你的箭术，早晚都可以进入'关山牧场'的控弦营。"

马君武点头，眼睛里迸射出锐利的光芒。

"好了，今日就练到这里了。"

李牧放下手中的强弓，收拾东西，准备返回县衙了。

马君武一脸崇拜之色，跟在李牧的身后。

两人来到县衙后门的时候，天空中一轮大日已经彻底落下西山，只剩下半轮小日挂在远处的山巅，夕阳如血，染红了美丽的山城。

站在县衙后门口，可以俯瞰整个太白县城。炊烟袅袅，飞鸟归巢，如诗如画，静谧美丽。

李牧俯瞰这大好山河，心中豪情激荡。

"好了，你回去吧，明日一早，直接在校场见。"李牧道。

马君武点点头，转身离开，走了几步，突然又转身回来，面带犹豫之色，最终还是开口，道："大人，周武虽然已经伏诛，但周家人去楼空，实力还得以保存，所谓百足之虫死而不僵，他们必定会返回报复，大人您不得不防啊。"

李牧笑嘻嘻地看着马君武，道："本县心中有数。"

这种县城小家族，勉强算得上是地头蛇而已，在普通平民的眼中，或许犹如山岳一般不可撼动，但在绝对的实力强者面前，根本就是土鸡瓦狗一样不值一提，在李牧看来，周家最好老老实实滚蛋了，他也不想赶尽杀绝，但是想要尝试报复，那李牧也不介意狠狠打疼他们。

周家一门，本就不是什么好鸟。

看到李牧轻松的姿态，马君武忍不住又提醒了一句，道："大人您有所不知，周家昔日老家主周镇海的哥哥，在太白剑派之中担任外门长老，地位非同小可，这一次周家必然是举族去太白剑派了，只怕周镇海这个老狐狸，会搬动太白剑派的力量，来为难县尊大人您。"

李牧闻言，脸色一僵硬。尼玛，怎么还有这样的操作？周家竟然和太白剑派扯上了关系？他心中简直有一种日了狗的感觉。

虽然来到这个星球的日子并不长，但李牧也大致弄明白了太白剑派在太白山脉区域的地位和影响力，作为方圆千里之内唯一一个入品的宗门，太白剑派门徒过万，高手如云，地位超然，尤其是派中长老级以上的强者，在大秦帝国之中的地位，要比李牧这个县尊更高。

神州大陆，本来就是宗门和帝国共治的局面。

长久以来，在三大帝国之中，真正的武道强者如天外神龙一样，不受世俗法律制约。

招惹了一个入品宗门的外门长老，这让李牧同学还是有一定的压力的。

"哈哈哈，一个区区外门长老算个×……他要是敢来找本县麻烦，直接一拳打爆。"

备感压力的小县令在刚刚收服的崇拜者马君武面前，自然是不能认尿，于是他哈哈大笑着口出狂语，一副"他强由他强，清风拂山岗"、一切尽在掌握的高人姿态。

粉丝马君武一看县尊大人这样子，淋漓尽致地展现出了一个脑残粉应该有的素质，理所当然地放心下来，心悦诚服地道："原来县尊大人早就胸有成竹，倒是下官多虑了，下官告辞。"

说完，转身朝着校场的方向走去。

他被李牧的话所激励，决心争分夺秒地去磨砺自己的箭术，为了自己的梦想去拼搏努力，不能再荒废度日了。

一直看到马君武的身形消失在街道尽头，李牧这才苦着脸揉了揉太阳穴。

"他妈的，早知道周家来头这么大，就不应该招惹得这么狠啊……罪过罪过，冲动是魔鬼啊，当时怎么就一时冲动把周武和冯元星都弄死了呢，如果没有弄死他们……"李牧唉声叹气地走进县衙后院。

他不由得想起了当日老神棍所说的"安全第一、保命要紧"的法则。要是老神棍知道李牧来到异星球才一个月，就招惹了好几个死敌，估计要气得当场神经病发作吧。李牧内心里很尿地表示自己后悔了。

但是，所谓福无双至，祸不单行。很快李牧大人就又遭受到了另外一次当头一棒。很快，一个咋咋呼呼的声音就从前面花园里传来，就看小女孩书童明月如一个野孩子一样，一阵风一般地冲过来，手里举着一个红色的帖子，兴高采烈地道："公子公子，好消息好消息，有人不知死活地挑战你……"

李牧没好气地接过帖子，道："屁个好消息啊，有人要打我，这算是好消息？"

明月甩着羊角辫，白玉一样粉嫩圆胖的小脸上，写满了幸灾乐祸："公子，这可是你大出风头的好机会啊，你是不知道啊，这几天，我正替你着急呢，弄死了神农帮司空境之后，热度随着时间流逝是要降下去的呀，想要再扬名立万，就没有太好的机会了，现在又有人主动送上门来，还是一个大人物，这下子公子你扬名立万的机会来了。"

"大人物？"李牧随口问道，"有多大？"

他本就想要和这个世界的一些强者来切磋，弄清楚自己的定位，也见识一下真正内气武道强者的力量，但对于送上门来的挑战者，说实话，李牧心中并不是很看好，原因很简单，真正的强者，不会委身来挑战自己这个初出茅庐的后辈。

小明月一脸兴奋地道："很大，非常大，嘻嘻嘻，是血月帮的帮主'血月魔君'哦，听说这个家伙，曾经是名震西北武林道的狠角色，名气不小，绝对合格的踏脚石啊。公子啊，你打死他，就可以一夜之间名震武林了，啊哈哈哈哈……"

第二十五章
我会控制不住我自己

血月魔君？

李牧倒吸了一口冷气："@#￥%……"

自从杀了郑龙兴之后，李牧知道自己和血月帮之间，早晚有一场冲突，但在他的预料之中，画面不是这样的啊。

按道理，不应该是血月帮先派出一些所谓的年轻一代佼佼者，来找自己算账，然后被自己打得屁滚尿流，沦为经验值，接着血月帮高层又震怒，再派几个所谓的执法长老啊来找场子，结果被自己再打败再吸收经验升级，到最后才是"血月魔君"这个 BOSS 出场送超级经验值和大礼包的吗？

哪里有还没有砍小怪升级，就直接面对最终 BOSS 的道理啊。

这不科学啊。

看到李牧有些发呆，小书童明月笑得就像一朵盛开的小白花一样，伸手捅了捅李牧，道："公子，公子？你不会是高兴傻了吧？"

李牧："@#￥%……"

这样缺心眼的呆×书童，那个真李牧到底是他妈从哪里捡来的啊？你现在最重要的，不是应该关心你家公子能不能活着从挑战中撑下来吗？他鼻子都气歪了，差点儿把手中的红色挑战帖给扔了。

"公子，别光顾着高兴啊，快打开看看，帖子里面写了什么？"天然小呆×一脸期待。

李牧气得牙疼，但一想也对，先看看"血月魔君"怎么说嘛，万一是一场友好而又和善的切磋呢，毕竟自己是帝国官员，于是他哼哼着打开帖子，就看到上面有一幅血月漫空的图案，还有四行共十六个力透纸背的大字——

"八月十五，双日悬空，鸡峰山巅，一决生死！"

没有落款。但帖子上的血月漫空图案，就已经说明了一切。血月漫空，在西北武林道上，只代表一个人，那就是血月帮的帮主"血月魔君"。

李牧看完，差点儿把帖子都扔了。

一决生死？要不要玩这么狠啊。动不动就打打杀杀多不好啊，有什么事情，大家可以坐下来讲讲道理嘛。

李牧合上帖子，心中琢磨着，这件事情该怎么回复。

反正在经历了一开始的冲动之后，如今李牧脑海里的尿×小人儿已经战胜了冲动小人儿，"尿字诀"重新占据主导地位了，虽然他想要磨砺一下自己，想要见识见识这个世界的武道强者们的风采，也想与他们交手切磋，但这不意味着要玩命啊。

他的命很珍贵，关系到地球上数十亿美女的生死呢。

"送帖子的人呢？"李牧问道。

"已经走了啊。"明月理所当然地道。

"啊？走了？为什么不先留下？"李牧心中咆哮，人留下来一切好说，拒绝挑战也是可以的嘛。

明月呆了呆，不可思议地道："公子，两国交战，不斩来使，你不会想要连送帖子的人都打爆吧，这也太残暴了。"

"我……"李牧一额头的黑线，牙根都气得痒痒，心说老子现在恨不得把你打爆好不好。

"公子你放心，明月已经帮你回复过送帖子的人了，到时候，你必定准时赴约，谁认尿谁是孙子，让那个什么血月帮主做好被一拳打爆的准备……"明月越发理所当然地道。

"我……坑爹啊。"李牧快要爆炸了，黑着脸道，"小屁孩，这两天不要在我面前出现，不然，我怕我控制不住自己。"

说完，李牧转身就走。

他生怕自己一个控制不住，把这个小呆×的屁股打烂。

"哎？公子？你别走啊，你觉得我回复得怎么样啊，还算是霸气吧？哎？为啥控制不住自己啊……哦，我知道了，你一定是要为决斗做准备，修炼一种很可怕的神功对不对……哈哈，你放心，我一定不会让别人来打扰你的……"浑然不知道自己的屁股即将有血光之灾的小书童，颠颠地追了过去。

砰！李牧关上了练功房的门。

"哎哟……"呆×小书童明月跑得太快，撞在了门板上。

她揉了揉脑门上的红印，突然看到旁边假山方向飞舞着几只蝴蝶，顿时眼睛一亮，立刻就忘记了所有的事情，兴高采烈地冲过去捉蝴蝶了。

……

一个小时之后。

李牧从练功房中走出来。他修炼了一个小时的"先天功"，这才心平气和了一些。

"来人，给我传冯元星到前厅……"李牧来到前衙，大声道。

很快，主簿冯元星就出现在了李牧的面前。

"交代给你的事情，办得怎么样了？"李牧问道。

冯元星连忙道："回禀大人，今日共审核案件五十六桩，桩桩都是按照帝国的律法来判，绝不敢有丝毫的徇私枉法……还有，这是城中各大富户、富商、家族和帮派送上来的礼单，请大人过目。"说着，递上来一个红色的小册子。

李牧接过册子扫了一眼，眼睛一亮，满意地点点头，道："好，你这次做得很不错，所有财物，归入本县的私库……天星武馆、长风镖局献上来的战技秘册何在？"话音未落，李牧忍不住又咳嗽了几声，张口吐出一团黑血。

"真武拳"涤荡内脏，诸多在地球时的脏腑损伤被弥补，杂质伴随着血被逼出来，通过咳嗽排出体外，看起来就像吐血一样。

冯元星心惊肉跳，也不知道李牧到底伤得多重，竟然还在吐血，却也不敢多问，转身从诸多财物之中，取过来两个颜色不同的锦盒，道："大人，这是天星武馆为大人您献上的九星战技'五行拳'，以及长风镖局献上的九星战技'疾风刀法'。"

太白县城中的四大帮派，其中神农帮倒了血霉已经被李牧铲平，成了过去式，而剩下三大帮派之中，天星武馆和长风镖局本就不想得罪这位强势铁血的小县令，存了缓和关系的心思，今日通过冯元星的口，得知道李牧对于武道战技感兴趣，也都没有吝啬，将手中不错的战技贡献了上来。至于四大帮派最后一位的听雨寺，乃是佛道宗门，号称与世无争，所以并未来到县衙拜访，也没有任何的表示。

李牧觉得肺部发痒，又忍不住咳嗽几声，吐出了几块黑色血块，然后顿觉整个人神清气爽，五脏六腑舒适到了极点，知道这意味着自己的脏器强化程度又有了质的提升。

他接过那两个锦盒，打开之后，取出其中的册子，仔细翻看，很快脸上露出喜色，道："好，非常好，冯主簿你这一次做得很不错，本县很满意，从今日起，太白县中的各项行政事务，皆由你来负责，依律而行，不可怠慢。"

冯元星顿时大喜，这岂不是意味着，自己已经是大权在手，成了实际意义上的县尊？

小县令看起来伤势不轻，又醉心武道，对政事毫无兴趣，对于他来说，这是千载难逢的机会啊。

"遵命。"他跪伏在地，一脸感激地道，"承蒙大人信赖，下官定当殚精竭虑，死而后已。"

李牧也不理会他是真的感激还是在演戏，拿着两本战技秘籍立刻就想要回去修炼。

走了两步，他想起了什么，转身，又道："冯主簿，还有两件事情，你立刻替我去办。第一，你继续替我寻找、搜罗、购买战技秘策，多多益善；第二，调查清楚血月帮的近况，还有周家与太白剑派的关系，弄清楚了之后汇总成卷宗，交给清风，明白了吗？"

"下官遵命。"冯元星跪伏在地，低着头，恭敬而又大声地道。

李牧这才转身离去。

过了许久，冯元星才缓缓地抬头起来。他面色有些诡异，眼神阴沉。李牧的最后一个命令，让他猛然之间意识到，李牧之前的强势，或许并非是因为胸有成竹或者是有所依仗，而只是一种年轻冲动和无知者无畏。

所以，这意味着，对于冯元星来说，眼前的局面，绝对没有他想象的那么乐观。

要知道当初周武和郑龙兴的死，他也算是帮凶之一，要是李牧因为伤势过重而无法对抗血月帮和周家，那到时候，他也难辞其咎，必须要早作谋划了啊。

"唉，还是心太急了……"

冯元星心中暗暗叹息。他觉得自己已经算是足够隐忍了，在太白县，他委曲求全，压抑多年，小心隐藏自己的野心，苦苦等待机会。当日在神农帮总舵石窟中，他觉得机会降临而一念之间就做出了选择，倒向李牧。但现在，他突然觉得，自己当日的选择，似乎有点儿操之过急了。

是继续一条道走到黑，还是想办法弥补些什么？问题是，当初那么多双眼睛看到，他亲手杀了周武，这仇恨根本化解不开，也无法隐瞒啊。

冯元星又有些变得犹豫不定了。

……

练功房中，李牧开始查阅那两本战技秘策。

这个世界的各种武道战技，同样是等秩品级森严。

九品到一品，有着严格的划分，九品最次，一品最高，一品之上的战技那就属于典籍大经之类的了，与普通战技不能相比，算是神品，只有九大神宗之中，或许才有这种武道典籍。

第二十六章
又有挑事的

天星武馆和长风镖局献上来的"五行拳"和"疾风刀法",算得上是这两个帮派之中能够找到的顶级战技,但也仅仅是九品而已,毕竟它们都不算是什么大势力,能够做到这一点,估计也是大出血了。

练功房之中,李牧首先打开了"五行拳"。

这是一套拳法战技,只有五招,顾名思义是取金、木、水、火、土这五行之意,金拳锐利,木拳蓬勃,水拳绵软,火拳炙热,土拳厚重,五招各有特色,不过毕竟只是九品战技而已,高明不到哪里去,只是通过招式变化来模拟五行的表面意思,并非真正蕴含着五行的奥义。

李牧看了一遍,就已经将这套拳法的大概弄懂了。同样是拳术,但"五行拳"和"真武拳"比起来,差距简直难以道里计。

之后,李牧再看"疾风刀法"。这部刀法的招式,却是要多一些,总共三十六式,讲究的就是一个"快"字,三十六式一刀比一刀快,根据书中所讲,修炼到极致处,要在十息之内,滚滚刀光如疾风扫落叶一般将三十六式刀法施展一遍,才算是真正当得起"疾风"两个字。

"这部刀法,当真是优劣点分明,对上一般的敌人,一阵强功之下,的确是难以招架这种快刀,但一味讲究快,难免失去了准头和狠劲,遇到真正的高手,只要被打破了节奏,就会变得不堪一击。"

李牧的脑子里很清晰,这得益于老神棍在燃灯寺时的各种忽悠灌输。当年总觉得是老神棍在发神经病,但是现在看来,他所说的很多东西,都是至理啊。

李牧心中其实也很奇怪，这老神棍到底是什么来头啊，简直无所不知，根本不似地球人，为何却在地球上？

这个念头，在李牧的心头一闪而过，没有答案，只能等到日后回到地球之后，再去找老神棍本人问了。

他看完两本战技功法，心中略微思忖，选择以"疾风刀法"起手，先开始修炼。

因为在李牧同学朴素的武道观念之中，打架的时候抄一把刀，总比赤手空拳要占便宜一些。

练功房里有兵器架，都是前任县令留下来的，兵器架上十八般兵器样样俱全，光是刀就有五柄，李牧略微衡量，就选了其中一柄最长的朴刀。

一寸长，一寸强嘛！这很符合李牧同学在老神棍的常年教导之下熏陶出来的猥琐风格。

这柄朴刀应该算是五柄刀里面最重的一柄了，精钢打造，足有五六十斤的分量，但李牧一身怪力，拿在手里一掂量，轻如草芥，不过暂时也只能对付着用了。

长刀一振，精芒如雪花一般，在练功房中乍现。

刀光如电。

……

时间一日一日过去。

原本已经不算是平静的西北武林道上，突然传出来了一个轰动性的消息。

各处都在传播，据说蛰伏数十年的狠角色"血月魔君"出关在即，并且要在三个月之后，于太白山支脉主峰之一的鸡峰山上，挑战太白县县令。

"血月魔君"数十年之前就已经成名，曾经在西北武林道掀起过腥风血雨，在整个大秦帝国武林中，也算是有一定的名气，这几年虽然闭关修炼，但其所创的血月帮却一直都活跃在武林中，蒸蒸日上，今年已经具备了冲击九品宗门的资格，很是被看好，入品是时间问题，所以"血月魔君"的凶名，不坠反升，大有如日中天之势。

这样的狠角色，一举一动，一言一行，在帝国西北范围内，都会引起各方的关注。

但让人没有想到的是，血月帮冲击九品宗门在即，身为帮主的"血月魔君"一出关，第一件事情，并非整顿帮派，扩大地盘，竟然是去挑战一个寂寂无名的武林后辈，这让很多人大感意外。

是的，在西北武林道上很多势力看来，李牧的确是寂寂无名。

唯一略微让人注目的，不是李牧的实力，而是李牧的身份。

太白县县令。

官位在身，这就和一般的武林小辈不太一样了。

不过话又说回来，按照神州大陆历来的传统，不管是多大的官身，哪怕是帝国皇族，一旦接受了挑战，踏上了武者擂台，那也是生死由命各凭本事了，官身并不是护身符。

很多武林中人，开始好奇，这个太白县令，到底是何方神圣，与"血月魔君"之间，到底有什么深仇大恨，竟然被这个魔头给盯上了。

就算是帝国西北官场中，也都一片讶然。但很快，关于李牧的各种资料和传闻，开始在西北道各大区域流传开来。甚至还有很多武林中人，开始前往太白县这个山城，想要去凑一凑热闹。

而这一切，身为当事人的李牧，并不是很关注。

在过去的十五日里，李牧基本上是在废寝忘食、日夜不休地修炼。

"五行拳"和"疾风刀法"都已经修炼得滚瓜烂熟，同时每日跟随马君武练箭的时间虽然缩短了，但也没有落下，感觉到疲惫的时候，只需修炼一个时辰的"先天功"，就会神清气爽，疲惫尽消，这玩意儿简直要比打兴奋剂还管用。

李牧的实力进境，是惊人的。

感觉最明显的是马君武。

以前他站在李牧身边的时候，只是觉得有一股压力和畏惧，而现在，只要靠近李牧身边三米之内，他的感觉就好像有一柄锋利钢刀按在自己的额头上，心中禁不住地会泛起一阵阵的寒意。

而在箭术方面的造诣，李牧现在收发由心，已经和马君武不相上下了。

只是那银弓威力太强，以李牧的力量，竟是依旧不能拉到满月程度，李牧每日回到练功房，都会通过拉弓的方式，来打熬力气，让自己对于银弓更加熟悉，不过却并不敢开弓射箭，因为威力太大，没有靶子可以承受这把弓射出去的箭。

李牧就此延缓了箭术的修炼。

他将自己的时间，分为白天和黑夜两个部分，白天精力都投入了"五行拳"和"疾风刀法"，而夜晚的时间，则全部是用来修炼"先天功"和"真武拳"，李牧的心中很明白，后两者才是自己真正强大的基础。

这一日，风和日丽，天色蔚蓝。

李牧正在后衙的花园之中修炼刀法，整个人都裹在一片雪白匹练一般的刀光之中，真真如一团疾风一样，只见刀光，不见人影。

咻！刀刃震颤。他收刀而立。

"三十六式疾风刀法，看似变化无穷，实际上却是有点儿烦琐，一旦被打断，威力就会骤降，要是能够化繁为简，那就好多了……"

他心中思忖着。

这时，远处一个身影像是被狗撵的野鸭子一样，一阵风般闯进。

"不好了，不好了，公子，发生大事了。"

县衙中唯一一个敢在李牧练功的时候不经通报就闯进来的人，自然就只有呆×小女孩书童明月了，一脸大惊小怪地冲过来吼叫。

李牧没好气地道："又是你？怎么？你又因为下馆子不给钱被别人追债追到县衙了吗？"

前几日，这个呆×小书童在县城酒楼里吃霸王餐不给钱，被人追到县衙门口。

明月连连摇头，两条羊角辫来回乱甩，脑袋就像是一个拨浪鼓一样，道："不是……县城中有人闹事，打起来了，动了刀子……"

李牧恼道："这种屁大的事情，还要本县亲自出马吗？你去找马君武都头……"

"可问题是，被打的人，就是马君武那个废物。"明月一脸鄙夷地道，"我回来的时候，马君武已经被打断了三根肋骨，同去的衙卫，重伤了好几个……简直是丢人啊，不堪一击。"

"嗯？"李牧一呆。

马君武受伤了？这县城之中，的确是有可以击败马君武的人，但问题是，现在谁他妈的不知道马君武是自己的心腹狗腿子，所谓打狗也得看主人啊，打断马君武三根肋骨，这和往自己这个县令脸上呼巴掌有什么区别？

"走，去看看。"

李牧咬牙切齿。

"我倒是要看看，谁特么的敢在太岁头上动土！"

……

"哈哈哈，就你们这点儿三脚猫的本事，也想要主持正义？真是蚍蜉撼大树，可笑不自量啊。"

一个轻轻地摇着折扇的年轻贵公子，面色轻佻。

他的一只脚，踩在马君武的胸膛上，呸的一口痰故意吐在马君武的脸上，一脸的鄙夷和讥诮，冷笑道："今天要不是看在你们是官差的分上，早就砍断你们的四肢，削成人棍了。"

马君武受辱，面色涨红怒极。

他奋力挣扎，但全身骨头断了不少，伤势严重，无法发力，这贵公子的脚像是有万钧重一样，如一座山压在他的身上，令他根本无法挣脱。

这个贵公子，是一个武道高手。

旁边还有几个衙卫，也都在刚才的冲突中，被这个贵公子随手就震得吐血昏迷了。

"呵呵，还有谁想要英雄救美？站出来。"贵公子得意洋洋，扫视周围。

第二十七章
一只小爬虫啊

　　事发地点位于太白县城主干道的十字路口，此时已经围了数百人，但从一开始的指指点点批评怒骂，到后来县衙都头马君武一行人被打成如此重伤来羞辱，此时，围观的路人们，都已经不敢再说什么了。

　　连县衙的都头衙卫都被打成这样了，还有谁敢出声？

　　"哈哈，太白县城中，果然都是一群可怜的乡巴佬。"贵公子得意地大笑。

　　他抬起踩在马君武胸膛的脚，脸上带着淡淡的微笑，朝着旁边一位风韵迷人的少妇走过去，轻佻地说道："小娘子，现在没有人打扰我们了……说实话，我真是没有想到，在这偏僻的小县城中，竟然还有小娘子这般的人间尤物。"

　　这少妇看起来还不到三十岁，荆钗布裙却难掩其天生丽质，肌肤白皙如雪，容貌精致到了极点，而在她的身前，一个身形魁梧、背负钢叉的络腮胡壮汉将其护住，应该就是这个美貌少妇的丈夫了，还有一个秀气的小丫头，怯生生地站在两个人中间。

　　"哈哈，原本只是来看看热闹，没想到真是不虚此行，竟然能够遇到如此人间绝色。"贵公子看向少妇的眼神里，充满了一种赤裸裸的狂热占有欲。

　　今日的事情，正是因女色而起。

　　这贵公子乃是外地来到太白县城的武林中人，因为最近江湖上传得沸沸扬扬的"血月魔君"挑战太白县令之事，而来到太白县凑热闹。

　　街头闲逛的时候，他们一伙人无意中遇到了这对夫妇，立刻就被少妇的容貌所惊艳。

尤其是这个贵公子，色胆包天，肆无忌惮地开口调戏，动手动脚，遭到周围人的怒斥，贵公子极为放肆地出手，伤了好几个人，被恰好路过的马君武等衙卫碰到，出手制止，谁知道这贵公子实力强得可怕，马君武等人竟也不是对手，被重伤羞辱……

解决了公差，震慑了周围的众人，贵公子并未有什么成就感。

因为这对他来说，再正常不过了。

"呵呵，不知道小娘子你是否已经做出了决定？要不要跟本少爷我走？"贵公子微笑如刀，一步步地逼过去，又看了看护在少妇身前的络腮胡汉子，冷笑道，"你是他的丈夫？"

络腮胡汉子的表情像是被吓呆了一样，一句话都说不出来。

"呵呵，看你这窝囊废的样子，真是一朵鲜花插在了牛粪上……从现在开始，这个小娘子与你再无任何关系了，她注定是本公子的人。"年轻贵公子不屑地冷笑，然后又看向少妇，一副垂涎欲滴的丑态，道，"小娘子，和我走吧。"

说着，直接过去就要牵少妇的手。

绝色少妇不动声色地躲避开，道："请你自重。"

"咦？"年轻贵公子没想到这个弱女子竟然能够避开自己这一抓，不过他也没有多想，笑嘻嘻地道，"小娘子，你也许不知道我是谁，相信你要是知道了，一定会哭着喊着要跟随我，哈哈哈。"

旁边也响起了一阵哄笑声。

却是这年轻贵公子的同伙，一共十几个年轻人，都是锦衣华服，腰悬长剑，听到这样的话，都大笑了起来。

"小娘子，你还是从了吧。"

"哈哈，我们李公子身份尊贵，他看上的女人，没有能够逃得出手心的。"

"你看你那窝囊废丈夫，连一句话都不敢说，只是一个榆木疙瘩而已，还跟着这种不解风情的贱民干什么，等你跟了我们李公子，嘿嘿，他会让你明白做一个女人真正欲仙欲死的感觉，会令你飘飘欲仙哦。哈哈哈！"

几个江湖浪子一样的年轻人，嬉笑着，将少妇和她的丈夫、女儿都围住。

似乎是被吓傻了的背负钢叉的络腮胡汉子，眼睛里闪过一丝微不可察的寒意，拳头缓缓地握住，一缕犹如暗色星云一般的微光，在他的掌心之中运转起来，但下一瞬间，绝色的美貌少妇，轻轻地握住了汉子的手，将那暗色星云一般的微光湮灭了。

络腮胡汉子微微一挣，没有挣脱，就没有再坚持。

其实汉子的心中也很清楚，自己和师妹两个人，付出了巨大的代价，才假死脱身隐居，带着孩子远遁天涯，总算找到了平静的生活，脱离了江湖的纷争，如果现在出手，万一被有心人发现踪迹，也许从此之后，又得浪迹天涯了。

少妇见师兄忍住了，心中也松了一口气，略微上前，道："诸位公子，小女子乡野草民，粗贱鄙陋，已经育有一子一女，蒲柳之姿，不敢承受公子厚爱，还请公子放我和相公、女儿离开吧。"

"哈哈，乡野草民，哪里有小娘子你这般说话文气的？"那贵公子摇着白玉折扇，笑嘻嘻地道，"你不就是想要告诉我，你已经是两个孩子的妈了吗？哈哈，本公子不介意，我就喜欢你这样的熟妇。"

少妇深吸一口气，摇头，强自耐心地道："这位公子，此间乃是太白县，县令李牧大人铁面无私，律令森严，你已经打伤了县衙的公差，祸事就在眼前，还是赶紧去吧，不然等到李大人亲至，你们只怕是要吃亏的。"

她还是不想出手，起码在不到万不得已的情况下，她也不想在这大庭广众的环境下动手。谁知道那贵公子听了这话，非但不怕，反而像是听到了什么笑话一样，哈哈大笑了起来。

他那些狐朋狗友也都哄笑了起来。

"哈哈，真是有些可爱呢，那个叫李牧的小县令，在你们这些乡民的眼中，或许是只能仰视的存在，但是在我李冰的面前，和一只蚂蚁爬虫没有什么区别，我会怕他？"年轻贵公子狂态尽显。

少妇再度深深吸了一口气。眼见劝阻无效，她不动声色地朝着师兄做了个手势，心中做好了最坏的打算，脑子飞快地计划着，实在不行，俺就只能先假意答应这一群狂徒，等到了人少的地方，再施展雷霆手段，出手解决，让这几个登徒子人间蒸发……

就在这时，一个声音响起——

"咦？丫丫，是你啊。"

人群分开，一个浓眉大眼、英气勃勃的少年走出来，看到少妇和络腮胡汉子中间的小女孩，眼睛一亮，露出一丝喜色，向那小女孩抬手打招呼。

不是李牧是谁？

"你是……楼门口的那个大哥哥？"

小女孩怯生生的，犹豫了一下，终于认出来。这个少年正是月前在城门楼门口饿得肚子咕噜噜叫，娘亲让自己送了两个山杏的大哥哥，她依稀记得，这个大哥哥的笑容，很灿烂呢，不过现在穿的这身衣服，可比当时要正常干净许多了。

"哈哈，没想到又见到丫丫了。"李牧也挺高兴。

两杏之恩，至今难忘啊。

"两位，我们又见面了，多谢当日赠杏之恩。"李牧向这对夫妇拱手致谢。

他这个人，虽然易冲动，冲动过后又很尿，而且相当猥琐，喜欢装×……嗯，总之，虽然有很多很多的缺点，但是有一个优点，那就是知恩图报，当日这夫妇虽然只是顺手赠送了两个山杏，但对于李牧来说，却让他感受到了这个星球上人的善良淳朴，也让他在这个完全陌生的环境之中，感受到了一丝温暖。

"公子客气了。"

少妇面带着微笑，同时，也暗暗示意，让李牧赶紧离开，以免被波及。很显然，她并不知道李牧的真正身份。

这段时间，李牧虽然威震太白县城，但当日真正见过李牧从神农帮总舵中走出来的人，也不过数千而已，且大部分还都是远远地看了一眼，所以县令大人到底是什么模样，知道的人，其实并不多，何况这对夫妇当日并不在现场围观。

然而，一边的贵公子，却忍不住了。

眼见自己花费了不少功夫都不能博得少妇一点儿笑脸，这不知道哪里冒出来的少年却能够与少妇有说有笑，他心中已经极为恼怒，早就迁怒于李牧这个不长眼的货色，暗中使个眼色，示意其他同伙拦住李牧。

　　"你……你们要干吗？"李牧故作惊恐。

　　贵公子冷冷地问道："不长眼的东西，这里哪有你说话的地方，耽误本公子的大事，自己剜掉双眼，本公子就让你活着离开。"

　　少妇面现不忍，想要说什么，李牧却是抢先一步，一脸不服气地，故意道："太过分了吧，我没有招惹你，你就要剜掉我的眼睛，还有没有王法了？"

　　"王法，本公子站在这里，就是王法。"贵公子一脸傲意，口气很大，说着，玉骨折扇啪的一声合上，傲气十足。

　　"噗……"李牧原本还想要继续扮猪一会儿，弄尽兴了再吃老虎，但却终于忍不住笑了出来，"你他妈的真能装×，我都不知道该如何继续逗弄你了……你是王法，那老子我是什么，这个太白县城里，在我面前说这样话的，你是第一个人。"

　　"你……"贵公子先是一怒，旋即明白过来李牧话中的意思，皱眉，道，"你是谁？"

　　李牧笑嘻嘻地道："我？一只小小的蚂蚁爬虫啊。"

第二十八章

握铁成粉

贵公子一怔。

这时，原本昏迷过去的马君武，幽幽地转醒，睁眼看到一边的李牧，大声道："大人，小心……他……是个高手……"说着，又喷出一口鲜血。

"你就是太白县令？"贵公子终于明白过来。

李牧很认真地点点头："是啊是啊，你口中的那只蚂蚁爬虫。"

"原来就是你……"贵公子脸上的表情，略有不自然，但很快冷笑，"那又如何？"

李牧看了贵公子一眼，然后扫了扫周围他那几个狐朋狗友，道："也不想如何，只是想要将你们吊打一顿而已。"

说着，他走过去，来到了马君武的身边，推宫过气，取出金疮药和一些内服的疗伤药，给马君武服下，然后又去瞧那几个重伤昏迷的兵卫。

这时，小男孩书童清风，气喘吁吁地带着医馆中的大夫赶来了。

"大人……"为首的大夫正是那日在神农帮总舵石窟里为李牧治疗箭伤的中年人，一看到李牧，顿时露出崇拜之色，带着学徒向李牧行礼。

李牧摆摆手："先救人。"

同时，一阵急促的马蹄声和脚步声传来，却是主簿冯元星骑着战马，带着四百披坚执锐的精锐兵卫赶来了。

小女孩书童跑在最前面，脚下生风，像是吃野粮食长大的一样，竟是跑得比战马还快，一脸的轻松，老远就大呼小叫着："快，就是那几个狂徒，都给我围住了，不要放跑一个，我家公子今天要大开杀戒，哈哈哈哈……"

李牧顿时无语地捂住了额头。这个呆×！

这个时候，围观的路人们，也终于口口相传，认出了李牧的身份。

"拜见青天大老爷。"

"李牧大人！"

哗啦啦跪了一地。

经过了之前单枪匹马挑翻神农帮总舵，救出来许多受难的无辜之人，之后又在县衙开了公堂，让冯元星审核冤案，一扫太白县衙败坏的吏治风气之后，这段时间里，李牧感觉他自己似乎没有做什么事情，但是他在县城普通平民们中间的口碑和威望，却是如日中天，好到了极点。

"围起来！"

冯元星跳下战马，一挥手，四百兵卫呼啦啦将贵公子等人，都围了起来，长枪对准了这一伙江湖浪子。

李牧笑嘻嘻地道："怎么样，还不老老实实跪下来唱征服？"

贵公子轻蔑地扫了一眼周围的兵卫，道："就凭这些土鸡瓦狗一样的废物？"

李牧摇摇头，道："不，凭这个。"

他晃了晃拳头。

年轻贵公子一怔，旋即冷下了脸，道："哈哈，虽然不知道'血月魔君'那魔头为什么要挑战你，但就凭你？一个连气门都没有开启，浑身上下没有丝毫气感的废物？"

李牧也不生气，很认真地点点头，道："是啊，就凭我这个废物，你们谁先来？"

贵公子不屑地冷笑："出手对付你这样的废物，脏了我在江湖上的名气。"

旁边一个年轻的江湖浪子大踏步地出来，活动着胳膊，关节脊柱之中发出噼里啪啦爆豆一样的声音，一股无形的力量扩散，就算是不懂武道的普通贫民都看得出来，这个年轻浪子是一个开启了气门的合气境高手。

"所谓的太白县令，原来是这样一个白痴货色，我来教你知道，真正的江湖高手到底有多强……"年轻浪子鄙夷地大笑着。

然而，话音未落。

砰！一声闷响。众人只觉得眼前一花，那年轻江湖浪子就在原地消失了。

李牧的手掌保持着一个扇出去的姿势。而顺着他掌心的方向，十几米之外，一座土墙上，出现了一个人形的凹洞，烟尘弥漫。

一阵倒吸冷气的声音。

"你……偷袭……无耻……"断断续续的声音从土墙人形凹陷之后传出，就看那年轻江湖浪子满脸是血地从凹洞中露出一个头，指着李牧，不甘心地说了半句，然后昏死过去，倒在了土墙后面。

李牧甩了甩手掌："偷袭你妹啊……我还以为是什么了不得的高手呢，结果这么垃圾……浪费我时间。"要是真的发力，早就一巴掌打爆了好嘛。

"打死他们，捶爆他们……将他们按在地上摩擦。"小呆×明月兴奋得举着拳头狂呼，一副暴力狂的样子，哪里能把这货和轻音体柔易推倒的美萌小萝莉形象联系在一起？

小男孩书童清风则是松了一口气。

但在同时，他心中疑惑，公子身上的变化怎么这么大，似乎和以前已经截然不同了，像是换了一个人一样。

贵公子瞳孔微缩。

那几个为虎作伥的江湖浪子，这个时候，也笑不出来了。

"大人威武！"

"青天大老爷神威！"

精锐兵卫和围观平民们，看到这一幕，顿时都兴奋得欢呼了起来。

李牧对于太白县城的影响和改变，在无声无息之中彰显出了成果，而这一巴掌，以及这一巴掌代表的态度，则更是让每一个太白县城的子民都感觉到振奋，那是一种以前从未有过的自豪感。

"哇，大哥哥好厉害。"小女孩丫丫兴奋得拍红了小手。

绝美的少妇和络腮胡钢叉汉子对视，都看到了彼此眼中的好奇，一个根本就没有开启气门、没有掌握内气力量的少年，竟然有这么强悍的力量？

"还有谁？"李牧本质上也是一个人来疯，在这样的气氛中，他双手叉腰，看着贵公子一伙人大喊。

贵公子使了个眼色。

"亮家伙！"

"不过是一把子蛮力而已，看你如何招架刀剑。"

两个江湖浪子走出来，朝着李牧逼近。

一人拔出腰间的利剑，另一个则是手握一柄锋锐的弯刀。

这两个人的体表，微微有奇异的毫光闪烁，显然都是合气境的武者，手中的兵器森寒，闪烁着逼人的寒光，被内气所激，迸发出丝丝缕缕的光丝，显然要比之前神农帮的"斩天刀"徐志等四大金刚强悍很多。

"哈哈，李少，您说吧，要不要留活口。"手持弯刀的年轻浪子嘴角微抿，带着邪恶的笑。

贵公子李冰脸上亦是浮现出残忍之色，道："毕竟是帝国官员，卸掉他一只膀子就行了……呵呵，放心出手，天塌下来，我担着。"

说完，他又看向那绝美少妇，道："你看，这都是因为你不跟我走，闹出来的事情，睁大眼睛看好了，小娘子你要是再任性，说不定一会儿，这个白痴县令的下场，就是你丈夫和你女儿的榜样哦。"

咻！嗖！场中身影闪烁。

两个江湖浪子同时出手，身影如飞鸟一样迅捷，速度快到了极点。

剑光如雨，刀光如电。

一瞬间，漫天的刀光剑影暴涨，犹如疾风骤雨一样朝着李牧笼罩下去，在外人看来，李牧就像是狂风骤雨、滔天巨浪的汪洋上一叶随时都会被打翻淹没的小舟一样，几乎难逃厄运。

"大人小心……"马君武忍不住惊呼。

"公子捶爆他们的脑袋。"小暴力狂呆 × 明月也在欢呼。

围观的路人们，看到这样惊险万分的一幕，也是担忧的惊呼声如潮。

砰砰！两声闷响。漫天的刀光剑影瞬间消失。远处的土墙上，再度多了两个人形凹洞。

李牧的手保持着抬起扇出的姿势，而手中却是多了一柄弯刀、一柄长剑，正是那两个江湖浪子的兵器。却是刚才的那一瞬间，在千万刀光剑影之中，他完成了扇飞对手和抢夺兵器的两个步骤，而基本上没有人看清楚这一切是怎么发生的。

"垃圾，还是垃圾，不堪一击。"李牧很不尽兴地叹气，"唉，一个个牛×吹上天，嘴上功夫吓死人，结果一个能打的都没有。"

他左右手各握住弯刀和长剑，手腕微微一抖，铮铮的脆鸣中，这两件上好精钢打造的利器，就像是泥塑土雕的一样，一寸一寸地断裂开来，然后五指稍微用力，刀柄和剑柄就化作了铁屑钢粉，从他的指尖之中滑落。

死一般的寂静。

贵公子倒吸了一口冷气，头皮一阵发麻。徒手将钢制的刀柄剑柄捏成粉末……这需要什么样恐怖的力量啊！鹰爪功？铁指功？还是幽冥鬼爪？到底是什么样的指力功夫，才能做到这一点？

这一瞬间，他突然有点儿明白，为什么成名已久的"血月魔君"要公开挑战这个名不见经传的太白县令了。

看不透。

很可怕。

贵公子突然对于自己的实力，没有那么自信了。

而一边的绝美少妇和络腮胡汉子，脸上的惊讶之色越发浓郁了，对于李牧更加好奇。他们二人的阅历修为，不知道比年轻贵公子李冰等人高明了多少倍，自然看得出来，李牧身上的古怪，在不运转内气的情况下，徒手抓碎钢铁，这样的力量，在西北武林道上就算是有人能做到，但也是屈指可数。

"来人，给我把那几个狂徒抓住，吊在树上。"

李牧指了指土墙后面昏死的三个江湖浪子。

第二十九章
真正意义上的吊打

十几个如狼似虎的兵卫冲过去，不由分说，将三个丧失了还手之力的武林高手绑起来，倒吊在旁边一棵百年古树上。

"哈哈哈……你们几个……我就想问一问，还有谁？"李牧哈哈大笑，看向剩下的三个江湖浪子还有贵公子李冰，道，"还有谁？"

贵公子的面色，阴沉了下来。

"你知道我是谁吗？"他冷笑着道。

李牧撇撇嘴："哎哟？打不过就要摆背景靠山了？真是老套的路数啊，哈哈，实话不怕告诉你，我不知道。"说完，不等贵公子再开口，继续又道，"而且，也不想知道，我现在就想要吊打你们这几个瘟三屄货。"

"不要以为你是太白县令，就能动我。"贵公子冷笑，"这个世界上，有些人，不是你所能作对的。"

李牧很是无语。

老子一个外星人，而且是以后会成仙的外星人，还会怕你一个低等武道星球的土著？

他一发狠，转身对吊起了那三个江湖浪子的兵卫下令，道："愣着干什么，去找几个鞭子来，给我狠狠地打啊……吊打吊打，吊起来不打怎么行啊。"

那几个兵卫轰然应命，很快不知道从哪里找来了几根皮鞭，啪啪啪地就像是抽陀螺一样，将那三个本就受伤的江湖浪子，打得哭爹喊娘，鬼哭狼嚎。

"呸！还武林高手呢……照样不是一打就哭，喝酒会醉，醉了会吐，吐了会哭，挨一刀也会流血，还以为你们刀枪不入呢……哈哈，看你们以后，还怎么装×。"李牧笑得很开心。

一边的暴力呆×小萝莉明月，也兴奋得冲过去，抢过一条鞭子开始代劳抽起来。

"你……不要把事情做绝了。"贵公子的脸色很难看。

李牧摊手："是谁刚才要剜掉我的双眼来着？"

"得理不饶人，是一个很不好的习惯，你也许会为此付出代价。"贵公子低吼，发出了威胁警告。

"得理就饶人，那是傻×。"李牧捏着拳头，嘿嘿笑着，一步一步逼近。

"你想怎么样？"贵公子感受到了巨大的压力。

他有点儿后悔，来到这太白县城凑热闹了。

"我想……"李牧拉长了声音，说到这里，突然面色一变，指着远处的天上，讶然道，"看，有飞机……"

"什么飞机？"贵公子一怔，下意识地回头看去。

就在这个时候，李牧却骤然出手。

双脚发力，恐怖的力量贯通在地面，他脚掌下的地面发出轰的一声爆响，石板如蜘蛛网一般碎裂，劲气激起一层肉眼可见的灰尘气浪扩散，他已经如闪电般出现在了贵公子面前，一拳轰出。

拳风激荡，隐隐有火焰燃烧般的声音。

五行拳·火拳。

年轻贵公子怒吼："你竟然偷袭……"

不过即便是在这电光石火的仓促之间，他也还是做出了反应，手中的玉骨折扇啪的一声，化作了一道白光，其劲如枪，点向了李牧的拳头。

嘭！白色粉末在半空中炸开。

李牧竟是不闪不避，直接一拳轰在玉骨扇上，将那价值不菲的玉骨扇直接轰成了粉末，包括玉骨之中暗藏的飞针机关，全部都爆裂了，贵公子李冰重金打造的这件又拉风又能伤敌的奇门兵器，化作了飞灰。

同时，贵公子只觉得一股恐怖到难以形容的力量，顺着爆裂的玉骨扇，犹如汪洋一般顺着手臂涌来，他的五指手掌顿时被震得皮开肉绽……

"该死……'贯地劲'，给我卸！"

他怒吼，左脚猛地跺在地上，内气运转，催动"贯地劲"秘术，将轰入体内的劲气，引动灌入到了脚下的地面，顿时像是被陨石砸过一样爆裂，数十块青石板像是纷飞的纸屑一样溅射开来，同时，他脚上的鹿皮靴子，也爆裂开来，脚掌鲜血淋漓……

不过，这好歹也算是接住了李牧一拳余威之力。

"实力还可以，就是脑袋瓜子蠢了一点，让你看飞机你就看飞机啊。"李牧得势不饶人，大笑，再度欺近，一拳轰出。

拳风中隐隐有浪潮涛涛之音，正是五行拳之中的水拳。

五行拳是很普通的拳术，并无什么高明之处，一招一式都没有什么精妙的变化在其中，但李牧因为"先天功"改造身体的原因，极富战斗节奏，对于出拳时机和角度的把握，堪称完美，以至于贵公子在先机尽失的情况下，面对着这一拳，竟然避无可避，只能咬着牙，抬手出掌，再硬接这一拳。

砰！拳掌相交，一声闷响。

贵公子"贯地劲"秘术催动到了极点，卸去了大部分的力量，但手臂依旧难以承受，发出了骨裂之声，整个人就像是一根钉子一样，被砸得双腿膝盖以下的部位，都陷入了石板泥土之下。

"卑鄙，你偷袭，你竟然……"他快气疯了，一张脸涨红，嘴角有鲜血。

李牧抬手又是一拳砸下来："老子不发飙，什么阿毛阿狗都敢到太白县城中闹事……你这种战五渣，还敢在老子面前装 ×，把你打成人棍。"

砰砰砰！

李牧一连串拳头再下去。

画面很惨烈，也很搞笑，就像是钉钉子一样，贵公子李冰半个身子被李牧直接砸进了泥土中，震荡的力量，让李冰七荤八素，眼冒金星，内气紊乱，骨肉疏松，筋骨酥软……彻底丧失了反抗的力量。

"你敢这样对我，你……"贵公子李冰像是受伤的野兽一样嘶吼。

李牧蹲下来，抬手啪啪啪就是几个嘴巴："弱者，闭嘴。"

贵公子李冰果然闭嘴了。

因为他脸肿得已经根本说不出话来了。

"来人，给我挖出来，吊起来打。"李牧下令。

他突然很喜欢"吊打"这个词，地球上发明的这个词语实在是道尽了胜利者的优势和碾压过程。

一会儿，全身脱力的贵公子，就被县衙兵卫从土里挖出来，绑住双手双脚，倒吊在树上了。

"打，先抽三百鞭子再说。"

李牧下令。

这算是收点儿利息。

马君武等人也不能白白受伤。

至于最后到底该如何处置这些装 × 失败的家伙，李牧还未想好。

他笑嘻嘻地看了看剩下的三名江湖浪子："现在，轮到你们了……自己把自己绑起来，还是我拍晕你们再绑？"

"你……"其中一个吓得牙齿发抖作响，"我认输，我错了……"

另一个怪叫一声，弹空而起，想要飞逃。

掌握了内气的武者，飞檐走壁不在话下，速度极快。

李牧也不追，哈哈一笑，伸手，道："弓来。"

旁边有兵卫立刻奉上弓箭。李牧看也不看，拉弓搭箭，抬手一箭射出。

"啊……"像是中了箭的鹞子一样，那江湖浪子膝盖上中了一剑，直接从墙头上栽倒下来，摔在了地上。

立刻就有兵卫冲过去，将他围住了。

这江湖浪子还想要反抗，咻的一声，又一支箭射过来，射散了他的发髻，擦着头皮射过去，头发披散下来。

这一下子，他吓得尿都快出来了，再也不敢动弹，被兵卫几脚踢在腿弯处，直接被踢得跪在地上，用牛皮筋绳索捆住，拖过去也倒吊在了那棵古树上。

"神箭啊神箭，大人的箭术，下官钦佩万分啊。"马屁精冯元星凑上来恭维。

李牧很配合地哈哈大笑。

很多时候，别人拍你马屁也是为了让你心情愉悦嘛，没有必要装作一副狂拽吊炸天的模样让别人难堪。

这时，剩下的两个江湖浪子，一看这情况，知道今天是说什么都逃不脱太白县令的魔爪了，连贵公子李冰都被倒吊在树上了，他们根本不可能幸免。

于是，两个家伙放弃了反抗。

如狼似虎的兵卫冲过来，将他们直接绑起来，也吊到了那棵古树上。

"打完收工。"

李牧将手中的强弓丢给旁边的兵卫，脸上的笑容不变。

旁边围观的路人们，还有精锐兵卫，又是一阵欢呼。

一个如此强势的县令，对于整个县城所有人来说，都是一种福气。

尤其是太白县城，在过去的一年多时间里，随着前任县令辞官入深山求道，县丞、典史等几大巨头内斗内耗、帮派肆意纵横跋扈等等原因，而导致整个县城日益疲惫，每一个生活在这片土地上的子民，都深受其害。

如今李牧来到太白县城才不过两个月左右的时间，一扫往日的阴霾，政令清晰，律法森严，帮派不敢寻衅滋事，官吏不敢贪赃枉法，每个人都可以明确地感受到身边发生的变化，这让他们如何不支持李牧？

"大人，如何处理？"冯元星请示。

"哈哈哈，都说了，要吊打嘛，不能只吊着不打啊，我这个人，一向说话算数，先一个人打一百鞭子再说，哈哈哈。"

李牧对于今日的战果，很满意。

第三十章
风云六刀

几个江湖浪子而已，就敢这样无法无天地在县城中闹事，要是不杀鸡吓猴，那之后因为与"血月魔君"一战而大量涌入太白县境内的江湖人，岂不是都要无法无天了？

李牧虽然不是什么救世主，但挑战之事，毕竟是因他而起，他也听说了最近大量江湖人士涌入太白县的消息，如果这些所谓的江湖高手，一个个都这样不听话的话，那还了得，若是因为他的原因导致太白县子民涂炭的话，那他心中也是难安。

所以，先打了再说。

于是，古树下很快就传来了一群所谓的江湖高手鬼哭狼嚎的声音。

尤其是那个贵公子李冰，最为凄惨。

他叽里呱啦地大吼着什么，但脸上挨了李牧几巴掌之后，双颊肿成了猪头，眼睛也只剩下一条缝，牙齿也掉了几颗，说话漏风，嘴唇水肿如破风扇，任他喊破了喉咙，也没有人听得清楚他在吼什么。

想一想之前他打伤马君武、调戏民女时的嚣张，再看看他现在这副样子，每个人的心中，都像是三伏天吃着冰镇西瓜一样爽。

"好了，都散了吧，没什么事情了……"李牧朝着围观的路人们都摆摆手，道，"不要聚集在这里，以免造成交通拥堵……"说到这里，他突然意识到，这个世界好像并没有交通拥堵这一说。

人群都欢笑着散去。

"两位，你们也赶快离开吧，日后要是遇到什么困难，可以直接来县衙找我。"李牧笑着摸了摸小姑娘丫丫的脑袋，对绝美少妇夫妇说道。

"多谢县尊大人。"绝美少妇微笑，犹如百花盛开，美丽到了极点。

络腮胡汉子也拱手致谢。

两人带着孩子离开了。

"大哥哥，你真厉害。"小姑娘丫丫蹦蹦跳跳，回头向李牧笑着。

李牧微笑，目送他们离开。

他心中若有所思。

别人可能都没有注意到与贵公子李冰对峙的时候，络腮胡汉子掌心之中一闪而逝的一抹星辉，但李牧感知力超越常人，在到来的那一瞬间，第一时间就注意到了，李牧甚至可以感受到那一抹星辉中蕴含着一股令他心悸的力量。

这个络腮胡汉子，只怕是一个高手中的高手。只不过是因为某些原因，所以他忍着没有出手。如此联想的话，只怕那绝美少妇也不是什么普通人。

太白县城这样的山城，虽然山美水美，但要说能够孕育出绝美少妇那种钟天地之灵秀的风华绝代的女人，李牧是不太相信的。

这也符合李牧当日在太白县城门外看到这一对夫妇时的第一印象，哪里的乡野村妇会有如此丽质？

不过，这对夫妇到底是什么人，李牧虽然好奇，但不会去刨根问底。每个人都有自己的秘密，窥探别人的秘密是很不礼貌的行为。且这对夫妇的秘密，很显然和李牧并无关系。

"大人，已经打完了，接下来该如何处理？"主簿冯元星悄悄地凑过来请示。

一百鞭子打完，几个江湖浪子已经是皮开肉绽，有气无声了。

李牧摸了摸下巴，道："抓回去，关到大牢里……嗯，记住，这几个都是武林高手，关押的时候小心一点，最好先打昏了再关进去，给我用镣铐锁住，千万别让他们跑了……"

说到这里，李牧又想起了什么，嘿嘿一笑，压低了声音，凑到冯元星的耳边，道："还有，打昏之后，你一个人亲自去悄悄搜一下这几个家伙的身，如果身上有什么武林秘籍什么的，都给我交上来。"

冯元星一脑门的冷汗。

他是知道这位大人对于武林秘籍的兴趣很大，所以在听完这句话之后，他怎么突然之间有一种奇怪的感觉，这一次县尊大人出手对付这几个江湖中人，更重要的不是为了主持公道，而是这些江湖人身上可能有的武功秘籍？

"大人放心，下官明白，一定不负所托。"冯元星拍着胸脯保证道。

这个习惯性抱大腿的主簿大人，此时心里已经打定了主意，如果从这几个人身上搜不出来武功秘籍，那也要严刑拷打，拷问整理出来几部修炼秘策，拿着向李牧邀功。经过了这段时间的犹豫，他知道自己已无退路，干脆打定了主意，要跟着李牧一条道走到黑了。

李牧拍了拍他的肩膀："不错，好好干，我看好你哦。"

冯元星眉开眼笑。

李牧又扭头看了看古树下倒吊着的几个江湖浪子，心中暗道一声活该，哈哈大笑着转身离去。

哈哈，吊打，这才是真正的吊起来打啊。

不过话说回来，这真是一个令人向往的摧毁对手的方式啊。"我为什么会对这种方式情有独钟呢？"李牧在内心里问自己。

然后他很快就得出了答案。大概是因为他在屠宰场杀猪的时候，每一次杀完猪都要在支架上吊起来拔毛，长久以来形成的心理条件反射吧。

……

在两个小书童的陪同下，李牧回到了县衙。

小男孩书童清风看起来心事重重。小呆×暴力萝莉明月则兴高采烈，意犹未尽。

李牧也没有工夫去理会这两个小家伙，第一时间，回到后衙的练功房之中，体悟这一次战斗时得到的灵感，继续磨炼自己的武功。

今天对付贵公子李冰等人，只是一个小插曲，小试身手。

他直接用最简单的方法快速解决，并没有太过于暴露自己这段时间学到的刀法，心思很简单，总要为自己留几张底牌不被别人知道嘛。

不过，也就是在这一次小试牛刀的过程中，李牧突然想明白了一点。

武功战技招式，并不是越烦琐越好，而是要简单、直接、有效。

就像是那手持弯刀和长剑的两个江湖浪子，招式花哨复杂，弄出来的场面也是令人眼花缭乱，漫天的刀光剑影，但根本上来说，没有什么×用，到最后，还不是被自己找到其中那转瞬即逝的破绽，直接一巴掌就呼飞了？

既然自己有足够的反应速度，有足够的力量，那为何不选择最简单的战斗方式呢？

李牧脑海里回想着"疾风三十六刀"的招式法门，然后再仔细体会自己在地球上杀猪的时候那千锤百炼一刀致命的手感，再想想当日一怒之下，刀斩"斩天刀"徐志等神农帮四大金刚时的感觉……不知不觉地将长柄握在手中，他开始在练功房之中施展起刀法。

刀光闪亮。

这一次，李牧施展的不是"疾风三十六刀"，而是在随意发挥。

他闭着眼睛，施展出来的招法动作，乍一看，像是没有章法的胡乱劈砍。但随着时间的流逝，他的动作越来越快，也越来越简洁。

他在删繁就简，在简化"疾风三十六刀"。

地球上杀猪时的那种随意感觉，逐渐涌上心头，令他把握到了冥冥之中一种玄之又玄的意境，虽然闭着眼睛，但脑海之中，"疾风三十六刀"的三十六式招法就像是放小电影一样飞快地一遍遍地闪烁，一遍遍地回放，然后一遍遍地荡除其中不必要的花哨动作和变化。

时间一分一秒地流逝。

李牧在练功房之中，不知道挥出了多少刀。

猛然之间，他停下了动作，睁开了眼睛。整个人的气息，骤然变化，从动到静，渊渟岳峙。然后，他再出刀。

一刀。

两刀。

三刀。

六刀！

一共六刀，每一刀简单，快速，直接，准确。

这就是李牧在过去将近两个小时里，所模拟出来的结果——他将"疾风三十六刀"直接化繁为简，简化成了六刀，其中三刀横斩，两刀竖劈，一刀上撩，并不完全固定，根据实际战斗的具体情况，又会有所变化。

李牧连出六刀之后，停下来，凝神苦思，在脑海之中再度模拟招法。

须臾，他又出招。

又是六刀。这六刀，又有新的变化。当然，变化幅度并不大。

然后，又停下来思考。

再然后，又出刀，同样是六刀。

如此往复。

又是大约一个小时的时间过去。

李牧斩出了最后六刀，最终彻底收刀而立。

"以我现在的武道理解和悟性，将'疾风三十六刀'化繁为简变成六刀，已经是极限了，不可能再精简下去……"李牧自言自语。

他心里很清楚，从严格的理论意义上来讲，自己的"武学造诣"还非常浅薄，毕竟只是半路出家而已，所拥有最大的优势，第一是地球时代的信息观念，第二是老神棍朝夕相处的耳濡目染和熏陶，第三是"先天功""真武拳"改造之后的身躯的反应能力和战斗本能，想要进一步删减这六刀，需要更加渊博和高深的武术见解及知识，这种事情，急不来的。

"这六刀，算是我半自创而来，就叫'风云六刀'吧。"

李牧很容易知足，心里喜滋滋地命名。

越是练刀，就越是喜欢这种粗暴直接的兵器，十八般武器之中，也只有刀，才能酣畅淋漓地彰显李牧的战斗特点。

他开始迷恋刀了。

第三十一章
移肌换骨变身大法

咚咚咚！门外传来敲门声。

李牧皱眉，打开练功房的房门。

门外，主簿冯元星急得满头大汗，面色焦急地站着。

"什么事情？"李牧问道。

练功冥想的过程被打断，他心里很不爽，但却并没有直接开口斥责，因为冯元星虽然是一个马屁精，但却绝对是一个知进退的马屁精，打断自己练功还是第一次，必定有什么极为重要的事情要禀告。

"大人，下官发现了一件了不得的大事，不得不打断您的修炼前来汇报。"冯元星脸色很难看，压低了声音，有点儿鬼鬼祟祟的样子，凑近了，道，"大人，那李冰的身份，有点儿棘手。"

"什么意思？"李牧嘴角抽了一下。

"我在他的身上，搜到了一些印信之物，如果没有猜错的话，这个李冰，正是知府大人李梦龙的小儿子。"冯元星面色尴尬到了极点，腿都有些软，李牧今天这是稀里糊涂把顶头上司的儿子给当众揍成了猪头，又惹祸了啊。

李牧嘴角狠狠地抽了几下，心道老神棍送我来到这个星球的时候，是不是忘记看黄历了，怎么随便在自己的地盘上装个×打个架，都能招惹到这种狠茬子？

这才前脚刚招惹了血月帮和太白剑派这两大江湖巨擘势力，后脚就又得罪了顶头上司，这样一来，官场和武林道上的人，他算是都得罪了。

李牧觉得有点儿委屈。

特么的你既然是知府大人的亲儿子，为什么不早说呢？这不是故意等我犯错吗？

"知府有什么了不起？王子犯法，与庶民同罪，老子不吃这一套。"李牧越想越委屈，越想越激动，到最后，性格深处那股子光棍劲又爆发了，怒从心头起，恶向胆边生，将心一横，咬牙道，"反正已经得罪死了，不用想那么多，先给我将这几个王八蛋锁在牢里关好了，不听话就狠狠地招呼……对了，搜到武功战技秘籍了吗？"

冯元星一听，就有一种想哭的冲动。

跟了这么一个不靠谱的主，真的是福祸难测啊，都到这个时候了，咱们这位爷还在心心念念地想着秘籍的事情，咱现在不是应该好好商量一下怎么处理李冰这个烫手的山芋吗？

不过，他也不敢多嘴，一闪身，露出了身后一个不大不小的箱子，道："大人，从李冰几个人身上搜集到的东西，都在这个箱子里面了，是下官亲自动手的，没有其他人知道，除了一些武功战技秘籍之外，还有一些乱七八糟的东西，大人或许可以用到，属下自作主张，全部都送过来了。"

李牧一看，哟，整整一箱子东西，这么说来，岂不是收获不小？他心中一喜，总算是有个好消息了。

他接过箱子，点点头，道："行啦，这一次，你干得不错，本官会有奖赏的。"

说完，已经忘却了其他事，转身就要回到练功房中去研读秘册，寻找自己修炼内气的办法。

冯元星连忙跟了两步，道："大人，事已至此，不如一不做二不休，将李冰几个直接……"他做了一个抹脖子的手势，道，"毁尸灭迹，死无对证。"就算是今日有很多人看到李牧殴打李冰等人又如何，反正李冰并未当场说出身份。

李牧心中倒吸了一口凉气，不由得正眼多看了冯元星几眼。尼玛，这马屁精是真的心狠手辣啊。

不过，李牧想了想，摇头，故作高深地道："不，先留着，以后会有用处。"

至于什么用处，李牧其实根本就没有明确思路。不杀李冰等人，除了因为李牧单纯地不想杀人且李冰等人也罪不至死这个原因之外，更是因为不想被冯元星牵着鼻子走。

"遵命。"冯元星只能无奈地应命。

李牧转身走了两步，突然又回过头来，道："哦，对了，这些日子，有很多江湖中人来到太白县城？"

冯元星点点头，道："正是，都因大人与'血月魔君'一战的热度，被吸引而来，这些江湖中人，最喜欢的就是凑这种热闹，自古以来，侠以武犯禁，县城中的江湖人一多，就容易产生摩擦，且不太守规矩，我们官府也不太好管理，就像是今天……"

这算是在诉苦了。

"不用去管他们，只需要分派人手，关注一下这些外来江湖中人的行踪，尤其是一些江湖高手，来自哪宗哪派，实力高低，在县城里干了什么，见了什么人，住在哪里，都给我一一记录下来，汇总成册，回报给我。"

李牧丢下这样一句话，转身就进了练功房。

"哎？"

冯元星还想要说什么，但却被关在了门外。他也不敢再敲李牧的门了。

正要苦笑着离开，却在这时，练功房的门打开，李牧又从里面探出一个头来，道："对了，召集县城中的工匠，日夜赶工，抓紧时间，多打造一些结实的镣铐，一定要牢固结实，可以锁住武林高手的那种。"

说完，嘭的一声，练功房的大门又闭上了。

"啊？镣铐？这……下官遵命。"

冯元星丈二和尚摸不着头脑，准备那么多的镣铐干什么？

但县尊大人又把自己关到"小黑屋"里练功了，所以他不能多问，只能本能地应命。

……

练功房中。

"卧槽，这都是一些什么乱七八糟的东西啊。"

李牧有些无语。

他将冯元星交上来的箱子打开，感觉就像是打开了一个杂物箱，里面乱七八糟地摆了很多东西。

他想要赶紧看到秘籍，一眼扫过，先将一本看起来像是武功秘技的纸册取出来。

这纸册挺厚，装订得非常精致，用纸也很考究，看起来应该是比较珍贵的武道战技秘策。

结果李牧一看封面上的几个大字，差点儿一口喷出来。

"房中术三十六式？"

李牧笑了出来。

"妈的，不愧是当街调戏妇女的采花贼啊，居然随身携带这么高深的学术研究论文，实在是令人佩服，专业素养远超一般人。"他打开随便看了几张，里面都是一些不可描述的内容和插画，可惜这些手工插画的水平实在是太低了，这让在地球时代看过不少岛国肉搏动作片的李牧毫无兴趣。

随手将这本"房中术三十六式"丢在一边，李牧继续在箱子里翻阅。

然后他看到了几张人皮面具。

这些面具呈肉色，薄如蝉翼一般，也不知道是不是真的从人的面皮上剥下来的，做工很是精巧，但李牧却一点儿都不感兴趣，这玩意儿要是戴在脸上，想一想都觉得恶心，简直是变态啊。

他又随手丢在了一边，继续翻。

李牧看到了几个巴掌大小的小瓷瓶。仔细一看，瓶身上用朱漆写着名称，叫什么"春风丸""烈女愁""催情丹"之类的玩意儿，李牧看完这些名字，就知道瓷瓶里面必然是淫贼必备的春药，他心中好奇，差点儿打开瓶塞嗅一嗅，但后来立刻意识到这样的操作简直就是蠢到家，连忙停手。

想了想，将这几个瓶子，放在了练功房的博古架上。

除此之外，李牧还在箱子里找到了一些钢丝钩锁、袖箭、飞镖、钢丝网、假发等乱七八糟的东西，令他大开眼界，一些只能在地球上武侠小说里面看到的玩意儿，今日算是都见到真的了。

"他妈的，看来这一次没有揍错人，就凭这些东西，就可以证明李冰一伙儿鸡鸣狗盗，都不是什么好玩意。"

李牧一边骂，一边将这些东西整理好，保存了起来。然后，他看到了在箱子最底下，还有几个小册子。随手取出其中一个，一看名字，李牧眼睛里闪过一丝诧异。

"'移肌换骨变身大法'？"

看到"变身"两个字，李牧心中本能地一激灵。不会是改变性别的变态功法吧？

他瞬间就想起了变身界的几大著名先驱人物，比如东方不败、岳不群、林平之等先贤，虽然李牧心中很想获得惊天动地的武功，但他也是有底线的呀，自切变身这玩意儿绝对不能接受。

李冰这个变态，都他妈的收藏的什么变态功法啊。他心里骂着，随手又翻开来看了几页。

不过一看之下，李牧的脸上，却是出现了严肃的神色。

"原来所谓的'移肌换骨变身'，指的是通过一些特殊的技巧，改变自身肌肉、骨骼的一些外部特征，从而改变一个人的身高、身形、相貌，从而变成另外一个人……这个说法，有些意思啊。"

第三十二章
风起云涌

李牧咂巴着嘴，眯起眼睛，来了兴趣。

通常来说，一个人的外貌是固定的，这也是一个人区别于其他人的基本特征。

地球上，号称亚洲四大邪术之一的韩国整容术，本质上就是通过手术改变肌肉、骨骼来改变一个人的相貌，不过代价惊人且有各种后遗症，而这本"移肌换骨变身大法"，却是通过武道的力量和技巧，在一定时间内，改变一个人的肌肉和骨骼外观，使一个人的相貌彻底改变，堪称武道世界的整容术。

李牧捧着书，原地盘膝而坐，认真阅读。

一直到读完之后，他不由得发出了一声感叹。

"这本书的内容，还真不是忽悠人的。"

这是李牧得出的结论。

因为他发现，根据书中讲述的技巧，是真的有可能实现在短期内改变自己容貌的目的，越是武功修为精深者，就越容易做到，其中涉及关于内气的运转法门和一些锻炼肌肉的方法，有理有据，而且它也并非什么绝世秘术，想来在神州大陆的武道江湖世界不算特别稀有。

"可惜了，只有掌握了内气的合气境强者，才能修炼掌握这个变身术法门。"

李牧略感遗憾。书中讲述的一些关键技巧和法门，都需要内气的力量配合。

看看其他的吧。李牧又开始翻弄箱子。

最后还真的被他找出来一些武功秘籍，如"碎玉剑""左手刀法""通幽炼气诀""闪电步""养气吐纳术""金刚功""荡气诀"等等，林林总总有十几本，绝对算得上是收获丰厚，而且其中大部分都是九品秘册，比从神农帮中搜集到的战利品多太多了。

李牧初入武道圈子，对于练武有很强的执念，除了肩头肩负着的使命之外，哪一个热血少年没有一个"仗剑走天涯"的英雄梦？

他也不挑食，一本本地打开来看，揣摩研究，彻底入神，如痴如醉。

时间飞快地流逝。一夜时间过去。

第二天早晨的时候，小书童清风将早餐送到了练功房门口，沉迷其中的李牧也没有顾上吃。

一直到第三天清晨的时候，李牧终于将所有的武功秘籍，都仔细阅读揣摩了一遍。

吱呀！房门打开。他顶着一对黑眼圈从练功房中走出来的时候，把守在门口的清风、明月都吓了一跳。

"公子你眼圈发黑……"

"这是肾虚之兆啊……公子，你在练功房中到底干了什么？"

两个小书童尤其是暴力萝莉明月，夸张地叫了起来。

李牧黑着脸捂住了额头。

"两个小屁孩知道什么是肾虚，不要瞎说……去，给我来一盆蛇肉羹，有点儿饿了。"他的脑海里有无数的信息和灵感在飞舞闪烁，数十本战技秘籍看完，对于武道的理解加深，同时又感觉到有些饿。

这种状态，就像是在地球上熬夜看武侠小说一个通宵之后，早晨行走在山间时精神上的满足感和肉体的疲倦感相混合的那种状态，令人愉悦充实。

小男孩书童清风犹豫了下，看向小女孩书童明月。

后者期期艾艾地道："额，少爷，有一个不太好的消息，你听了也许会不太高兴，但事实的确是……那个绿龙蛇肉已经没有了。"

"怎么可能？"李牧大吃一惊，"那条蛇，足够我们三个吃小半年的吧？怎么会没有了？"

明月脸上露出了羞赧的表情，不说话了。

清风见状，只好硬着头皮，解释道："公子……是这样的，明月这段时间的饭量，有点儿大。"言外之意，都是被呆×暴力萝莉明月给吃完了。

李牧满脸不可思议地看向明月。

后者很是诚恳地点点头："公子，别用这种眼光看着人家……其实也就是一不小心，多吃了一点……就那么一点点而已。"

李牧顿时无语。我这是养了一个萝莉书童啊，还是养了一头猪啊！怎么这么能吃？

要知道那异种蟒蛇已经快要化蛟，不但体形巨大，且肉质中含有丰富的气血、能量、营养和药性，一般人每日只需吃几块蛇肉，就可以彻底饱腹，若是吃得太多，反而会因为气血过旺而上火生病，哪怕是武者也不敢多吃。

这些日子以来，李牧也是依靠这异种蟒蛇之肉才能维持"真武拳"的修炼锻体。而这个呆×暴力萝莉到底是个什么怪物啊，竟然偷偷把蟒蛇之肉给吃完了？

仔细算算，这条绿龙蟒蛇，李牧和清风加起来吃了不到三分之一，剩下三分之二，全部都进入了明月的肚子里了，且看她这样子，和前段时间没有差别啊，除了皮肤白皙晶莹了一点，个头连一毫米都没有长高……她到底是个什么怪物啊。

明月眼巴巴地看着李牧，大眼睛忽闪忽闪，可怜巴巴地道："公子，你不会嫌弃明月太能吃，不要明月了吧？可是人家真的很饿啊，大不了，我以后少吃一点……尽量控制我自己好不好？"

李牧有些无力地呻吟了一声："算啦算啦，一条蛇而已……现在厨房有什么吃的，随便给我弄点好了，先填饱肚子。"

明月欢呼了起来："公子万岁。"

一盏茶时间之后。

前衙偏厅中，李牧风卷残云般吃掉了一整桌的饭菜，才觉得舒服了一些。

他满足地拍拍肚皮，站起来，重新朝着练功房走去。

看完了那些武功秘籍，李牧的脑海之中，有很多的想法，需要验证一下。

小男孩书童清风一看，一脸无奈的表情，连忙上去拽住李牧的袖子。

"咦？还有事？"李牧看向他。

清风一脸恨铁不成钢的表情，苦口婆心地劝谏，道："公子，你已经好长时间没有管理县衙了，还有很多的政务，需要你亲自去处理啊……再这样下去，整个太白县就只知道有主簿，不知道有县令了。"

小家伙心中那叫一个焦急啊。

自从来到太白县城之后，他是眼睁睁地看着自家公子如何一步步从一个前途光明的帝国最年轻的文进士堕落为一个只知道习枪弄棒的武夫莽汉的，喜欢练武倒也罢了，好歹也可以强身健体，但问题是，身为县令，总不能一直都对县政不理不问，荒废本职啊。

再这样下去，少爷不会着魔了吧，然后和太白县的前任县令一样，脑子一发昏，干脆辞官不做，前往深山之中问道修仙去了吧？

一定要让少爷认识到他自己的错误啊。

清风忧虑重重，深感自己肩上责任重大。

李牧闻言，想了想，点头，道："你说得也对，以后县政之事，不能由冯元星一个人独断。"听到这里，清风心中窃喜，还以为少爷终于把自己的逆耳良言听进去了，谁知道李牧接着说道，"这样吧，以后县政之事，你也去监督一下，和冯元星两个人商议决定吧。"

清风顿时眼前一黑，有一种要昏倒的感觉。

说了这么多，怎么和对牛弹琴一样啊。

"公子，我不是这个意思……"他刚要解释。

李牧的身影已经飞速离开，消失在了远处的拐角，去练功房中修炼武功了。

"唉！"小家伙万般无奈地叹息了一声。

"公子变了。"他揉着太阳穴，像是一个小大人。

"是啊。"明月也深有同感地点了点头，道，"变得越来越正常了。"

"你……"清风怒视，是越来越不正常了好吗？

正说着，满头大汗的冯元星急匆匆地赶来，经过通报，来到了偏厅，一进门就道："大人，又出事情了……咦？不是听说县尊大人出关了吗？人呢？"

"你来晚了，公子又去闭关了。"明月笑嘻嘻地道。

"这么快？"冯元星的脸顿时垮了下来，"这可如何是好？"

"冯大人，何事？"小男孩书童清风抬着头问道。

"县城中，又有武林中人闹事，发生了一场火并，是虎牙宗和天龙帮的人，死了好几个，现在双方又在各自聚集人马，听说要进行第二次决斗，只怕到时候，又是一场腥风血雨，会把整个县城闹得鸡飞狗跳。"冯元星搓着手道。

小书童清风闻言，揉着太阳穴思考了一下，道："嗯，的确是有点儿棘手，虎牙宗和天龙帮，都是西北道上成立超过一甲子的大宗门，虽然不如血月帮气焰盛，但这一次也有冲击入品宗门的想法，门中高手不少，势力盘根错节，彼此之间早就积怨深厚，要是在城中闹起来，的确会是一场祸事……之前他们的火并，有没有波及平民？"

小家伙一副老谋深算的大人口气，老气横秋。

冯元星有一种面对着上级官员的错觉，下意识地回答道："倒是没有出现太大的死伤，有几个胆大的泼皮，因为观战而受了点儿轻伤，不过，如今县城中人心惶惶，两大帮派更是嚣张，叫嚣要血洗对方，且约战的地方，就在城内……这些年，江湖中人是越来越放肆了。"

第三十三章
群雄汇集

"我家公子之前是如何吩咐的？"清风又问。

冯元星道："大人命我分派人手暗中监视即可。"

清风若有所思地点点头，道："不要暗中监视了，让我们的人都穿上官服，直接现身监视，无须隐藏踪迹。"

"这是为何？"冯元星意外地问道。

清风习惯性地又揉了揉太阳穴，苦笑着道："城门失火，殃及池鱼，虎牙宗和天龙帮敢在县城中闹事，只怕不像是表面上这么简单，再加上这段时间进城的江湖中人众多，鱼龙混杂，表面上看不出来什么，私底下必定是已经在血腥暗斗了，死了多少人，我们不可能知道，县衙的人，高手有限，实力不够，暗中去监视这些无法无天的亡命之徒，一旦被对方误以为是其他帮派的细作，只怕会有人间蒸发的生命危险，到时候死无对证，我们也查不清楚，索性亮明了身份，才会让他们有所顾忌。"

冯元星听完，愣了愣。这一层，他倒是没有考虑到。他也不得不承认，这个小书童说得很对。小小年纪，心思细腻啊。

冯元星倒也不敢小看清风了，点点头，道："好，我这就命人去办。"顿了顿，他又问道："大人可还有其他吩咐。"

小大人清风摇摇头。

呆×女明月却是脱口而出，笑嘻嘻地道："我家公子刚刚说了，以后县衙各种政事，让你和清风小哥哥一起商议决策，嘻嘻，马屁精，以后遇到事情，不要独断专行，要多请教我家清风小哥哥哦。"

冯元星被这一句"马屁精"叫得脸一黑。

不过这些日子接触下来，他也算是看出来了，这个外表呆萌可爱得不要不要的小丫头，实际上是个暴力呆×，天然脑子里好像是缺一根弦，和谁说话都是这么欠揍，面对县令李牧也不例外，所以也就不在意了。

"如此甚好，清风小公子有事吩咐我即可。"

冯元星拱拱手，脸上并未有什么不快之色，转身离开了。

他内心深处，也的确没有什么失望或者是不满，因为他很清楚，自己毕竟是半路背叛了周武来投，算不得是李牧真正的心腹，论亲近程度，他甚至还不如这几天在养伤的马君武，所以李牧也不可能真的就彻底放心他，早晚都会委派心腹来分他的权，只不过冯元星没有想到，李牧的人选竟然是小书童清风。

"看来，日后得好好和这个小书童相处了，绝对不能与之交恶。"

在走出县衙的路上，冯元星心里暗自琢磨着。

……

转眼，又是四五日过去了。太白县城之中，弥漫着一种繁华之中带着紧张的奇异气氛。街道上，多见操着外地方言、腰悬刀剑、身负利器的江湖中人来来往往，大声地喧哗着。县城中大大小小的客栈，都已经是人满为患。甚至一些客栈的后院柴房，都已经腾出来开张住人了。

江湖中人对于成名高手的挑战、对战有一种与生俱来的奇异炙热追赶，似乎自古以来，喜欢热闹、好事一直都是江湖中人的标签。

而在城中最大客栈之一的"悦来客栈"，三层阁楼加后院花园，都已经被虎牙宗给包了下来，除了虎牙宗的高手之外，还有来自其他各大宗门为虎牙宗助拳的武林高手，气势显赫，派头十足。

虎牙宗带队的人，是在西北武林道上有着"擎天铁手"威名的铁振东，成名于三十年之前，横练功夫惊人，号称一双铁手可以生撕精铁，撼动山岳，也算是老一辈的名宿了，其他诸如"铁笔判官"孙欣、"大摔碑手"岳阳、"金蛇神鞭"李政等在西北武林道上叫得上号的高手，也都相约前来。

在悦来客栈正对面，隔着一条街不到二十米的距离，另一座大客栈"久安客栈"中，驻扎的则是天龙帮的人马，与"悦来客栈"遥遥相对，其中话事人，则是天龙帮的右护法东方剑。

"天龙一剑"东方剑乃是天龙帮近十年崛起的新秀，号称剑术卓绝，九九八十一路"青龙剑法"精妙无比，连挫强敌，曾于十日之内连败西北武林道上二十一名成名已久的高手，名声大噪，是天龙帮中出了名的强势人物，年轻气盛。

传闻这一次在太白县城之中与虎牙宗的冲突，就是东方剑引起的。

天龙帮这边也是高手云集。

除了帮中的数位堂主之外，亦有外援——与东方剑并称为西北武林道上四把剑的"寒山剑"邱子涵、"云龙剑"穆仁龙、"明心剑"高胜鹏，都是近些年涌现出的后起之秀，与东方剑乃是义结金兰的拜把兄弟，虽然不是天龙帮的人，但出于兄弟义气，也赶来助拳，身影出现在了"久安客栈"之中。

这些在西北武林道上颇为有名的高手的出现，越发引得各路的江湖中人汇集到太白县城。

这种局面，和地球上的追星大潮有些相似。只不过江湖中人追的是武道名宿，而不是歌星影星。

前几日的一场对战，天龙帮和虎牙宗各有损伤，这几日暂时都消停下来，积蓄实力，准备再战。

"听说了吗？这一天终于来了啊，要有大事件发生了，两大宗门相约于五日之后，在城中神农帮遗址石林中，一决胜负了，这可是大事件啊。"

"那个地方，不是说县衙已经封禁了吗？"

"嘁，一个小小的县衙，所下的封禁，又怎么管得了两大宗门。"

"可是这太白县衙中，有一位狠人啊。"

"你是说太白县令？呵呵，关于他的传说，倒是满天飞，可是有什么用？两大宗门并不买账啊，他们可不是神农帮这种上不了台面的小团体，怎么会被一个小县令给吓住。"

"可是连一代狠人'血月魔君'都挑战太白县令了啊。"

"哈哈，这你们就有所不知了，据说，'血月魔君'之所以挑战这个小县令的真正原因，是这个小县令偷袭暗算了血月帮一个在县衙中官任典史的香主，血月帮要讨回公道，所以按照宗门与帝国的传统，才发起挑战，'血月魔君'这是要虐杀小县令，为血月帮冲击入品造势啊。"

"这么说来，那小县令，岂不是已经是个必死之人。"

"呵呵，不错，冢中枯骨而已，无须忌惮。"

"怪不得这些日子，各路英雄云集，竟然未见这个小县令现身，想必是已经吓破了胆，躲在县衙之中瑟瑟发抖呢。"

县城各处，江湖中人三三两两聚集在一起，在各大茶楼、酒肆、酒馆之中指点江山，议论最多的自然还是虎牙宗和天龙帮"约架"的事情，而作为"地主"的李牧，自然也是被提及次数很多的名字，但从各方言论来看，很显然大多数的江湖好汉，并不怎么将李牧放在眼里。

日当正午。

街边的一个茶摊上，聚集了数十位江湖中人，正在喝茶聊天。

"听说了吗？'天龙一剑'东方剑已经公开放话出来，这一次，要让'擎天铁手'铁振东把他那一双铁掌，永远地留在太白山里。"

"这是要不死不休啊，要是真斩了铁振东的双掌，那和杀了他有什么区别？"

"呵呵，你想多了，'擎天铁手'成名数十年，不知道拍碎了多少武林高手的天灵盖，就凭'天龙一剑'，想要击败这位成名数十年的名宿，只怕是有心无力啊。"

"哦，这么说来，小兄弟看好虎牙宗的那几个老人？"

"当然，毕竟姜是老的辣啊。"

那个言语之间看好虎牙宗的，是一个二十出头的年轻人，续着络腮胡，血气方刚，言语之间充满了自信，说话的声音也是极为洪亮，神态也是极为亢奋，但话刚说到一半，他却没有察觉，同坐的几个人，突然面色一变，纷纷都低下头不敢再说，脸上带着敬畏之色，似是看到了什么极为可怕的事情。

络腮胡年轻人这才察觉到有异。但还未等他反应过来，后心就重重地挨了一脚。

砰！茶水飞溅，整个茶摊都被砸烂了。络腮胡年轻人直冲冲地跌出去五六米，伤势不轻，张口喷出一道血箭。

就听背后一个冷酷的声音大大咧咧地道："看好虎牙宗？你是虎牙宗那几个老狗的人吧？敢在这里说我天龙帮的坏话，今天不给你这种小货色一个深刻的教训，那些背后嚼舌头的蠢货，还真的会以为我天龙帮可欺。"

年轻人满脸恐惧，扭头，看到了十几个天龙帮的高手，出现在了身后。

说话的是一个同样二十岁出头的年轻人，身穿赤色天龙软甲，背后负着一柄刃身一掌宽的重剑，袖口上绣着一条栩栩如生的银龙，彰显着他在天龙帮中核心弟子的身份，而其他十几人，也是清一色的制式天龙软甲，气质不俗，面目桀骜，袖口绣的铜龙，身份地位比银龙年轻人地位略低，但也算是天龙帮中的精锐。

"我……"络腮胡年轻人满口是血，面现惊慌之色，张口想要辩解什么。

第三十四章

李县长跑路了

银龙年轻人冷笑，直接打断，冷酷而又残忍地道："我不想听你这种小蝼蚁解释什么，我只是要告诉你，这个世界上，不管是什么人，都要为自己说的话、做的事付出代价，就凭你刚才所说，我现在卸掉你一只胳膊，不算是过分……来人，斩掉他的右臂。"

络腮胡年轻人顿时面色大变，挣扎，后退："你……未免太过分了，我只不过是……"

两名天龙帮弟子抽出利剑，朝络腮胡年轻人走去。

"记住，今日斩你手臂的人，是天龙帮左护法'天龙一剑'麾下大弟子秦勇，"那银龙年轻人一字一句地道，"你若是不服，欢迎你日后找我来报仇。"

所有的围观者都面色大变。

真狠啊！

只不过是随便说了一句更看好虎牙宗，根本算不上是说天龙帮的坏话，就要斩掉人家的手臂……这天龙帮的人也太霸道了。

但是，却没有人敢站出来说一句公道话。

之前与这络腮胡小伙子聊得热火朝天的那几个江湖好汉，也都第一时间躲得远远的，劝也不敢劝一句。

茶摊的老板，是一个面目憨厚的太白县本地大爷，在这条街上摆茶摊已经有二十多年了，街坊邻里中出了名的好心肠，看到络腮胡年轻人惊慌绝望的样子，不由得想起了自己那个被神农帮残害早夭的独子，一时心中不忍，不顾妻子在一边死命地拉扯，站出来阻了阻，满脸堆笑地道："这位秦大侠，听老汉我说一句，这小伙子口无遮拦，不是故意的，已经被大侠你给踢伤了，不如放过他这一回吧，他以后肯定不敢了……"

两位天龙帮弟子停下来，看向秦勇。

秦勇目光落在茶摊老板的身上，笑着问道："老伯，你是……"

"老汉是县城中的小民，在这里摆茶摊已经二十多年了，不是什么武林高手……秦大侠，您大人大量，得饶人处且饶人，不如就放过他这一次吧。"茶摊老伯满脸堆着憨厚的笑容，佝偻身躯拱着手道。

啪！一记响亮的耳光声。茶摊老伯的身形飞了出去，狠狠地撞在墙壁上，又摔下来，躺在狼狈的茶摊边一动不动了，身底下一摊殷红的血迹很快就沁了出来，形成了小血洼……

一个年迈的普通老人，如何经得起武道高手的一巴掌？

谁也没有想到，前一秒和颜悦色的秦勇，突然心狠出手。

"不……老头子……"老伴儿呆了半晌，猛然间发出绝望凄厉的哀号声，冲过去抱住茶摊老伯，翻过来，一看老伴儿一张脸肿得不成人形，鲜血从口中和鼻子中喷出来，老人家一脸的惶恐无助，老泪纵横。

银龙年轻人秦勇掏出一张白色手帕，擦了擦手，淡淡地道："一个乡野老匹夫，竟然也敢管江湖事，不知死活。"

这时，络腮胡年轻人反应过来，看到茶摊大伯因为自己而被牵连，又惊又怒，热血沸腾起来，也不顾身上的伤势，拼命挣扎着站起来，怒吼道："杂碎，你还有没有良知……老子和你拼了。"身形弹射而起，如一道闪电，朝着秦勇袭杀而去。

但他毕竟只是一个散修而已，实力不够。最终，被天龙帮的高手砍掉了一只手臂，血流如注，昏死在了茶摊边上。

血腥的味道，在空气之中弥漫。周围人人都变色。

秦勇扫视一圈，略带得意地一笑，道："和我天龙帮作对，这就是下场，都给我记住了。"说完，带着天龙帮的弟子，扬长而去。

直到这时，周围的街坊邻居们才敢过来帮助茶摊大娘。

"宋婶儿，别哭了，宋大哥还有气呢，快送医馆，能抢救过来。"

"对对对，快送到县衙医馆去，那里的大夫医术高明，而且李青天大老爷有令，穷人可以在医馆免费就诊。"

"这小伙子也挺可怜的，没有人帮他止血的话，就死定了，一起送过去吧。"

县城的平民们毕竟都是淳朴的热心肠，一群人拆下一个门板当担架，将茶摊大伯和那断臂的络腮胡小伙子抬上，第一时间送往县衙官办的医馆。

二十多米之外，一家酒楼的门口，几个身穿白色剑士服的年轻人，看到了全过程，脸上露出了不忿之色。

"长老，这天龙帮如此嚣张，您刚才为何不让我们出手救人，教训一下他们？"

"就是啊，难道我们太白剑派，还用顾忌这几个天龙帮的小喽啰？"

年轻的剑士们义愤填膺。

酒楼里面，方桌边，坐着一位身穿雪白长袍的老人。

他头发花白，眉毛长而低垂，面容宁静，背后绑着一柄松纹剑鞘的古剑，正在用筷子很小心地一粒一粒夹着眼前盘子里的花生米，头也不回，淡淡地道："我们这一次出山，是为了办正事，不是来参与江湖是非的。"

在这负剑老人对面，还坐着一个年龄相仿的老者，头戴方巾，身穿棉布宽衣，一副富家员外郎的打扮，并不引人瞩目，但若是有太白县城中上层名流在此的话，只需仔细观察，一定会震惊无比地认出来，这个老者，竟然正是前段时间消失了的周家老族长周镇海。

没有人会想到，在这样的大环境下，这位身份与通缉犯无异的周家老族长，竟然再度回到了县城中。

"不错，若是你们出手了，会让许多人以为，太白剑派与虎牙宗结盟，太白剑派就会很被动地卷入这场江湖纷争之中，到时候，你们必定会被戒律堂的人问责，其实周长老这么做，是为了你们好。"周镇海面带笑意，向那几位义愤填膺的太白剑派年轻弟子解释道。

他自忖年龄大很多，洞察人情世故，许多事情一想即可知道利害关系，考虑得要比这些毛头小伙子周全，且又是眼前这位太白剑派外门长老"白发古剑"周镇岳的族弟，故而口吻有些托大。

谁知道这几个血气方刚的年轻弟子，根本不买他的账。

"切，卷入又如何？难道我太白剑派不是江湖宗门吗？还怕他们不成？"

"就是，天龙帮、虎牙宗这样的小宗门，怎么和我们太白剑派相比？一个个在这里搅动风雨，忘记了自己姓什么，按我说，就该好好教训一下，让他们明白，在这长安府地界上，我太白剑派才是老大。"

"呵呵，不要用你那种商人地主的思维，来解读我们江湖宗门的事情。"

几个年轻弟子不敢违抗长老周镇岳的命令，但却丝毫不给周镇海面子，冷笑着议论，令周镇海的表情一阵青一阵红，尴尬愠怒，但却无可奈何。

年轻的太白剑士们，对于周镇海的态度并不好。

这主要是因为他们自从入城以来，短短不到半日，就在各处听到了不少关于周家在太白县城鱼肉乡里、横行霸道的恶事，也听到了不少关于小县令李牧公正廉明、体恤子民的赞扬，这与周镇海在太白剑派中哭诉李牧心狠手辣、欺压良善的说辞截然不同。

若不是碍于长老周镇岳的威严，他们早就离开了，哪里会留下来，为周家来报仇。

"大哥，这……"周镇海的面子有点儿挂不住。

身负松纹剑鞘古剑的周镇岳吃完了眼前盘子里的花生米，缓缓地抬起头来，朝着山城高处的县衙方向看了一眼，道："不着急，且观风雨。"

……

天龙帮银龙级别的高手秦勇在城中打伤本土居民、斩掉亲虎牙宗的一个年轻人手臂的事情，很快也就传播了开来。

这件事情，是一个风向标。

很多人都在拭目以待，这样的事情发生之后，虎牙宗会做出什么样的反应，以及那位不见踪影的太白县令会做出什么样的反应，且不说虎牙宗，单说太白县令，根据各方的传言，是一个极为爱民护民、性格冲动的年轻人，这样的事情，传到他的耳中，只怕是不会不做出反应吧？

然而，过了一日的时间，县衙方面，似乎并无任何动静。

虽然县衙官方医馆收治了遭受无妄之灾的茶馆大伯，也收治了那断臂年轻人，且有一些可靠消息表示，这件事情已经汇报给了太白县令，但自始至终，县衙似乎并无任何的反馈，就连象征性地谴责天龙帮都没有，保持着一种死一般的寂静。

至于处于旋涡中心的太白县令本人，则是更无踪影。尿了？江湖好汉们得出了这样的结论。

然后，太白县城中涌入的原本还有些忌惮官府力量的江湖中人，姿态变得越发嚣张了起来，发生了一些扰民之事，甚至一些城中的富户遭受了盗抢，还发生了采花之事，让县城居民们深受其害，苦不堪言。

第三日，大量的城中居民，选派长者、贤德为代表，有数百人，结伴前往县衙中请愿，希望青天大老爷能够出面，约束一下这些无法无天的武林中人，但最终的结果是，这些居民代表并未如愿见到李牧，失望而回。

种种迹象表明，月余之前，那个大发神威、单枪匹马挑翻了神农帮的青天大老爷，似乎真的尿了，躲在县衙后院之中，不敢现身。

甚至还有一些传言说，这个小县令自知不是"血月魔君"的对手，心中畏战，实际上已经用金蝉脱壳的办法，借着如今县城之中鱼龙混杂的混乱局面，一开始就跑路了。

各种传言，沸沸扬扬，漫天飞舞。

第三十五章

第二式蕴含的奥义

在各方的眼中，李牧成了一个笑柄。

城中的居民们，也从一开始的期望，到后来的绝望，到最后只能认命。

这些年以来，太白县城中的子民，先是受到了贪官污吏的压榨欺辱，如今又被江湖中人欺凌，命运苦不堪言，宛如身在漫漫黑夜之中，好不容易看到了一丝光明，但却又要坠入更深的黑暗之中了。

……

县衙后宅，练功房之中。

李牧对于外界发生的一切，完全都不知道。他沉醉于武道的修炼。

从李冰等人身上搜集而来的数十本武道秘策功法，都被他修炼了个遍。让他失望的是，不论是"养气吐纳术"，还是"通幽炼气诀"，以及其他几本九品级的修炼内气的功法，在他的身上，都无效，无法帮助他开启所谓的气门，感受不到任何的内气的存在。

这也让李牧心中大概得出了结论，九品级的武道功法，可能真的无法帮助自己掌握内气。

他思来想去，必须要找到品级更高的内气功法，来做进一步的尝试了。而其他如"闪电步""左手刀法""碎玉剑"等战技，他都从头到尾修炼了一遍。

也不知道是不是因为修炼"先天功"和"真武拳"这两大仙人功法，他修炼起这些普通战技的速度特别快，基本上就是一上手很快就可以做到纯熟，且多练几遍之后，就可以明显地感觉到这些低级战技之中的破绽和不足。

李牧花了整整一天的时间，将"左手刀法"和"碎玉剑"两种战技化繁为简，然后将其精华，糅合到了他之前通过"疾风三十六刀"而开创出来的刀法"风云六刀"之中。

准确来说，是糅合到了"风云六刀"的前两刀中。因为接触更多的战技功法后，李牧的脑海之中就会有更多的想法。

夸张一点儿形容，就是他的武道理论和理解力会疯狂地增长，让他回头再审视自己创造的"风云六刀"的时候就会发现，原本在他看来，已经压缩到了极简极致的刀法，还有更加压缩、精简、提升的空间和余地。

"风云六刀"之中，前两刀皆为横斩法。李牧起名为"拔刀斩"和"闪电斩"。同时，崇尚暴力进攻的"闪电步"的步法之术，被他去芜存菁，同样简化，压缩为两式步法，直接融入了"风云六刀"的前两刀之中。

反复实验之下，李牧对于这两刀的威力，非常满意。

若是当日进攻神农帮总舵时，他掌握这两刀斩法的话，绝对可以做到在不依靠蛮力的前提下手下无一招之敌。

至于从李冰几人手中夺来的最后一本炼体功法"金刚功"，则是被李牧丢在了一边，因为这本炼体功法和"真武拳"比起来，相差实在是数万光年的距离，不值得浪费时间。

而在闭关修炼了这几日，挥刀数十万次，将"拔刀斩"和"闪电斩"修炼到炉火纯青成为身体本能的地步之后，李牧隐隐觉得，自己体内似乎有了一种奇妙的变化，似是某种长久以来的积累，达到了一个峰值，默默的量变就要催发出质变了。

他福至心灵，脑海中光明大作，意识到了什么，立刻放弃练刀，转而开始修炼"真武拳"的第二式。

在此之前，李牧成功掌握了"真武拳"的起式桩功，将"真武拳"第一式"冲天锤"可以顺利推动，但第二式"朝天锥"却是难以推动，筋骨难以承受那种动作的撕裂之感，强行推动的话，痛苦无比，宛如千刀万剐一样。

而这一次，他施展这第二式"朝天锥"，虽然依旧是筋骨发胀、肌肉紧绷，但却不再如之前那样痛苦，李牧咬着牙，强行将这一式的所有动作推进了一遍，浑身汗水湿透了。

不过，他却精神大振。因为这是他第一次完整地将"朝天锥"的所有动作都施展出来。

他意识到，完成"真武拳"第二式的时机到了。

咬着牙，李牧开始施展第二遍。然后，第三遍，第四遍，第五遍……

筋骨酥麻、肌肉肿胀的感觉越来越剧烈，但却不是那种撕心裂肺的疼痛，渐渐地李牧的身躯仿佛失去了知觉一样，他依靠肌体的本能不断地施展"朝天锥"的动作，无数汗珠从毛孔之中沁出来，整个人大汗淋漓，就像是从水里捞出来的一样。

也不知道过了多长的时间，李牧猛然之间，觉得身体一震。

轰！无形的声响，回荡在了李牧的脑海之中，一瞬间，他有一种身体轻飘飘，仿佛是脱离了星球引力的感觉，犹如飘飘欲仙似是要羽化归去一样，美妙到了极点，原本失去了知觉的身躯在这一瞬间宛如重入母体羊水之中，暖洋洋的感觉传来，身体的掌控正在一点一点地回归。

"真武拳"第二式"朝天锥"终于融会贯通了。

李牧停下来，只觉得浑身舒畅。

低头一看，这才发现，不知道何时，体表被一层宛如黑色沥青一样的污渍覆盖，都是从肌肤毛孔之中沁出来的脏污，散发出一阵恶臭，这和当初李牧第一次完成"真武拳"第一式"冲天锤"的时候一模一样，不用猜，都知道是因为和"真武拳"第二式"朝天锥"推动完成之后那张伐毛洗髓的表征一模一样。

"体质再度得到了提升……"

李牧感叹，心中兴奋无比。力量的暴增是绝对的。因为没有明确的参照物比较，李牧自己都不清楚，现在自己的力量到底有多么可怕。他有一种抬手就可以掀翻一座山的感觉。

"真武拳"第一式"冲天锤"通关之后，掌握了"举重若轻"的武道奥义，不知道这第二式"朝天锥"之中蕴含的武道奥义是什么？

李牧闭上眼睛，仔细体悟。很快，他就有所发现。

"体重好像变轻了……不对，不是体重变轻了，而是一种……轻身的武道奥义？"

李牧猛然睁开眼睛，大喜过望。

他感觉到"朝天锥"之中蕴含的武道奥义，竟然是一种类似于轻功奥义。

怪不得之前在冲破这第二式的最后关头，身体猛然之间有一种脱离了星球引力的奇异感觉，原来是因为这一点。

李牧仔细体会，突然身形一动，脚尖微微发力。

嗖！嘭！

"哎哟……"李牧一声惊呼，一头撞破了练功房的屋顶，头被卡在了石板中。

他原本只是想要稍微跳跃一下，试一试这种轻身之术的大概威力，谁知道只是略微发力，身体竟然不受控制，一下子犹如火箭一般蹿了出去，一头就扎在了屋顶石板中，砸开了一个窟窿，倒栽萝卜一样插在了里面。

他挣扎了一下，把自己的头从石板中拔出来，像是一片羽毛一样轻飘飘地落下来。

"这轻身之术有点儿恐怖啊……"

李牧一脸的灰尘石粉，连连咋舌。威力比他想象中的更加恐怖。

"除了类似于轻功的轻身之术外，似乎还可以增加速度……"

李牧仔细体会，又有一些新的发现。

他再次尝试，脚下发力，身形一动，似是电光一闪，消失在了原地，宛如瞬移一样冲出五六米，然后……

嘭！李牧一个大字形直接撞在墙壁上，撞出来一个人形凹陷。

"尼玛……"

他挣扎着从凹陷中爬出来，眼冒金星。练功练成这样，他应该算是古往今来第一人吧。

"朝天锥"中蕴含的武道奥义轻身术，效果实在是太威猛，李牧刚刚体会，还没有彻底消化完全掌握，发力过猛，自己都控制不住，闹出了这样的笑话。

但越是这样，李牧的心中就越是兴奋。因为这说明，"朝天锥"之式中蕴含着的轻身术威力简直不可思议。

接下来，李牧继续尝试，消化轻身术的各种威能。

他花了足足一个小时的时间，在练功房之中叮叮咣咣撞了好多下，在屋顶和墙壁上撞了无数个坑，才终于算是勉强掌握了力度，不至于再用力过猛撞墙。

至于这种轻身术的极限在哪里，到底能不能宛如超人一样一跃千米、瞬息百米之类的，因为练功房空间相对较小，所以李牧还没有琢磨出来，得回头找一个相对空旷的环境中来试炼。

"哇哈哈，别的不说，这轻身术绝对是保命大招啊，老神棍说过，打不过就跑，这下不用担心跑不过别人了。"

李牧心情简直不要太好。

本来他还有些担心，三个月之后与"血月魔君"一战会有危险，现在彻底放轻松了，大不了跑路，反正自己作为一个外星人，不用担心名誉啊之类的虚的玩意儿，为了地球的生死存亡，就算是身败名裂又算得了什么？

"啊哈哈哈，对，就这样，大不了跑路。"

李牧心里美滋滋的。嘚瑟了一会儿，他又逐渐沉下来，收敛心情。

"如今我已经将'真武拳'第一式和第二式都掌握了，要是将这两式直接衔接起来推动，会有什么样的事情发生？"

他脑海之中冒出一道亮光，立刻开始尝试。很快，李牧又有不同的感悟。两式衔接，又有更奇妙的效果。

第三十六章
断水流大师兄

最直观可见的效果，就是可以让浑身的肌肉骨骼得到最大限度的荡涤，其内的杂质再度被剔除，又有一层细腻的灰色油渍通过毛孔排放出来，至于肌肉、骨骼、血管、皮肤的坚韧程度，自然是又有巨大的提升。

李牧可以清晰地感觉到，两式联动，不断地催发之下，自己对于自己身体的掌握，更上一层楼了。

这种掌握，不是普通范畴上的反应，也不是对于拳脚、力量、四肢等等方面的掌握，而是一种堪称入微级别的掌握，对于肌肉、皮肤、毛孔、筋骨等，都有了一定程度的控制，举个例子，他只需集中精力，竟可以让身体某一块皮肤上的毛孔完全闭合起来。

这意味着，日后李牧在战斗之中受伤，他可以操控伤口部位的肌肉，将其闭合，以免失血过多，可以最大限度地保存体力。

这种控制力，就算是武林高手，也绝对做不到。

"'先天功'和'真武拳'，绝对是超越了这个星球武道巅峰的功法，老神棍说是仙人之术，所言不虚，这种对身体的改造程度和蕴含着的武道威力，对于这个星球上的武者来说，根本就是神话一般的威力。"

李牧越是掌握这两种功法的威力，心中就越是感慨和震惊。

老神棍，真的是神人也。

又过了两个多小时，李牧结束了这一次闭关。

他知道，这一次质变的程度，到此为止了。想要更进一步，还得需要再经历战斗，阅读更多的武道秘册、武道功法，继续增长见识，开阔眼界。否则，就算是有两种神仙级别的功法在手，也不能真的就闭门造车。

李牧站起来，朝着练功房大门走去。

"咦？"

经过博古架的时候，李牧不经意地扫过，看到了摆在上面的一本书。

"移肌换骨变身大法"！

这是一部李牧很感兴趣的功法，可惜因为必须要内气催动，所以他无法修炼，心中颇为遗憾。

但在这一瞬间，李牧突然意识到，既然自己通过"冲天锤"和"朝天锥"两式初成而掌握了控制己身肌肉骨骼的奥秘，那岂不是意味着，就算不需要内气，自己也可以另辟蹊径，通过控制肌肉，来修炼这部可以变身变化的功法？

想到这里，他突然不着急结束这一次闭关了，转而拿起这本书，转身回去，仔细揣摩起来。

……

"哎呀，怎么办，怎么办？"

冯元星在县衙大厅之中急得如同热锅上的蚂蚁来来回回地踱着步子。

两个小书童也都在，一脸的无奈。

距离虎牙宗和天龙帮在城中约战的日子，还剩下最后一天的时间，整个太白县城之中已经乱成了一锅粥，两大宗门聚集的人越来越多，打架斗殴的事情时时刻刻都在发生，许多平民都不得不拖家带口地离开县城，以免被波及，但是据闻在城外出现了劫匪、马匪的踪迹，一些居民离开县城不久，就命丧黄泉了。

简直就是民不聊生。

冯元星使出了吃奶的力气，想要维持局势，但收效甚微。

主要是因为这段时间，身为太白县令的李牧一直隐而不出，被很多人认为已经提前跑路了，各种传言之下，令太白县衙官方的威望大降，没有了威慑力，已经不被江湖中人太放在眼里，就算是冯元星再拼命，哪怕是亲自去和两大帮派的话事人谈，也都被驱赶出来，无济于事。

冯元星收到了一些消息，除了虎牙宗和天龙帮这两大宗门要在城中展开大战之外，还有一些小势力，准备趁此机会，在城中做一些事情，尤其是一些匪帮，甚至要借大乱之机，展开一次洗劫。

这让冯元星简直心力交瘁。

面对这种前所未有的复杂局面，太白县的兵力根本不够，而向长安府求援的信使，已经发出去了十几拨，但却都如同泥牛入海一般，杳无音信，援军不知道何时才来，显然是指望不上了。

这样的局势，让这些日子过足了一把手官瘾的冯元星，第一次感觉到了当老大的压力，也让他意识到，高高在上的县尊，并不一定就真的要比他们这些麾下官吏更自由轻松，当老大的，承受着更大的压力。

冯元星急得头发都快白了。

尤其是最近城中的各种传言，都认为李牧跑路了，冯元星的心中也没底，这么长时间都不见人，县令大人不会是真的风紧扯呼了吧？

他急得团团转。

一边的小明月双手撑着下巴，肉呼呼的小脸上，写满了漫不经心，不耐烦地道："哎呀，马屁精你别老是来来回回乱跑了，闪得人家眼都花了。"

"我这不是着急嘛！"冯元星气苦。

他已经不知不觉之中，接受了小呆×明月称呼他为马屁精。

"清风小公子，要不，你再去练功房前请见一下大人，让他结束闭关，出来主持大局？"冯元星恳求地朝着小书童清风看过去。这几日时间里，清风小大人一样地谋划和布局，让老奸巨猾的冯元星刮目相看，隐隐已经将这个早熟的小家伙当成是同年龄人来看待了。

清风闻言，苦笑，习惯性地揉着太阳穴，道："已经求见数次了，公子这一次闭关，与以往不同，是死关，我也无法敲开门。"说实话，小家伙现在也很头疼了，他虽然早熟多智，但毕竟是一个小孩子，对于局势没有什么掌控力，巧妇难为无米之炊。

"这可如何是好啊，要是大人再不出关，明日这太白县城中，只怕是要血流成河了。"冯元星焦躁地道。

话音未落。

一个声音响起："什么血流成河？"

就看一个人影，从侧门中走了进来。

这人身穿着冯元星三人有点儿眼熟的道袍，但身形却是高大魁梧，肌肉健硕，面容坚毅，剑眉星目，悬胆鼻，阔口，身形比例完美到了极点，一种英武至极的阳刚之气扑面而来，是一等一罕见的俊品人物，身上仿佛天然带着一种令人自惭的光辉一样。

"你是谁？怎么会从后衙出来？我家少爷呢？"

小呆×明月第一个反应过来，猛然间跳了起来，瞳孔缩小犹如针孔一样，压低了喉咙，像是野兽遇到了危险时的那种感觉，低吼着问道。

冯元星和清风这个时候也才反应过来。

对啊，这人是谁？怎么从未见过，为何会从县衙后宅的方向走进大厅，难道是……刺客不成？

那英俊魁梧的男子面色古怪地笑了笑，道："三位，不要紧张，我不是敌人。"

"那你是什么人？快说。"明月的头发都快要一根根地竖起来了，低吼，仿佛是一只野猫要做出攻击的前兆。

"呃……我是……"英俊魁梧男子眼珠子一转，道，"我是李牧的师兄……对，是他的师兄，哈哈，我的名字，叫断水流，哈哈哈，断水流大师兄就是我。"他仿佛想起了什么极为好笑的事情，自顾自地笑了起来。

真是个怪人。

冯元星小心翼翼地打量，然后问道："阁下，口说无凭，如何证明。"

"呃，你这个马屁精还挺谨慎……"断水流大师兄皱了皱眉毛，道，"那这样吧，我叫李牧出来证明一下。"说完，转身朝着后衙走去，其他三人还未来得及阻止，就看眼前一花，这个人的身形就像是闪电一样消失了。

"咦？他为什么知道你是个马屁精？"小呆×明月的瞳孔恢复了

正常，扭头看向冯元星，问道："你们认识。"她关注的点，果然与众不同。

冯元星果断地摇头："从未见过。"

"那还愣着干什么，快追上去啊，万一是混进来的小偷呢。"小呆×明月大吼道。

"什么小偷？"熟悉的声音响起。

李牧的身影，出现在了侧门，缓缓走进来。

"公子……"

"大人，您终于……出关了！"

三人看到李牧，都是大喜。

李牧笑着点点头，道："嗯，出关了，还抽时间洗了个澡，换了一身衣服……咦？断水流大师兄人呢？我刚才分明让他先出来到大堂的啊，怎么不见了？"

"又进去了。"小呆×一脸兴奋八卦之色，凑过来，道，"公子，你那位断水流大师兄很英俊啊，什么来头啊，有没有婚娶？"

李牧很是无语，抬手在这小呆×额头一个肉炒栗子，然后看向冯元星，问道："我闭关这些日子，城中局势如何？"

这一问，冯元星顿时就眼泪汪汪啊。

您老人家终于知道管一管城中的事情了吗？

冯元星像是一个憋了一肚子小报告终于找到了班主任的小学生一样，稀里哗啦将这些日子发生在县城之中的种种事情，江湖中人的种种嚣张跋扈，都竹筒倒豆子一样全部说了出来。

"有这种事情？"

李牧还没有听完，就彻底怒了。

这些江湖中人，真的是一群毒瘤啊。

这简直就是太岁头上动土、老虎头上拔毛啊。

最可恶的是，这些蠢货竟然造谣自己跑路了……虽然老子的确是有跑路的打算，但是你们这些愚蠢的异星球人怎么可以猜得这么准，简直不可饶恕啊。

第三十七章
求人不如求己

"公子，是可忍孰不可忍啊，立刻带人出去砍死他们吧。"小萝莉明月展露出暴力呆×的一面，恶狠狠地道，"统统砍死，给这些狗屁江湖好汉一个教训，让他们明白，在这太白县城之中，到底是谁说了算。"

啪！李牧抬手又给了明月一个肉炒栗子。

明月顿时捂着脑门眼泪汪汪："疼疼疼疼疼疼……"

"大人，我已经向长安府求援了……"冯元星说了一些自己做出的措施，尽力表现出自己的能力，以免县令大人觉得自己是一个废物，对自己失望。

"求人不如求己。"李牧气哼哼地道。

"大人高瞻远瞩，一针见血。下官亦是如此觉得的。"冯元星立刻就是一个很粗暴的马屁拍上去。

谁知道李牧说完那句话，捏着下巴，眯着眼睛，仔细想了想，突然笑了起来，又自己打脸一样改口，道："唉……算了，还是求人吧，我要接着闭关修炼应付'血月魔君'的挑战呢，就让我的断水流大师兄帮我处理掉这些杂七杂八的事情吧。"

"啊？对对对，大人高明，高瞻远瞩，一针见血啊。"冯元星立刻一个更加粗暴的马屁拍上去。

李牧、清风、明月顿时都用一种鄙夷的眼神看向他。

冯元星也知道自己这马屁拍得有失水准，立刻补充了一句，道："这些江湖中人，土鸡瓦狗一样，杀鸡焉能用牛刀，自然是不需要大人出手。"

李牧这才满意地点点头。

"切。"小明月一脸的不屑。

而小男孩书童明月满脸的忧思，公子身边出现这种阿谀奉承的奸佞，这可如何是好啊。

"那我回去继续闭关了啊。"李牧转身就朝着后衙走去，边走边道，"断水流大师兄英俊不凡，实力卓绝，人品可靠，诚实可爱，尊老爱幼，五讲四美，八荣八耻，好好学习，天天向上……绝对是一个超级高手，足以横扫一切牛鬼蛇神，冯主簿，一会儿他出来，你就全力配合他好了，他说的话，就等于是我说的话……还有，你们三个，没有什么事情，不对，是不管有任何事情，都不要来打扰我……嘟，你们三个，止步，不要跟过来烦我。"

严厉地阻止了三人跟过来的步伐，李牧哈哈大笑着，身影很快就消失在了侧门拐角处。

留下冯元星、清风、明月三个人在大厅中面面相觑，大眼瞪小眼。

不知道为什么，总觉得大人这一次出来，表情怪怪的。

片刻之后。

那位英俊魁梧的断水流大师兄，就笑眯眯地走进侧门出现在了大厅中。

"又见面了。"他英俊的脸上，洋溢着热情的笑容，笑哈哈地朝三人打了个招呼，道，"刚才碰到李牧师弟了，他要闭关，说是有一些麻烦事情，要让我代为处理，冯主簿，到底是什么事情呢？"

冯元星这个时候，不敢怠慢，将之前对李牧说的话，重新说了一遍。

"这些江湖中人在城中闹事，就快要打家劫舍了。"冯元星道，"县尊大人让下官一切以您为主，不知道您要如何应对？"

断水流大师兄笑了笑："如何应对？当然打他娘的啊。"

……

芍药居是太白县城中一个颇为有名的酒馆。

这家酒楼中，招牌菜"芍药什锦"和"葫芦鸡"远近闻名，再加上自酿的醪糟米酒韵味悠长，生意一直都很火爆。

这些日子，太白县城风云涌动，芍药居成了江湖中人的汇集之地。

时值正午，太阳正烈。

到了饭点，芍药居中人满为患，都是一些提刀拎剑的江湖中人，猜拳行令，大声喧哗，声如鼎沸，充斥着各种粗鲁粗犷的大笑声，酒气弥漫。

一楼大厅中，二三十个江湖汉子，大概都是相熟，一个个体形彪悍，正在畅饮，猜拳行令，好不热闹。

"哈哈，今天真是痛快啊，打得船帮的那些人鬼哭狼嚎，打出了我们帮的威风，扬眉吐气啊。"一个膘肥体壮、面带刀疤的汉子，一口气喝完半坛子醪糟米酒，将坛子直接往地上一摔，兴奋得大吼道。

酒坛子直接摔成了碎渣。

跑堂的小二看了，心疼得脸都抽搐了，但却也不敢说一句话，因为就在前几日，一位店小二因为心疼一个酒碗，忍不住说了一句，就被这些江湖好汉打断了腿，到现在还在家里躺着呢，据医馆中的大夫说，就算是养好了伤，估计也得落个残疾，这一辈子算是废了。

另一边站在账柜后面的老板娘，也是一脸肉疼的表情。

这些所谓的江湖好汉，为了彰显他们的豪气和英武，喝得高兴了摔碗，喝得不高兴了摔碗，聊得开心了摔碗，聊得不开心摔碗，打架打赢了摔碗，打架打输了也摔碗，不但摔碗，还摔酒坛、碟子、酒盅……大吃大喝完了，随便丢下一块碎银子，大吼一声"老板娘不用找了"，其实他妈的那块碎银子连一碗酒的价钱都不够好吗？

好好一个酒楼，这些天都快要被这些江湖好汉祸害得经营不下去了。

简直就是一群蝗虫老鼠。

老板娘半老徐娘，风韵犹存，依稀可见年轻时候应该是十里八乡远近闻名的美人儿，但脸上还有一个肿着的巴掌印，是因为昨天被江湖好汉们强行要求她亲自端菜伺候的时候，被那竹蒿帮的帮主轻薄调戏，她实在是受不了了，冷着脸躲了几下，就被恼羞成怒的竹蒿帮的那个帮主抬手扇了一巴掌。

她在太白县城中也算是富户阶层了，但这一巴掌也算是白挨了。

此时，老板娘心疼那些碗筷，但也不敢开口，不敢出声，生怕又遭受什么无妄之灾。

"这些该死的畜生……"老板娘在心里暗暗地诅咒。

"哈哈哈，老板娘，还愣着干什么，还不赶紧端酒上来，没酒了，哈哈哈……"一个竹篙帮的弟子，故意将木桌敲得砰砰砰的乱响，大声地笑着。

"哈哈哈哈……"

"是啊，老板娘，快上酒啊。"

"嘴上的胭脂不给我们帮主吃，酒总要给吃吧，不然开什么酒馆酒楼啊。"

其他竹篙帮的弟子，也都很配合地狂笑了起来。

老板娘脸上带着惧色，也不敢继续躲着，连忙赔着笑，从柜台后面走出来，道："各位客官，奴家自酿的'醪糟米酒'已经售罄了，还有几坛子上好的竹叶青，不知道各位客官要不要尝一尝？"

"哼，别的酒不要，老子就要喝你自己酿的'醪糟米酒'。"竹篙帮的帮主，叫做赵荣成，名字看似儒雅，却是一个虎背熊腰、身高超过两米的黑熊一样的壮汉，满脸横肉，脸上一道刀疤，更增添了几分狰狞，斜着眼看着老板娘，蛮横地道。

"这……赵帮主，您大人有大量，米酒是真的售罄了呀。"老板娘为难地道。

竹篙帮帮主赵荣成突然咧嘴一笑，脸上的刀疤越发丑陋狰狞，道："售罄？老子不信，一定是看不起我们兄弟，觉得我们兄弟付不起酒钱吗？嘿嘿，除非，你单独陪我去后院酒窖里亲自去查看一下……嘿嘿。"

他的眼睛里，闪烁着一种炙热的光芒。任何一个男人都懂得那其中的意思。

老板娘心中一阵恶寒，听说这段时间，有一些女子被江湖中人给糟蹋了，她要是真的单独陪这个恶棍去了酒窖，那后果简直是不堪设想啊。

"这……我……"老板娘连连后退。

赵荣成猛然站起来，一把拉住老板娘的手腕，像是黑铁钳子夹住了一截玉色莲藕一样，颜色对比触目惊心，他狞笑着，凑过去，道："嘿嘿，老板娘，这就是你不对了，看不起我们竹蒿帮的兄弟啊，信不信，老子把你这破店给砸了？"

"不，你放开，你……"老板娘大恐，拼命挣扎，但怎么挣得脱分毫。

"娘，娘……你这个恶人，快放开我娘……"一个十五六岁的少女，突然从后厨中冲出来，满脸惊慌神色，但却鼓起勇气，挥动粉拳捶向赵荣成。这少女肌肤白皙，眉目如画，有一种令人心动的乖巧面容，她一出现，整个酒楼嘈杂的环境，顿时为之一静，许多人看到这个明媚秀丽的少女，都有一种眼前一亮的感觉。

"竹儿，你怎么出来了……快回去……你……听娘的话，快回去啊。"老板娘顿时满脸的惊慌恐惧。

这些日子，酒馆中人来人往，多是粗鲁之辈，她让女儿一直都躲在后厨，就是怕被一些好色的江湖中人见到垂涎，城中已经发生了好几起黄花大闺女被一些江湖采花贼给糟蹋了的事情，没想到，看到娘亲被刁难，这个傻丫头竟然冲出来了。

果然，竹蒿帮帮主赵荣成顿时眼睛一亮，眼神落在竹儿的身上，越发炙热，哈哈哈大笑了起来："老板娘，没想到你竟然有这样漂亮的一个女儿啊，哈哈哈，干吗不早交出来招待大爷们啊，啊哈哈哈，小丫头，想要我放开你娘是吧，这样吧，用你的小嘴，喂大爷我喝几杯酒，我就放了你娘，怎么样……"

第三十八章
在座的各位都是垃圾

老板娘一听，脸上惊恐绝望，道："不不不，赵帮主，竹儿还小，还是一个孩子，什么都不懂，你放过他……我……我愿意陪你去酒窖看看，我陪你去……"可怜天下父母心，眼看到唯一的女儿受威胁，她惶恐无助，丧失了所有的原则，愿意为女儿付出一切。

竹蒿帮的汉子们都哄笑了起来。

赵荣成冷冷一笑，故意折磨她，道："可我现在，想要换一个口味，吃点儿嫩的了……小姑娘，想不想救你娘？想救，就照我说的做，不然……嘿嘿……"

话音未落。

"竹蒿帮，果然是一群畜生。"

一个中气十足的清晰声音，突然从"芍药居"大门口的方向传来。

"什么人？敢说这种话，找死不成？"赵荣成面色一冷，扭头朝着门口方向看去。

而其他竹蒿帮的弟子，也都拍桌而起，凶神恶煞地握住了兵器。

"有点子上门找茬了。"

"他妈的，竟敢触我竹蒿帮的霉头。"

"是谁？剁碎了他。"

一瞬间，整个"芍药居"一楼大厅之中，刀光剑影弥漫，一股煞气扩散开来，原本一两个在这里吃饭的江湖散修，也立刻战战兢兢地朝着墙边躲去，生怕被竹蒿帮给波及。

"一群江湖土狗屌丝，平日里找不到存在感，跑到太白县城装大尾巴鹰来了？"大厅门口，之前嘲讽的那人，一步一步走进来。

这时众人看清楚了，是一个身形高大魁梧的年轻人，面容坚毅英俊，自带一种英气逼人的阳刚气势，可以用完美来形容，绝对会让无数的少女一见倾心的那种帅气男人。

这是一个猛人。

虽然众人都不懂屌丝是什么意思，但土狗是什么意思他们懂啊，这两个词结合在一起，很明显是在嘲讽竹蒿帮的人，不是什么好话，不过，这英俊年轻人的口气也太大了吧，直接就把所有的江湖人都骂了，这是地图炮啊，难道不怕传出去引起公愤吗？

"阁下何人？"赵荣成松开老板娘和小竹，站起来，手中抓住了他那根漆黑色鸭蛋粗细的齐眉铁棍，神色凶戾了起来。

"我，官府的人啊。"

英俊年轻人不紧不慢地走进来。

他的身后，跟着十几个人，都穿着县衙兵卫的制式软甲，而这段时间主持太白县政事的主簿冯元星，赫然就在其中。

"官府的人？"赵荣成咧嘴一笑。

而其他一些竹蒿帮的高手，则都是哄然大笑了起来。

这段时间的不作为之后，县衙在太白城之中，已经成了一个笑话，犹如一只没牙的老虎一样，有谁会放在眼里。前几日，身为太白县主簿的冯元星，还先后被天龙帮和虎牙宗从驻地赶出来过，到如今，就算是一些小势力，都不怎么将县衙放在眼里了。

英俊年轻人不以为意，微微一笑，道："介绍一下，站在你们眼前的这位帅哥，也就是我，乃是县令李牧的师兄，名叫断水流，大家都叫我断水流大师兄，是专门来清理垃圾的。"

"清理垃圾？"赵荣成冷哼一声，"你当我竹蒿帮是垃圾？"

"不不不，不要误会，我不是说你。"断水流大师兄突然似是想到了什么特别好笑的事情，自顾自地大笑了起来，笑得前仰后合，好半天才缓下来，道，"我是说，太白县城中出现的武林中人，有一个算一个，全部都是垃圾。"

嘶嘶！酒楼内外，响起一片倒吸冷气的声音。

就连跟随断水流大师兄前来的主簿冯元星和二十名县衙兵卫精锐，都有点儿发蒙，县尊大人的这位大师兄，话也说得太满了，这得拉仇恨啊，所有人都被骂进去了啊。

"哈哈哈哈，好大的口气，你算个什么东西。"赵荣成大笑，手中的齐眉精铁粗棍握住，往地上一杵，整个"芍药居"仿佛都颤抖了起来，厉声长啸，道，"能够接住本座一棍，再来说其他的吧。"

话落，他脚下发力，撞开了身边的桌椅，犹如一头巨力黑熊一样，蹬蹬蹬蹬冲来，手中的铁棍挥动，分开气浪，化作一道黑色光华，兜头砸下。

这一棍，力道千斤，犹如山崩。

气爆之声，在半空响起。

赵荣成这人，体质特殊，本来就是天生神力，进入合气境之后，更是爆发出了一些恐怖的力量天赋，很多成名武者，都不敢和这头黑狗熊正面较力。

断水流大师兄像是吓傻了一样，原地不动。

"公子，小心……"冯元星忍不住惊呼。

但就在这时，却看断水流大师兄突然抬手，像个白痴一样，大咧咧地伸手，用两根手指，捏向了那足以砸塌山岳的惊天一棍，这种画面简直令人抓狂，然而，就在所有人都以为下一秒会看到血肉飞溅、白骨折断的惨状时，那漫天的棍影，突然收敛消失。

断水流大师兄两根白玉石般的手指，轻轻地捏住了精铁棍的一端。

他的手，毫发无伤。

"你……"竹蒿帮帮主赵荣成面色大变。

他无法接受，自己全力灌注的这一棍，竟然被对手轻飘飘用一只肉掌就阻住了。

"给我开……"他双臂较力，手臂上青筋血管暴起，想要抽动铁棍，将其抽回来，但却惊骇地发现，铁棍的一端好似被铁水浇铸在了铜墙铁壁中一样，就算是他使出吃奶的力气，都不能动摇分毫。

这件他平日里用的最为娴熟的兵器，突然变得沉重陌生了起来。

整个"芍药居"之中，无数人也都看傻了眼。

那些骄横嚣张的竹篙帮高手，见状，也都一个个露出难以置信之色，自家帮主是什么样的神力，他们是知道的，这一棍下去，别说是一个人，就算是一块岩石，也都砸成粉末了，可竟然……

断水流大师兄笑了笑，对身后的冯元星道："愣着干什么，宣刑啊。"

"哦哦哦……"冯元星这才从震惊中清醒过来，连忙从身后一位兵卫的手中，接过一个长长的卷宗，打开来，翻了好几页，大声地宣读了起来："竹篙帮帮主赵荣成及其帮众共计四十一人，五月初十进城，斗殴十九场，伤二十三人，杀六人，其中五人为江湖客，一人为城中平民，侮辱城中女子三人，其中两人受辱后自杀，一人疯癫……"

他一开始，声音并不洪亮，但到了最后，却是越来越大声，每一句话每一个字，都犹如黄钟大吕一样，清晰地激荡在每一个人的耳边。

"芍药居"中的人，越听越是心惊。

原来这些日子，县衙官府并不是什么事情都没有做，而是悄无声息中，将所有的信息都收集得这么清晰，看冯元星手中的那厚厚一沓卷宗，傻子都可以猜出来，上面记载的绝对不仅仅是竹篙帮的踪迹，只怕是进入太白县城的江湖中人，都被记录在上面了。

"听完了，有什么要说的吗？"断水流大师兄两指捏着铁棍，目光盯着赵荣成。

"啊啊啊啊，我说你妈啊我……"赵荣成脸红脖子粗，怒吼，爆发，浑身缭绕着一层淡淡的猩红氤氲，这是内气激发到了极致的征兆，疯狂地抽动铁棍，犹如一只暴怒疯狂的黑熊。

"啧啧啧，真粗鲁。"

断水流大师兄摇摇头，手腕一抖。

"噗……"赵荣成张口喷出一道血箭。

他只觉得一股难以形容的巨力涌来，虎口瞬间爆裂，再也握不住铁棍，手腕、手臂的皮肤肌肉出现波浪形的起伏，咔嚓咔嚓骨头断裂的声音传来，一双手臂中的骨头瞬间就寸寸断裂，皮开肉绽，几乎成了血泥……

砰！他飞跌出去，撞翻了身后的桌子，撞倒了五六个竹篙帮的高手，才止住了身形。

"你……"赵荣成满脸的惊骇。

他甚至忘记了臂骨断裂废掉的剧痛，不可思议地看着断水流大师兄，他无法相信，对方仅仅是手腕一抖，就将自己给废掉了，这一抖之中，为什么会蕴含着这么恐怖的力量？

断水流大师兄微微一笑，当着所有人的面，将那根精铁长棍握在手中，然后双掌微微发力，就像是揉面条一样，将这鸭蛋粗细的长棍直接揉成了一团，接着又十指发力，缓缓一抓，这精铁团就像是泥巴一样从他的指缝之中漏出来，一小团一小团地掉在地上。

"芍药居"之中，死一般的安静。

包括主簿冯元星和二十名县衙兵卫在内，所有的人，像是被吓傻了，被抽掉了魂魄一样，呆呆地站在原地，眼珠子都快要瞪裂了。

几个竹篙帮的弟子，下意识地揉着眼睛，不敢相信自己看到的，还以为出现了幻觉。

天啊，那可是精铁，千锤百炼的精铁巨棍啊，就像是捏泥巴一样被捏成铁屑铁粉了，不是在开玩笑吧？这个断水流大师兄的手掌，到底他妈的是用什么东西做的？他还是不是人啊？

第三十九章

那一道梦醉神迷的刀光

"怪物，怪物……你……你是怪物。"赵荣成失魂落魄，傻了一般喃喃。

他是以巨力出名的高手，天生神力，自然更加了解，想要徒手像是和面一样摆弄那根铁棍，需要什么样的力量和肉体强度——那绝对是非人类可能拥有的力量，这让他绝望，眼前这个英俊男子太深不可测，他根本不可能有丝毫赢的机会，甚至连逃的机会都没有。

无数道敬畏的目光，看向断水流大师兄。

高手！真正的高手！这个年轻英俊的男子，是一个可怕到了极点的真正高手。只怕是已经到达了合意境吧？太白县城中，什么时候，竟然出现了这种恐怖的人物？

所有在场的江湖中人的心都抽搐了起来。

"不堪一击啊，还不承认自己是垃圾，简直是浪费我的时间……看来你也没有什么要说的了。"断水流大师兄俯视赵荣成，然后又回头对冯元星道，"按照帝国律法，竹蒿帮之罪，该如何判罚？"

"杀人者死，奸淫妇女者，处宫刑，黥面……"

冯元星回过神来，连忙道。

他这时，看向断水流大师兄的眼神中，已经带上了深深的敬畏。

县尊大人到底是出身于什么样的师门，为何门中的弟子，都如此生猛啊。

"好，刀来。"断水流大师兄伸手。

一名兵卫立刻上前，将自己腰间的制式长刀送上来。

断水流大师兄握住刀柄，大喊一声拔出长刀，刀光森寒，然后抬头对着已经抱着女儿躲在一边的老板娘微微一笑，道："带你女儿回后厨吧，接下来发生的事情，可能有点儿血腥，不适合小女孩看到哦。"

老板娘如梦初醒，连忙带着女儿小竹朝着后厨方向跑去。

这时，竹蒿帮帮主赵荣成已经猜到了自己的命运，他刀疤脸上浮现一丝狰狞，不顾剧痛，猛地站起来，想要制住这对母女作为人质……

然而，一道刀光闪过。

他的身形，骤然停了下来，僵硬在原地。

他的思维，也在这一瞬间停顿。

"芍药居"中的所有人，在这一瞬间，都露出了如梦似幻一般的痴醉神色，刚才，那一瞬间的刀光，美轮美奂，宛如秋月匹练一般，带着一种梦一般的色彩，醉人心神，实在是太美丽了，夺走了他们的神智一样。

这是怎么样的一道刀光！这是怎么样的一种刀法啊！就像是一道闪电。

看到这一道刀光的人，都会沉醉其中难以自拔。

断水流大师兄的脸上，也浮现出了一丝诧异之色，似是连他自己都没有想到，这一刀斩出，竟然有这样的威力。

那柄普通的兵卫制式腰刀上，竟是连丝毫的血迹都没有。

刀过不留痕，刃身不沾血。

"哈哈哈，好刀法，男儿刀在手，斩尽不平事……"断水流大师兄脑海逐渐回忆刚才出刀的感觉，最终满意地点点头，屈指轻轻一弹刀身。

一阵金属颤鸣之声响起，将神魂皆醉的众人，从那一道刀光的迷醉之中惊醒过来。

"那刀法……"

"我好想看到了一道流星的光辉……"

"宛如闪电。"

一些人不由自主地惊呼。

而赵荣成的身躯，依旧僵直在原地，好似被点穴了一样，一动不动。

"竹篙帮余孽，可还要挣扎否？"断水流大师兄看向竹篙帮其他的人。

这些之前嚣张霸道的"武林好汉"，此时吓得大气都不敢出，连头都不敢抬，根本就不敢与断水流大师兄对视，更别说是一拥而上一战了，他们脑海之中回荡的全部都是那两指、一抖、一刀的可怕场面，最终，全部都扑通扑通地跪下来，束手就擒。

锵！断水流大师兄头也不回，反手一掷。

长刀如一抹灵性闪电，瞬间回到了那兵卫手中的刀鞘中。

"来人，给我拿下了。"

他长身而起，犹如一座山岳巨人起身一样，给了所有人巨大的压力。

"芍药居"之外，早就严阵以待的百名县衙精锐兵卫，听到命令，立刻潮水一般冲进来，将所有竹篙帮的武者，都以精铁镣铐锁起来，赶入囚车之中，井然有序地带走了。

"走吧，去下一家。"断水流大师兄转身朝着酒楼外面走去，豪气万丈，道，"我赶时间，一日之内，要清理太白县内所有的魑魅魍魉……文卷之上，记载的下一个是谁？"

冯元星翻开卷宗一查，道："是驻扎在回水街上的清风寨一行。"

"好，就去回水街。"断水流大师兄朝着大厅之外走去。

剩下的数十名兵卫在打扫战场。

"芍药居"中的气氛，终于逐渐缓和了一些。

那些不是竹篙帮的江湖众人，一个个都脸色发白，心中忐忑，尤其是这几日在县城中做过跋扈之事的人，心里只有一个念头，赶紧离开这太白县城，有多远跑多远，再也不想面对那个魔神一样的断水流大师兄了。

"老板娘，这些日子竹篙帮吃喝欠下的钱，明日你到县衙中来结。"一位兵卫都头和颜悦色地说。

反正竹篙帮这群孙子，落到了县太爷的手中，浑身油水绝对会被压榨得干干净净，这些政策，是出兵之前，县衙之中诸位大人都已经定好的计划。

"谢谢大人，谢谢诸位大人。"老板娘惊魂未定地从后厨出来，连连鞠躬道谢。

只有在乱世之中，感受到了生命和亲人受到威胁的绝望惊恐之后，才会明白，这种失而复得的保障感、安全感是何等的重要。

这根本就是劫后余生。

"要谢，就谢大青天县尊大人吧。"那兵卫都头笑着道。

说实话，这些日子，跟随在李牧的麾下，虽然李牧并不怎么管理县政，也不插手兵备之事，但各方面的改观却是显而易见的，之前一直都拖欠的兵饷、物资可以按时足额地发放下来，且之前的拖欠也都补足了，这让每一个兵卫对于新县令打心眼里感激和拥戴。

毕竟，这样的世道里，谁来当兵不是为了赚一些养家糊口的辛苦钱啊。

"好了，都带走，全部押入大牢中。"这位兵卫都头大声地道。

有一个兵卫手中拿着铁镣，朝僵立在原地的竹蒿帮帮主身上套去，但可怕的事情发生了，才刚刚碰到他的身躯，就听砰的一声，赵荣成的头颅突然毫无征兆地掉落下来，在地面上滚动，一个光滑如镜面的切口，出现在脖子里。

而也是直到这个时候，创口处才有血雾喷出来。

直到这个时候，众人才恍然大悟，刚才那梦醉神迷的一刀，竟是早就已经斩掉了赵荣成的头颅，将他的生机断绝。

到底是多快的一刀，斩断了一位合气境高手的头颅，鲜血不喷出来，头颅也不掉？

"魔头出世啊，要有了不得的大事发生了，必将是一场腥风血雨。"一位年纪稍大的武林中人喃喃自语。

……

回水街。

冯元星手捧着卷宗，正在大声地宣读着。

"以上，就是清风寨入城六日以来所犯罪行，按照帝国法律，清风寨少寨主当处腰斩之刑，四当家、五当家、七当家当处枭首之刑，十六名寨众当流放三千里，剩下五十四名寨众，脊杖各三十……"

回水街上，江湖中人众多，都已经围聚在了街道上。

清风寨的人，正在哈哈哈大笑，看着正在宣读的冯元星，像是看着一个正在卖力表演的小丑。

他们总共有七十四人，以少寨主武飞龙为首，四五七三位当家也都在，还有七十名喽啰，可以说是兵强马壮，都是从清风寨中挑选出来的精锐寨众，这些日子，在太白县城这个风云际会的地方，也算是闯出了一些名声，如今的太白县城，已经成了群魔乱舞之地，官府无力，江湖风气占据了上风。

所以，他们根本就不怕官府的人。

哪怕是已经有人认出来，宣读卷宗的正是太白县县衙的巨头级人物之一的主簿冯元星，但那又如何，还不是一个被天龙帮和虎牙宗先后驱逐的废物而已。

"喂，主簿是吗？你读完了吗？"少寨主武飞龙一脸无所事事的表情。

他今年二十五岁，十岁开始跟随父亲劫道杀人，可以说是心狠手辣，杀人不眨眼，天不怕地不怕的主，故意戏谑地对冯元星笑道："读完了就快滚吧，哈哈哈，就凭你这样的废物，也只能拿着帝国律法来吓唬人了，哈哈，帝国律法岂能约束我们武林中人……"

"哈哈哈！"

"这就是那个被两大宗门驱逐出门的官府狗啊……"

"要不是他穿着这身官服，老子早就把他的心剜出来下酒了。"

"嘿嘿，说起来，这太白县城风景秀丽，养出来的人白白胖胖，心脏肥嫩，吃起来嘎嘣脆，很带劲哦。"

清风寨众喽啰放肆地大笑。

"唉，真羡慕你们。"一个中气十足的声音响起，一直坐在一边兵卫搬过来的太师椅上的断水流大师兄，站起来，道，"临死还能笑得这么开心，看起来没脑子，有的时候也是一件很幸福的事情啊。"

他往前走了三步，反手探向身后："刀来。"

那兵卫都头立刻上前，双手呈上腰刀。

第四十章
偏不告诉你

断水流大师兄右手握住刀柄，徐徐拔出，倒拖着长刀，朝着清风寨的人走去。

"你应该是官府请来的高手吧，呵呵，你的命，一定很不值钱。"少寨主武飞龙笑道。

断水流大师兄一步一步向前，笑道："哦，为何这么说啊。"

"如果你的命值钱的话，那你就不会这么着急地来送死。"少寨主武飞龙眼中有一种猫戏老鼠一般的残忍之色，道，"不要以为你是官府的人，我们就不敢杀你，我们清风寨，并不怕太白县衙，何况，有的时候，活着可能要比死更加可怕，因为这个世界上，有一种状态，叫生不如死。"

"呵呵。"断水流大师兄笑了笑，道，"有没有人告诉过你，装 × 是一门学问，装 × 的人到处有，但真正成功的不多……嗯，就比如你，明明长得和狗熊一样粗鲁，一个死强盗而已，却偏偏要文绉绉地说一些废话，失败。"

断水流大师兄已经逼近到了清风寨众人跟前。

少寨主武飞龙脸色狠戾了起来："上，打断他的腿。"

"老子亲自出手。"七当家冷笑着，身形一跃，犹如一只大鸟一样，凌空虚度，飞射过来，半空之中拔剑，手中的长剑犹如毒蛇一样，直取断水流大师兄的双眼，喝道，"不长眼的东西，老子先破了你这一对招子。"

身为清风寨的七当家，也是从刀山血海之中走过来的，已经隐隐触及了合意境的门槛，算得上是江湖中的二流高手巅峰境界了，且搏杀经验极其丰富，这一剑，发力七成，留三成后力，还有诸多变化在其中，可谓高明。

然而——咻！一道刀光闪过。

这是怎么样一道刀光啊，明媚清亮，宛如一道闪电，划破长空，所有人都觉得眼前仿佛是有梦幻般的色彩一闪而逝，一种极致的瞬间美丽让每一个人都心颤，似乎所有的心神都要被这一刀夺走。

身影交错。

七当家跃过断水流大师兄的头顶，落在地上，步履轻盈。

断水流大师兄不再回头看他，一人面向清风寨的所有人，笑着，道："下一个是谁？"

话音落下的瞬间，一道血线从七当家的脖颈之间缓缓地出现，然后好大一颗头颅，就像是被镰刀割断的麦穗一样，从脖颈处掉落下来，身躯无声无息地倒地。

一刀枭首。

枭首之刑，正是之前冯元星宣读县衙卷宗时所判定的刑罚。

原本还有些浮躁喧嚣的气氛，顿时为之一肃，那些围观者脸上幸灾乐祸的表情也瞬间凝固。

一股寒意，在每个人的心头浮起。

因为没有人看得清楚，那一刀是怎么斩出的。

清风寨的人，先是惊，继而怒，再而大怒。

"七当家……"

"小杂碎，你竟敢杀我们七当家……"

"清风寨与你不死不休。"

"老七……"

像是被狠狠捅了一棍子的马蜂窝一样，清风寨众人炸锅了。

尤其是四当家、五当家，一看结拜老七被人斩首，哇呀呀怒吼，气得就要爆炸，想也不想，直接运转内气，犹如闪电一样地冲出来，一杆长枪，一柄斩马刀，犹如出水恶蛟、下山凶虎一般，朝着断水流大师兄绞杀而来。

刀光再闪，又是那梦醉神迷的一道刀光。

身影交错。断水流大师兄从四当家和五当家中间擦身而过。

吭当吭当！长枪和斩马刀同时从中断裂。

一个倾斜且光滑如镜面的椭圆切口，在武器中间出现。而一起断裂的，还有四当家和五当家的脖颈，短暂的诡谲安静之后，就看到细细红线一般的血线崩现，然后两颗大好的头颅就被腔内的血压冲得飞起来，犹如破烂一样掉在地面上翻滚。

血水染红了地面。

又是一刀枭首。

四当家和五当家的实力，可要比心浮气躁的七当家更强，都已经是半只脚踏入了合意境的巅峰二流高手，搏杀经验也更加丰富老到，但两个人联手，却被断水流大师兄轻轻松松一刀就断兵枭首，这说明了什么？

说明双方的实力，根本就不是一个量级的。

围观的武林中人意识到了这一点。

少寨主武飞龙也意识到了这一点。

而他更加意识到，在四当家和五当家联手之下绝对难以走过十招的自己，更不是这个断水流大师兄的对手，太白县城官府之中，到底是什么时候竟然出现了这样一个怪物？按理来说，这样实力的武林高手，绝对不应该是默默无闻、寂寂无名才对啊。

可惜，当他意识到这一点的时候，已经晚了。

当他想要抽身后退、飞遁逃离的时候，第三道梦醉神迷的刀光闪现。

少寨主武飞龙只觉得腰间一凉，身形落在地上，内气难以运转，一道血线从腰间浮现。

他在发足狂奔，但很快诡异可怕的事情发生了。

他的身躯一分为二，相互脱离了开来，上半身从腰腹位置上掉落下来，在地面上翻滚，他双手抱着上半身在抽搐，一脸惊恐地看向前面，而那腰腹之下的部位和两条腿，竟然还保持着飞奔的状态，又在地上跑了十几米，才慢慢地力衰，瘫软在地。

腰斩！

同样是县衙主簿宣读的刑罚。

相比于枭首，腰斩无疑是更加凄惨的刑罚，因为被腰斩的人，一时不会死，会感受到巨大的心理和生理痛苦。

"你……你这是什么刀……刀法？"

少寨主武飞龙眼神里带着诅咒，死死地盯住断水流大师兄。

"想知道？"断水流大师兄看着他。

武飞龙腰间的肠肚都流淌了一地，他也是个狠人，咬着舌头，忍着剧痛："告……告诉我，我要知道……我……死在……什么刀法……刀法之下……"

周围的所有江湖中人，也都竖起了耳朵。

他们也想知道，刚才那惊鸿一现般梦醉神迷的一刀，到底是什么样的绝世刀法。

"不告诉你。"断水流大师兄一本正经地道，"你这种垃圾，不配知道我的刀法。"

"你……"少寨主武飞龙气得狂喷一口鲜血，感觉遭受到了莫大的侮辱，他无比歹毒阴狠地发出诅咒，"清风寨不会放过你的……我……我爹会为我报仇……你……你会比我死得凄惨……千百倍，哈哈哈……"

清风寨寨主武彪，外号"一刀断魂"，合意境一流高手，西北武林道上出了名的刀法大家，也是一个狠角色，有着打家劫舍的黑历史，且这些年也并不规矩的清风寨，能够支撑下来，靠的不是少寨主武飞龙和其他七位当家，而是这位实力惊人的老寨主，西北武林道上有一句谚语"宁遇阎王，莫逢老武"，足见"一刀断魂"武彪的可怕。

断水流大师兄无所谓地耸耸肩："一个垃圾和一群垃圾，对我来说，没有什么区别，多出几刀罢了，养出你这种人渣，你爹估计也不是什么好货色，来了也好，一刀送他去黄泉路上陪你。"

"好……你……"少寨主武飞龙再喷出一口鲜血，最终气绝身亡。

周围，死一般的安静。

那些看热闹的武林中人，感觉到了一种沁骨的寒意。

这个断水流大师兄，不按常理出牌啊。

打了小的，惹来老的，这是江湖上的定律。

只要这里的消息传出去，只怕明日，"一刀断魂"就会出现在太白县城中了。

激怒了"一刀断魂"这个疯子，只怕是整个太白县城都会沦为修罗炼狱啊，毕竟谁都知道，武飞龙是武彪的独子，而且是老来得子，一直都当作命根子一样宠着，要是知道武飞龙死在了太白县城，而且死得这么惨，武彪不疯也得疯啊。

这些武林中人已经开始寻思着逃离太白县城了。他们生怕被疯了的"一道断魂"武彪迁怒波及。

但很显然，断水流大师兄却没有想那么多。

他看着地上的血渍，想着自己刚才出刀的过程，很显然，遇到真正的高手，风云六刀之中勉强成形的"闪电斩"还不能做到"一刀夺人魂，身死人不知"的程度。

之前斩杀竹蒿帮的赵荣成，足足过了一盏茶时间，别人才看出来他死了，而刚才斩杀实力更强的四当家、五当家、七当家和武飞龙，却是刀光过处夺人魂，但伤势瞬间就爆发了。

这并非在苛求杀人效果，而是在反思刀法的破绽。

遇到不同实力的人，杀伤力截然不同，这就说明，刀法之中，还是有破绽的。

在断水流大师兄沉默的时候，周围没有人敢说话。

就算是清风寨的喽啰们，吓得要死，也都不敢逃。

须臾，断水流大师兄抬起头，摆摆手，道："都拿下了。"

早就准备好的县衙兵卫精锐，犹如潮水一般涌来，将剩下的清风寨七十名喽啰围在中间。

没有人敢反抗。

面对着一位挥刀三次，就像是砍瓜切菜杀猪一样斩杀了四位寨中巨头的怪物，就算是傻子都明白，反抗的下场，只有一个，那就是去陪三位当家以及少寨主黄泉路上做伴。

第四十一章
一刀启程

断水流大师兄转身。

他走了几步，突然想起来了什么，又回过头来，看向之前叫嚣时说太白县人的人心好吃的那个寨众，道："人心好吃吗？"

"我……我……"那寨众一脸凶相，体如铁塔，但却被吓得魂飞天外，牙齿打战，说不出一句完整的话。

"你吃过？"断水流大师兄又问。

"吃……吃……吃……过，我是被逼的，我……"他神色比哭还难看。

咻！一刀刀光。

断水流大师兄第四次挥刀。

然后，他随手一丢，腰刀锵的一声，没入了兵卫都头手中的刀鞘里。

"下一次，查清楚一点，不要再有漏网之鱼。"断水流大师兄看向主簿冯元星。

尽管明知道这位杀神爷爷是己方阵营，但却也一阵心惊肉跳，连连点头，道："是是是，下官记住了。"

"走吧，下一家。"

断水流大师兄转身走出了回水街。

主簿冯元星带着数十名心腹赶紧跟上，剩下百名精锐兵卫，则是将清风寨的喽啰们戴上了早就准备好的钢铁镣铐，一个个押赴县衙大牢之中。

清风寨人马，灭。

……

一炷香时间之后。

赤鲸帮被断水流大师兄堵在了小溪街。

主簿冯元星宣刑之后，赤鲸帮帮主"屠鲸血叉"路胜，连同麾下四大长老联手，没有挡住断水流大师兄两刀，尽殁。

帮众五十一人，全部被关押。

……

再四分之一时辰之后。

县城南街区。

冯元星宣刑。

断水流大师兄一刀斩了飞马帮大当家白云飞，麾下的帮众一十六人死战，没有能够挡住断水流大师兄六刀，全军覆没。

……

又一盏茶工夫。

绿林马匪头子张斐被断水流大师兄一刀两断，连同他手中的那柄成名兵器、重达五百斤的凤翅镏金锐，也都被斩为两截。

……

武林豪杰们被斩的消息，不断地传开。

整个太白县城，都进入了一种恐怖惊悚而又沸沸扬扬的气氛中。

"采花贼韩飞，被斩了。"

"不会吧，韩飞号称轻功无敌……"

"那个断水流的刀更快……"

"那到底是一柄什么样的刀，以前从未见过那样的刀法。"

"破地宗的宗主，临死也曾这样问，但没有得到答案。"

"什么，破地宗的宗主也被断水流给斩了？不会吧，他的一双'破地巨斧'号称万人敌啊，已经是合意境的一流高手了，竟然也死了……他撑了几招？"

"几招？当然是一招，一刀上路。"

"又有新消息了，飞虎宗的大长老也挂了，一刀枭首……"

"我的天，这个自称断水流大师兄的家伙，也太疯狂了，这才半日多一点的时间，他都斩掉了多少西北道武林高手了，难道真的要与整个武林道为敌吗？"

"不错，这简直就是一个杀星，一个魔头，杀人不眨眼啊，任由他这么杀下去，我们西北武林道的脸面何在啊！"

"哈哈，荒谬，什么时候，竹蒿帮、清风寨、破地宗这些小宗门，也可以代表西北道武林了？不过是一些跳梁小丑而已，趁着'血月魔君'挑战太白县主，来到这里捣乱、被杀的这些人，都是这些日子跳得太欢了，在县城中做出了血案，都不是什么好东西。"

"不错，太白县城主簿宣刑，那卷宗上讲得清清楚楚，每一个被杀之人，都有各自的取死之路，断水流大师兄依律斩杀，乃是明正典刑之举，就算是事情闹到神宗'关山牧场'面前，也是占着理呢。"

"可总归是杀人太多，杀性太重啊。"

"呵呵，反正在老夫看来，那些死在断水流手中的人，没有一个是无辜的。"

"听闻这个断水流，乃是太白县主李牧的师兄，说起来，有谁知道，到底是什么样的宗门，竟然培养出来了这样两个狠人？这样一来，足以说明，太白县主李牧并非孤家寡人啊，不会是某个大宗门培养出来的传人吧。"

各种各样的议论，在太白县城中疯狂地传播着。

对于这个横空出世的断水流大师兄的评价，县城里的江湖中人可以说是分成了截然不同、泾渭分明的两个阵营，有人恨之入骨，也有人评价极高，有人认为断水流是一个杀戮狂魔，也有人认为他是在主持正义的侠士。

这些日子，太白县城之中，江湖中人人满为患。

但江湖之所以是江湖，就在于它的鱼龙混杂，有坏人，自然也就有好人，并非所有人都瞎了眼看不到一些所谓的江湖势力对于太白县城平民的荼毒，对于断水流大师兄的行为，许多人感到一种由衷的快慰，尤其是祖祖辈辈生活在太白县城之中的平民们，终于看到了正常秩序和安全生活的希望所在。

有好事者统计了一下，在刚刚过去的三个时辰里，断水流大师兄的刀光，总共带走了五十七位在西北武道上闯出来过名号的武林高手的性命，其中合力境二流高手四十一位，合意境一流高手十六位。

半日五十七斩，这样的战绩，简直就是恐怖。

而更加恐怖的是，这五十七位高手强者，竟是没有一个人，能够挡住断水流大师兄的第一刀。

没有一个人，可以逼得这位横空出世的神秘刀法强者挥出第二刀。

有人给断水流大师兄送了一个外号，叫"一刀启程"。一道刀光，黄泉路上，送你启程。

还有人给他送外号，叫"一刀了断"。长刀在手，恩怨对错，是是非非，一刀了断。

刀光里讲对错，刀刃中决生死。

而还有一些人，甚至给县衙主簿冯元星起了外号，称之为"冯阎王"。因为只要是他宣刑判死的人，还没有一个能够活下来，不是阎王是什么？

阎王让你三更死，绝不留你到五更，而冯元星手中那个厚厚的判刑文卷，就像是传说之中记载着生灵阳寿阴岁长短的"生死簿"一样，只要登记在这个文卷上的人，有死无生，小小的文卷，不知道决定了多少纵横绿林道上的成名高手的生死。

县城北区。

主街道上。刀光闪过，又一名合意境一流高手，面对断水流大师兄的时候，失去了生命。

围观的各路人马，都瞪大了眼睛，倒吸凉气，心中的惊骇难以言表。

因为这位倒下的合意境一流高手，乃是在此之前，所有太白县城中武林中人公认推断的最有可能逼得断水流大师兄出第二刀的人选——南斗宗第一强者"逐电剑"南文争。

这个南文争出身于武道世家，一手剑法神秘莫测，攻法犀利，守势如山，攻守兼备，在单打独斗方面，可以说是稳如泰山，在二十年之前就进入了合意境，内气深厚，近三年以来，他只败给过天龙帮一次，可以说是名声显赫，算得上是真正的西北武林道名宿了。

没想到的是，这样的名宿级高手，也被"一刀了断，一刀启程"了。

街道上，一片安静。

锵！长刀入鞘的声音响起。

"无聊，连一个能够接住我一刀的人都没有，就这样的一群垃圾，也配称为高手？"断水流大师兄长刀归鞘，很是失望无聊地摇摇头，道，"真是太让我失望了，今日已经再无战意，就此先封刀吧。"

冯元星闻言，微微一怔，旋即点头赞同。

虽然宣刑文卷上还有一部分人没有被惩罚，但真正罪大恶极的一部分毒瘤祸胎，却是基本上都被清算斩灭了——除了势力最大的"虎牙宗"和"天龙帮"这两个相对而言的巨无霸势力中的一些罪犯还未清算之外，今日可以说是收获巨大了。

说实话，在跟随这位断水流大师兄出来之前，他做梦都不敢想，会有这样的效果。

这样一个不知道突然从哪里冒出来的年轻人，看模样还不过二十岁，用一把普通的兵卫制式腰刀，用一招简单的刀招，就杀得整个太白县城中喧嚣不已的武林中人屁滚尿流、闻风丧胆，简直就是一个奇迹。

断水流大师兄阔步而行，返回县衙。

所过之处，江湖中人无不敬畏万分地避开、退让，无人敢与其对视，亦无人敢在他的面前停留，哪怕是最桀骜的江湖豪客，哪怕是因为今日一番杀戮已经与他结仇的江湖中人，看向他的目光中，都带着敬畏。

冯元星跟在断水流大师兄的身后，亦步亦趋。他的心中，突然就有一种明悟。

在已经逐渐倾颓的世道，帝国政令的威慑力逐渐不如以前，这淋漓尽致地体现在了这一次的太白县江湖风波之中，取而代之的则是武力，比如县尊大人碾压神农帮，又比如这位断水流大师兄横扫江湖中人，都是依靠强大的个人武力。

虽然你不得不承认，在真正的帝国国家机器面前，个人武力还是有些不够用，但在一些边缘地带，武力已经有压过律法的趋势了。

第四十二章
小公子·师门

三大帝国与九大神宗联合成立的专门用于裁决官府与江湖之间争端的裁决司，曾经可以说是威震八荒，神州大陆之上的武者，无不听其名而色变，镇压得诸多小宗门喘不过气来，动辄就是破门灭宗，但是这些年，裁决司的动静渐小，听闻裁决司内部纷争，精力全部都用在了内耗上，以至于许多宵小势力、魑魅魍魉都开始死灰复燃了。

冯元星年轻的时候，饱读诗书，且也曾涉及一些武林中的事情，算是有一些才能的人，只可惜出身太低，无法找到登天梯，做到一县主簿，可以说是到头了，这些年他随波逐流，逐渐有被周武、郑龙兴等人同化的趋势，当年自信可以"攀桂步蟾宫"的少年，成了一个心思阴鸷的中年人，夜深人静，他也曾悲愤自惭无比，不知道因为什么，不知道从何时开始，他就变成了昔日风华正茂的自己最讨厌的那种人。

"也许，该改变一下了，随波逐流，终究不如逆流而上啊。"冯元星在心中叹息着。

他跟随断水流大师兄，一路回到了县衙之中。

"我要休息，明日天亮之前，不要来打扰我。"

一回到县衙，断水流大师兄留下一句话，就返回到了后衙之中，消失不见。

前衙正厅中。

小书童清风若有所思。明月则是兴奋得手舞足蹈，她是一路看了断水流大师兄的表演的，对于她这种看热闹不嫌事儿大的人来说，今天实在是过瘾。

"希望大师兄明天能够再大杀一场，我简直要崇拜他了。"暴力呆×小萝莉两只眼睛里都冒着小星星。

"估计，明天县城中的江湖中人，要少一半了。"清风揉了揉太阳穴，一副小大人的口吻，道，"断水流大师兄，并不想真的要赶尽杀绝，他今日大开杀戒，只是立威而已，吓唬吓唬，那些做了亏心事的武林中人，必定是跑得比兔子还快，做贼心虚，明天应该就都跑了。"

"啊？不会吧？"明月闻言大失所望，道，"都跑了？大师兄怎么搞的啊，怎么可以放那些坏蛋都跑掉呢？"

"江湖上的恶人，就像是地里的韭菜，割掉一茬还会再长出一茬，永远杀不完的。"冯元星想起了一些事情，也不由得叹息出声，"而且，江湖上的事情，从来都是帮亲不帮理，杀一个人，可能会惹到他的师门、他的亲人、他的好友，等于是惹了一串，哪里杀得完。"

明月闻言，水汪汪的美丽大眼睛里，闪烁着不解的光芒："惹一堆，那怕什么，只要是坏人，将他们都杀完，不就行了吗？"

冯元星笑了笑，没有说话。

这些事情，太复杂，和这个蠢萌的小丫头解释不清楚。

明月有些丧气失望地托着下巴，道："唉，真可惜啊，我还想明天再看看热闹呢，这下子没有好玩的了。"

一个声音突然从正厅侧门中传进来，道："你这个唯恐天下不乱的二货，还想要看什么热闹啊。"

是李牧的声音。

李牧从侧门中走进来。

"公子，你出关了？"明月一下子蹦了起来，道，"这一次怎么这么快。"

李牧没好气地道："我只是肚子有点儿饿而已。"

他的目光落在冯元星的身上，道："城中的事情如何了？断水流大师兄都解决了吧？"

冯元星不敢怠慢，将今日发生的一切，都说了一遍。

李牧点点头，满意地道："嗯，大师兄果然还是如当年一般刀法无敌，哈哈哈哈……有他撑着，我就可以放心闭关修炼了。"

“只怕事情没有这么乐观啊。”揉着太阳穴的清风缓缓地开口，老气横秋地道，“公子，断水流大师兄今日虽然震慑了一些人，但并不能震慑所有人，比如虎牙宗和天龙帮，明日的约战不可避免，还有那清风寨的‘一刀断魂’武彪，以他的性格，听闻到自己儿子惨死，必定是举寨前来，拼死一战，要玉石俱焚，明天，麻烦更多，以暴制暴，并不是最好的办法，需要智取啊。”

李牧极为惊讶地看向小书童，啧啧称奇，道：“你这个小家伙，还不到十岁，怎么就能知道、想到这么多？那个什么‘一刀断魂’的性格，你也分析得出来？”

“小公子天生神童，智虑周全，统筹谋划，心中有百万兵，就算是下官，也自愧不如。”一边的冯元星毫不吝啬地发动了自己的马屁神迹，简单粗暴地就拍了出来。

说完，他又道：“这些日子，小公子坐镇县衙，汇集各方信息，对于一些值得关注的势力和武林高手，都有仔细调查研究，备下了许多详尽的资料，大人您能够有这样一位天才神童智者在身边尽心尽力地辅佐，简直是如虎添翼啊。”

李牧哈哈一笑，抬手就给了清风一个肉炒栗子，道：“一个小屁孩家家的，一天到晚想这么多，不怕早衰啊。”

清风摸着脑袋，疼得龇牙咧嘴。

李牧看着他那表情，没心没肺地哈哈大笑了起来，道：“你看，这样的反应，才像是一个不到十岁的孩子嘛，要不然我还真的以为你是一个妖怪呢……说起来，我原先一直以为，我身边只有明月这一个妖孽，现在看来，真正妖孽的不是明月，而是你这个小大人。”

明月在一边幸灾乐祸地大笑了起来。

她被李牧在脑门上弹了那么多的“肉炒栗子”，今天清风终于也挨了一个，让她心里平衡了许多。

冯元星很识趣保持了沉默。

不过他也看出来，这只是县尊大人与两个小书童之间独特的交流方式而已，更显得亲近信任。

清风愁眉苦脸地道：“公子，虎牙宗、天龙帮和清风寨，尤其是后者，不得不防啊。"他真的是为了自家这个不着调的公子，操碎了心啊。

冯元星也道："大人，小公子说得不错，清风寨的那个疯子，要是真的被他率领寨众攻进县城，到时候将会是一场灾难，民众必定是死伤惨重，对于大人的威信和政绩，也是一个巨大的打击啊。"

李牧撇撇嘴，心道老子一个外星人，要个狗屁政绩啊。

不过县城中的平民的确是无辜的，李牧知道这事儿其实是自己招惹来的，不管是有意还是无意，但该承担的责任，终究是要承担的。

"从清风寨，到太白县城，有多少路程？"李牧问道。

小男孩书童不假思索地道："清风寨位于太白山支脉的清风山之中，距离太白县城三百里路，路况虽然崎岖，但亦可跑马，如果我计算得不错的话，最迟今日入夜时分，'一刀断魂'武彪就会收到消息，急怒攻心之下，他会连夜驱策，不惜马力，率众袭来，大概在明日凌晨时分，可以兵临城下。"

"兵临城下？清风寨有多少兵？"李牧又问道。

"能够在明日凌晨赶到太白县城的只有骑兵，清风寨的骑兵，有六百，都是精锐。"小书童又道。

看得出来，他真的是做了功课，而且将一切可能的因素，都计算在其中，准确地得出了清风寨攻击太白县城的时间、路线和兵力，这已经绝对算得上是一个合格的谋士能够做到的一切了。

妈的，真的是妖孽。李牧在心里暗骂了一句，这个世界的那个李牧，到底是从哪里捡来这两个妖孽一样的小屁孩啊。

"大人，如果踞城而守的话，我们倒是可以坚持一段时间，但城中的江湖人众多，只怕到时候里应外合……"冯元星面带忧色地道。

但他话还没有说完，李牧就摆手打断，道："放心，这事儿，我已经通知了师门，自有高手去对付那个什么'一刀断魂'，清风寨的人到不了城下。明天大师兄出马，解决掉虎牙宗和天龙帮就可以了。"

说话间，有下人将准备好的饭菜端上来，六菜一汤，极为丰盛。

明月欢呼一声，直接冲向了餐桌。

"哎？等等，给我留一点……"李牧也冲了过去。

小男孩书童面色一变，想到这两位爷吃饭时风卷残云那种架势，也不矜持了，也冲了过去。

冯元星很是无语地站在原地。

一大两小，三个奇葩。吃个饭而已，抢什么啊？又不是吃完这顿就没得吃了。不过，县尊大人的师门，到底是什么来头啊，先是蹦出来一个横扫四方的断水流大师兄，现在又连清风寨"一刀断魂"武彪和六百铁骑都不放在眼里，难道是太白剑派的人？不对啊，太白剑派以剑术出名，门中弟子，从来不修刀法啊。

......

"师门？哈哈，老子一个人，就算是师门。"

练功房中。

李牧对着镜子，发出了阴谋得逞一般的笑声。所谓的断水流大师兄，当然就是他的化身。

实践证明，在连通了"真武拳"第一式"冲天锤"和第二式"朝天锥"之后，身体对于肌肉、骨骼的控制，已经到达了一个常人所不能及的地步，他用这种另辟蹊径的方式，修炼"移肌换骨变身大法"有成，可以改变自己的外貌，甚至连身高体形都可以改变，于是，就有了断水流大师兄的诞生。

第四十三章
拔刀斩

我不是针对你，我是说，在座的各位都是垃圾。

这是李牧在地球的时候，最喜欢的一句金句。

而周星驰主演的影片《破坏之王》，也都是李牧最喜欢的电影之一，他是一个货真价实的星迷，而这部电影之中那个嚣张的日本空手道断水流大师兄，也是非常有特点的一个人物，冷血严肃之中自带搞笑表情包，李牧干脆将自己的化身，命名为断水流。

这是他的一点儿恶趣味。

不过，现在李牧对于这个化身的塑造效果，非常满意。

如今整个太白县城的武林中人，都已经知道了一个确凿的消息，那就是县长大人并非一个人在战斗，他还有一个刀法狠绝的大师兄，而这背后连续透露出来的信息，就是李牧其实并不是散修，而是有师门后盾的，一个可以培养出李牧和断水流这样的年轻一代佼佼者的师门，绝对不是泛泛之辈，那些想要对李牧动手的人，就要好好掂量一下自己的分量了。

"哈哈，我简直是一个天才，身外化身，可以无穷无尽，我可以化身为不同的人，以一人之力，将整个神秘师门都撑起来，吓死这群神州大陆的土著，哈哈哈哈哈！"

李牧乐得嘴都快歪了。

"移肌换骨变身大法"的出现，实在是及时。

"说起来，真的要好好谢谢那个贵公子李冰啊，长安府知府大人的幼子，哈哈哈，太有身为 NPC 小 BOSS 怪的觉悟了，千里迢迢主动送到

太白县来装 × 被打脸，献上装备、功法和经验值，哈哈，简直就是异星球的及时雨啊！"

李牧对着镜子挤眉弄眼。

他在尝试着操控自己的面部肌肉表情。

"移肌换骨变身大法"唯一的缺陷，或者说是以李牧如今对于自身肌肉骨骼的控制力而导致的破绽，就是他变身成为另外一个人的时间，大概只能维持八个小时左右，时间一长，肌肉僵硬，骨骼移位，会恢复原貌。

而且这种变化，只能改变大致的体形和面部五官的一些特征，并不能改变一些细节的地方，比如头发、肌肤特征，以及胎记等等，若是被一些细心人仔细观察的话，还是会发现破绽。

不过，这已经够了。

回头要给监狱大牢之中的李冰，加一个鸡腿。

李牧变回本来的面目，盘膝坐在练功房的蒲团上，闭上眼睛，开始在脑海之中回忆今日与众多江湖高手战斗的过程。

在外人的眼中，李牧化身的断水流大师兄，几乎是一刀一个就将江湖豪客们砍了个人仰马翻，所有的过程似乎并没有什么区别，但实际上，对于李牧自己来说，面对不同的武林高手，面对不同境界的武林高手，他出刀的感觉和收获，都是截然不同的。

这些收获，类似于感悟，必须尽快消化，融会贯通，才能真正转化为自己本身的战力。

否则，时间一长，再深刻的领悟，就都淡忘了。

李牧安静地坐着，脑海之中，不断地推演今日的全部战斗。

事实证明，实战，永远都是一个武者提升自己的最佳途径之一。

上一次闭关，李牧融合了诸多九品武道秘策，自创了"风云六刀"，其中"拔刀斩"和"闪电斩"最为娴熟和成功，而在今日的战斗之中，自始至终，他都是一招"闪电斩"，对于这一招的理解，简直就到了一个前所未有的深刻程度。

或者说，李牧对于这个世界武道的理解，又有了质的提升。

之前，他理解的是理论。

今日，他理解的是实战。

地球上的无数伟人都告诉我们，当理论和实战相结合的时候，会是最可怕的时候。

李牧在原地枯坐了整整两个小时，猛然站起来，然后身形一闪，从兵器架上取下长柄朴刀，摆出了一个收刀而立的姿势。

他在蓄势。

下一瞬间，虚空之中，一道梦幻一般的刀光闪过。

刀已出鞘。

"拔刀斩"！

这一刀的威力，丝毫不逊于"闪电斩"。

地球上，日本剑术之中，有一招极为可怕的剑术，叫"居合斩"，讲的就是在刀剑未出鞘的时候，人剑合一，蓄势待发，犹如水库在积蓄山洪之水一样，这个时候的剑客刀客，是全身上下无丝毫破绽的状态，敌人无法进攻，而等到精气神合一的一瞬间，蓄势达到顶峰，那一瞬间犹如山洪之水冲破水库堤坝爆发一般的力量，集中于一刀一剑一点，近乎可以摧毁一切对手。

"居合斩"是日本剑术剑道之中最为顶级的奥义之一。

李牧的拔刀斩，脱胎于"疾风三十六刀"，后又经过其他九品剑术刀法秘策的滋补，与"居合斩"有着异曲同工之妙，当然，在李牧的手中，"拔刀斩"的威力，要比地球上的那些日本剑客强悍很多了。

一招"拔刀斩"出手之后，李牧又停下来，仔细思考，反思，揣摩，推演。

然后，他再度出招。

"闪电斩"！

接下来的足足一个小时里，李牧一直都在练习这两招。

至于"风云六刀"之中剩下的其他四刀，李牧干脆暂时放弃了将其推衍完整的打算，因为他发现，以自己目前的武道造诣，可能无法做到这一点，"拔刀斩"和"闪电斩"已经耗尽了他对于武道的理解，如果强行推衍剩下的四刀，很可能推演出根本无法与这前两刀相匹配的刀法。

夜已深。

李牧停止了练刀。

他又来到了练功房中的镜子面前，运转"移肌换骨变身大法"，不断地改变自己的面部肌肉，不断地变化骨骼，这个过程就像是在捏橡皮人一样，一点一点地改变，最终彻底变成了另外一个人。

这一次，李牧塑造的形象，是一个神情威猛、体高魁梧的老人。

"就是这个形象了，嘿嘿，师门的小长老。"

李牧笑了笑，该做准备了。

他转身换上了另外一套提前暗中准备好的黑色武士袍，头上包上头箍和黑色方巾，外罩黑色哑光软甲，然后取出一直都暗中收藏的银弓，将其弓身用墨染成为黑色，又将与这柄大弓相匹配的二十根狼牙大箭全都置入箭壶之中，都用黑布包起来绑在身后。

想了想，带上了长柄朴刀，又将从贵公子李冰那里搜刮来的钢丝钩锁、磷弹等东西都带了一些，以防万一，李牧准备好了这一切，从练功房的密门之中走出。

前任老县长颇为花费了一些心思去打造后衙，兵器架上的十八般兵刃都是极品精钢打造，算得上是宝贝，连练功房都布置有暗门，这也是李牧这些日子才发现的，从练功房的暗门之中走出去，就来到了县衙后院的外面。

太白县城依山而建，阳坡面山势舒缓，而阴坡面则是陡峭无比。

县衙坐落于太白县城最高处山巅，俯瞰全城，而县衙后院的后墙外面，杂草丛生，是一片密林，顺着密林往深处走大约千米，则到了阴坡面，是一个终日雾气缭绕的悬崖深渊，听闻悬崖半中间，有地河之泉涌出，顺着悬崖轰鸣而下，形成了九条瀑布，蔚为奇观。

李牧身形闪烁，"真武拳"第二式"朝天锥"赋予的轻身术催动，整个人犹如一缕青烟一般，瞬间就消失在了县衙后院外的密林中。

越过密林，悬崖深渊就在眼前。

天空之中，双月高悬，光华清冷，这是一个月色明媚的夜晚。

李牧几乎没有任何的犹豫，纵身一跃，就朝着悬崖之下跃去。

他当然不是自杀，而是要走捷径下山，去拦截清风寨可能到来的袭击，将灾难在降临到太白县城之前就彻底掐灭，而之所以要走捷径，是因为他是以化身的身份出去，自然是不能被人知道。

从这个悬崖上跳下去，就可以一直到山底，是最快的路。

有了"真武拳"轻身术，李牧几乎如一片羽毛一样，飘飘荡荡地缓慢往下飘，速度很慢，偶尔抓住山藤，在悬崖峭壁上休息一下，或者直接以手掌插入山壁中，挂着休息，如此往复几次，已经下降了三四百米。

耳边的水瀑轰鸣声越发清晰。

李牧心中一动，显然是到了传说之中九龙山泉瀑布的位置了。

这是前段时间，小妖孽清风在饭桌上对李牧进行"填鸭式"狂轰滥炸灌输各种天文地理人事知识的时候，讲述的一段信息，李牧记忆犹新，不过再生动的描述，都不如亲眼看到这九龙瀑布的画面清晰震撼。

真的很难想象，这岩石山壁之中，如何会有这样的泉眼喷发。

这水势磅礴大气，似是海眼爆发一样，水落之声，犹如滚雷，极为惊人。

李牧心中，暗暗称奇。

想来是因为这瀑布距离悬崖顶端太远，所以昔日在县衙后宅中的时候，并不会听到瀑布水落如雷的声音。

"这个世界灵气澎湃，山水地理不能用地球的物理维度来衡量，也不知道这山壁之中，蕴藏着什么样的暗河暗水，等到日后有时间了，可以靠近这瀑布去仔细观察，说不定，就如同《西游记》里面所说，万一这瀑布后面，隐藏着一个水帘洞呢。"

第四十四章
"一刀断魂" 武彪

李牧在心中想着，收回了目光，在四处打量着。

他找好了下一个落脚点，施展轻身术，化作一道闪电，继续腾跃起来。

这山崖深渊之中，不似后衙练功房中那样窄小，这里天地广阔，无拘无束，可以由李牧尽情施展试探"真武拳"轻身术的极限，他双足发力，一个腾跃之间，就是三四十米，且速度快如闪电一般，简直要比山间最灵敏的猿猴还要轻捷。

腾跃到尽兴处，李牧只觉得浑身热血翻滚，豪气勃发，犹如在飞一样。

飞翔，地球人类自古以来最为热衷的梦想，虽然科技的发展，让人类可以乘坐飞机等交通工具，亦可以用滑翔伞、热气球等等，感受到腾空而起的美妙，但不管如何，都无法与此时的李牧相比。

李牧觉得自己好像是真的插上了翅膀一样，在悬崖深渊之间飞翔。

他忍不住发出了一声长啸。

啸声伴随着滚雷般的九龙瀑布轰鸣之声，激荡在峭壁深渊之中。

随着李牧不断地腾跃，对于"真武拳"第二式蕴含的轻身术的奥义，就越是感触深刻，有了新的领悟，而它的威力，也在不可思议地提升着。

大约一炷香时间，李牧的每一次腾跃，已经可以达到百米。

这种腾跃距离，已经非常可怕，放在地球上，就是超人一般，百米摩天大楼一个深蹲腾跃就可以跳到顶部，绝对是震惊整个世界，而即便是在这个武道星球，这种轻身术只怕也是惊世骇俗，至少到目前为止，李牧还未见过轻功可以达到这种程度的高手，就算是合意境的一流高手，也做不到这一点。

而且，渐渐地，李牧已经可以掌握速度的快慢。

他可以在闭气的时候，如一尾羽毛一样，几乎不受重力牵引，飘飘荡荡犹如御风而行一样，亦可以突然化作陨星一般快如闪电，急速下坠，快如飞矢流星一样。

李牧无比享受这种感觉。

翱翔天地，一切似尽在掌握之中。

大概半个时辰之后，李牧就到了深渊底部的位置。

下面是一个碧波浩渺的大湖。

这湖泊面积巨大，一眼看不到边际，幽深而冒着寒气，应该是九龙瀑布冲刷千万年而形成的，处于这样的深渊峭壁之下，月光照耀，犹如一面平静的镜面一样，充满了一种原始而惊悚的神秘感。

不知道是不是错觉，李牧看向那平静湖面的时候，心中竟然升起一种毛骨悚然的危险感觉，总觉得有一种野性危险在无声无息地升腾，好像那平静的水面之下，隐藏着什么可怕的深渊巨兽一样。

他没有过多停留，第一时间离开。

月光如水照深林。

李牧身形如一道黑光一般，穿梭在深山之中。

大约一个时辰之后，他停了下来。

"到了。"

李牧立在一座百米高的石峰之上，俯瞰下方。

前方，山势重重，树茂林深。

山沟之中，有一个三岔道口，三条宽阔不一、平整不一的大道就像是月色下暗黑山岭之中的三条白蛇一样，蜿蜒而过无数的沟壑丘陵，在这里会合缠绕了起来。

这个三岔道口，有一个响亮的名字，叫汉岔口。

它是外界通往太白县城的必经之地。

不论是从何方来的客商旅人，想要进入太白县城，走官道的话，必定会通过这里。

所以清风寨的疯子"一刀断魂"武彪，真的发疯想要为儿子报仇，率领麾下的铁骑进攻太白县城的话，必定是要经过汉岔口。

今夜，李牧来到这里，就是为了阻击。

或者说是伏击也不为过。

"小清风的计算如果没有出错的话，那大概再有一个时辰，清风寨的人就要出现在下方的汉岔口了，到时候……"李牧深深地吸了一口气，脑海之中，已经在构思着该如何解决掉这一次的麻烦。

这一次只身前来，是他所能够想到的最好的解决办法了。

说实话，李牧怕死，有些尿。

虽然这些日子经历了数场搏杀，见过血，杀过人，但之前的战斗，都几乎是碾压式的胜利，并不算是什么特别的考验，也完全秉承了地球时老神棍那一句"打得过就打，打不过就跑"的金玉良言，对于李牧来说，之前所有的战斗，都是小考。

今夜，将会是一次"大考"。

因为对手是"一刀断魂"武彪。

在小书童清风的评价体系之中，武彪是一个很可怕的存在，早就在数十年之前进入合意境的他，已经超越了一流高手的范畴，算得上是超一流高手了，比之前的什么神农帮主司空镜、贵公子李冰以及南文争等人强多了，如果说南文争之流算是帝国西北武林道上的熟脸的话，那"一刀断魂"武彪就是真正意义上的名宿了。

李牧做到的战绩，武彪亦可以轻松做到。

所以没有什么可比性。

如果不是脑海之中一遍遍地出现一旦太白县城被攻破，到时候会血流成河，无数平民惨死的画面的话，李牧真的想要撂挑子闪人了，毕竟弄不好，就得搭上自己这条命，不死怕是也要重伤。

但问题是，他真的狠不下心逃跑。

毕竟是一个从小接受了五讲四美、社会主义核心价值观的良好少年，虽然尿了点，但并不是完全没有担当，在李牧看来，自己被传送到这个星球，阴差阳错成为太白县县令，眼前的这一切，都是自己引起的，这个屁股，也该得自己擦。

有的时候，就算你明明怕得要死，也要坚持去做一些事情。

这就是人性。

"妈的，管他呢，要是打不过，就逃跑，反正我已经算是仁至义尽了。"

县令大人自己在心里这么安慰自己。

然后，他挑选了一个相对隐蔽的石峰，坐于一棵古松之下，开始吐纳呼吸，运转"先天功"，进行修炼，调整状态。"先天功"在平心静气、舒缓筋骨、恢复力量方面，有着极为变态的效果。

很快地，他仿佛与整个山岩融为一体了。

……

深山，崖壁陡峭，石峰如刀剑耸立。

清风山这个名字听起来诗情画意，但实际上，这是绵延数百里的太白山脉之中，出了名的险峻之地，山势陡峭，犹如天神之斧劈砍出来的一样，山中有雾，虽然终年罡风缭绕，却吹不散这灰蒙蒙的雾气。

清风寨位于清风山的最深处。

从山外往清风寨只有一条路，需连续通过四道长达一百多米的一线天缝隙，地势易守难攻，只需要提前布置好陷阱机关，就算是超一流的武道强者到此，也很难强行进入其中。

清风寨是方圆数百里出了名的藏污纳垢之所，一些犯了罪的武者、江湖浪子和落魄士卒逃兵，聚集在这里，打家劫舍，无恶不作。

但这么多年过去，清风寨却没有被大秦帝国剿灭，也没有被诸多嫉恶如仇的白道高手所捣毁，反而是越发地兴旺，这除了地势原因之外，老寨主武彪的个人实力，也是一个很重要的原因，就连太白山脉首屈一指的武道霸主级宗门太白剑派，都不想招惹这群疯子。

这些年，寨中聚集了亡命之徒数千人，声势浩大，可以算是一方之霸。

不过，所谓成也萧何，败也萧何，寨主"一刀断魂"武彪以强横的个人实力，撑起了清风寨，却也是因为他只是一个纯粹的武夫，修为强横但目光不长远，加之寨子的名声实在是太臭，不为武林道上所认同，否则的话，只怕是清风寨与"血月帮"一样，也有冲击入品宗门帮派的资格了。

日暮时分，炊烟袅袅。

往日，这个时候的清风寨中，必定是在纵情狂欢、放浪形骸之中，到处都能听到群魔乱舞、鬼哭狼嚎之音，但今日却截然不同，自从放出去探信的哨子回来，见了寨主之后，一声狂暴犹如山林之中的巨熊被抢走了配偶一般的咆哮声就从聚义厅大殿之中传出来。

每一个寨众都听得清清楚楚，这是老寨主愤怒的嘶吼。

上一次，老寨主如此愤怒，是什么时候的事情了？

一些加入清风寨不超过五年的喽啰甚至都没有经历过这种事情。

"坏了，寨主发怒了。"

"天要塌了……"

"上一次寨主如此暴怒，是因为他最心爱的一个小妾，和八当家私奔了，后来那两人被抓回来，被寨主足足割了十天十夜，折磨得连声音都发不出来，才最终断气，老寨主还不解气，屠了周围三个村子，杀得血流成河，才收了刀。"

"嘘，小声点，这个时候，不要乱说话，被寨主听到，你脑袋搬家。"

一些资历较老的喽啰，则是已经开始惊恐起来。

武彪疯起来，可是连自己人都要杀的。

到底发生了什么事情。

很快，一个身形魁梧犹如铁塔一样的男子，肌肉仿佛是钢铁浇铸一样，身披着鲜红色的简单铠甲，一个赤红色的护心镜，护住了心脏位置，赤红色的头发，并不长，犹如钢针一样竖起来，手臂快要和普通人的腰一样粗细了，手中倒拖着一柄两米多长的鲜红马战大刀，以血钢锻造，刀刃没有开锋，在地面上摩擦发出一簇簇火花，还伴随着令人心悸的摩擦声。

这黑塔一般的恐怖男子，正是清风寨主"一刀断魂"武彪。

第四十五章
狙　击

　　他一出现，整个清风寨之中，好像突然被无形的手掌按下了消声键一样，瞬间变得鸦雀无声。

　　无数的寨众喽啰，用敬畏、崇拜、炙热的眼神，看向这个撑起了清风寨一片天的男人。

　　"召集血骑，即刻出发，我要血洗太白县。"

　　武彪的声音，低沉而又嘶哑，一如他此时此刻的心情，就像是凝聚在天空之中的血云一样，酝酿着可怕的雷电风暴。

　　"寨主，夜行的话，会损耗马力……"一位血骑喽啰头领一怔，下意识地开口建议道，"不如等到明日一早，只需两个时辰，就可以赶到太白县城……"

　　咻！一道血色刀光一闪。

　　这个平日里颇受武彪重视的血骑头领的脑袋，就冲天飞了出去。

　　武彪缓缓地收回手中的马战巨刀。

　　所有人噤若寒蝉。

　　一边的二当家，是一个谋士一样的角色，相貌清癯的中年人，据说曾经是一个失意的秀才，一见这种情况，连忙大喝道："寨主命令，你们还没有听到吗？快去准备，寨主不想再说第二遍……血骑出发之后，六弟你整备步战队，清风寨所能可战之人，全部都出发，用最快的速度赶往太白县，到时候，寨主应该是已经攻下了县城，尔等可以在县城之中纵情洗劫杀戮，为所欲为……"

　　他这一番话，令所有的喽啰都兴奋了起来。

清风寨虽好，毕竟是苦寒之地，哪里比得上太白县城之中富饶，只要一想到太白县城之中那美丽的女子少妇、抢不完的金银珠宝、吃不完的美食酒肉，每一个喽啰都觉得兽血沸腾了起来。

很快，血骑集结完毕。

武彪翻身跨在自己的坐骑"九鼎菊花豹"上，面色冷酷，道："都给我记住了，攻入太白县城，鸡犬不留，不管是老人还是小孩，全部都给我杀绝，我要他们，为我的儿子陪葬，你们之中，要是谁敢心软，饶过一个人，不，就算是放走一条狗，我也会让他明白，活在这个世界上，是一件多么痛苦的事情。"

所有寨众喽啰都大声地应命。

物以类聚，人以群分，他们都是亡命之徒，杀人放火，无恶不作，根本不会有什么心软之说。

"大哥，那个断水流如何处置？"一边的三当家问道。

"断水流，还有那个李牧……"武彪冷哼了一声。

他的嘴角，勾起一丝残忍无比的弧度，没有再说什么，但是谁都听得出来，他话语之中，那种阴森如来自地狱深处的可怕恶魔之潮一样。

马蹄声轰鸣。

四百血骑犹如暗夜之中狂涌的邪恶之血一样，蹿向了月色大山之中。

……

汉岔道口。

月色如水照深山。

时间在双月经天之时，悄然流逝。

李牧宛如一块山石一般，四肢身躯一动不动。

他正在修炼"先天功"。

这一门老神棍传授的神仙功法，在过去的每一天时间里，李牧都是勤修不辍。

月光犹如银辉，洒落在李牧的身上。

仔细观察的话，李牧的身体如老树枯枝、千年岩石一样，几乎毫无气息，唯有胸部有微微的起伏，当他呼吸的时候，口鼻汲取天地之间的灵气，气流在他的身边形成了一个无形的漩涡，吸气的时候，周围的树叶、青草微微向他倾斜，而呼气的时候，则又朝着相反的方向倾倒。

就连月光，似乎都更加喜欢朝着李牧洒落。

他的身体表层，凝聚着一层淡淡的月辉，身体犹如在自动发光一样。

而且在每一次呼吸的时候，李牧都可以清晰地感觉到，吸入的清气犹如暖流，在自己奇经八脉和四肢百骸之中游走，如淙淙溪水流过沙地，冲刷土层泥沙阻塞一样，而大概运行一周之后，这种清气的暖意逐渐消散，变得冰冷了起来，如退潮一般，退回来，带着杂质，化作浊气，从口鼻之中呼出去。

一吸一呼，循环往复。

清气入，荡涤身体，携带杂质，化作浊气而出。

后天之躯，便在这样的一呼一吸之间，不断地提升开发着。

这种感觉，与这个星球上各种修炼内气的武道秘策之中，所描述的内气运行周天的感觉一模一样，但问题是，只有在李牧修炼"先天功"的时候，才会出现，而不是像这个星球的武者一样，每一次修炼之后，都可以将内气留在体内，化作己身的力量，而李牧修炼完"先天功"之后，这样的热流会完全消散，不会在体内停留一丝一毫。

这就是症结所在了。

按照老神棍的说法，"先天功"共分为十二层，每一层都有不同的妙用，与"真武拳"有着相似的奥义，但相比较"真武拳"，"先天功"的修炼速度要更慢一点，所以李牧如今第一层还未臻至圆满。

"先天功"与"真武拳"，更像是内功与外功的区别。

李牧无法确定，等到第一层大圆满之后，无法蓄住内气的状况会不会改变。

但即便是如此，"先天功"对于李牧身体的改造，以及带给李牧在其他方面的增益，已经是无比恐怖，比之"真武拳"也丝毫不逊色。他能够清晰地感觉到，自己每一分每一秒都在变强。

转眼，又是一个小时过去。

李牧的精神和体力状态，都达到了一个巅峰。

他突然似是感应到了什么，睁开了眼睛。

汉岔口西南方向的道路深处山岭中，突然惊起了黑乎乎一片飞鸟，扑棱扑棱地扇着翅膀，四下慌乱逃窜，在寂静的深夜之中，显得无比刺耳显眼。

来了。

李牧听力惊人，隐约已经听到了马蹄声如急雷一般从那山道深处传来。

"比小书童清风计算的时间，要早了一个小时。"

他缓缓地解下背后的包袱，将涂成漆黑的银弓取出来。

月色下，墨汁吸收了光华，银弓并不反光，所以也不会因为这个原因而被发现。

精钢打造的狼牙大箭箭杆上，也涂抹了黑漆，箭羽的位置，之前的真羽已经去掉，取而代之的是三棱形的钢翼，这是李牧根据地球上一些热兵器造型，专门让工匠打造改制的，一般的弓和一般的弓手，根本无法使用这种重箭。

但李牧并非一般人，银弓也不是一般的弓。

他将二十支狼牙大箭，齐齐摆放在自己的身前，取出一支，搭在弓弦上，并没有着急开弓，而是继续注视着下方的山道。

月色朦胧，远处，马蹄声越发清晰了起来。

李牧所在石峰的位置，距离汉岔道口约有百米，即便是居高临下，一般合意境的武者就算是运气于双目经络之中，也很难在月色之下看清楚。

但李牧因为"先天功"对五官感知的改造，双目简直就如同是高倍望远镜一样，随着瞳孔扩张收缩，仿佛是自动调节焦距，短暂的适应之后，很快几百米之外山道上，一切都在他眼中清清楚楚。

山道上，四百血骑仿佛是邪恶之血一样汹涌翻滚而来。

所过之处，尘土飞扬，惊飞了无数的倦鸟。

"怪不得……"李牧看到这一幕，若有所思地点头。

清风寨的人马，要比小书童清风预计的时间更早来到汉岔道口，原来是因为对方不惜马力疯狂赶路，这种月色山道之中，狂奔中的战马很容易出现失蹄现象，一旦控制不好，那就是一场"交通事故"，损伤马匹和骑士，看来"一刀断魂"武彪要比小书童想象的更加疯狂。

血骑洪流，汹涌而来。

"那应该就是'一刀断魂'武彪了。"李牧的目光，落在了最前面那个铁塔一般的血刀巨汉的身上，即便是隔着数百米远，在看到这人面貌的瞬间，他依旧感觉到了一种压力。

用地球上武侠小说中的话来描述，就是感觉到了一种可怕的气机牵引，像是磁场一样。

而更让李牧感到意外的是，武彪胯下的坐骑，竟然并非战马，而是一头要比战马更加庞大和凶猛的异种豹子。

这头豹子怪异到了极点，黑色皮毛之上有一朵朵橘黄色的斑点，像是菊花开放一样，豹子足有两米高，三四米长，矫健到了极点，披着简单的兽甲，驮着武彪这样的壮汉，外加一柄两米长的血色巨刃，依旧穿梭如飞，要比血骑的精锐战马更加快速敏捷。

"酷啊，要是搞过来，骑着这样一头史前巨豹子回地球，可以装一个大大的 × 啊。"

李牧的眼睛都亮了。

他从未想过，这个世界中，竟然还有人将这种豹子当坐骑的，简直就像是在李牧的脑海之中打开了一扇新世界的大门一样，既然可以骑豹子，那是不是什么变异狮子啊、蜥蜴啊、蛟龙啊什么的，都可以驯化为坐骑呢？

他兴奋了起来。

一兴奋，就忘记了害怕。

李牧算准了距离，抬臂，拉弓，深吸一口气，第一支狼牙大箭对准了血骑队伍最前端那个骑着菊花豹的男人。

第四十六章
神　箭

李牧的箭术，脱胎于马君武的狩猎射箭之术，如今已经是青出于蓝而胜于蓝。

猎杀箭术所射出的第一箭尤其重要，堪称绝杀之箭。

暗夜月色之下，李牧精气神合一，力量在体内运转。

他的脊柱犹如大龙一样发力贯力，强大的力量在双臂之间涌动，无声无息之中，银弓已经被拉开了三分之一的程度，这已经是李牧所能拉开的最大限度，然后手指一松，狼牙大箭化作一道漆黑色的闪电，撕裂了夜空。

……

山道上。

武彪在催动坐骑狂奔。

他心中的杀意和愤怒，犹如烈火在燃烧，简直要焚烧一切。

儿子死了。

他的血脉断绝了。

虽然他这些年抢了不少的美貌女子，清风寨中压寨夫人数十个，但不知道因为什么原因，就是无法为他生出一个半个的子嗣来，武飞龙是他唯一的儿子，寄予厚望，甚至可以说是他精神世界的支柱之一。

但是没想到，这么重要的一个儿子，却栽在了一个毫无危险的小县城之中。

此时的武彪，就好像是压制到了极点快要爆发的火焰山一样。

一旦那愤怒的火焰爆发出来，就要毁天灭地，焚尽八荒。

他已经迫不及待地想要大开杀戒，快要等不及到太白县城了。

前方，汉岔道口遥遥在望。

"快了，过了这个道口，不远就是太白县城了，趁夜冲进去，烧杀抢掠，让整个县城化作修罗地狱，鸡犬不留，鲜血成河，所有的人都身首异处，为我的儿子陪葬……儿子，黄泉路上，让他们跪在你面前忏悔吧。"

武彪心中发狠。

但就在这个时候，他的心中，毫无来由地突然涌起一丝警兆。

一种莫名的危险感觉将他笼罩。

"不好……"

他心中狂呼一声，血色马战巨刀已经握在手中，几乎是本能迎面一道刀光就斩出。

轰！

夜空之中，骤然爆起一簇火星。

火花溅射。

巨刀斩中了什么，铁屑爆裂，可怕的声音轰鸣，似是平地一声雷。

轰鸣声响彻方圆三四十里。

武彪只觉得双臂巨震，虎口发热，哪怕是他疯狂运转内气，但身体依旧如腾云驾雾一样，不由自主地朝着后方飞去，而他胯下的"九鼎菊花豹"也发出一声哀鸣，止住了前冲的势头，朝后跌跌撞撞地飞去。

砰砰砰！

血骑马队正在狂冲，猝不及防之下，顿时遭受巨大的损失。

武彪铁塔一样的身躯激飞倒撞回来，撞在第一匹战马上。

瞬间咔嚓咔嚓的骨裂声传来。

战马和马上的骑士就被撞得四分五裂，化作了血浆肉泥一样爆裂开来。

而武彪的身躯还未止住后退之势，连续撞死了四匹战马、三个清风寨武者，才落地，踉跄后退了四五步，在岩石地上留下十个深深的脚印，才止住了身形。

"敌袭！"

"有埋伏！"

"止马，防御！"

各种惊乱的大喝声此起彼伏。

血骑虽是清风寨的精锐，但毕竟是土匪寨子而已，不是正规军队，加之不惜马力狂奔数百里，损失了一部分，此时锐气大挫，突然遭受到了这种可怕的袭击，如何不乱。

武彪落地的瞬间，身形微微一顿，一身强横的内气力量运转到了极点。

内气外放。

赤红色的光气缭绕在周身，仿佛是一朵燃烧的火焰一样。

他将巨型的马上战刀握在手中，脸色阴沉如水，怒吼了起来。

"何方鼠辈，藏头露尾，暗中射冷箭，还不给我滚出来。"

声音宛如金石交鸣，以雄浑无匹的内气激荡，扩散开来，仿若狂涛怒澜拍打礁石一样，激荡在双月高悬的深山中，震得周围树木滚滚，落叶缤纷，山石激荡，其威势令人瞠目。

方圆数里，无数惊鸟惊慌失措地飞腾起来。

就在刚才那电光石火的瞬间，武彪只能勉强分辨出来，偷袭了自己的那一道恐怖力量，是一支箭。

但这支蕴含着恐怖力量的箭矢，到底是从什么方向射过来的，他竟然没有能捕捉到。

暗夜之中，风声鹤唳。

周围阴影之中充满了无数的杀机。

这一瞬间，武彪的脑海之中浮现出了方圆数百里之内最强的几个箭术高手的名字，但是他很快就又否定了。

因为他所知道的这些箭术强者，绝对无法射出刚才那样石破天惊的一箭。

那一箭的威力，让他也感觉到了一种毛骨悚然的恐惧。

若非是武彪早就已经臻至合意境的巅峰，触摸到了更高层次的一缕契机，产生了灵觉，提前一瞬间预警到了危险，他丝毫不怀疑，自己被这一箭射中绝对会化作肉泥雪血雾。

当真是生死一瞬间。

清风寨的血骑军高手们，这个时候也终于都反应过来。

"吁！"

二当家冷静下来，大喝，发出军令。

血骑军犹如潮水一般，哗啦啦地拥聚过来，将寨主武彪围在了最中间。

整齐划一的金属摩擦之声，无数道血色长枪齐刷刷地朝外刺出。

森寒的枪尖在月色下闪烁着金属冷酷的光泽，远远看去，血骑军就像是一只巨大的血色金属刺猬一样，摆开了防守阵势。

作为清风寨中的精锐部队，他们还是展现出了一丝丝这个星球上冷兵器军队的风采。

四周山野之中，月色如刀。

山林的阴影像是张开了血盆大口的恐怖巨兽一样。

原本美丽的月色山景，变成了阴森鬼蜮一样的感觉。

风过山林，其音萧然，如百鬼夜行。

武彪一双眼睛之中有丝丝赤色精芒闪烁。

他将功力运转到了极点，扫视周围山峰峭壁，方圆百米之内，竟是无法找到任何杀机外泄之气或者是隐藏暗中的强者气机。

顿了顿，武彪面色阴冷，再度开口，道："能够射出这惊天一箭，当不是无名之辈，为何不敢现身，难道是怕了武某人手中的血刃刀锋吗？若是那样，请滚回去吧。"

声音激荡，犹如金铁交鸣，回荡在月色山峦之间。

百多米远处，石峰之上。

暗影之中，李牧心中暗暗惋惜。

合意境巅峰的强者，果然是灵觉敏锐。

武彪在电光石火的一瞬间，感觉到危险的降临，从而做出反应。

这更像是一种生命的本能反应。

而刚才这一箭，乃是汇集了李牧最强箭术技巧和精气神意的一箭，足以开山碎石，但竟然被武彪在关键时刻给挡住了。

狩猎箭术，第一击最是凌厉，堪称绝杀之箭。

如果第一击无功而返的话，那后续之箭，亦是很难奏效了。

听到武彪的邀战和嘲讽，李牧无声地呵呵一笑。

老子现在走的是 ADC 路线，当然是要远攻啊，傻 × 才会真的因为这样的话就冒冒失失地出去，和你这样一个带着一群"小兵"的肉搏啊。

通过刚才这一箭，李牧对于武彪的实力，已经有了一个更加直观的判断。

这个外号"一刀断魂"的清风寨之主，显然是他来到这个世界之后，所遇到的武者之中，实力最强、最可怕的一个。

他站在石峰之上，脑海之中飞快地做出计划，俯瞰下方清风寨血骑军的金属刺猬防御之阵，手中的银弓再度拉开，弓弦上，扣上了第二支狼牙大箭。

箭尖，对准了金属刺猬军阵中心的武彪。

足足簇拥了十几层的血骑军，在李牧的眼里，和纸糊的一样，他一箭就可以完全射穿。

但略微犹豫了一下，他改变了想法。

箭尖略微移动，不再瞄准武彪，而是对准了武彪身边的清风寨三当家。

绝杀的第一箭都不能射杀毫无防备的武彪，那第二箭就更加不可能了。

毕竟这种级别的高手，一旦已经产生警觉，开始戒备，就催动了全部的力量，气场释放，无懈可击，精气神和反应都提升到了极点，根本无法伤到他。

所以还不如射杀其身边的其他貌似头领的高手，争取消灭敌人的有生力量。

反正，清风寨中人，各个满手血腥，恶贯满盈，不存在误杀好人的可能。

这些念头在李牧的脑海之中一闪而逝。

旋即，他松开了扣住弓弦的手指。

暗夜之中，一道漆黑流光，一闪而逝。

近乎是在李牧松开手指的瞬间，百米之外的血骑军金属刺猬军阵，就像是被真正的雷霆劈过一样，炸裂开了一道血痕缝隙。

前后十一层的铠甲喽啰，犹如穿糖葫芦一样被这一股恐怖的力量洞穿。

而那位骑在战马上的三当家，在毫无知觉和反应之中爆裂了开来，像是一尊被攻城弩射中的瓷器塑像一样……

箭矢余力不衰，更是射穿了三当家后方的数十名喽啰。

然后轰的一声，在山道边的山壁上，轰开一个直径一米的凹陷深坑，深坑的最中心一道手指粗的细洞深不见底，边缘炙热犹如岩浆，冒着青烟……

那一根狼牙大箭已经深入石壁不知道多少米了。

血雾弥漫。

白骨飞溅。

其他所有的清风寨血骑军根本就没有反应过来，在这一瞬到底发生了什么。

原本活生生的同伴，突然就像是蒸发一样化作了血雾，一切都快到了极点，那些死去的血骑军喽啰，甚至连惊呼声都发不出来……

第四十七章

近 战

然后，同样的事情发生。

又有一道黑色的力量降临，生生地在已经破开了缺口的金属刺猬军阵上，凿出了一道死亡血痕。

一切，都像是灾难一样瞬间降临。

不足一息的时间，就有四五十名清风寨喽啰在瞬间蒸发般地死去消失。

所有的清风寨喽啰的心都被深深的恐惧狠狠地攫住。

身上那厚重的铠甲和手中铁木的盾牌，根本不能为他们提供丝毫的安全感。

而这个时候，身上沾染着死去的三当家断臂和血浆的"一刀断魂"武彪，眼眸之中杀机迸射，手中的血色巨刃一指正前方，怒吼道："在那里……给我把他揪出来。"

他终于察觉到了那可怕的箭矢射来的方向。

咻咻咻！

血骑军中，亦有箭术高手在瞬间射出了箭矢。

这些箭手都是合气境的高手，所握的弓也都算得上强弓，足以射出百步，是武彪这些年精心培养的箭术高手，曾依仗这些箭手和清风寨的地形，击退过大秦帝国军方的围剿，也坑杀过一些自命不凡的白道强者，算得上是寨主武彪的撒手锏之一。

瞬间，夜空之中，箭矢犹如飞蝗，似暴雨。

一阵急促的弓弦震颤之音，仿佛细密的雷霆炸响。

弓如霹雳弦惊。

所射的方向，正是李牧立足的石峰。

"一刀断魂"武彪的确是察觉到了正确的方位。

但这些箭矢，却根本无法射到李牧跟前，射程只到一半的距离就力竭，歪歪斜斜地掉落在地面上了，所谓的清风寨的精锐强弓手，根本就是一个笑话。

而回应他们的，则是三道黑色流光。

轰轰轰！

三箭之下，四五十位清风寨强弓手化作肉泥血雾爆炸了开来。

李牧站在远处的石峰上，心中也是震撼不已。

这是他箭术大成之后，第一次真正将其运用于实战之中。

威力之强，简直远远超出了他一开始的预估。

"卧了个大槽，银弓配合上'真武拳'赋予的恐怖怪力，这一箭射出去，简直堪比地球上的巴雷狙击步枪……，不要比狙击步枪更可怕，简直就像是加农炮炮弹一样啊，这种破坏力有点儿惊人啊。"

就在他感慨的工夫，远处的血骑军已经发起了冲锋。

军阵变化，犹如一支尖锥一样，顺着山道，催动了战马，犹如血色暗潮一样朝着石峰冲来。

残存的强弓手，在枪盾骑兵的掩护之下，冲到一半，再度开弓射箭，无数的箭雨，朝着石峰覆盖了下来，这一次，在拉近了距离之后，那飞蝗一般的箭矢，终于可以覆盖到李牧所在的位置。

同时，有四十多名轻功不错的清风寨喽啰，背负着长绳钩锁，轻骑快马冲出，迅速地接近石峰，然后抛出手中的钩锁，钩在山石之上，借助绳索的力量，一个个都如猿猴一样敏捷，朝着石峰顶端靠近。

不得不说，清风寨血骑军的应对很快，也很合理。

这个星球是一个武道世界，空气之中具有老神棍所说的"灵气"，人人都可以修炼武道，可以增强体力，具有远超地球人的力量、速度和技巧，所以冷兵器作战的水准远超地球古代，眼前这血骑军只不过是一个占山为王的寨子的精锐而已，就有如此反应，可以想象，三大帝国的精锐军队，恐怖到了什么程度。

李牧看到，"一刀断魂"武彪这个武疯子，竟然并未第一时间就依仗着个人强横的武力而发起冲锋攻击，而是与一些亲兵拖后，犹如一头愤怒之中依旧保持了一丝丝冷静的狼王一样，在观察和判断。

武疯子也有冷静的时候。

不过，这并没有让李牧退缩。

"既然这样……看你能够忍到什么时候。"

李牧将心一横，不管不顾射过来的漫天飞蝗箭矢，而是手中银弓不断地开合，施展连珠箭术，一口气将剩下的十几支特制的狼牙大箭，全部都射了出去。

与此同时，血骑军射出的箭矢，如雨点一般地飞射到了李牧身前。

但跨越了这么长的距离之后，这些箭矢本就已经力衰，且这种骑兵冲锋散射，大多数都不精准，大部分的箭矢，都落在了旁边的山石松木上，偶尔一些射在李牧的身上，却如隔靴搔痒一样，连李牧经过了"先天功"和"真武拳"改造提升的身躯皮肤都射不透，仿佛是射在了厚厚的特制皮革上一样，被弹了开去……

而截然相反的是，李牧射出来的狼牙大箭，简直就像精确制导的飞弹一样，轰击在了下方山道上冲锋的枪盾喽啰和强弓喽啰队伍中，威力奇大，直接造成了毁灭性的打击，百多名的清风寨喽啰瞬间被射爆了身躯，肢体四分五裂，同时山石炸裂崩飞，尘土飞扬中，又有一些喽啰被砸死砸伤……

这根本就是一种不对称的屠杀。

"一刀断魂"武彪骑在精神萎靡的"九鼎菊花豹"的背上，神色阴沉。

"这种箭术和威力……难道是神宗'关山牧场'下属的名闻天下的'控弦营'的强者到了？不可能啊，'控弦营'中的大人物们，怎么可能会出现在这样的穷乡僻壤之中？西北武林道上，就算是号称'射天狼'的箭术大家李不语，箭术也没有这么霸道啊。"

武彪心思电转。

这就是他没有第一时间冲上去的原因。

这种箭术，太霸道刚烈可怕了。

他虽然是个武疯子，并不是真的疯子。

数十年维持盛名不衰，靠的不仅仅是疯狂。

不知道真相的外人，都道他是个不怕死的愣子，但其实他外粗内细，也是有心机的，故意给塑造了一个疯子的形象，在这个残酷的武道世界，任何一个武者可以成名数十年，都是有过人之处的，不会是傻瓜。

血骑军损失惨重，武彪心中只是略微感觉到惋惜，但却并不心痛。

他培养这些爪牙，就是为了要自保，为了供自己驱策，在他的眼中，这些喽啰就是随时可以放弃的棋子而已。

这一次为了替儿子报仇，武彪可以说是倾尽寨子的精锐而出。

他一心想要血洗太白县城。

但这样做了，后果是什么，他心中非常清楚——肯定会被大秦帝国追缉，到时候清风寨是绝对无法再盘踞下去，所以他已经做好了在太白县城杀人放火洗劫一番之后远遁千里的准备，清风寨的基业，丢了就丢了，反正儿子都已经死了，留着寨子也没有什么用了。

武彪的目光，带着仇恨和愤怒的火焰，看向远处那座石峰。

这时，以六当家为首的轻功精锐，已经借助绳索钩锁，终于登到了这座约百米高的石峰之上。

六当家是一个身形瘦高如竹竿一般的汉子，面目如灰鳅一样，是清风寨之中第一轻功高手，口中咬着一柄细长的弯刀，身形一纵，跃上峰巅，丢开绳索，看到峰巅只站着一个人，狞笑一声，将弯刀握在手中，一跃就冲杀过去。

细长的弯刀，在月色下划过一道白色的光华。

六当家对于自己的刀法也很自信，他曾向寨主武彪请教过，得到过肯定的评价，在他看来，再强的弓箭手，一旦被近身，那就像是被斩掉了钳子的螃蟹一样，根本就是死路一条。

然而，迎接他的，也是一道刀光。

月色之下，这一道刀光充满了梦幻般的色彩。

六当家只觉得自己的灵魂都在这一道刀光之下被迷醉了一样，不想躲避，不想大呼，生怕惊扰破碎了这刀光的美，而他狰狞的脸上，更是不知不觉浮现出一抹微笑，仿佛看到了少年时那个令他曾经痴狂的邻家少女的微笑一样。

"那是……"石峰下方的"一刀断魂"武彪，突然瞳孔一缩。

同样身为刀道强者的他，在那一抹刀光之中，看到了一种几近乎道的韵味。

嗖嗖嗖！

又是数个清风寨喽啰的身影，借助绳索攀上了石峰。

看到六当家如同石化了一样呆呆地站在原地，他们心中惊讶，但还是在第一时间就朝着峰巅上那个身形魁梧的老人冲去，这个老人应该就是之前突施冷箭的箭手了，他们的任务，就是缠住这个箭手，让他无法再偷袭……

老人并没躲避。

"杀！"

"缠住他。"

"砍了他的手！"

越来越多的喽啰攀登上了石峰，他们大喝着，利用轻功，闪转腾挪，变换着方位，朝着他们眼中的老人冲杀而去。

这时，又是一道刀光浮现。

宛如夜空之中最亮的星辉，令人迷醉。

星辉刀光所过之处，所有的清风寨喽啰都僵立在了原地，保持着前冲的姿势，手中握着兵器，脸上的表情变得诡异，似是看到了什么无比美好的事物而呆滞了一样，石峰之巅瞬间变得诡异而又安静。

双月高悬。

月华清冷。

如水银一般的月光照射在这些静止不动的人影身上，在地面投射出层层叠叠的影子，就像是魔鬼树林中食人树洒落的阴影一样，有一种令人心悸的气息弥漫。

第四十八章
好快的刀

下方，"一刀断魂"武彪的眼睛，眯了起来。

"阁下到底何方神圣？"他的声音在月夜荒山野岭中激荡，"为何阻住本寨主的去路？"

石峰之巅。

化身为魁梧老人形象的李牧没有开口。

他左脚轻轻地一跺，无形的劲气力量化作气浪，以他为中心爆发开来。

所有僵立的清风寨喽啰，包括那位已经死得不能再死的六当家，全部都掀飞了出去，从石峰上坠落下去，落在半空，借着月色可以隐约看到，下坠的过程中，那些身躯全部都像是被农夫镰刀斩过的稻穗一样，一分为二，断裂了开来。

风云六刀之二的"闪电斩"之下，这些喽啰，死都不知道自己是怎么死的。

"月明星稀，乌鹊南飞……"

李牧这个时候才张口。

他其实是看到天空中的明月，本想随口吟一首地球上的古诗作为自己这个化身的开场诗，来营造一下气氛顺便装装 ×。

但张口说出这两句，突然觉得后面的词并不适合这样的场合。

顿了顿，李牧不知道该如何继续装 × 下去了。

这特么的就很尴尬了。

李牧顿了顿，于是只好改口，换了另一句地球上的装 × 话，屹立石峰之巅，一副世外高人的样子，道："闻君坐镇清风寨，有无上刀法，一刀断魂，又有一颗大好头颅，威震四方，我很是向往，于今夜双月高悬之下，特来相邀，借君大好头颅一用，还请千万不要吝啬。"

"一刀断魂"武彪神色阴冷犹如寒冬，道："你是断水流师门的人？想要摘我武某人头颅的人多了，就怕你没有那个本事。"话音落下，他嘴里发出一声奇怪的呼啸。

他胯下的"九鼎菊花豹"猛然蹿出去，化作一道黑色的闪电一般，驮着武彪，飞快地朝着石峰狂飙而来。

李牧的眼眸一缩。

好快的速度！

这个黑色菊花豹当真是荒野异种，踏雪无痕，落地无声，一个腾跃就是十多米，冲刺起来，两三个呼吸的时间，竟然就已经到了石峰之下。

只见这畜生四足同时发力，腾跃起来，蹿起二十多米高，在石壁上一抓，如同抓豆腐一样，撕开裂缝，借助着反震之力，驮着武彪，又蹿起十多米。

李牧的眼睛亮了。

"哈哈哈，除了你的头颅，这只黑色大猫，我也要了。"

他随手一掌，拍在身边一块一人多高的岩石上面。

嗖！

那已经在石峰上屹立千百年的巨大岩石，被齐根拍断，激飞出去，裹挟着无穷撞击之力，如流星一般朝着下方一人一豹砸去。

时机角度，掌握得犹如羚羊挂角一般精准美妙。

"哈哈哈……给我开。"

武彪大喝，身形犹如大鸟一样，在黑豹身上跳起来，手中的血色巨刃劈头一斩，一道血光闪耀夜空。

嗤！

薄纸撕裂一般的声音。

下冲坠砸之力足有数万斤的巨大岩石，如一块豆腐一样，被从中一斩为二，朝着两侧分开，擦着武彪的身形，左右飞了出去，坠落峭壁。

李牧倒吸一口凉气。

好高明的刀法。

他如今已经不是初来异星球时那个毛头小子了，对于这个世界的武道，尤其是刀道，有了一定的造诣，一看之下，虽然似懂非懂，看不透武彪这一刀的奥妙，但却可以感觉出来，那一刀，很可怕。

心念电转之间，李牧反手握住长柄朴刀。

他握刀的姿势很怪异。

刀柄在前，刀刃向后，似拖刀又不完全对。

李牧脚下八字步站住，身形挺拔，吸气沉中心，静止不动，保持了一个奇怪的姿势，一种莫名意蕴流转开来。

与此同时，那黑豹怒吼一声，再度腾跃起来。

在半空之中，它准确地接住了身形微微下坠的武彪。

这一人一兽配合得很好，借助着这一接之力，武彪的身形再度如鹞子一样腾跃而起，瞬间飞跃到了石峰之巅上方，身形快如闪电，直接对着李牧，再度一刀斩出。

"黄泉分流斩……杀！"

他大喝，声如雷霆，似是洪荒巨兽在咆哮。

血色刀光倒灌下来，犹如一条黄泉血水之河倾泻。

李牧不动不摇，脚下生根，依旧反手握着长柄朴刀，眼睛死死地盯住那血色刀光。

在"先天功"的改造之下，他的感观敏锐，视力堪比鹰隼，对于外人来说不可捕捉轨迹的血色刀光，在他的眼中，却可以清晰地看到刀锋，甚至都能看到刀锋切开空气，在虚空之中斩出的一层层透明的气流气浪。

千分之一的瞬间，李牧同时出刀了。

"拔刀斩！"

李牧舌底绽滚雷，喝动了天地。

锵！刀与刀的碰撞。月光中溅出火星。身影交错，衣衫猎猎。

武彪如巨鹰一样，从李牧头顶腾跃过去，落在其后大约十米处。

而李牧似是磐石，稳稳地站在原地不动，只是握刀的姿势，已经从反手握刀柄，刀锋朝后，变成了刀锋朝外，上扬，如一炷贡香一样。

寂静。

月色下，石峰上，两个身影好似凝固了一样。

山风乍起，吹遍千山万岭。

绿树如涛。

风声深邃而又悠远，神秘如大海涨潮。

下方山道上，还有几十名清风寨的喽啰幸存。

他们恐惧万分地躲在各种山石树木后面，抬头，紧张地注视着山巅，隐约可以看到那两个身影，但却不知道到底是哪个赢了。

尤其是那位在清风寨之中扮演了军师角色的二当家，见机早，提前躲了起来，并未被之前李牧那几箭给轰死。

此时，他正小心翼翼地躲在一块山石之后，紧张万分地看着石峰之巅，武彪是生是死，对于他来说，太重要了。

石峰之巅。

死一般的寂静。

五六息之后。

武彪收刀，缓缓地转身。

"好快的刀法。"他脸上带着一种惊魂未定之色，似是在回忆之前交锋瞬间的生死转换的轮回，道，"我一生碰到过无数刀道高手，就算是'关山牧场'神宗中四大小刀客之中排名第四的'流光分影刀'张玉宁的刀，也不如你的刀快。"

风吹过，武彪的一截袖子随风飞出去。

李牧也缓缓地回过身来。

他面色略有苍白，一滴血珠从他左肩位置出现，然后一滴又一滴的血珠沁出来。

鲜血染红了他身上的道袍。

慢慢地，他身上的衣服裂开一道缝隙，可见下面的肌肤上，一道细细的刀痕出现，鲜血正是从这刀痕之中沁出来的。

"一刀断魂……果然是好刀法。"

李牧也不由得感叹。

咣当！他手中的长柄朴刀，从刀锋最盛处断裂，上半截掉落在地上。

这柄前任太白县令留在练功房中的精钢朴刀，绝对算得上是精品中的良品，锋利程度吹毛断发，但却无法与武彪手中那柄血色巨刃相媲美。

不过，一把刀的得失，李牧并不放在心上。

他真正感觉到错愕和挫败的是，在刀光交错的那一瞬间，他分明已经捕捉到了血色巨刃的轨迹弧度，也以从未出手过的"拔刀斩"聚势出刀，若论威力，风云六刀之中已经成形的两刀，"拔刀斩"要比"闪电斩"更加厚重沉稳，属于一击必杀之刀，在李牧的刻意蓄势之下，威力更强……

但李牧却还是在正面的对决之中，败了下来。

盛名之下无虚士。

成名已久的武道强者，果然是有其可怕之处。

这个武彪，实力可怕，绝对是李牧自从降临到这个星球之后，遇到过的最强最狠的武者，掌握的武技刀法，也是最强的，绝对是九品之上，八品甚至有可能是七品的秘籍。

这不是实力的差距，而是刀法战技的差距。

李牧毕竟是一个武道新丁。

就算是有老神棍的灌输和"先天功""真武拳"这两种仙人之术的辅助，但他的武道阅历、武道理论和实战经验毕竟是有限，所以自创出的刀法，还无法和这个世界真正千锤百炼、由无数武道先贤总结打磨出来的刀法真正抗衡。

但他并不灰心，也不气馁。

因为李牧深深地明白，但凡任何技巧性的东西，必须在兼容并蓄的同时反复试验，才能真正臻至完美，而"风云六刀"就是他走出这种实验磨炼的第一步。

山风呼啸，月华清冷。

武彪面色冷森，手握血色巨刃，缓缓地走过来。

"好快的刀……只是可惜，你的刀虽快，却底蕴不足，后劲粗浅，你想要走大道至简的路线？可惜大道从来都是繁杂浩瀚如烟海，真正要至简，需遍观繁华深奥之后，才能真正由繁入简，武道刀道，从来不可能以简入简，未观大道，如何入道？"

李牧不得不承认，他说得对。

这是一个刀道强者，对于刀道修炼的感悟，字字千金，值得体悟。

李牧肃然起敬，拱手，道："多谢指点，不过，你将这种金玉良言在我面前说出来，莫不是以为你已经赢定了？"

武彪笑了，道："杀死一个高手，从来都是最领悟愉悦的享受，而杀死一个你这样的刀道高手，无疑是享受之中的享受……中了我的'黄泉分流斩'，被斩断了胸骨，刀气震伤内腑，你绝对再无任何的反击之力。"

第四十九章

打　爆

李牧也笑了。

"是吗？只怕你要失望了。"

他随手一撕，将身上破碎的道袍直接撕裂，丢在了风中，露出了精壮健硕的身躯。

月色照耀在流线型的肌肉上，浑身上下每一块肌肉都块垒分明，晶莹的皮肤反射出一层淡淡的荧光，好似玉石雕刻出来的肉身一样，充满了一种难以言说的奇异美感。

"你……"

武彪的面色一变，心中感觉到了一丝不安。

因为眼前这具身躯，分明是一具二十岁年轻人的身躯，充满了血气和力量，生机勃勃，根本与那张看起来五十岁的老年人面孔不搭，这种视觉对比实在是很古怪。

"如果我告诉你，你的黄泉刀气，根本无法伤到我的脏腑，你会不会不相信？"李牧笑着，挤了挤眼睛，然后张口，以一种奇异的韵律呼吸。

瞬间，漫天的月华似是活了一样，朝着他的口鼻之中涌聚。

就看他的胸膛剧烈地起伏几次，体内的心脏发出一阵大鼓一样咚咚咚的厚重跳动声，悠长，深远，不似人类心脏所能发出的声音，然后那一道本来触目惊心的刀痕，竟然如活了一般蠕动起来，在月华汇集之中，慢慢地以肉眼可见的速度愈合。

"这是……不……不死之身？"武彪大骇。

他失声惊呼，道："你是……竟是妖魔？"

这个世界上，是有妖魔的传说的。

关于妖魔，只有真正的强者，才了解其可怕。

而传说之中，也只有妖魔才有这样的愈合能力。

尤其是一些道行深厚、修行了漫长岁月的妖魔，是可以化形为人的大妖，堪称不死之身，只有毁灭了妖心，才能将其完全杀死。

"妖魔？"李牧摇头，道："我是人，不过，我不是一般人而已。"

"那到底是什么人？"武彪心中那种不祥之感越发浓重。

"外星人，而且，我还是共产主义事业的接班人。"李牧装 × 地笑笑。

"外星人？共产主义事业？什么意思？什么是外星人？"武彪云里雾里，显然对于这个称号感觉到陌生，道，"接班人，那……是什么帮派？"

李牧笑了笑。

老子终于有机会展现自己身为穿越者的优越感了。

当下，他抬手指了指双月高悬的暗青色天空高处，一脸正气，凛然而又骄傲。

"不怕实话告诉你，外星人，就是不属于这个世界，来自天外，嗯，你可以理解为天外来客，而共产主义事业，乃是我们五讲四美、热血抱负的外星人所共同奋斗的目标，从很小很小的时候，我就立志于为共产主义事业奋斗终生，我先后在小学、中学试炼，修炼本领，掌握知识，也曾先后加入少先队、共青团，当过小队长、中队长、大队委员、大队长……终有一日，我会成为一名光荣的共产党员……怎么样，怕不怕？"

李牧说得很入戏。

在月华的照耀之下，浑身上下充满了为理想而奋斗的神圣光彩，正义凛然地道。

"什么？天外来客……你……你是天外邪魔？"武彪直接过滤了李牧其他慷慨激昂的演讲，捕捉到了他最为在意的信息，瞬间脸上布满了恐惧。

他身上原本还算是高涨的斗志。

在这一刹那，那烈火一样燃烧的愤怒和斗志，似是被冰水浇灌的火焰一样消失得无影无踪。

然后，他就选择了逃跑。

如遭遇到了世间最可怕的事情一样，这个不要命的武疯子，竟是不可思议地选择了转身就逃，犹如丧家之犬一样。

"哎？"李牧一呆。

怎么是这种反应？

难道外星人很可怕吗？

要知道在地球上，外星人是一个永恒的命题和热点啊，要是有人真的碰到外星人的话，肯定会兴奋得犹如中了六合彩头奖一样，有许多的地球人，毕生都在追寻外星人的踪迹，希望有一个外星人朋友啊。

像是武彪这样的高手，怎么一听到外星人，竟然吓得这副屄×的样子？

不过，李牧也就是一呆而已。

今夜，绝对不能放过武彪。

否则，打虎不死，必受其害。

何况还是武彪这样的疯虎。

李牧追了下去。

他一纵身，就直接从石峰上跳下。

只见下方，武彪口中呼喝操纵着"九鼎菊花豹"，在峭壁上腾跃，仓皇地逃窜。

这黑色巨豹乃是荒野异种，跋山涉水如履平地，载着武彪，犹如星丸跳掷一样，速度极快。

但今夜的李牧，已经将"真武拳"第二式"朝天锥"蕴含的轻身术推进到了一个新的境界，速度要比那黑色豹子更快。

他在九十度的峭壁悬崖上，似是平地一般奔跑。

李牧犹如一道闪电一般，瞬间就追到了黑豹的身后，一伸手，朝着武彪的背后抓去。

武彪怒吼，双腿夹紧黑豹，保持平衡，同时一招回马刀，血色巨刃反斩。

李牧脚尖轻轻一点旁边的岩壁，身形如闪电一般瞬移，到了武彪的右侧，一拳轰出。

他最强的，还是肉体之力。

怪力爆发之下，可以一拳破山，比自创的刀法更可怕、更野蛮。

这一拳打出的时候，空气里犹如虎啸龙吟一般的破空之声，周围的气流瞬间爆乱，那黑豹怒吼连连，身形被这拳风撞得歪歪斜斜，再也难以维持平衡，朝着下方坠落……

武彪不得已，将心一横，弃车保帅，双脚在黑豹的背上重重地一点，借助反震之力，再度冲天而起，临时避开了被摔成肉泥的厄运。

和他那无双的刀法比起来，他的轻功明显地要差了许多。

但他腾跃在半空，再无借力的地方，犹如离了水的鱼，似是下了海的虎，更好像是被剪掉了翅膀的鹰，一时间手忙脚乱，一身强横的刀法也难以彻底发挥出来。

几个交手之下，武彪先机尽失，直接被李牧连续三拳，打爆在了半空之中。

血雨纷飞，白骨溅射！

这个占据太白山支脉清风山祸害四方的杀人魔王，终于恶有恶报，彻底陨落，死无葬身之地。

与此同时——

轰！下方传来一声砸地巨响。

却是那头巨型黑豹，下场凄惨，之前本就已经失去了平衡，又被武彪踩上重重一脚，庞大的身躯再也无法维持平衡，失去了重心，如陨星一样在半空之中狠狠地跌落，重重地砸在了山道上，发出巨响。

尘土飞扬。

这一下子没有将它摔死，但却伤势不轻。

恐怖的下坠之力，让它在原地砸出了一个大坑，身下的岩石碎裂无数，它的骨头也不知道碎了多少。

它抽搐挣扎着。四肢发力想要站起来，挣扎着却根本无法起来。

乱动之下，这黑豹的口鼻之中都流淌出了鲜血……

同时，危险的画面出现了。

武彪的兵器血色巨刃成了无主之物，亦是朝着下方坠落。

而它落下的方向，正是黑色巨豹所在的位置，刀刃森寒，这重达千斤的巨型兵器借着下坠之力，足有万斤，一旦要是真的砸中了，只怕是要将这头"九鼎菊花豹"的脑袋，砸成一个稀巴烂。

黑色豹子自己也察觉到了。

它发出呜咽哀悯之声，却无力躲避了。

最终只能垂目等死。

却在这时，身影一闪，李牧后发先至，出现在黑豹的身边，一伸手，将血色巨刃握在了手中，止住了它的下坠，此时巨刃的刀锋，距离黑豹的头颅，也就不过是一指宽。

"不错的兵刃。"

李牧将血色巨刃握在手中掂量观察。

很显然，这巨型血色长刀不论是材质、做工、坚韧度、锻造手段还是外观，都要比那柄断掉的朴刀强无数倍，而且分量也更重。

这种千斤重的兵器，较为罕见，一般的武者拿都拿不动，且就算是勉强拿得动，也无法用来杀敌。

但对于李牧来说，依旧是轻如草芥。

但和那柄朴刀比起来，这血色巨刃好歹也算是有点儿分量了。

"这柄巨刃，到时可以应付着用一段时间了。"

李牧将它插在身边的岩石中。

黑色巨豹抬头，看向李牧，喉咙里发出嘶吼之声，但眼睛中的神色，却有些复杂，似是在仇恨他杀了它的主人，却又在感激李牧救了它的命。

"大猫，你的主人，在关键时刻将你置于死地，你还要忠于他吗？"李牧看着这头黑豹。

他感觉到它的眼睛里有一种奇异的灵性，与普通那种混沌未开的野兽，有着很大的区别。

"啊呜……"

黑豹发出一声低吼。

这是李牧第一次听到豹子的吼声，竟然与猫有些相似。当然不是纯粹的"喵喵"这种叫声，声量要大许多，略显清脆，更加雄浑厚重有气势。

这样的猫一般的声音，从这样的黑色庞然大物的口中发出，有一种出奇的反差萌，让具有猫奴潜质的李牧，第一时间就有撸它的冲动。

不过，李牧还是隐约感受到了它的情绪。

它对于武彪在关键时刻的背叛，显然是伤心的。

但很显然，它亦无追随李牧的意思，吼声中，还带着毫不掩饰的戒备和抗拒，眼眸里流转着凶光，哪怕李牧刚刚救了它。

第五十章

黄泉刀法

"我比你的主人更强，也绝对不会背叛自己的伙伴，你会得到全新的人生，哦不，是豹生，脖子上不用再戴着铁链，也可以获得合法的身份，不用继续做山贼，可以自由出入县城，穿梭山岭……"

李牧蹲下来，凑近了，语态很是诚恳地劝说。

他相信，这头黑豹听得懂。

"嗷呜……"黑豹继续吼叫。

它似是听懂了李牧的话，但依旧抗拒和排斥。

李牧无奈地摇头："妈的，从来没有听说过，猫科动物竟然有这样忠心耿耿的存在啊，难道是因为我不够帅气，无法成为一个预备铲屎官？"

最终，李牧放弃了强行将这头巨型"九鼎菊花豹"带走慢慢驯养的打算。

"不想跟我，我也不勉强你，我为你治疗伤势，等你恢复了，可以傲啸太白山林，但不要祸害城镇伤人，否则，我必亲自出手，将你击杀，抽筋扒皮。"被拒绝的李牧觉得很没有面子，但还是保持了风度。

他转身，来到了山道上。

"一群小老鼠，还躲着干什么，都给老子滚出来。"李牧喝道。

清风寨二当家以及一些残存的喽啰，从山石后面树林中慢慢地一个个都走了出来，神色畏惧，像是看着地狱魔王一样看着李牧，一个个腿肚子都打转了，扑通扑通全部都跪在了地上。

"大爷饶命啊。"

"我们都是被武彪胁迫来到这里的。"

"我们愿意从此洗心革面，重新做人。"

"小人上有八十岁老母，下有三岁幼女，请放我一条生路啊……"

喽啰们一个个瑟瑟发抖，各种卖惨卖苦，苦苦哀求着。

他们不是没想过逃跑。

但是看到了刚才李牧在山崖峭壁之间斩杀武彪的过程，见识了那种犹如电光惊鸿一样的速度，简直如同背生双翼一样似是在飞翔，在这样的速度面前，他们就算是使出吃奶的力气，也难以逃脱。

逃跑，肯定得死。

不跑，求饶，或许还有希望。

当了这么多年的山贼，他们很懂这一点。

而他们的选择，也的确起了作用。

李牧原本杀心大炙，是要将清风寨的这些祸害一锅端的。

但他是一个吃软不吃硬的主，一看这群人磕头，心中也有些犹豫，顿了顿，道："谁身上带有金疮药？谁会疗伤？去，把那头豹子的伤势收拾一下……"

"大人，我会……"

"我有金疮药。"

"小人在寨子里，平日就是喂养这头豹子的……"

急于表功的喽啰们，闻言就像是抢食的野狗一样，争先恐后地都冲了过去。

不消片刻，"九鼎菊花豹"就被灌下了金疮药。

它的肢体上也绑上了简易夹板，骨折处更是固定好了，身上出血的伤口，也都被暂时缝合。

不得不承认，这些山贼喽啰在疗伤求生这方面，有着过人之处。

想来清风寨中医疗贫瘠，一个个都是在死人身上练出来的疗伤术。

这豹子也是争气，恢复能力惊人。

片刻之后，它竟然挣扎着可以勉强站起来了。

它抬头看着李牧，心中有灵慧，也知道是李牧下令救了他。

"哇呜……嗷呜……"这豹子冲着李牧叫了两声，点点头，最终还是转身，一瘸一拐地朝着深山密林之中走去。

李牧有点儿傻眼啊。

哎呀妈，你还真的走啊？

不对啊，你这只大猫怎么不按照套路出牌啊。

我让人救了你，还表现得这么大度，你不是应该最终回心转意留在我身边成为我的宠物吗？

怎么竟然真的走了？

这特么的实在是太没面子了。

妈的，小说里面，不是说穿越者具有王霸之气，什么神兽啊龙崽啊，一见就会粘着不走吗？怎么轮到我这里，就截然相反了？

心机使尽的县令大人，产生了强烈的挫败感。

而这种挫败感，让他转身面对清风寨二当家等喽啰的时候，眼睛里不由得就爆射出凶光。

"大人，请听我一言。"二当家一看情势不妙，立刻往前跪了几步。

脑海之中浮现出无数理由，他跪在地上，大声地道："大人斩杀武彪，必定是看不过去此人这些年来打家劫舍，杀人放火，罪恶滔天，我等知道，大人乃是出类拔萃的侠义之士，只是，武彪虽然已死，但清风寨中，还有不少的喽啰山贼，他们聚集在一起，依旧会祸害各方，大人如果能够饶小人一条狗命，小人愿意为大人带路，引大人进入山寨之中，将所有其他剩下的喽啰都收服，为大人所用。"

李牧的目光，落在这个文士打扮的中年人身上。

之前，他还真的没有注意到二当家。

"清风寨中，还有多少人？"他开口问道。

"还有三四千喽啰，其中不乏一些合力境、合气境的三流武道高手……"

二当家平日里在山寨之中就扮演着大管家的角色，娓娓道来，将清风寨的底细，说了个清清楚楚，不敢有丝毫的隐瞒，表现得无比配合。

"谅你也不敢骗我。"李牧模仿小清风摸了摸自己的太阳穴。

他在故作深沉，在琢磨着到底如何处置这些山贼，突然又想起一事，道："我听闻，武彪之所以可以纵横西北武林道，是因为他掌握了一本刀法大经，乃是他一身刀术修为的来源，你们可知这本刀经现在何处？"

二当家连忙道："大人所说的武道秘籍，小人只是偶尔见武彪翻阅过，具体内容不知，在整个寨子里，除了武彪本人之外，也就只有少寨主武飞龙真正看到过它的内容，只是武飞龙不成器，修炼随性，没有将那本刀经上的刀法练成，而武彪生性多疑，这本至关重要的武道秘籍，他一直都藏在身边。"

"啊咧？藏在身边？"

李牧的面色变了变，回头朝着石峰方向看去。

他刚才已经将武彪给打爆了啊，全身上下没有一处完整，化作了肉泥，身上的铠甲和衣物，也都化作了飞灰……那岂不是连这本刀法秘籍，也都被打成碎渣了？

要不要这么倒霉啊。

李牧又急又气，身形化作一道闪电，飞射到石峰之下，开始四处搜寻了起来。

二当家小心翼翼地靠近过去，道："大人可是在寻找那本刀法秘籍？此地山势险峻，密林重重，那秘籍从高处坠落，不知道掉在了何处，大人您一个人找寻，其难度不亚于海底捞针啊……人多力量大，不如我让兄弟们一起帮大人找找？"

李牧想了想，点头。

二当家顿时大喜。

立功心切的他，带着一群同样立功心切的喽啰，撅着屁股在石峰之下周围的树林、山石、缝隙和草丛中找了起来。

大约一刻钟之后。

李牧一无所获。

他的心情，已经有点儿沮丧了。

但就在这个时候，一个山贼突然从远处的树林里冲出来，大喊道："找到了，我找到了，一定是它……大人，您快来看看啊。"这喽啰手中挥舞着一本金色的册子，发狂地跑来。

李牧心中一喜。

他飞奔过去，接过册子一看。

是一个浅黄色未知材质削制成的小册子，有巴掌大小，触感滑腻，犹如玉石一般，约一指厚，分量出奇的沉重，至少有四五十斤，整体充满了年代感，似是古物。

而在它的封面上，有四个力透纸背的大字——

"黄泉刀法"。

翻开扉页，李牧略微一翻看，心中顿时狂喜起来。

不错，就是这本刀法，绝对是。

如今的李牧，于刀道之上，也算是小有造诣，刀经的真假，自然也分辨得出来。

"这刀法秘籍，也不知道是用什么材料制成，竟然没有被我的拳力给打碎……"刀法失而复得，让李牧心情大悦，本就已经消减的杀心，自然也就烟消云散了。

他决定，暂时放过这些山贼。

因为二当家说得很有道理。

清风寨中，还有数千山贼盘踞，失去了首领之后，这群亡命之徒很有可能四散奔逃，犹如鱼群入大海一样，要将他们一一捕杀，断绝祸患，工程量会很大，也很耗费时间。

对于李牧而言，他是绝对没有这么多的时间去耗费在这方面的。

所以，不如放这个二当家回去，让他聚拢约束这群山贼，反而可以减少清风寨的危害性。

这虽不是最好的办法，但却是目前条件下危害性最小的办法。

于是，李牧将这个二当家，单独叫到一边，一番威胁恐吓大棒甜枣之后，二当家服服帖帖地表示，自己此生就是李牧身边的一条狗，绝对会百分之百忠诚于李牧。

李牧对此并不在乎。

最终，一群喽啰带着劫后余生惊魂未定的心情，与二当家一起仓皇而去，身形消失在了远处的山道之中。

李牧站在汉岔道口，扫视四周。

空气里，弥漫着血腥的味道。

官道上残肢断臂，破损的尸体到处都是。

四百血骑军精锐被歼灭了三百左右，现场可以说是惨烈。

饶是李牧在地球上被老神棍逼着杀过数百头猪，也算是杀生累累，但此时扫视下来，心中也是一阵阵地犯恶心。

第五十一章
庞然巨物

每个人都有两面性。

当杀气冲头的时候，他认为自己所做的一切都是正确，但此时再看满地的尸体，李牧忍不住又开始反思，到底自己是不是在借着正义的名义屠戮。

他毕竟是一个来自地球的普通初中生——至少在一两个月之前他是，虽然已经杀过人，但这种心态的转变，还是需要一段时间去适应。

月色下，李牧站在原地，安静不动，如一块岩石、一根树桩。

过了许久，他的心情，平复了下来。

他来到了石峰之下。

"一刀断魂"武彪的碎肉，洒落在山石和树木上。

客观来讲，武彪的刀法战力，是要比李牧强很多的。

若是他能够战意冲天地和李牧一战，绝对不会在那么短的时间里就败亡，李牧就算是最后依靠速度和力量取胜，但也只能是惨胜，甚至不可能在刀法上击败武彪。

可惜，李牧变态的肉身愈合之力，以及随口几句外星人式的胡诌，让武彪完全丧失了战斗力，一心逃跑，所以才会死得那么快。

斗志和勇气的作用，何其重要。

对于李牧来说，这也是一个深刻的教训。

"是时候回去了。"

李牧看向太白县城的方向。

这些血骑军的装备不错，可以让县城兵卫来打扫战场。

……

……夜色漫漫，明月皎皎。

一道身影犹如黑色闪电，穿梭在山岭之间。

正是返回的李牧。

这一次狙击清风寨一行，李牧收获巨大，他的心情很好。

很快，到了太白县城的后山峭壁深渊跟前。

九龙水潭湖泊依旧是波光粼粼。

此时双月已经西去，天地之间的光线要比李牧去时更加昏暗了一些，让九龙水潭湖泊色泽阴暗了起来，似是一潭墨汁一样，越发显得神秘深邃，有一种令人心悸的野性气息在升腾弥漫。

再次来到这水潭跟前，李牧重新体会到了那种心悸的感觉。

好像暗中有什么可怕的洪荒巨兽在窥视。

"喵了个咪的，这水潭之中，不会有怪兽在潜伏吧？"

李牧觉得瘆得慌。

他不再停留，立刻来到峭壁之下。

上方水雾迷离。

他背负着千斤重的血色巨刃，弹射而起三四十米，犹如一只巨鹰一样盘旋。

数次起落之后，李牧来到了三四百米的高度。

头顶瀑布的轰鸣之声逐渐开始变得震耳。

九龙瀑布已经可以看见。

李牧调整方向，再次腾跃，落在了九龙瀑布的旁边。

他身上的衣物，已经被迷离的水雾所打湿。

从这个方向看过去，能够清晰地看到十多米之外，一道数十米粗的巨大水柱从悬崖峭壁之中喷出来，真的如同一头银色神龙从山壁中蹿出来一样。

这是九龙瀑布的九道巨大瀑布最边缘的一条，也是最小的一条。

但它已经足够震撼人心，至少在地球时代，李牧还从未见到过如此大气磅礴的瀑布。

飞流直下三千尺，疑是银河落九天。

李牧心中忍不住连连赞叹。

他运转目力，朝那瀑布后方看去。

透过水帘的缝隙，隐约可以看到，其后果然是有洞穴一般的坑道存在，幽深黑暗不知道通往哪里，给人一种神秘、危险、深邃、幽暗的感觉，里面似乎是有未知的存在一样。

"《西游记》中，孙悟空在花果山瀑布后面发现了水帘洞，这九龙瀑布后面，会不会也有水帘洞那样的洞天福地？"

李牧不由得产生了联想，浮想联翩。

他有一种穿过瀑布水帘，到后面的洞穴之中一探的冲动。

但算一算时间，距离天亮已经不足半个时辰，他必须赶紧赶回县衙，否则难免身份暴露，而且县城中还有一摊子乱七八糟的事情要他去处理，首要的就是天龙帮和虎牙宗之间的"约架"。

"反正这九龙瀑布一直都在这里，就算是要探险，也不必急于一时，等到实力再提升一些，有了更充分的准备，再来不迟。"

想法落定，李牧不再迟疑。

他运转轻身术，继续朝着悬崖峭壁上方飞纵。

转眼之间，李牧的身形，就消失在了朦胧月色之中。

悬崖峭壁，似乎恢复了平静。

九龙瀑布，九道巨大的水柱从山壁中奔腾出来，发出雷鸣般的呼啸，坠入近千米之下的湖泊水潭之中，彰显着大自然造物之力的磅礴伟大，非人力所能及也。

一炷香时间之后。

天地之间最后一缕月光，照耀在湖泊水潭上。

突然，一个数千米长的阴影，从水下浮现。

那是什么？

似是从地狱深渊之中浮出来的冥龙。

它翻滚起来，湖面的平静瞬间被打破。

湖水似是被烧开了一样沸腾了起来。

这个不可思议的庞然大物，从水面冲出，身躯只是露出了一部分，却已经有数千米长，散发出举世无双的暴戾洪荒气息。

周围数千米之内，就连虫儿都不敢低鸣了。

万籁俱寂。

它张开巨口，以一种极为奇特的呼吸方式，吞吐最后一缕月华。

双眸睁开，似是两颗冰冷无情的血月悬浮在虚空。

水潭湖泊方圆数千里，笼罩在了这种血色里，出现了一种仿佛是被血水浸染一般的诡异画面，似是某种奇异的领域，宛如修罗暗狱。

……

清晨，第一缕黎明光辉照耀在不平静的太白县城之中。

李牧在回到县衙之后，第一时间就进入练功房，迫不及待地阅读那本"黄泉刀法"秘籍。

这是他来到这个星球之后，得到的第一本超越九品的武道秘籍，对于他来说，意义重大，希望从中窥探到这个星球更加高级的武道奥义。

小清风准备好的早餐，摆在了练功房之外。

主簿冯元星天没亮的时候，就已经来到县衙之中。

他神色疲惫，眼睛里布满了血丝，嘴唇干涩开裂，满心焦急。

实际上，他昨夜几乎一宿都没有合眼，带着城中所有可战之力，在城墙上来回巡逻拱卫，生怕一闭眼一疏忽，清风寨的山贼们就攻入城中，给整个太白县城带来一场血与火的灾难。

"大人呢？大人出关了吗？"

冯元星一进门就火急火燎地问道。

正在慢条斯理地喝粥的呆×小明月，抬手打了个招呼，笑嘻嘻地道："哟嗬，马屁精你来了，听说你昨夜带着兵卫在城墙上守了一宿，真的假的啊？怎么你这个佞臣竟然也这么恪尽职守了？"

冯元星哭笑不得。

这些日子他已经习惯了这个小丫头嘴贱式的说话方式。

"大人还未出关。"清风苦笑着揉了揉自己的太阳穴，这是他的习惯性动作，问道，"冯大人，清风寨的山贼没有出现吗？可有其他状况？"

冯元星摇摇头，脸上带着不解之色，道："这事儿，说来也怪，武彪这个杀星竟然并未出现，清晨时分，我派出几个胆大的兵卫斥候，到城外数十里的地方去勘察，但竟然并未发现山贼的丝毫踪迹。"

清风再次揉着太阳穴，道："这么说来……难道真的是公子的师门出马了？可是一直都没有听说过，公子有什么师门啊？"

说实话，昨天李牧信誓旦旦地说起自己的师门会派出高手解决清风寨祸患的时候，冯元星好歹也算是将信将疑，但小书童清风却是根本不信的。

他跟随在公子的身边已经有数年，但却从未听说过，公子有什么师门存在。

冯元星面色忧虑，道："清风寨的事情，可以派出斥候去勘察，暂时放在一边，但是再有一个时辰，天龙帮和虎牙宗的大战，就要开启了啊，他们已经在原先神农帮总舵遗址处，搭建了棚户擂台，一战一触即发，虽然有断水流大师兄昨日的震慑，但还是有大量的江湖中人拥聚到遗址，怕就怕到时候两大帮派杀得兴起，扩大范围，整个县城中的子民，可就要遭殃了啊。"

"哟，马屁精，我真是对你刮目相看了啊，忧国忧民，你原来是披着奸臣外皮的忠臣啊。"萌蠢小呆×明月用似慢实快的速度，几乎一个人就吃完了餐桌上的早餐，再次不合时宜地开始嘲讽。

就在这时，一个声音响起，从后衙侧门传来。

"整个县衙，就是你这个小呆×，才是最大的奸臣。"

李牧神清气爽地进来，抬手就在萌蠢小明月的头上，弹了一个"肉炒栗子"。

小明月苦着脸，嘴巴噘得老高，都可以在上面挂一个油瓶了。

"两大宗门的大战，什么时候开启？"李牧看向冯元星，问道。

"还有一个时辰。"冯元星连忙道。

李牧伸了个懒腰，让人去准备早餐，特意叮嘱要多加几斤肉食。

然后他才懒洋洋地道："哦，还有一个时辰啊，那还早，你派人在外围负责暗中观察，维持秩序就行了，禁止城中的平民去凑热闹，至于所谓的江湖中人嘛，让他们去，多多益善，嘿嘿……"

最后这一声嘿嘿，充满了一种令人后背发寒的感觉。

也不知怎的，听了县尊大人这样一声嘿嘿，冯元星突然就不紧张焦躁了。

第五十二章
一只美丽的手掌

"大人，那清风寨那边……"他尝试着问。

李牧拍了拍脑门，似才想起什么，道："哦，忘了说啊，马君武的伤养好了吧，你让他点五十名衙卫，去汉岔口打扫战场吧，那里有点儿血腥，可别把过往的平民行商给吓坏了。"

汉岔口？

冯元星和小书童清风同时一怔。

旋即，他们脑海之中都闪过一个念头。

难道……

"大人，昨夜汉岔口，莫非……"冯元星颤音试探。

这时，厨房已经开始传菜上餐。

香喷喷的味道让李牧的口水都要流下来了。

经过昨夜一场大战，他血气消耗不少，饥肠辘辘，否则也不会看完第一遍"黄泉刀法"就冲出练功房，当下也顾不上再和冯元星废话，冲向餐桌，道："你们去了就知道了……"

然而他并不是第一个冲到餐桌跟前的人。

萌蠢小呆 × 明月不知道何时，已经出现在餐桌边大快朵颐了。

"你不是已经吃过了吗？"李牧将一根烤羊腿夺过来，怒道，"竟然抢我的肉？"

"什么你的我的，先到谁的肚子里就是谁的。"小明月将眼前一盘爆炒腰花端起来，仰头，开嘴，直接用倒垃圾一样的方式，哧溜一下，全都倒进了自己的嘴里，然后抬手又抄起两根猪肘子，呜呜咽咽地嚷嚷："清风虐待我，让我早餐只喝了十碗肉粥，哪里能吃饱啊。"

十碗肉粥还吃不饱？

李牧无语。

老子就算是养一头藏獒，也没有你这么能吃啊。

你那肚子是无底洞吗？

他也顾不上再和这呆×多废话，立刻开始进行争抢食物大作战。

两个人围着餐桌，彼此虎视眈眈，疯抢了起来。

冯元星同样无语。

自己这位县尊大人，偶尔威严慑人心，偶尔癫狂如幼童，时而强势如战神，时而逗比如白痴……这，还真的是……还真的是放浪形骸，颇有名士风采啊。

除了"放浪形骸"之外，他想不出其他什么词可以形容自家这位大人了。

小书童清风似是已经见怪不怪，揉着太阳穴，自言自语道："唉，心累啊，看来又得加餐了……"

他转身走向厨房，吩咐厨师们准备三倍的肉量送进来。

厨师们听了，也是心中一阵哀叹。

自从他们应聘来到县衙当厨师，虽然待遇提高了四五倍，但工作量也大增啊，给县尊大人做饭，简直要比给酒楼里伺候来来往往的诸多客人还要累啊。

他一个人外加两个小书童，咋就这么能吃啊。

真怀疑县尊大人是不是偷偷在县衙中养了一群贪吃的猛兽啊。

……

旭日初升。

阳光并不算如何炽烈。

太白县城的街道中，涌动着一种诡异的气氛。

很多县城中土生土长的居民，都已经收到了来自县衙官方的通知，全部都闭门不出，一些店铺、酒楼也都暂时停止了营业，大门紧闭。

这样的事情，若是换在前几日，必定会引起云集此处的江湖好汉们的暴怒。

那些关门的店铺，只怕是早就被江湖好汉们砸破大门，店家也少不了挨一顿暴打。

但是，在经历了昨日那位横空出世的神秘断水流大师兄的一顿毫不留情的砍杀之后，一切都有了巨大的变化。

原本骄横不可一世的江湖好汉们，被吓得不轻。

据说一些在城中犯下劣迹的江湖中人，吓得屁滚尿流连夜逃脱，而留下来的人，大部分都收敛了锋芒，老实了许多，也不敢再在城中作威作福瞎胡闹了。

在官府的通知下，店铺歇业，门户关闭。

江湖中人晃晃荡荡，三五成群，议论喧嚣，都朝着神农帮遗址方向赶去，两大帮派的约斗快要拉开序幕，对于这些骨子里都流淌着凑热闹血液的江湖中人来说，这是不可错过的大事。

……

距离约斗开始还有半个时辰。

太白县城的门口，出现了一个背负古剑的白发年轻人。

他相貌出尘，剑眉星目，极为英俊，在一头雪白长发的衬托下，更有一种诡异的谪仙般气质，一步一步地走进县城，而在城门口驻守的兵卫，就像是根本看不到他这个人一样，未加阻拦。

"妖兽的气息，还是大妖……怎么会这样？"

白发古剑年轻人面色震惊，抬头看向山城高处的太白县衙。

他的眼眸深处，有丝丝奇异的银色电光缭绕，更似有星云沉浮一样。

而他背后的古剑，也是以一种其他人不能察觉的频率，嗡嗡嗡高速地震动起来。

很快，这一切异变消失。

白发年轻人收敛了眼中的锋芒，不疾不徐地行走在街巷之间，似是在游览观光一样，但诡异的是，一路上，那些江湖好汉即便是与这白发古剑年轻人擦肩而过，也都不会发现他。

这个人，仿佛是一缕空气，不存在于这个世界一样。

……

过了不久，在太白县城的门口，一阵马蹄声响起。

却是一个小规模的商队从远处风尘仆仆地赶来。

"这个节骨眼上了，怎么还有商队到来？"守门的兵卫们极为惊讶。

因为这些日子以来，随着各路牛鬼蛇神汇集到城中，将气氛搞得乌烟瘴气，往来的行商遭受过数次被打劫的事情，在城外的安全得不到保证，都已经基本绝迹了。

尤其像是眼前这种只有一辆马车、五六个人的小商队，更是不可能再出现了。

"吁……"

马车在县城门口停下来。

"公子，到了。"马车夫一拉缰绳，回头对着车厢道。

这个马车夫，是一个身形健硕的汉子，三十岁出头，面容坚毅，一身的粗布袍子也难掩其身上的凌厉气势，比之如今太白县城中那些自称高手的江湖中人气质更彪悍，似一柄锋锐的长刀一样，气势凌人。

很难想象，这样的一个人，竟然甘心为人驱赶马车。

而在车厢的两边，各有四名骑士。

左侧的两名骑士，一位青衣方巾的清癯老人，一个十四五岁的小书童，都是书生打扮，书卷气浓郁，不似江湖高手。

右侧的两名骑士，皆是虎背熊腰，背后各自都负着十字交叉的两柄剑，都是使用双剑的武者。

"这就是太白县城吗？"一个稚气的声音，从马车里传来。

车厢门开了一条缝隙。

一个头发乱糟糟的脑袋从缝隙中挤出来。

是一个看起来还不足十岁的小男孩，面容白净，眼睛灵动，有着他这个年龄的小家伙特有的顽皮神态，头发乌黑但乱糟糟，额头上有一根发带，于眉心之上两指的位置，配着一枚椭圆形的美玉，一看就知道价值不菲。

小男孩好奇地打量着外面的景色，想要从车门里直接挤出来。

但一只手掌从后面伸出来，将他拽了回去。

那是一只年轻女子的手掌。

一只比小男孩额头上的白玉还要白皙莹润的纤纤玉手。

再多的词语也难以形容这只手的美丽，再多的修辞也难以描绘这只手的玉洁，仿佛是用世间最美的玉石雕琢出来的，拥有一种神奇的光辉一样，看到这只手，就忍不住想要认识这只手的主人。

"哎，姐……"小男孩狠狠地被拽回去。

接着马车车厢门关闭。

一个犹如玉珠碰撞一般清脆悦耳的声音，隔着车门传出来："王先生，先进城找一家客栈住下吧，这里景色不错，可以多滞留几日。"

"遵命。"左侧那位青衣方巾的清癯老人点头道。

这行人简单接受了县衙兵卫的盘查之后，顺利进城。

一直到那马车消失在城中街道深处，所有的兵卫都依旧在呆呆地张望着，每一个人的脑海之中，都还在浮现那只似乎拥有魔力一般的美丽纤纤玉手，都在脑海之中想象着那只手的主人，应该是一个何等风华绝世的美丽女子啊。

突然，一阵汪汪汪的狗叫声，将这些宛如陷入催眠中的兵卫惊醒。

兵卫们循声看去。

却看不知道什么时候，一个牵着一条黄白花狗的老叫花子，来到了城门跟前。

这老叫花子五十多岁的样子，酒糟鼻，阔口，一双浓黑的刀眉，特别引人注目。

他身形高大，骨架魁梧，身上披着百衲衣，洗得干干净净，脚踏一双芒鞋，左手托着个讨饭钵，右手握着一个黄色的酒葫芦，肩上搭着个麻袋，看起来满面红光的样子，与一般的乞丐比起来，气色要好得多。

一只肥硕的黄白花大狗，待在他的脚边，摇着尾巴，一副憨相。

"各位官爷，老叫花子想要进城讨口汤水填肚子，还请行个方便啊。"他一身酒气，笑嘻嘻地道。

一名兵卫上下打量了几眼，点点头，示意老叫花子赶紧进去，不要挡道。

"多谢，多谢各位官爷。"老叫花子带着黄白花大肥狗进了城。

"等一等。"兵卫都头突然开口。

老乞丐回头看来。

兵卫都头道："最近城里面不太安生，你自己有点儿眼力见儿，不要去找那些江湖中人乞讨，免得惹出祸事，一把年纪了，别在这里被人打断了腿。"

"谢谢官爷。"那乞丐拱拱手，带着大肥黄狗离去了。

第五十三章

黑鸦·赤足

这位兵卫都头摇着头，道："唉，这江湖上的事情，就真的有这么大的吸引力吗？打打杀杀，哪里比得上我们小县城中优哉游哉的小日子啊，这一次，咱们摊上了一位能够做主的县尊大老爷，希望这些江湖中人，赶紧离开吧。"

话音未落。

"呱呱呱……"

一阵乌鸦声音响起。

这兵卫都头和众多兵卫一怔，下意识地循声回头一看。

却见一个穿着破破烂烂的乌黑道服的盲眼道人，手中握着一根手指粗细的竹竿，一边探路，一边朝着城门走来。

奇怪之处在于，这个盲眼道人的肩头，站着一只巨大的乌鸦，羽毛漆黑如炭，一双爪子犹如黑铁铸就，眼睛血红色，外面有一层银色的眼睑。

这只乌鸦体形极大，犹如一只鹰隼一样。

之前呱呱的叫声，正是由它发出。

盲眼道人以竹竿探路，每次遇到坑洼凹陷或者是走偏的时候，肩头的乌鸦，都会呱呱呱大叫示警，所以他竟是如长了眼睛一样，直直地通过了城门，进入了城中。

其间，有一名兵卫想要阻拦询问，但被兵卫都头给拦住了。

后者摇摇头，示意不用阻拦，直接放进去就行了。

县尊大老爷已经传令下来，各色江湖人等但凡是要进城的，不必阻拦，像是之前的小商队、老乞丐以及这个盲眼道人，形色奇特，或许是江湖中人也说不定，所以只需要放进去就可以了。

这些日子以来，各路牛鬼蛇神汇集太白县城，作为驻守城门的兵卫，他们已经见识了不少的奇形状怪的人，已经快要见怪不怪了。

所有人都知道，天龙帮和虎牙宗的约架，今日就要展开最后的争斗，所以今日入城的人极多，这些人都还未听说过"一刀启程"断水流大师兄的凶名，兴致勃勃地来看热闹。

大约半炷香时间之后。

从城中传来一阵马蹄声。

一队精锐兵卫策马而来。

为首一人国字脸，神色肃穆，正是近来颇受县令李牧信任的衙卫都头马君武。

他身后跟着五十名精挑细选的衙卫，软甲快马，很快就来到了城门前。

"马大人，你这是……"驻守城门的兵卫都头名为高升，打了个招呼，照例询问。

他觉得奇怪，今日城中有大事要发生，兵力紧缺，怎么马君武竟然还要带人去城外。

"县尊大老爷吩咐的事情，我率人前往汉岔道口一趟。"马君武出示了腰牌。

高升一看，腰牌无误，连忙放行："马兄请。"

马君武策马扬鞭，带着麾下精锐，如离弦之箭一般，飞奔向汉岔道口的方向。

由于都是骑兵，百日行军速度极快。

不消半个时辰，马君武一行就已经飞奔出近百里，到达了汉岔道口。

"天，这是……"

马君武勒马而立，被眼前看到的一幕彻底震惊了。

他之前重伤于贵公子李冰之手，这两日才算是彻底养好伤，今日是第一次领命做事，出发之前其实也是迷迷糊糊的，主簿冯元星转述县尊大老爷的命令，并未说清楚汉岔道口到底发生了什么，但是此时，一眼扫过，马君武被震惊得说不出话来。

到处都是残肢断臂，血腥味道弥漫。

地面上有野兽出没的踪迹，几十只青狼被马蹄声惊动，咬着一些尸块逃进了山林，天空中低低地盘旋着数十只秃鹫，一副随时都要俯冲抢食的架势……

还有各种食腐类的乌蝇毒虫，都汇集在这片区域，嗡嗡嗡飞来飞去。

这些动物，显然都是被鲜血吸引而来。

"死去的，都是清风寨的山贼。"

马君武稳定心神，一番观察，很快就得出了结论。

他恍然大悟，终于明白，为什么清风寨的山贼昨夜并未如同大多数人恐惧担心的那样，攻入太白县城了，原来他们都死在了这里。

跟随马君武来的五十名衙卫，也都震惊得说不出话来。

"打扫战场。"马君武大喝，有条不紊地安排下去。

众衙卫下马，开始搜寻打扫。

太白县城之中，可战之力分为兵卫、衙卫和民卫，其中兵卫是战力最强的部队，主要用于缉拿盗匪、捕捉凶徒以及镇压暴民，民卫相当于地球上的民兵，战力最低，而衙卫的主要责任在于拱卫县衙和县令的安危，战力虽也不错，但做得更多的是辅助性的工作。

这三者的区别，相当于野战部队、武警和民兵。

马君武带来的五十人，都是衙卫中的精锐，打扫战场自然不在话下。

"注意安全，小心有未死绝的山贼偷袭伤人。"

马君武来回巡视战场，大声地提醒众人。

已经是做一些收尾工作了，要是还出现伤亡，那可真的是丢人丢到姥姥家去了，回去和县令大人也不好交代。

清风寨的山贼们，这些年盘踞在清风山中，横行四方，打家劫舍，积累颇为富裕，别的不说，就看这些死去山贼身上的铠甲，制作都极为精美实用，竟是要比太白县城中的精锐兵卫还要好一些，可以想象，清风寨中累积着什么样的财富。

这些铠甲兵器剥下来，稍微修补，可以添补县城军队。

马君武扫视战场，越看越是心惊。

综合各处的战斗痕迹，他如何看不出来，这根本就是一场一边倒的碾压屠杀，可以想象，昨夜这里到底发生了什么样的战斗。

而他心中，对于李牧这位小县令的来历背景，越发好奇。

这些日子，县城中发生的事情，他养伤的时候，都听说了。

一个断水流大师兄就已经足够令人震撼，如今又出来一位可以一击之力狙杀清风寨精锐骑兵的师门长辈，难道县令大人真的是某个大宗门培养的入世传人吗？

对于神州大陆上各大宗门的行事风格和传统，马君武是有一些了解的。

这些其实也并不是什么秘密。

古往今来，帝国、宗门与世俗界密不可分，所有宗门都会选派自己的核心精英弟子，入世修炼，或者炼情，或者修心，或者悟法，或者当官，会渗透到整个世俗界的所有角落。

世俗界就像是一块沃土，所有的宗门、世家、帝国都扎根其上，汲取营养。

普通人有可能一辈子都不会与宗门有交集。

但普通人的命运，世俗界的财富权势，实际上都深深地掌握在宗门武道界的手中。

大宗门的传人入世，往往都会掀起波澜。

马君武现在有点儿怀疑，李牧很有可能就是某个中型宗门的入世修炼传人了。

他越是这么想，心中就越安定。

来回巡视在战场之中，看到了那射入石壁中不见踪影的箭孔，看到几乎被射断的官道石路，他隐约可以想象出来，那射箭之人的力量，恐怖到了何等程度。

隐约之中，又有一个模糊的想法，出现在他的脑海之中。

但他并不敢确认。

来来回回小心翼翼地巡视，并未出现被没有死透的山贼误伤之事。

唯一让马君武心中略有担忧的是，那个传说之中疯武无敌的"一刀断魂"武彪，是否也已经战死了。

要是让这样的祸胎跑了，那绝对是后患无穷。

但若是已经死了，为何战场之中，不曾见到武彪的尸首？

"武彪，到底死了没有呢？"

······

"武彪死了。"

汉岔道口四五百米之外，一处石峰之上，两个长袖飘飘宛如仙人般的身影，站在一棵百年古松树枝上。

松枝在风中上下起伏。

这两个人影像是没有重量一样，亦是随着松枝微微起伏摆动。

"武彪死了，呵呵，名震西北武林道的巨寇，竟然被人给打爆了，尸骨无存。"说话的是两个身影中的女子，笑语盈盈。

她二十出头的样子，青春貌美，气质清纯，楚楚动人，身穿黄白相衬的低胸宫装长裙，腰肢纤细，胸围丰满，山风吹过，裙摆之下露出一双雪白纤美的赤足，竟是没有穿靴子。

"一个不入流的山贼，才不过勉强合意境巅峰，算什么高手，死了不是很正常吗？"说话的另一位是个同样二十出头的男子。

这男子打扮也是少见，身穿宽松白色棉袍，未束腰带，长发披肩，乌黑如瀑布，五官还算是周正，但却是一个阴阳脸，一边白皙如玉，一边乌黑如炭，只能用丑陋来形容了。

这阴阳脸男子的眉宇之间，带着一种邪气，神情高傲自负，有一种目空一切的架势。

和女子一样，他也赤足。

只是与女子雪白美足不同，他的脚呈漆黑色，仿佛是被墨汁浸染过一样。

"咯咯咯咯······"女子娇笑了起来，如春风拂柳，春光无限。

她的手指，轻柔地在男子的胸膛上抚摸，随意地画着圈，犹如恋人之间的调情一样。

顿了顿，赤足女子娇媚地道："在表哥你的面前，武彪当然算不得高手，但在太白县境内方圆数千里，他也算得上是排名前二十的高手了，这样一个人，率领着四百血骑军，还被人活生生地打爆，而且是一边倒的碾压，咯咯咯，现场痕迹，你也看到了，箭术惊人，神力无穷，你说，这样的事情，有谁能够做到。"

"哼，这又不是什么了不得的事情……"男子冷哼一声，不过他很快想到了什么，面色一惊，一喜，道，"表妹，你的意思是，那个人，很可能就隐藏在太白县？"

第五十四章
神宗往事

女子娇笑连连，柔情蜜意地倚在了男子的身上。

"当年，威震草原的大哲别，不过双十年华，就展露出惊人的武道才华，神箭无敌，一柄'引月神弓'不知道击败了多少大草原的箭术高手，被列入了神州大陆四大神射手之一，与'关山牧场'的韩羽齐名，率领的'狼神殿'野狼八百骑，更是在大草原诸大部落之间纵横无敌，号称'雁从弓前落，云在阵后生'，何其威风啊！只是，后来这位大名鼎鼎的大哲别，竟然自甘堕落，与大草原的敌人、九大神宗之一的'问道学院'的外院圣女柳絮心暗款私通，产生了情愫，还未婚先孕，生下了一个女儿，俩人私奔了，令'狼神殿'和'问道学院'蒙羞，同时通缉追杀，可惜连番苦战之后，这两个必死之人，竟然逃脱了，犹如鱼龙入海，再无踪迹。"

一段尘封数年的历史，在这清纯赤足女子的口中，像是讲故事一样，娓娓道来。

阴阳脸男子若有所思。

但他很快摇摇头，道："不对，还是不对，若真的是那位大哲别，的确是有这样的箭术，但是，大哲别和柳絮心俩人好不容易脱身，不是应该隐居起来，不显露丝毫踪迹的吗？为何他会在这里出手，击杀与他无冤无仇的武彪？一旦身份暴露，两大神宗的追杀转瞬即至，他们不会再有这么好的运气……这不合情理啊。"

清纯赤足女子笑嘻嘻地道："一开始，我也和表哥你想的一样，但如果表哥你仔细观察了山壁上的箭孔，就不会这么认为了。"

"箭孔？"阴阳脸男子一怔，旋即运转目力，朝着数百米之外，官道旁边那石壁上犹如巨大坑洞一样的箭痕看去。

他左脸焦黑，右脸雪白，但在运转了某种瞳术之后，黑色左脸的眸子瞳孔犹如一团雪，而雪白右脸的眸子则是一团浓墨一样，有丝丝缕缕的幽光，从眸子里射出去。

几息之后。

男子一双瞳孔恢复了正常人的状态，不可思议地道："箭孔深处，有散碎的月华精粹之力，是'引月神弓'无疑，竟然真的是草原大哲别出手……还是表妹你细心，我差点儿错过了一件大事，哈哈哈。"

说到最后，他忍不住笑了起来。

没有办法不笑。

更为隐秘的传说之中，这一对逃难的夫妻身上，有一件至宝，乃是来自天外的大妖遗留下来的东西，就算是九大神宗都会垂涎。

当年他们被追杀，不是表面上那么简单。

一半是因为私奔，还有一大半则是因为匹夫无罪怀璧其罪。

"不只如此，表哥你仔细观察，就会发现，那月华精粹之力，散而不聚，有形无神，以当年那位大哲别的实力，怎会如此？这说明了什么？"清纯赤足女子挤了挤眼睛。

"莫非是他的传人出手？还是……"阴阳脸男子惊疑不定，被说得患得患失了起来。

"咯咯咯，表哥啊，你的心思，要是有我一半的实力，又怎么会一直在左护法的位置上止步不前？"清纯赤足女子无奈地摇摇头，道，"大哲别逃遁隐世，又哪里会有什么传人？"

"那是怎么回事？"阴阳脸男子一怔，旋即又苦笑，道，"我哪里有表妹你如此心思聪慧，再说，我有表妹你这个心有玲珑九窍的'女神机'陪在身边，哪里用得着自己去想那么多弯弯绕绕……"

赤足清纯女子风情万种地白了他一眼。

"当年大哲别和柳絮心被追杀了数年，转战南北，伤势不轻，以我的推断，必定是他伤势过重，境界跌落，无法完全引动'引月神弓'，才会在战斗中，留下那样的痕迹，至于他为何不惜暴露自己也要狙杀武彪，可能有其他我们不知道的原因，但唯一可以确定的是，大哲别夫妇，一定就在太白县城内外，我们的机会来了。"

"那我们即刻出手，搜寻太白县城内外，相信一定可以找到他们，只要能够抓到这两个神宗余孽，不仅可以得到两大神宗的悬赏，说不定连那传说之中的神物，亦有机会得到……"

阴阳脸男子的神色，兴奋了起来。

但清纯女子却摇摇头，道："不行，还是通知宗门吧，让宗门派人来。"

"什么？到嘴的肥肉，为什么要送给别人吃？"阴阳脸男子不同意。

清纯女子抬手指了指男子，娇笑道："我的傻哥哥，到嘴的肥肉是没错，但也得能够吃得下去啊，这对夫妇何其可怕，两大神宗追杀数年，都不能将他们赶尽杀绝，就算是草原大哲别受了重伤实力跌落，但你别忘了，柳絮心也是昔日的神宗天骄，不可小觑。"

男子呆了呆，点头，道："也是。"

他是极为骄傲的人，但内心里，也不得不承认，当年在神州大陆上掀起过巨大波澜的那一对男女，都是一时天骄，是极为可怕的存在。

那样的风云人物，哪怕是凤栖草滩、龙游浅水，也不是什么人都可以击败他们。

但就这样将如此价值连城的线索上报宗门，他心中，还是有些舍不得。

清纯女子对于男子的心思，如何看不出来，微笑着道："舍得舍得，有舍才有得，我们没有能力吃下去的东西，让给别人去吃，但别人想要吃得舒服，却也得给我们匀一些。"

男子看着下方岔道口犹如蚂蚁一样忙碌着的太白县城兵卫，点点头，算是最终同意了女子的计划。

"也好……这一次，原本是想要与白如霜一分高下，没想到竟然有这样的机缘，表妹，放出消息之后，你陪我去太白县城一趟吧。"他又开口，道，"白如霜此时应该是已经身处太白县城了，我还是要去会一会他，情杀道和天狼道的传人，早就该分个高下了。"

"好，我陪表哥你去就是了。"清纯赤足女子斜倚在男子的怀里，笑着点头。

……

"啊呜，好满足啊。"

小明月满嘴都是油，心满意足地伸着懒腰。

在风卷残云地吃掉了三头烤乳猪、两条烤羊腿和一大盆鱼汤之后，她拍着圆鼓鼓的小肚皮，终于依依不舍地离开了餐桌，溜到旁边的长椅上像是软体动物一样躺下。

李牧神情惊疑不定地看着这个小萝莉。

他现在确定以及肯定，这个小丫头身上肯定有问题。

谁家不到十岁的小屁孩，能吃这么多东西？

李牧经历了昨夜一场大战，血气消耗不少，与"一刀断魂"武彪拼刀法还受了伤，刀口恢复虽然很快，但却也要消耗比一般人更多的能量，今天早上饿得不行，才从练功房中跑出来吃东西，即便如此，也没有这个小萝莉这么能吃啊。

"不知道怎么回事，最近老是很容易感觉到饿，看到什么东西都想吃……"小萝莉感受到李牧的眼神，不好意思地擦了擦嘴上的油渍。

说完，她夸张地大叫了起来："哎哟，肚子疼……好像吃坏肚子了……溜了溜了。"

一溜烟跑了。

李牧无语。

怎么办？

这样下去，会被这小家伙吃破产吧？

他觉得脑瓜子都疼。

怎么这个星球的土著们，都这么不正常啊。

"两大宗门的群架，什么时候开始？"李牧看向冯元星。

他习惯了地球上小时计时的方式，对于这个世界以时辰计时的方式，还不太敏感，大体来说，这个世界的一个时辰，相当于地球上的两个小时，一炷香大约是十五分钟的样子。

"还有半个时辰。"冯元星道。

李牧点点头。

半个时辰，那就是一个小时。

时间还早。

"我先回去休息一下。"

李牧转身又朝着后衙走去，进入了练功房。

冯元星和小书童清风苦着脸欲言又止。

大人啊喂，您上点心行不行啊。这可是两大宗门约斗啊，成名的武道高手对决，破坏力本来就惊人啊，且城中已经聚集了这么多江湖中人，一个个都是亡命徒，一旦打出真火，战斗扩大化了怎么办啊？

练功房中。

李牧已经将"黄泉刀法"再次阅览了一遍。

刀法的招式、奥义，运力之法，招式变化，出刀时机，都牢牢地记在了他的脑海里。

但他并没有着急去练。

而是选择先来回施展"真武拳"的起式桩功、"冲天锤"和"朝天锥"这三式。

用最简单形象的例子来解释的话，"真武拳"的修炼，其实有点儿像是地球上的瑜伽，当然动作的变化、肌肉的发力等奥义，要比瑜伽烦琐深奥得多，李牧每一次修炼，施展完一遍，都会觉得，体内有源源不断的新力产生，融入四肢百骸之中。

这是一种很神奇的体验。

他可以清晰地感觉到自己的力量，就如同涓涓溪水汇入湖泊一样，真真切切地提升着。

而之前吃入腹中的肉食，会以最快的速度消化。

空腹感随之产生。

第五十五章
两大宗门的约架开始了

李牧仔细体会感觉，最终可以确定，那些新力产生的源头，正是这些食物。

"地球上的人们都说，吃饱了才会有力气，简单的话中，蕴含着至高的道理……力量，是从食物之中产生，这应该也是修炼的基本原理之一。"

李牧停止了动作，若有所思。

他的悟性很高，经常可以举一反三。

这种领悟是摸着石头过河，正确与否，还需要时间和实践的检验。

对于掌握了内气的武者来说，普通的食物可以提供力量，而天地之间所谓的灵气，也是一种可以提供力量的"食物"，正是通过特殊的修炼法门，得到了这种"食物"之中的力量，从而获得了超过普通人的力量。

连续施展了六遍"真武拳"桩功和前两式之后，李牧感觉到了身体疼痛，肌肉酸楚。

这是因为身体的负荷，已经快到了极限。

他转而盘膝而坐，开始修炼"先天功"。

"真武拳"和"先天功"，是李牧所有力量的基础。

在这两大功法的修炼上，他从未懈怠过。

呼吸之间，练功房中的气流发生变化。

两道三尺长的白色气柱，犹如小白蛇一样，在李牧的鼻腔之内伸缩吞吐。

李牧的身体表层，又出现一缕缕的银辉，身体像是在发光一样，每一根发丝都变得晶莹了起来，在这个星球数月的时间，李牧的头发生长得很快，已经几乎垂到了肩膀。

他的肌肉似乎都变得透明了起来，血管隐约可见。

李牧整个人，笼罩在一种玄而又玄的气场之中。

过了一些时间，李牧缓缓睁开眼睛，停止了呼吸修炼。

身上的光辉和玄妙气场散去。

他站了起来，觉得浑身舒畅。

尤其是脑海之中，前所未有的清明。

"这种感觉，怎么好像是吃了传说之中的'生命一号'一样，智力都提升了……"李牧真的有一种错觉，好像自己变得更加聪明了。

他再回想昨夜的战斗经历，立刻就发现了许多之前被忽略的点，有了更深的体悟。

尤其是在石峰上与"一刀断魂"武彪对拼刀法的过程，在他脑海之中不断地重现，他立刻就想明白了自己施展"拔刀斩"的时机、过程、运力等方面的诸多破绽。

李牧还很快就重新模拟出来了结果。

如果让他再次与武彪交手，相同的处境，相同的招式，他绝对有信心，可以做到平分秋色，而不是一招之下，差点儿被武彪剖开胸膛。

更为奇特的是，再次回想"黄泉刀法"上的招式变化和发力奥义，一切都觉得豁然开朗，有一种一眼看穿所有奥义、已经修炼了很多遍的感觉。

"难道'先天功'可以开启人的武道智慧不成？"

李牧大为惊奇。

如果用地球上的理论来解释的话，"先天功"似乎有着某种开发人脑域的能力？

他惊讶之余，在脑海之中梳理之前所看到过的武道秘籍，包括他自创的"风云六刀"，又有巨大的收获，即便是"风云六刀"之中已经初步成形的"拔刀斩"和"闪电斩"，也有进一步提升的空间。

不过，当李牧转而去想地球上学习到的各种物理化学理论知识和数学难题的时候，发现并没有豁然开朗的感觉，依旧觉得昏昏沉沉，你大爷依旧是你大爷，解题很吃力，并没有体会到那种智力提升，一切难题迎刃而解的感觉。

"这么说来，提升的只是对于武道理论的理解能力？"

李牧若有所思。

他将这种脑海明悟，理解为一种武道悟性能力的提升。

片刻之后，他打开练功房的大门。

小书童清风和主簿冯元星眼巴巴地站在大门口。

"咦？你们站在这里干吗？"

"大人，天龙帮和虎牙宗的比斗，已经开始好一会儿了。"

"啊咧？这么快，你之前不是说一个时辰之后才开始吗？"

"公子，现在已经距离您吃早餐过去了一个半时辰了。"

"这么快？"

"哪里快了？"

"明月呢？"

"偷偷溜出去了……应该是去约斗之地看热闹了。"

……

"加油，加油，打死他！"

一个清脆的女童声音，在擂台周围喧嚣的人群之中，虽然并不算响亮，但却依旧引起了很多人的注意。

呐喊的是一个看起来不足十岁的女童。

小丫头身穿书童装，两条乌黑油亮的辫子扎在脑后，肌肤白皙细腻，乌溜溜的眼珠子似是两块墨玉，看起来漂亮又可爱，但脸上那种犹如狂热赌徒一般的神态，却真的很难让人把她和表面上的年龄联系起来。

"加油，打死他。"

"哈哈，打得好……"

这小丫头个头太矮，被前面的人群挡住视线，无法完全看到擂台上的战斗，于是就在人群中跳来跳去，每跳起来一下就能看一眼战斗，像是一个吃了兴奋剂的小兔子一样。

天龙帮和虎牙宗之间的二十场约战，已经进行了六场。

两个宗门各赢一半。

此时，正在进行的是第七场。

由天龙帮的堂主"风雷刀"曹翔，对战虎牙宗的一名外门护法"绝命三枪"贺冰，打得有来有回，精彩纷呈，时有亮眼招式应对，引得擂台围观的江湖中人纷纷喝彩叫好。

不过，长达二十场的对战，前面的十场，大概都是开胃菜，出战的都并非两个宗门真正的核心高手，比如"铁手擎天"铁振东、"天龙一剑"东方剑等人，都还只是作壁上观，没有上场。

很多人都明白，真正的恶战，将会在后十场，准确一点说，是在后五场之中出现。

"打死他！打死他！"

那小丫头依旧像是个兔子一样蹦跶着，扯着嗓子，幸灾乐祸地大喊。

此时，擂台上，天龙帮的"风雷刀"大占上风，将对手压得喘不过气，天龙帮弟子们大为兴奋，而虎牙宗的人则是憋着一口气，看到这个小丫头喊得如此卖力，还以为她是天龙帮的人。

不过，这个时候，也没有人和这样一个小丫头去计较。

很快，"风雷刀"曹翔施展绝杀之招，斩断了"绝命三枪"贺冰三根手指。

天龙帮的人欢呼雀跃。

虎牙宗的弟子们则是愤愤不平。

没有等待太久，第八场比武开始。

这一次，却是代表虎牙宗出战的"雪花剑"龚锐，在局面上彻底碾压了代表天龙帮出战的"烈火手"聂清林。

"打得好，打死他。"

那个莫名其妙的小丫头，还在大声地欢呼雀跃着。

这一下子，很多人都回过味来了。

不对啊，她到底是哪一边的人？

怎么天龙帮占上风的时候，这丫头在喊"打得好，打死他"，虎牙宗占上风的时候，这丫头喊的还是"打得好，打死他"，感情这个小丫头片子，既不是天龙帮的人，也不是虎牙宗的人，根本就是在这里煽风点火啊。

于是，这一下子，两边的人，都开始对小丫头怒目而视了。

"哪里来的野丫头……"一大早就憋了一肚子气的天龙帮弟子，一挽袖子就要过去收拾这丫头。

旁边一名同伴赶紧拉住他。

"别冲动，你忘了，僧道、妙龄女子、儿童、老人……这些看似弱小的对象，往往都是江湖上的狠角色，这小丫头只怕是有人故意带进来的，不然不可能这么嚣张，别动手，看下去就好……"同伴在他耳边低声地道。

那天龙帮弟子悻悻作罢。

这时，人群中突然响起一阵欢呼惊呼声。

原来第八场武斗已经结束，"雪花剑"龚锐获胜，而众人之所以惊呼，是因为此时代表虎牙宗出现在擂台上的人，竟然是"金蛇神鞭"李政。

和之前的"风雷刀"曹翔、"绝命三枪"贺冰等人不同，"金蛇神鞭"李政可是西北武林道上成名了数十年的老一代高手，真真正正从鲜血白骨之中走出来的西北武林道名宿，虎牙宗的名誉长老，合意境的强者，在神州大陆上也算得上一流高手了。

没想到，这样的压轴人物，竟然在第九场就登台了。

这场约战的气氛，顿时就掀起了高潮。

"不知道哪位天龙帮的朋友上场赐教？"

"金蛇神鞭"李政一抖手中的金色金丝软鞭，小儿手腕粗细的倒刺鞭身在擂台上舒展开来，犹如一条长达十米的黄金巨蟒一样。

在这条倒刺金蛇鞭之下，不知道死了多少西北武林道高手。

天龙帮这边，旁边观战台上的高层人员，面色也都变了。

"哈哈，让我来，早就想要斩掉你这尾小蛇了……"一个嚣张的大笑之声传来，从天龙帮观战台上飞出一道身影，快如闪电，落在擂台上。

"'寒山剑'邱子涵，送李老前辈上路。"

长剑出鞘，森然的寒气扩散开来，一层白霜弥漫在了擂台上。

握剑的是一位不到三十岁的年轻人，面目白净，神态倨傲。

这人外号"寒山剑"，乃是西北武林道上出了名的四把快剑之一。

第五十六章
老乞丐

"寒山剑"邱子涵与这一次天龙帮的话事人"天龙一剑"东方剑，以及此时出现在天龙帮观战台上的"云龙剑"穆仁龙、"明心剑"高盛鹏，是结义兄弟，其中"天龙一剑"是大哥，其他三兄弟都是不远千里来为结义大哥助拳。

看到"金蛇神鞭"李政挑战，天龙帮这边慑于这位老牌高手的威名，一时无人出场，邱子涵立刻就挺身而出，化解了尴尬。

"呵呵，年轻人不知进退，太冲动，还有大把的时间可活，为什么这么着急下来送死？"李政运转内气，淡淡地冷笑。

他手腕微微一抖，内气注入。

原本僵着的金蛇倒刺鞭突然像是活了一样，犹如活蛇一样在擂台地面上扭曲了起来，鞭头上的金蛇吐信短剑，亦是发出嗤嗤的异响，仿佛真的有一条金色毒蛇在吞吐信子一样。

这样的约斗擂台上，一旦踏入，就等于默认生死自负，和签了生死状一样。

"老人家年老力衰，黄土都埋到脖子了，还跑来和年轻人争胜，就不怕一辈子的名气，都葬送在这里吗？"邱子涵以牙还牙。

以语言来勾动对手的心神，分散精力，这是武林高手交锋时百试不爽的手段。

邱子涵比李政年轻了很多岁，但战斗厮杀经验却毫不逊色。

武林之中，每一个成名的高手，都是从死人堆里走出来的。

双方的战斗，很快就爆发。

和之前那种"小打小闹"不同，这两大合意境一流高手交锋之下，内气激荡，气浪排空，擂台周围的众人，顿觉窒息般的气浪迎面而来，靠得太近，呼吸都会不畅，好像胸口压了一块巨石一样。

更有一个靠得太近的倒霉鬼，被一道剑风余波扫中，惨呼一声，胸口的骨头不知道断裂了几根，一层寒霜弥漫在衣衫上，犹如中了寒毒一样，倒飞出去五六米。

这一下子，擂台周围十米之内，所有人都齐刷刷地退了开来，形成了一片空白地带。

唯有那个不知道死活的小丫头，依旧站在擂台下，精力充沛，一脸的兴奋。

"打死他！"

"打死他！"

小丫头挥舞着小粉拳，撕扯着嗓子呼喊，也不知道她到底是在给谁加油。这一下子，之前没有注意到她的人，都发现了她的存在。

这死丫头，是哪里来的奇葩？

很多武林高手的心中，都冒出来这样一个问号。

就连擂台两侧搭建的观战台上，两个宗门的核心高层，也都察觉到了这个小丫头的存在。

虎牙宗的一位堂主，微微皱眉，招手叫一名一代弟子过来，低声吩咐了一句什么。

那一代弟子下了观战台，又招呼了几个弟子，挤开人群，朝着小丫头走过来。

不过，还没有走到跟前，突然一个年轻人，从人群中闪出来，挡住了这几名虎牙宗弟子，笑道："几位，不劳几位大驾，那个野丫头是我家孩子，脑子有问题，一时没看住跑了出来……"

一代弟子上下打量。

这是一个浓眉大眼的少年，眉宇之间英气勃勃，蜂腰猿背，算不上特别英俊，但有一种令人过目难忘的气质，不过身上并无什么内气波动，显然算不得什么武林高手，脸上带着笑容，神态坦然。

"你家的孩子？"一代弟子皱眉道。

"是，这孩子是个神经病，经常胡言乱语。"年轻人道。

"既然是神经病，那就管好她的嘴，不要到处乱说，不然，死了都不知道怎么死的。"一代弟子神色冰冷，威胁道，"快带走，不然，我可不能保证她能活着见到今天下午的太阳。"

年轻人点点头，转身朝着小丫头走去。

到了跟前，他伸手拍了拍小丫头的肩膀，道："小呆×，你跑到这里来找死吗？"

"公子，你咋才来呢？"小丫头自然就是呆×暴力小萝莉明月，回头兴奋地道，"已经打死了三个，打伤了五六个，哈哈哈，像是耍猴一样，太好玩了……"

年轻人自然是李牧。

他看了看擂台，道："有什么好玩的，菜鸡互啄而已。"

话音未落。

周围潮水般响起一阵混杂着欢呼、惊呼、尖叫和怒吼的喧哗之声。

却是在擂台上，两大高手的恶战，终于出现了胜负手，金丝倒刺蛇鞭犹如狂蟒一般，缠住了"寒山剑"邱子涵，鞭身的倒刺，刺入了他的身体，鲜血激射了出来，形势岌岌可危。

"哈哈，邱子涵要败了。"

"什么'寒山剑'，在李老前辈的面前，不堪一击。"

一些虎牙宗的弟子，看到这样一幕，都兴奋得高呼了起来。

这是两个宗门的顶级高手的第一次较量，赢下来的话，意义重大，尤其是"寒山剑"邱子涵这种年轻高手，一旦战死，不啻斩掉了"天龙一剑"东方剑的一条胳膊，对于天龙帮的士气，也绝对是一个巨大的打击。

观战台上。

虎牙宗话事人"铁手擎天"铁振东及身边的一些人，都面露喜色。

而东方剑、穆仁龙等人，则紧张得站了起来。

"四弟……""明心剑"高盛鹏已经按捺不住，想要出手救人了。

一边，虎牙宗助拳高手"铁壁判官"孙欣一拍桌子嘭的一声站起来，冷笑道："怎么？说好了的生死擂台，你们想要破坏规矩不成？"

东方剑、穆仁龙等人也都拍案而起。

铁振东自是不示弱，犹如发怒的雄狮，道："规矩是你们天龙帮同意的，怎么，现在输不起了？要出尔反尔，破坏道上的铁律？"

东方剑气势为之一窒。

武林道上，坏规矩的人，往往会成为被群起而攻之的对象。

但是，身为义结金兰的兄弟，他也不能就这么眼睁睁地看着自己的兄弟去死。

气氛，骤然变得无比紧张。

小明月撇撇嘴，道："什么嘛，真的是好无聊哦，这就是所谓的高手？那个什么'寒山剑'，嘴巴吹得挺厉害，还以为可以剑斩四方呢，结果被一个玩鞭子的老头就打败了！"

小家伙虽然嘴里胡乱喊着"打死他"，立场不明，但心里其实是支持"寒山剑"邱子涵的，毕竟大家都是年轻人嘛。

李牧摇头，道："仔细看着，'寒山剑'还没败……"

"'寒山剑'还没败。"几乎是与李牧开口的同一时间，另一个声音也响起。

李牧和小明月同时回头。

却看不知道什么时候，一个领着一条黄白花大肥狗的老乞丐，来到了身后。

这老乞丐双手捧着一个鸡屁股，吃得满嘴流油，津津有味，一股异香从那烤熟的鸡屁股里流溢出来，而那只又大又肥的黄白花土狗，口里嚼着几根鸡骨头，同样吃得津津有味，无视了周围嘈杂的环境，神态很是淡定。

感受到两人的目光，老乞丐抬头嘿嘿一笑，上门牙缺了一颗。

"刚才是你说的话？"小明月鼻子耸动着，被那异香扑鼻的鸡屁股给吸引了。

吃货总是很容易被吸引。

老乞丐边吃边点头，道："是呀是呀，是我老人家说的……"

小明月流着口水，眼睛亮晶晶地盯着那香喷喷的鸡屁股，心里想着怎么会有这么香的味道，眼珠子一转，道："你怎么看出来的？"

"猜的。"

"要是你猜错了呢？"

"哎？小家伙，你什么意思？"

"我是说，我们来打个赌，万一你猜错了，剩下的鸡屁股给我吃，好不好？"

"啊哈哈哈，小丫头眼光不错啊……不好。"乞丐断然拒绝。

明月气得咬牙切齿，喉咙里发出低吼，有一种直接出手抢夺的冲动了。

李牧的目光，在这老乞丐的身上打量，略带好奇，但最终没有说话。

江湖上的奇人异士何其之多，诸多传闻之中神龙见首不见尾的强者，被传闻美化得很神秘，就像是加了滤镜，但真正见面你会发现其实很普通——这些理论，都是老神棍灌输给他的。

不过，这老乞丐的身上，李牧看到的，更多的是一种故作神秘的做作。

修炼"先天功"而得到的直觉告诉李牧，这老乞丐并非什么了不得的强者。

他能够感觉到，老乞丐的体内，有内气的波动，但并不强烈，血气要比普通人旺盛但也只是勉强到合意境的范围，可以说是江湖中的一流高手，所以能够看出来"寒山剑"邱子涵未败并不奇怪。

老乞丐越过人群，出现在擂台下方的空白地带，还主动搭话，这让李牧觉得对方似乎是刻意过来搭讪，在没有弄清楚这个老乞丐目的的前提下，李牧不想和他有太多的接触。

因为一旦接触，很容易就会陷入对方准备好的话题和思维中。

很快，擂台周围，又是一片喧哗沸腾之声。

"寒山剑"邱子涵浑身寒气流转，空气中冒起了丝丝缕缕的白色雾气，接着有冰晶雪花在擂台上飘舞了起来，一层层的冰晶蔓延覆盖了整个擂台，也冻结了金丝倒刺长鞭，顺着鞭子，朝着李政的手臂蔓延而去。

第五十七章
时辰到了

李政面色一变，想要撤回长鞭，已经来不及。

最终，这两个人，竟是斗了个两败俱伤。

邱子涵浑身上下被金蛇鞭的倒刺戳得像是筛子一样，而李政则是被寒气侵入体内，中了寒毒，也丧失了战斗力。

两大高手，都被人抬了下去。

而这一场到底是算谁胜谁负，天龙帮和虎牙宗又起了争执。

场面闹哄哄的像是一个菜市场一样。

擂台下的双方支持者激烈争论，快要爆发武斗，而观战台上的两宗高层，更是来回争吵，最终勉强同意算是平手。

然后，下一场擂台大战又开始了。

这一次却是虎牙宗的"铁笔判官"孙欣，对上了天龙帮助拳高手"云龙剑"穆仁龙。

战斗激烈无比。

内气激荡，剑风纵横。

擂台周围二十米之内，就只有李牧、明月、老乞丐和那只黄白花大肥狗了。

其他各路的英雄好汉、武林豪杰，生怕被战斗的余波波及，都躲到了安全距离。

这一场对战，打得异常激烈。

也许是因为之前的几场比斗，已经刺激得双方都冒出了真火，所以不论是"云龙剑"穆仁龙，还是"铁笔判官"孙欣，一上来都是全力以赴，没有丝毫的保留，杀招连连。

两人都是合意境的一流高手，斗到酣畅处，体表都有淡淡的内气氤氲弥漫。

周围观战的各路武林高手们，看得是如痴如醉。

"好！"

"妙啊。"

"厉害。"

"这一招'云龙探爪'，简直是精妙无比啊。"

"点打三寸笔如刀，认穴截经阎王笑……孙欣老前辈的判官笔，真的是可怕。"

有人在大声地赞叹着。

江湖中人喜欢凑热闹，多半就是因为这个。

观看高手的比斗，一半原因是可以得到以后吹牛×时的例证资本，另一半原因则可以开阔眼界，学到一些东西。

那些出声喝彩者，不乏真正好武之人，不乏看到妙处情难自禁的人。

而那些故意引经据典高声地赞叹的人，也不一定就是真的眼力高明者，也有可能是"嘴强高手"，刻意用一种表面上看起来不经意的方式，向他人展示自己的学识渊源和高明眼力，来获得赞同，收获名气。

武林，其实也是一个名利场。

不过，"铁笔判官"和"云龙剑"毕竟都是西北武林道上成名已久的一流高手，在诸多的武林好汉眼中，的确是打得精彩，一阵阵的惊呼声和赞叹声此起彼伏。

唯有李牧，脸上的表情，越看越奇怪。

"有没有搞错，这也算是成名高手？"

县尊大人觉得很意外。

因为不论是"云龙剑"穆仁龙的"云龙三现剑法"，还是"铁笔判官"孙欣的"三十六路疾风骤雨打穴术"，在他的眼中，一则像是慢动作一样绵软无力，二则招数变幻之间破绽极多……并没有周围武林高手们吹嘘得那么厉害，也不如李牧自己期待的那种程度。

李牧来到这擂台下，有一半的目的，是抱着学习观摩的姿态的。

他想要见识一下，如天龙帮和虎牙宗这种西北武林道上已经成名了数十年的宗门，能够动员起来的高手，到底强到了什么程度。

一开始，他还是抱有很大期望的。

李牧希望可以从这些高手的交锋之中，窥视到更多的武道变化和道理。

他现在最缺乏的，就是这些东西。

但是，越看越失望。

所谓的高手，如"云龙剑"穆仁龙和"铁笔判官"孙欣，在擂台上打得风生水起，看似惊险无比，但是给李牧的感觉，他一只手，不，一根手指，就可以碾压这两个人。

在李牧的眼中，这一场打斗，简直如小孩子过家家一样。

这真的是一种很奇怪的感觉。

李牧的印象之中，他所见过的武林高手，别说是"一刀断魂"武彪，就算是之前神农帮的四大金刚、贵公子李冰等"小怪"，都要比此时擂台上交战的两大合意境一流高手更强啊。

为什么有这样的感觉？

李牧觉得很奇怪。

"打死他。"

小明月又像是兔子一样蹦跶了起来，口中是万年不变的煽风点火台词，清脆地在擂台周围响起。

那个刚刚回到观战台上的虎牙宗一代弟子，脸都黑了。

怎么回事？

那年轻人怎么还没有把这个脑子有毛病的野丫头拉走？

不想活了吗？

一代弟子心中怒意涌动，转身抽出腰间的长刀，一脸杀气地就朝着擂台下走去。

他气冲冲地来到李牧两人跟前，扬刀一指："还在这里闹事，你们他妈的是想死吧？看来不给你们一点儿教训，你们就不知道……"

李牧捏住刀尖，笑了笑，直接打断他的话，道："让开一点，你挡住我看戏了。"

"你……"一代弟子见对方竟然丝毫不怕，还敢还手，心中大怒，手腕发力，就想要直接将这个不知死活的年轻人手掌削掉。

谁知道任他如何发力，长刀像是铸在了年轻人手掌中一样，纹丝不动。

这时，在神农帮遗址外围区域，突然咚咚咚咚地响起一阵鼓声。

厚重清晰的鼓声，在喧哗的比斗场周围也极为清晰，传入每一个人的耳中。

围观的吃瓜群众、武林高手们，面色茫然。

李牧松开刀锋，伸了个懒腰，道："唔，出手挺快啊……也罢，反正这比武，像是耍猴一样，看着也没有什么意思，不如抢来秘籍自己修炼。"

他改变了想法。

但就在同一时间——

嗖！刀光如电。一抹刀锋朝着李牧的脖子劈斩了过来。

却是那虎牙宗一代弟子，心性太差，已经恼羞成怒，见李牧松开长刀之后，想也不想，立刻就是一刀砍过来，那架势，分明是要将李牧脑袋直接砍下来。

"小心……"老乞丐张口。

但他叫了一半，就止住了。

因为那刀锋，再一次被李牧给捏在手指之间了。

一代弟子面红耳赤地挣扎，运转内气，却都无法动摇丝毫。

"你还真是……"李牧摇摇头，"不到黄河不死心，不见棺材不掉泪啊。"

说完，他随手拍出一巴掌。

啪叽！这位在虎牙宗中也算是好手的一代弟子，就像是一个破麻袋一样被拍飞，不偏不倚，正好掉在了擂台上生死拼斗的"云龙剑"和"铁笔判官"两个人中间。

嗖！两大高手的身形，立刻拉开了距离。战斗戛然而止。

"什么？"

"怎么回事？"

瞬间，周围一片哗然。

原本一个个都沉浸在兴奋中的围观者，从高潮中被惊醒了过来。

观战台上，天龙帮和虎牙宗的高层核心高手，也都纷纷被惊动，霍然起身。

擂台下，老乞丐张了张嘴，震惊地看着李牧。

小明月扭头看了一眼李牧，不满地抱怨道："公子，我还没看够呢。"

"看个毛线，看，无聊死了。"李牧抬手又给了这个呆 × 萝莉一个"肉炒栗子"，道："等公子我把这些人的修炼秘籍都抢到手，到时候你自己练，随便练……"

旁边的老乞丐，听到这样的对话，嘴巴张得更大了。

连那头原本很淡定地嚼着鸡骨头的黄白花大狗，也都一脸蒙 × 地看着李牧。

"阁下何人，竟敢捣乱擂台之战？"

黄须灰发的威猛老者"铁手擎天"铁振东站起来，刀剑一样的目光，钉在李牧的身上，厉声怒喝。

刚才事情发生得突兀，但观战台上的高手们，还是反应了过来。

"哪里来的野种，竟敢在这里捣乱？"

"拿下他。"

"乱刀砍死。"

愤怒的两大宗门弟子们怒吼着。

各路围观的武林高手豪杰们，此时所有的目光，也都投到了李牧的身上。

之前就已经有人注意到这个站在擂台下空白地带的年轻人，还以为是个故意出风头的愣头青，没想到他竟愣头到了这种程度，敢在这样的场合之中捣乱，到底是什么来头？

两大宗门的弟子，已经刀剑出鞘，朝着李牧围了过来。

寒气森森。

"年轻人，你惹了一个大麻烦啊。"老乞丐开口提醒。

李牧伸了个懒腰，回头看了一眼老乞丐，无比装 × 地笑着道：

"不要怕，我比他们加起来都牛×得多。"

老乞丐眼睛挤了挤，朝旁边挪了挪，道："我倒是不怕，就是年轻人你能不能离我远一点，不然他们还都以为我认识你。"

卧槽，这个老东西。

李牧没想到这老乞丐蔫坏，完全不给自己面子。

"老人家你别怕，既然我们是朋友，那今天我一定会罩着你，看谁敢伤害你分毫。"李牧扫了一眼围上来的两大宗门高手们，故意大声地道。

卧槽，你这个小东西。

老乞丐也没有想到，李牧竟然如此无耻，故意让别人觉得俩人很熟，关系很铁，这一下黄泥抹在裤裆里——不是屎也是屎了。

呆×萝莉明月瞅着老乞丐，幸灾乐祸地大笑起来。

李牧一把抓住小萝莉的胳膊，像是扔铁饼一样抡起来，抡了一圈嗖的一声丢了出去。

"啊咧？哇哇哇……"明月人在半空才反应过来，哇哇大叫，最终越过数百人，被丢在了场外，轻飘飘地落在了一棵柳树的树杈上。

"野丫头，别给我添麻烦，老实在那边待着，不要再乱跑了。"

第五十八章
自我介绍一下

李牧一声大喝。

与此同时，周围脚步声传来。

就看从街巷和各处墙壁后面，涌出来近千名官府兵卫、衙卫和民卫，刀枪如林，弓箭手列成排，将整个神农帮遗址都给围了起来。

太白县县衙官府的兵力，都出现了。

为首的三个人，站在呆×萝莉明月所在的柳树树杈下，正是主簿冯元星、衙卫都头马君武和小书童清风。

一些江湖中人的面色微微变了。

怎么官府的人，竟然介入了武林争端中了？

当然，也有人脸上浮现出轻蔑之色。

这点儿小兵，想要包围这么多的武林高手，开玩笑的吧？

李牧懒洋洋地伸了个懒腰，缓缓走过去，顺着擂台旁侧的阶梯，一步一步缓缓地走上了擂台。

"自我介绍一下，在下李牧，太白县县令。"

李牧迎着周围无数道目光，单手抱胸，做了一个很绅士的地球见面礼，咧嘴微笑，阳光下雪白的牙齿反射着白光，像是一排锋利的匕首一样。

人群中又是一片轰然喧哗之声。

太白县主李牧，终于出现了？

竟然是这样一个年轻人？

他这是要干什么？

李牧环视四周，很满意众人的反应。

在这样万众瞩目的场合下亮相，迎来无数道震惊和畏惧的目光……哈哈，这才是主角的出场方式和待遇啊。

"原来是李县主，失敬，只是不知道李县主大闹比武场，这是何意啊？"

虎牙宗话事人"铁手擎天"铁振东拱拱手，嘴上说着失敬，但那张老脸上，却根本没有多少敬意。

说实话，对于铁振东这等纵横西北武林道数十年的名宿巨擘来说，一个县令，他还不太放在眼中。

李牧笑了笑，道："我的意思很简单啊，你们未经本县允许，在我太白县城中非法集会，寻衅滋事……按照帝国律法，要给本县一个交代。"

这话一出来，周围迫不及待地响起一片哄笑声。

很多江湖中人都笑了起来。

铁振东老脸上，也出现了一丝没有刻意隐藏的轻蔑的笑，道："不知道大人您，想要什么交代呢？"

"好说。"李牧仿佛没有发现对方的讥讽，笑得更灿烂了，道，"很简单啊，先请诸位在县衙大牢里冷静冷静，一一把自己犯的事情交代清楚，按照帝国刑律接受惩罚就好了，我这个人，很公道，绝对不会做那种故意打压诸位的事情。"

话还没有说完，擂台周围又是响起一阵哄笑之声。

一些人看着李牧的眼神，就像看着一个白痴。

站在擂台上的"铁笔判官"孙欣忍不住哈哈冷笑了起来："纵横西北二十年，还从未有人对我说过这种话，就算是长安府知府，也不会说让我进入大牢中冷静冷静……小家伙，你是第一个，莫不是失心疯了吧，想要老夫进入大牢，你凭的是什么？"

李牧也不生气，道："凭的当然是帝国律法啊。毕竟，本县一直都是一个讲道理的人，绝对不会没有依据就胡乱行事的。"

下方又是一片哄笑之声。

天真。这是他们对李牧的第一个评价。

官府就可以管束一切吗？那是很久以前的事情了。

江湖好汉们在看戏。

"帝国律法？""铁笔判官"孙欣的脸上果然是带着戏谑之色摇摇头，"还不够。"

"哦？"李牧一本正经地请教，"还缺什么？"

"铁笔判官"孙欣环视四周。

他看着那近千名兵卫组成的包围圈，就如同看着一群土鸡瓦狗一样。

最后，孙欣收回目光，看向李牧的神色，就越发地怜悯和戏谑，道："再威严的律法，也需要有人来执行，而执行律法，需要足够的实力，就凭你带来的这些歪瓜裂枣，还不够，你缺的，是实力。"

大秦帝国这些年吏治败坏，官府威慑力降低，专门用于约束江湖中人的监察司，也是内斗连连，以至于帝国之内的江湖高手们，姿态越发嚣张了起来，尤其是最近十年左右的时间里，江湖挑战朝堂的事情，屡有发生。

在越来越多的江湖中人眼里，内耗频繁的大秦帝国，似乎已经没有这种实力了。

"哦，你也许误会了。"李牧很诚恳地道。

"误会什么？""铁笔判官"孙欣姿态轻蔑倨傲，眼光轻佻。

他想知道，这个小县令，还能用什么样的花言巧语，来给他自己找一个台阶下。

李牧道："县衙的兵卫衙卫，并不是来战斗的，而是来打杂的。"

"打杂？""铁笔判官"孙欣一怔。

李牧理所当然地点点头，道："是呀是呀，因为真正执行律法，有这个就够了。"他晃了晃自己右手的拳头，道，"老前辈，砂锅大的拳头，够不够执行帝国律法？"

"你在和我开玩笑吗？""铁笔判官"孙欣的神色，冰冷了下来。

他觉得这个小县令脑子有问题，在和自己胡搅蛮缠。

李牧再笑笑。

咻！所有人都觉得眼前一花。

李牧的身形在原地突然模糊起来。

嘭！一个很奇怪的闷响声，接着又是叮当叮当两声脆响。

名震西北武林道数十年的前辈名宿"铁笔判官"手中那对不知道击败和斩杀了多少武林高手的判官笔，无力地掉落在地上。

而他本人，则弯着腰，身形佝偻，如一条被打断了脊梁的狗，根本直不起身。

李牧就站在他的前面。

而李牧的拳头，从这位老一辈武林高手的小腹处缓缓地收回。

这一拳的力量之大，让"铁笔判官"孙欣丧失了所有的抵抗之力。

他脸色蜡黄，冷汗淋漓，弯着腰，喉咙里发出野兽一样无意识的嘶嘶之声，差点儿连苦胆都吐了出来，一身合意境的内气，完全被打散，无法凝聚，全身上下，失去了力气。

李牧抽回拳头。

失去了支撑的"铁笔判官"孙欣，如一截朽木一样，缓缓地倒下。

"你看，其实真不是在和你开玩笑。"李牧低头俯视孙欣。

然而此时的"铁笔判官"孙欣，连说话的力气都没有。

他看着眼前这个英气年轻人那张还带着稚气的脸，心中掀起了难以承受的惊涛骇浪。

刚才那一拳，太快。

快到了什么程度？

当时处于百分之百警戒防备状态的他，只觉得眼前一花，再来不及做任何的反应，甚至在心中连"不妙"这两个字都没有浮现出来，腹部就已经中拳。

排山倒海的力量，就彻底摧毁了他全身上下的一切内气，抽走了他的所有力量。

在昏死之前的最后一瞬间，孙欣眼睛的余光看向了一边的观战台，看到了老友"铁手擎天"铁振东模糊的身影，他觉得可能这一次，自己等人真的是做错了，招惹了不该招惹的人。

整个擂台区，一片死一般的安静。

围观群众脸上还带着茫然和蒙圈的表情。

脑回路再快的人，一时之间，都没有反应过来发生了什么事情。

这种思路和画面的反差，来得太快太突兀，所有人脑子都转不过弯来了。

李牧没有理会这些。

他脚尖微微一挑。

一股劲力发出，将已经昏迷的"铁笔判官"孙欣，送出去数十米，落在了外围县衙兵卫控制的区域。

刚才那一拳，并没有击杀孙欣。

如今李牧对于力量的掌握，以及一些发力技巧，都已经到了更高的层次，可以做到一拳击溃对手，而不杀人。

早就得到过李牧命令的主簿冯元星，没有丝毫的犹豫，立刻命几名虎狼兵卫冲上去，将这位成名已久的西北武林名宿用铁镣枷锁铐起来，如同拖死狗一样，直接拖了下去。

整个过程，兔起鹘落之间完成，很多人都没有来得及做出任何反应。

直到"铁笔判官"孙欣像是死狗一样被拖着远去，才有人反应过来。

"找死？留下人来。"

虎牙宗高手"大摔碑手"岳阳，与"铁笔判官"孙欣关系极好，一看老友被拖走，情急之下，直接出手，凌空跃起，如一只巨鹰一般，朝着县衙兵卫阵营飞去，半空之中，掌指如刀，拍向那两名拖着孙欣的兵卫的后背。

这一掌力道犹如开山碎石一般，一旦拍实了，只怕是这两个兵卫立刻就得全身筋骨尽断而死。

很显然，岳阳不只想要将"铁笔判官"孙欣抢回来，更是要下杀手立威了。

李牧眼中，闪过一丝怒色。

他站在擂台上身形不动，"真武拳"起式桩功运转，然后猛然发力，直接凌空一拳轰出。

嘭！一道肉眼可见的透明气柱，澎湃而出。

"找死……""大摔碑手"岳阳第一时间察觉到。

他人在半空，强行扭转身躯，反手一记掌力也随之轰出。

一个土黄色的内气大掌印，直接脱手砸出。

这就是大摔碑掌力。

他尊号为"大摔碑手"，这一身的功力，基本上都在一对肉掌之上，可以开山碎石，尤其是成名的"大摔碑手"掌力，劲气雄浑，就算是一块生铁，也会被拍出两个掌印来，因此这一招轰出，他自以为已经胜券在握。

第五十九章

太　弱

下一瞬间，胜负见分晓。

大摔碑掌力还未触及那透明的拳意气柱，就如风中之沙，瞬间消散。

岳阳只觉得一股巨力涌来，手掌巨震，引以为傲的一对肉掌，炸裂得骨血飞溅，直接被废掉，而他整个人如同淹没在狂涛巨浪之中一样，丧失了意识。

这样的一幕，在其他所有人看来，"大摔碑手"岳阳是活生生被李牧隔空一拳，轰散了摔碑手的掌力，震晕在了半空之中。

扑通一声，岳阳也摔在了县衙兵卫控制区域，被戴上了脚铐手镣。

"百步神拳？"

有人惊呼。

隔空一拳，将岳阳的"大摔碑手"掌力轰散，直接干脆利落地将其击败，这种拳法，与传说之中宗师级的武道战技"百步神拳"几乎一模一样。

难道这个小县令，竟然掌握着宗师级战技不成？

抑或是，他本身就是一位宗师？

擂台周围一片喧哗之声。所有人这一惊非同小可。

即便是"铁手擎天"铁振东、"天龙一剑"东方剑等人，也都面色突变，看向李牧的眼神之中，哪里还有一丝丝的轻视？

他们开始意识到，这一次，好像是真的踢到了铁板上。

原本在他们掌握的信息之中，"血月魔君"之所以挑战太白县主，是因为典史郑龙兴之死，让血月帮损失了一个精心培养的入世官员，一心想要冲击入品宗门的"血月魔君"，只不过是想要借助神州大陆的传统规矩，在不会招惹大秦帝国官方问责的前提下来击杀太白县主立威，并不是因为这个太白县主真的依靠个人武力引起了"血月魔君"的兴趣。

不管是铁振东还是东方剑，都自诩为消息灵通的知情者。

他们多方分析，都不觉得太白县主有对抗"血月魔君"的实力。

所以，他们才敢在太白县城之中如此放肆。

其实这种宗门级的约斗约架，按照帝国律法来说，要是非在县城之中进行不可，是必须要经过帝国地方行政长官的许可的，也就是说，他们在太白县城之中打架，本应该向县令申请，最不济也应该打个招呼。

就是因为他们觉得吃定了李牧，所以才从一开始就没有考虑这方面的事情。

甚至想要用这种故意踩帝国县衙的方式，来彰显各自宗门的实力底蕴。

但是现在，怎么办？

事情，好像有点儿不受控制了啊。

"铁手擎天"铁振东老脸一红。

他知道，这一次自己要低头了。

铁振东向李牧拱手，略微行礼，道："原来李县主竟是如此深藏不露，这一次，是我虎牙宗做事不对，老夫向李县主表示歉意，虎牙宗也愿意就此事向县衙进行一定范围的赔偿，还请李县主高抬贵手，放过孙欣、岳阳两位大侠。"

这是隐晦地低头了。

李牧拍了拍手，用一种奇怪的目光，看着他，道："表示歉意？呵呵，你这算是在向我道歉吗？"

铁振东知道，李牧这是故意在用话来挤对拿捏他。

他心中其实已经愠怒至极。

这些年纵横西北武林道，他何曾受过这种气，但最终还是忍住没有爆发，点头，道："李县主如果要这么理解的话，也未尝不可。"

"哦，真的是道歉啊。"李牧点点头，"还以为你们这些江湖大侠豪杰，都不会觉得自己有错呢……但是，我不接受这种毫无诚意的口头道歉啊，如果口头道歉有用的话，那还要警察……要帝国兵卫干什么？"

说完，李牧也不等铁振东再说什么，直接遥遥看向主簿冯元星，道："'大摔碑手'岳阳，青天白日之下，当着本县的面，攻击帝国兵卫，形同叛国，给我穿掉他的琵琶骨，严加看管。"

"遵命。"

冯元星大声道。

噗噗！"大摔碑手"岳阳的琵琶骨直接被铁钩刺穿，锁了起来。

"啊……"岳阳痛醒，怒目圆睁。

这是一种特制的铁钩，专门用来囚禁武林高手，一旦刺穿了琵琶骨，内气运行周天线路会被打断，无法聚气，就算是强横地修为，也无法运转，再配合脚铐手镣，可以彻底封死任何一个武林高手的逃脱可能。

地球上中国四大名著之一的《西游记》中，美猴王孙悟空被天庭捉住，也是穿了琵琶骨，这样可以让孙悟空无法变化，一身神通不能施展，与这个星球上囚禁武林高手的手段，有着异曲同工之妙。

不过，这种铁钩对于身体的损伤极大，且会带来巨大的痛苦。

非穷凶极恶者，不会被施以如此重刑。

"大摔碑手"岳阳太过狂妄，当着李牧的面，不但要救"铁笔判官"孙欣，还要击杀县衙兵卫，直接激怒了李牧，也让所有县衙官员、兵卫都无比愤怒，活该落得这样的下场。

"诸位，还请各位英雄好汉，赞同我之前的提议，"他的神色很诚恳，指了指远处的冯元星等人，接着道："自觉一点儿，不要再麻烦本县麾下忠勇的帝国兵卫了，毕竟他们还要去维护县城的治安，哪里有工夫陪你们这群吃饱了撑得的渣渣在这里瞎胡闹……嗯，如果你们赞同我的观点，那就请排好队，不要抢，自己戴上镣铐，老老实实走到大牢之中待着，免受皮肉之苦。"

李牧说完这一番话，姿态气质顿时一变。

他不再如之前那样谦逊，而是虎视鹰瞵，锋芒毕露，咄咄逼人。

而配合着李牧的话，县衙兵卫拖出几个大铁箱子，叮叮咣咣，将数百副由县城工匠日夜赶工打制出来的精铁镣铐，重重丢到了场中地面上。

精铁镣铐在阳光下反射着黑色可怕的光，叮叮当当冰冷的撞击声，再配合着李牧的话，让每一个在场的武林高手，都感觉到一阵寒意。

谁也没有想到，事情会发展到这种程度。

"若是不赞同呢？"还站在擂台上的"云龙剑"穆仁龙冷哼。

毕竟是年轻人，桀骜不驯，纵横武林惯了，哪里被人这样威胁过。

嘭！众人只觉得眼前一花，一声闷响。

"云龙剑"穆仁龙连被李牧直接一巴掌扇飞，如死狗一般跌到了数十米之外，无比准确地落在了那一堆精铁镣铐跟前。

号称西北武林道四快剑之一的他，一身引以为傲的剑术，根本无法发挥出来，就被拍散了功力，如同被打断了脊梁的狗一样，挣扎着，无力反抗。

两名兵卫过来，直接套上脚铐手镣，将他带走。

"若不赞同，那我就只好辛苦一点自己动手了。"李牧摊摊手，道，"毕竟万物生长靠太阳，人要装 × 靠自己啊。"

偌大的比斗场之中，一阵落针可闻的安静。

每一个武林高手都有一种荒唐如做梦一般的感觉。

他们从未想到，世界上还有这种人，更未想到，原本属于他们的一场无拘无束的狂欢，突然之间就变成了一场灾难，而身在局中的每一个人，都得为他们对这座小县城带来的困扰付出代价。

"李县主未免太咄咄逼人了。""铁手擎天"铁振东面色阴沉。

转眼之间，他这一方的两大顶级高手被抓，而天龙帮东方剑那边，才损失了一个"云龙剑"穆仁龙。

"看来你是不愿意配合了。"

李牧笑了笑，然后直接出手。他身形一闪，众人只觉得眼前一花，下一瞬间，李牧已经出现在了虎牙宗的观战台上，离铁振东身边仅一米之遥。

"你……"铁振东大骇，本能地一拳轰出。

李牧看也不看，同样以拳对拳。

嘭！拳头接触的瞬间，铁振东就飞了出去。

名震西北武林道数十年的"铁手擎天"，飞出去的姿势并不比其他人强多少。

他重重地摔在那一堆钢铁镣铐之前，挣扎着站起来，刚要说什么，噗的一声，张口喷出一道血箭，一阵啪啪啪啪如爆豆一般的骨裂之声，那双号称可以切金碎玉的铁手，骨头不知道断裂了多少根，也不知道多久才能恢复。

而他的一身雄浑内气，也彻底被震散，通体酥软，站都站不稳了。

"给我拿下了。"李牧喝道。

顿时，虎牙宗的各大堂主和高手，眼睛都红了。

"放开铁老。"

"和他拼了。"

人群如潮水般朝着兵卫冲去。

李牧早就有准备，轻身术施展，如一缕青烟一般，瞬间到了被押着的李振东身前。

他一步踏出，猛地朝着地面上一跺。

恐怖的力量，直接轰入前方的地面之下。

不可思议的可怕事情发生了。

以李牧为中心，他身前扇形方向的泥土，震荡了起来，然后如波浪一样翻滚出去。

"啊……"

"什么……"

"该死。"

冲过来的虎牙宗弟子和高手，被从地面传来的震荡之力，震得筋骨酥软，仿佛喝醉了一样，东倒西歪，又被泥土中的石块激射，被打得鼻青脸肿，跌倒在地上，爬都爬不起来了。

唯有几个堂主级的高手，飞跃在半空，扑了过来。

李牧一巴掌一个，全部都拍晕在了当场。

"太弱。"

他做出这样的评价。

第六十章
这么巧

虎牙宗的精锐，在李牧的巴掌之下，大部分都丧失了战斗力。

这才不过多长的时间！

李牧用一种很奇怪的眼神，低头看着自己的手掌，再看看已经被钩穿了琵琶骨锁起来的"铁手擎天"铁振东，道："你真的威震西北武林道数十年？怎么会这么弱？"

"你……欺人太甚。"

铁振东气得浑身哆嗦，吐出一口黑血，昏死了过去。

"额，我是无意的……"

李牧没想到这位老前辈这么不禁气。他的目光，看向了天龙帮的观战台。

"天龙一剑"东方剑等天龙帮的高层，看到李牧的目光扫过来，瞬间面色一变，内心忐忑了起来。

"我与长安府李长河大人熟稔……"东方剑本能地就说出这样半句话，但是话还没完全说完，他的脸立刻就变得潮红，难掩羞愧，因为这已经是在向太白县主服软了。

李牧笑了："我特么的还认识美国总统呢，有个屁用啊？"

他身形如闪电一般，瞬间跨越了近百米的距离，出现在了天龙帮的观战台上。

速度之快，犹如鬼魅。

"何必赶尽杀绝……李县主，做事留一线，日后好相见。"

东方剑大骇。

悠悠剑鸣，长剑出鞘。

他在身前布置下了密密麻麻的剑网，洒下万千剑影，以攻为守的同时，触电般抽身后退。

东方剑位列西北武林道四快剑之首，剑术造诣确实非凡，剑影密不透风，犹如一道铜墙铁壁一样，寒气森森，剑气流转，切金断玉般的锐利气息流溢虚空，令人肌肤生寒。

"别自作多情，日后并不想和你再相见啊。"

李牧手掌毫无迟疑地切入重重剑幕之中。

所有的剑影瞬间消失。

却见李牧于千百剑影之中，准确地捏住了东方剑的剑。

空手入白刃。

其实其中并无什么特别的技巧。

李牧的反应速度、眼力目力、肉掌强度等，远超对手，完全凌驾于合意境武者的巅峰之上，那一道道在其他人眼中快如闪电的重重叠叠剑影，在李牧的眼中，就像是在做慢动作一样，根本毫无威胁。

他手腕一抖，这柄西北武林道上颇有名气的利剑，发出肉眼不可见的震颤。

东方剑大叫一声，虎口开裂，五指鲜血淋漓，再也握不住这柄他爱若性命的名剑。

"李县主，手下留情……我乃长安府李知府的亲外甥，我……"情急之下，东方剑大吼。

他惊骇无比。今日若是被李牧打昏捉到县衙大牢中，那一世英名可就全都破碎了，必将成为西北武林道的笑谈。

这种耻辱，简直要比杀了他还难受。

李牧闻言，终于选择了停手。

"你真的认识李知府？"他问道。

东方剑松了一口气，连连点头，道："绝无虚言，我真的认识李知府。"

李牧皱眉："怎么会这么巧？"

东方剑心中一喜："大人也认识李知府？"

李牧突然抬头，哈哈一笑，道："我的意思是……这么巧，我刚好不认识李知府哎。"

东方剑一口老血差点儿喷出来。

这特么的算什么巧啊。

他被调戏了。

"杀。"

"拦住他。"

天龙帮的高手都冲了过来。

"大哥，你快走……""明心剑"高盛鹏对东方剑大吼一声，然后状若疯狂地朝着李牧冲来。

"保护东方大人。"

"宁死不屈，天龙无双。"

"大不了和他拼了。"

天龙帮的高手们，一个个义愤填膺、悲壮慷慨赴义的样子。

这种感觉，就好像李牧是一个穷凶极恶的魔王在屠戮良善一样。

"妈的，你们只是一群反派而已，竟然上演忠心护主的戏码，是不是走错片场了啊。"

李牧感觉很不爽。

他大踏步地迎上去。

啪啪啪！

一巴掌一个。

不管是一代弟子，还是堂主，或者是"明心剑"高盛鹏这样的合意境强者，在李牧的巴掌面前，都像是玩具娃娃一样，被扇飞了出去，扑通扑通一个一个全部都跌在了那堆黑铁镣铐前面，挣扎不已，反抗无力……

转眼之间，天龙帮的一众核心高手，一个不剩，全部都被拍倒在地。

而剩下那些实力一般的天龙帮普通弟子，一个个面面相觑，手中握着刀剑，腿肚子发软，却再也不敢冲上来。

围攻，是永恒的以弱胜强的手段。

但这个手段，只对于一般的高手有效果。

对于李牧这样的怪物，再多的人冲上去，也只是送菜而已。

再直白一点说，在场所有武林高手的士气和斗志，都被那啪啪啪一顿巴掌给打得烟消云散，就算是再桀骜不驯的武林高手，也都没有了脾气。

太强，强到了一个超越上限的程度。自始至终，都是碾压。

就算是"铁手擎天"铁振东、"天龙一剑"东方剑这两个实力最强的合意境巅峰一流高手，在李牧的面前，连一招都走不下来。

整个过程，就像是爸爸打儿子一样。

双方的差距太大太大。

没有人能够想到，之前被传得沸沸扬扬已经吓得跑路了的太白县主，竟然强横到了这种程度。

之前，所有人都觉得被"血月魔君"挑战的太白县主，已经注定是一个死人了。

而现在，一些人已经开始怀疑，"血月魔君"到底是不是太白县主李牧的对手。

因为至少从今天看来，李牧强得有些变态。

而且更加恐怖的是，他的这种强，是一种看不透、摸不着的强。

交手的过程中，李牧使用什么神妙的武道战技了吗？

没有。

他借助了某个神兵利器了吗？

也没有。

他使用什么阴谋诡计了吗？

更没有。

自始至终，就是这么一巴掌一巴掌地拍过去，然后一巴掌一巴掌地将那一个个本该高高在上、纵横西北武林道的一流高手，就像是爸爸打儿子一样，全部都拍翻在地。

看不懂。

看不懂太白县主到底怎么做到这一切的。

简直如同妖法一样。

"哈哈哈……"

李牧像是京剧里的白脸奸臣曹操一样，大笑三声。

可惜他旁边没有人捧哏地问一句"大人为何发笑"，实在是浪费表情。

李牧摸了摸鼻子，看着双腿都已经软了的东方剑，道："你自己戴镣铐，还是我帮你？"

"你……"东方剑牙齿都哆嗦着，"从此以后，太白县主所到之处，我天龙帮退避三舍，还请县主大人这一次高抬贵手。"

"高抬贵手？"李牧点点头，道，"好呀。"

然后他就真的高高抬起手掌，一巴掌拍下去，将东方剑直接拍晕了。

天龙帮全军覆没。

"是你要求的，这一次我的手，抬得够高了吧。"

李牧耸耸肩。

东方剑这种罪魁祸首，肯定是不能放过的。

这一次的两个宗门比斗，冲突的起源，就是这个"天龙一剑"故意引起来的，不管他是出于什么原因，故意在太白县城中闹事，就等于自己跳坑，急于搜刮武林秘籍的李牧，又哪里会放过这样的机会。

"哈哈，我真特么的强。"

李牧忍不住心里默默地感慨一番。

然后，他乐呵呵地从被拍散了内气昏死的东方剑身上，摘下剑鞘，将手中夺过来的名剑归鞘，随手掂量了一番，在剑柄上，看到了两个字"正阳"，想来这柄名剑，应该称为"正阳剑"了。

嗯，又一个战利品。

可惜这柄剑，锋利坚韧足够，就是太轻。

李牧如今掌握的发力技巧，只是到"举重若轻"的层次，还未更进一步到更为高明的"举轻若重"的层次，所以这柄"正阳剑"对于他来说，并不合手。

况且，李牧偏爱刀法。

刀乃百兵之胆，刚猛暴烈，有"刀如猛虎"之说。

他喜欢这种直接、刚猛、粗暴、热血的战斗方式。

这可能和他的性格有关。

而对于剑，对于这种号称"百兵之君"、有"剑走美势"之说、讲究变化美感的兵器，李牧并不算是特别喜欢。

这柄"正阳剑"，落在李牧的手中，算是明珠暗投了。

"嗯，回头可以在后衙弄一个收藏博物馆，专门收藏武林高手的成名兵器，这个爱好，简直 × 格高到爆棚。"

李牧的脑海之中冒出来这样一个想法。

而也正是因为这个想法，日后，江湖上将会有无数眼泪都在阳光下纷飞。

亦会有不知道多少的武林高手、武道巨擘，都视太白县主李牧为猛虎恶魔蛇蝎一般，唯恐避之不及，而接下来的二十年之中，神州大陆上，任何武道盛事过程中，只要有人说一句"李牧来了"，所有武林高手都会作鸟兽散，生怕自己的兵器被这个收集狂魔给抢走。

这是后话，暂且不提。

"来人，统统都给我抓起来。"

李牧击溃了两大宗门所有的高手，对于自己的实力，又有了新的认知和判断，志得意满，恣意嚣张，笑得像是阴谋得逞的反派大魔王一样。

"跑！"

"逃。"

"他还能抓住我们所有人不成？"

"回去报讯。"

"大人，我等只是围观，并不是两大宗门的人。"

"我们是路过……"

整个现场就像是炸了窝一样。

有人求饶。

有人辩解。

也有人心存侥幸，觉得只要大家一窝蜂逃跑，这么多人，太白县主一个人绝对不可能将所有人都拦下，至于那些县衙兵卫，都是饭桶，如何拦得住自己这些忽来忽去的武林高手？

于是，身影闪烁。选择逃跑的人，真的不少。数十人朝着不同的方向，以不同的速度，施展轻功，飞快逃遁，犹如炸了窝的麻雀一样。

李牧早有准备。

他手掌往旁边一伸："拿弓来。"

第六十一章

你，出来

马君武已经准备良久，闻言，第一时间递上了李牧惯使的那张银弓。

对付这种场面，用不着特质的狼牙大箭。

四个兵卫，各自手中高举着盛满了翎羽木箭的箭壶，蹲在李牧的身前。

李牧看也不看，随手抽箭。

嘣嘣嘣嘣，弓弦震颤之声密集如鼓点一样。

李牧施展的连珠箭法，犹如疾风骤雨一般射出去，速度快到了极点，几乎是在三息之间，就射空了四个箭壶。

一个箭壶中，有翎羽木箭二十支。

四只箭壶，就是八十支箭。

一阵惊呼痛呼和哀号声从周围四面传来。

就看那些施展轻功想要逃走的武林高手，无一例外，都是膝盖上中了一箭，被从半空之中射下来，躺在地上，疼得龇牙咧嘴，再也跳不动了。

李牧伸出手指，认真地数了数，有点儿失望，道："射得太快了，竟然射偏了三支箭，射空了一支……"

射偏的三支，都射在了一个胖子的屁股上。

而射空的一支，则穿过了老乞丐的头顶，射在了擂台石壁上。

老乞丐咬牙切齿："小家伙，你一定是故意的。"

李牧笑而不语。

而这时，在场数百名武林高手，再也没有一个人敢逃了。

没办法逃，太白县主的箭术，太厉害了。

这种疾风骤雨一般的箭术，带给人的压力，丝毫不比之前那不可匹敌的巴掌逊色多少。

试图逃跑的人，一个都没有逃得掉。

膝盖中了箭的武林高手，根本无法施展轻功。

逃是逃不掉了。

反抗？

也不敢。

连"铁手擎天"铁振东、"天龙一剑"东方剑都像是拍蚂蚁一样被拍晕了，还戴上了钢铁镣铐，他们这些人，要是再敢反抗，只怕是会被当场剁成肉泥的吧？

太白县主李牧，现在还有什么事是他不敢干的？

所以，场面中出现了数十年以来江湖上罕见的画面——武林高手们排着队，一点儿都不敢反抗，等着县衙兵卫过来，给他们戴上脚铐手镣，然后用长长的绳子一个个像是串蚂蚱一样串起来。

行走江湖动辄杀人放火的亡命之徒们，这个时候乖巧纯良就像一只只吃胡萝卜的小兔子一样。

李牧突然又想起一件事情。

"哪一个叫秦勇？"他看向天龙帮的俘虏群。

人群中，一个身穿赤色天龙软甲、背负重剑的年轻人面色一变。

他正是"天龙一剑"东方剑座下的大弟子秦勇。

这个秦勇，是银龙弟子，算是这一次天龙帮帮众之中的高手，这些日子，在太白县城之中嚣张跋扈得不行，不过刚才的战斗中，他见势不妙，只是在人群中喊了几句口号，就远远地躲开，所以不在被李牧大巴掌拍晕的行列之中。

李牧目光敏锐，一看之下，心中有数。

"你，出来。"李牧道。

秦勇面色数变，胆战心惊，道："大大大……大人，您找我何事？"

"大大大……大你个头啊。"李牧没好气地道，"就你这种货色，也

在我太白县城中装 ×，砍掉人的胳膊，又伤了茶摊的梁老伯？"

秦勇顿时面如土色。

前几日，他一时兴之所至，在路边的茶摊上，砍掉了一个乱说话的络腮胡武者的手臂，又一掌重伤了多管闲事的茶摊老头。

这种小事，对于秦勇来说，只不过是生活中的一剂调味品而已。

但是，现在李牧说出来，他立刻意识到，麻烦大了。

"这……小人那日，一时酒醉，神志不清……"秦勇结结巴巴地试图解释。

这显然就是狡辩了。

李牧懒得和这种尿 × 再多废话。

吭当！

一把刀丢在秦勇的面前。

"自己卸掉一只胳膊。"

李牧直截了当地道。

"我……李县主，饶命……"秦勇吓得瘫软在地，面色惨白，拼命地磕头求饶，断臂之痛之惨，他无法承受。

李牧丝毫不为所动。

当日，秦勇斩掉那络腮胡年轻人一条手臂的时候，何其残酷残忍，又重伤了茶摊的梁老伯，更是嚣张骄横到了没边，在那个时候，他又何曾想过自己行为的卑劣和残忍？

己所不欲，勿施于人。

眼前这一切，都是因果报应。

"去帮帮他。"李牧扭头看向冯元星。

主簿大人一句话也不说，拎着钢刀走过去，一脚踢翻了吓得魂不附体的秦勇，手起刀落，斩掉了其一条手臂。

"杀人者，人恒杀之。"

冯元星呸了一声，道："这条手臂是代价，记住，以后不要随意欺辱我太白县城子民。"

周围的兵卫们，也为之动容。

茶摊梁老伯在太白县城中多年，老两口乐善好施，人缘极好，兵卫们没有少喝他的茶，当日发生了那样的事情，诸多兵卫都义愤填膺，但对于秦勇这位"天龙一剑"东方剑麾下大弟子，却也无可奈何。

今日，此时，他们意识到，县尊大人没有忘记这样的事情。

原来县尊大人也知道梁老伯，更愿意为了梁老伯这样一个小人物出头报仇，这让每一个兵卫，都感觉到一种被认同感，也让他们越发尊崇拥护李牧。

因为李牧用实际行动告诉所有人，他是在乎这些弱小者，也愿意为了他们拔刀的。

"啊……啊啊啊……"

秦勇嚎叫，浑身鲜血，在地面上来回翻滚。

他感觉到了自己曾经施加在别人身上的残忍的痛苦。

而这种凄惨万分的嚎叫声，让在场每一个江湖好汉，都感觉到了一种难言的恐惧，也彻底消解了他们所有的勇气。

面对太白县主李牧这样一个强大、强势、狠辣的对手，他们能做的，似乎只有顺从他的意志。

接下来一切都变得简单了起来。

因为李牧之前就有过命令，所以县衙早就对城中的江湖中人进行了一些暗中观察调查，或许在战斗方面，衙卫和兵卫们无法和高来高去的江湖好汉们比，但是论有序运转搜集资料，他们就要强太多了。

根据衙卫们的调查结果，那些真正心怀正义、没有在城中为非作歹的江湖中人，直接被当场释放，一番训诫之后，直接让他们离开了太白县城，不要再逗留。

而那些有恶迹的亡命之徒，则全部都被毫不留情地抓入大牢之中。

李牧坐镇当场，一切都进行得非常顺利。

诸如"铁手擎天"铁振东、"天龙一剑"东方剑等罪魁，全部都被严加看管，上了最坚固的脚镣手铐，打入了最坚固阴森的牢房之中。

"妈的，这小东西……有点儿意思啊。"老乞丐啧啧称奇。

他游历风尘，从未见过如此独特的县令，也从未见过有人用这种方式来处理江湖中的事情。

简直是个奇葩。

"汪汪……"肥硕的黄白花大狗发出叫声。

它目光也盯在李牧的身上，眼睛里有着一种不属于一条狗的情感色彩，那种眼神，好像是发现了新的猎物一样。

忽而，这条大狗浑身哆嗦一下。一种不能控制的惊恐之感，在它心头浮起，它下意识扭头看去。

却见在远处，呆×萝莉明月已经从树上爬下来了，看完了热闹的她，意犹未尽，似是又有些肚子饿了，正一边擦着口水，一边盯着它。

小萝莉的那种目光，不像是盯着一条活生生的狗，而像是盯着一盘刚出锅的热腾腾的狗肉一样，令它不寒而栗。

顿时，这黄白花大肥狗，发出一声怪异的叫声，噌的一下子，就跳到老乞丐的身后了。

老乞丐嘴角划出弧度。

他的目光，也离开了李牧，最终落在了明月的身上。

一种不易察觉的幽光，在老乞丐的眼眸深处闪过。

那是一种很诡谲的目光，似是早就发现了什么，又似是在惬意地欣赏什么。

但很快，他又似是在猛然间察觉到了什么，脸上的笑容骤然消失，猛地扭头，看向东南方向。

在那里，一棵古树下，一个肩头蹲着一只巨大黑色乌鸦的盲眼道人，如同阴影之中的幽灵一样，悄无声息地站立。

那盲眼道人也不知道是何时出现的。

他的身边，甚至还有几名兵卫在来回巡视，但却好似是看不到这道人一样，目光在经过盲眼道人的时候，根本没有焦距。

此时，这道人正耸动着鼻子，在搜寻嗅着什么气息。

那只黑色的乌鸦，猛然之间飞旋了起来，在盲眼道人的头顶盘旋，发出奇异低沉的鸣叫声，似乎是在诉说什么，音阶诡异。

但很快，盲眼道人仿佛察觉到了老乞丐的目光。

他扭头，空洞的眼眶，并无眼神，却朝着老乞丐这边"看"过来。

老乞丐咧开嘴，无声地笑了笑。

他蹲下来，响亮地放了一个屁，轻轻地抚摸黄白花大狗，低语了一句，然后这一人一狗，就在其他所有人没有察觉的状态之下，转身离开了。

盲眼道人停顿在原地，犹如刀剑一般的眉毛，竖了起来。

他捂住鼻子，脸上的表情有点儿丰富。

最终，黑色巨鸦重又落在他的肩膀上。

"凡事皆因强出头……"这道人低声自语，转身，手中的竹竿，发出笃笃之音，一步一步很慢很稳地离开了。

第六十二章
妖气大得没边

乞丐和道人之间，那种无声无息的交流，就连李牧都没有察觉到。

李牧甚至都没有察觉，老乞丐和那条狗是什么时候离开的。

最终，神农帮遗址曲终人散。

李牧骑着白马，带着两个小书童，在主簿冯元星、都头马君武以及一众衙卫的簇拥之下，朝着县衙的方向而去。

一路上，渐渐各个街巷之中响起欢呼声。

而这时，许多隐藏在暗中的人物，才慢慢地现身。

"呼，这个小县令，有点儿意思。"

一个白发如霜的年轻人，似是从虚空水波之中走出来一样，突兀地出现在擂台上。

他那原本犹如冰霜一般的脸上，浮现出一丝罕见的好奇之色。

这白发年轻人，看着李牧等人远去的背影，若有所思，最终背负古剑，也从神农帮遗址离开。

实际上，他从一开始就在现场。

但却没有人发现他的存在。

所谓的两大宗门，哪怕是"铁手擎天"铁振东这种所谓的西北武林道名宿，在他这种层次的存在眼中，也如蝼蚁一样，所以一般来说，蚂蚁打架他是根本没有兴趣的。

但这一次，因为某种原因，他来到了太白县城。

只因为等待太无聊，所以他一时兴起随便来看看这场闹剧解闷。

没想到，却有了意外之喜。

一个连他也有点儿看不透的小县令，身边带着那样一个小书童。

浓郁得没边的妖气啊。

到底谁是妖呢？

县令？

还是小书童？

......

"唔，竟然还有这样的事情。"

客栈里，赤着雪足懒洋洋地躺在斜椅上的情杀道传人"仙面"周可儿，听完情杀道另外一位传人，也是她的表哥"魔心"凌厉的描述，清纯脱俗的脸上，浮现出一丝惊讶之色。

"出手的人，不是草原大哲别，而是太白县令李牧，'引月神弓'在他的手中。""魔心"凌厉的阴阳脸上，带着一丝调侃的笑意，道，"表妹，这一次，你好像是猜错了。"

难得看到一次自己这位神机妙算的表妹出错，他的心情其实是不错的。

他这样的笑容，也只在表妹面前会出现。

"魔心"凌厉，当代情杀道最杰出的传人，一颗魔心，满手鲜血，杀戮无数，死在他手中的人，有武林耆宿，也有稚气童子，杀性之重，被称为历代情杀道天才之首。

凌厉从小就脾气倔强，性格暴戾，冲动起来如疯子一样。

他平生只听两个人的话。

一个是他的师尊，已经死了。

另一个则是表妹"仙面"周可儿。

他与周可儿两个人，从来都是形影不离，双宿双飞，在武林之中，合称为"仙面魔心"，被称为远古宗门情杀道新生代的代表，亦是大秦帝国之中近十年以来风头最盛的年轻强者中的两位。

"我又不是神仙，可以算尽一切。"听到表哥的调侃，周可儿清纯如仙的面容上，浮现出一抹娇嗔。

她在武林中的尊号为"仙面"，就是因为有一张清纯如仙子一般的面孔，但实际上呢？死在她手中的武林豪杰和天才，不知道有多少。

这样一个天赋、地位、实力和智慧都极为出众的女子，却偏偏与她那个一张面孔一半黑一半白的丑陋阴阳脸表哥成了恋人，这不知道让多少人跌破了眼镜。

"我去抓了那太白县令，再将'引月神弓'夺过来，必定可以引出草原大哲别。""魔心"凌厉道。

"不用，先看看。""仙面"周可儿赤足抵住表哥的胸膛，娇笑道，"难道你不觉得，那个小县令身上有很多谜团，值得我们去观察观察吗？"

"这倒是。""魔心"凌厉道，"他身边的那个小丫头，浑身妖气，大得没边了，连我也看不透她的本相。"

以"魔心"凌厉的急躁性格，之所以没有当场将李牧抓起来，拷问"引月神弓"的来历，就是因为他发现自己竟然无法看透小书童明月的本相，存了一丝忌惮。

"见到白如霜了吗？""仙面"周可儿转移话题。

"魔心"凌厉点了点头，道："看到了，很意外，他也出现在了今日那两个狗屁宗门的闹剧现场，只不过没有现身而已。"

"感觉如何？""仙面"周可儿问道。

"魔心"凌厉的脸上，有了一丝的凝重，道："很强，宗师境界的修为，至于到了宗师几境，无法看透，毕竟是天狼道百年来最为卓越的天才，没有令我失望，捕杀这样一个对手，让我兴奋，浑身战意沸腾。"

"那就好。""仙面"周可儿站起来，调皮地一跳，跳到"魔心"凌厉的背上，胸前两团柔软抵住凌厉的后背，娇笑道，"只要表哥你不轻敌大意，戒骄戒躁，除了九大神宗传人之外，其他各大宗门、六道年轻弟子中，没有人是你的对手。"

"魔心"凌厉听到这样的表扬，并无多少的喜悦。

他的目光深邃了起来，看向窗外，神色肃穆，眼睛里流露出一种神往之色，一字一句地道："九大神宗吗？等到此间事了，我迟早都要会一会从这九个巨无霸宗门中走出来的那些所谓的天之骄子。"

"仙面"周可儿将螓首埋在凌厉的脖子里，嗅着心上人的体味，温柔地道："如果真的有那一天，不管是疾风骤雨还是风和日丽，我会一直都站在你的身边。"

……

县衙大牢。

李牧还是第一次进入这个地方。

空气中弥漫着一股腐烂发霉的味道，阳光透过狭窄的顶窗照射进来，形成白色的清晰光束，其中尘埃飞舞，极为刺眼。

昔日大多数时候空荡荡的大牢，如今人满为患。

前几日被关进来的贵公子李冰一伙人，已经快发疯了，形同乞丐一样，被关在同一个狭窄的牢房里，都是锦衣玉食的纨绔，何曾受过这种罪，一个个几乎都要精神崩溃了。

大约在一个时辰之前，李冰还疯子一样叫骂着。

但是此时，他已经惊恐万分地闭上了嘴巴。

因为他看到，一个又一个身影或被拖着，或被押着走进来，大部分都被打了个半死，其中一部分人的膝盖上，还中着箭，也没有拔掉，发出一声声的嚎叫。

从衣着和话语来看，这些人，都是武林强者。

"是天龙帮、虎牙宗的人……"

李冰心中暗自震惊。

而更加不可思议的是，李冰很快就认出来，其中还有一些颇有名气的武道强者，也被打成了死狗一样拖了进来，其中一个，他认识的最出名的高手"大摔碑手"岳阳，竟是被刺穿了琵琶骨，半死不活的样子，简直让李冰惊掉了眼珠子。

"发生了什么？连岳阳都被抓进来了……"

李冰简直无法相信自己看到的。

"大摔碑手"岳阳，在李冰的概念中，已经算是绝顶的高手，强大到可怕，他在岳阳的面前，根本撑不了半招，应该可以横扫整个太白县城啊，但是现在，岳阳竟然成了这副模样。

而且，听到周围被关押进来的一些江湖中人的议论低语，让李冰明白，"大摔碑手"岳阳还不是被抓进来的最厉害的角色。

李冰立刻就老老实实地闭上了嘴巴，满脸恐惧地缩到了角落里。

虽然不知道外界发生了什么，但很显然，绝对是非常不妙的事情。

他躲在角落里暗暗观察。

很快，他的眼睛里，射出愤怒的光芒。

因为他看到，那个抓捕、折辱和抢光了他身上所有财物的太白县令李牧，在几个兵卫都头的陪同之下，出现在了大牢的廊道里面。

但这种愤怒很快又变成了疑惑和恐惧。

因为李冰发现，每一个被拖进来的武林高手，包括那浑身是血，刚刚苏醒的"大摔碑手"岳阳，在这一瞬间，眼中都露出了恐惧敬畏的目光，都不敢再说话。

整个大牢之中，突然变得鸦雀无声。

好像死神降临，没有人敢大口喘气。

"大人，一切都已经准备妥当。"牢房的最深处，刑讯暗室的大门打开，典狱长甄猛恭恭敬敬地走出来行礼参拜。

之前，他接到了主簿冯元星的通知，在刑讯暗室之中，准备了一些奇怪的东西。

典狱长甄猛，虽然名字里有一个"猛"字，但实际上外貌并不威猛，而是一个三十多岁的瘦高汉子，身形如竹竿，面色苍白，几无血色，给人一种病态的感觉。

他的体内有内气气息流转，实力最低也是合气境的二流高手。

"好，辛苦了。"

李牧点点头。这是他第一次见到甄猛，之前只是在一则县衙行文卷册中看到过甄猛的名字。

典狱长在太白县城中，也算得上一号人物了，很多县衙的文官武吏，都想着法儿在李牧面前混个脸熟，希望能够更进一步，但甄猛却从来没有主动在李牧面前出现过。

这一点原因，让李牧对于甄猛，还是有点儿好奇的。

不过，他也没有多说什么。

在甄猛的陪同下，李牧一行人进了刑讯暗室。

暗室空旷，占地足有百平米，岩石墙壁和屋顶，没有窗户，有诸多细小的风孔与外界联系，空气倒还算是流通，四面的墙壁上，挂着二十多根火把，噼里啪啦地燃烧着，将整个暗室照耀得纤毫毕现。

这里，是审讯犯人的地方。

四面墙角下，摆着数十件恐怖阴森的刑具，上面有暗黑色的斑块，显然是受刑的犯人留下的已经干涸的血迹，也不知道已经多长时间了。

千奇百怪的刑具，令人一看之下，就心惊肉跳。

"大人，现在就要开审吗？"甄猛在一边问道。

"嗯，时间有限，现在就开始吧，先随便带两个合气境的武林好汉进来，我试一下，我的套路能不能用。"李牧打量了一圈，笑嘻嘻地道。

第六十三章
英雄梦

张宁和王冲，一个是天龙帮的一代核心弟子，一个是虎牙宗的三牙，也就是最高级别的弟子，一个擅长刀法，一个擅长枪术，在各自的帮派之中，小有名气，在西北武林道上，也有点儿名气。

两个人的心情，此时都很忐忑。

因为大魔王李牧，派人将他们两个，单独请到了刑讯暗室之中。

刑讯暗室是用来干吗的？

拷问犯人的啊。

进入这种地方，能够有什么好事？

说实话，一盏茶时间之前，两个人被从各自的牢房之中拖出来，被兵卫拽着朝刑讯暗室走去的时候，两个人的表情那种悲壮，那种恐惧，简直就像是上断头台的死囚一样。

张宁还好一点，在这么多武林同道囚犯的注视之下，虽然腿肚子有点儿哆嗦，但好歹还算是硬气，一句话都不说。

而王冲则是吓得哇哇大叫，一个劲儿地和兵卫告饶求情，鼻涕眼泪都快下来了，以为是要被抓进去受各种酷刑的折磨，当真是被吓尿了。

不过，真的进入了刑讯暗室之中后，两个人逐渐冷静下来，发现事情可能和他们想象的不一样。

所有的暗黑色血腥刑具，都被放置在了一边。

刑讯暗室的中央，腾出来了一片空地。

他们心目之中的魔鬼，太白县主李牧，正笑眯眯一脸和气地坐在太师椅上。

"'燕子刀'张宁，'无回枪'王冲？"

李牧手中拿着一个册子，看向两个人。

不管多硬气的武林好汉，此时被李牧看一眼，都觉得腿肚子在转筋，所以张宁和王冲两个人，都没有表现出他们想象之中的硬气，都不争气地点了点头。

旁边有衙卫走过来，给张宁一把刀，给王冲一柄枪。

"你们两个打一场，赢的人，可以毫发无损地离开。"

李牧面带笑容，看着两个人，但语气不容置疑。

张宁还略微迟疑。

但王冲听了之后，却是一声不吭地就抢过长枪，随手一抖，抖出三五个枪花，一脸杀意，朝着张宁的咽喉前胸位置扎来。

生死关头，张宁也不犹豫了。

他闪身错开，接过单刀，一招"夜战八方"起势，展开反击。

叮叮锵锵！

暗室之中爆起火星。

两个二流高手，在暗室之中，展开了生死搏斗。

李牧说过，活着的人，可以离开，这让两个人没有了侥幸的余地，而两大宗门本来就是仇敌，打起来自然也不会有什么顾忌，"燕子刀法"和"无回枪法"在两个人的手中，被施展到了极致。

两个人影，化作一团枪影和刀光，滚来滚去。

寒气森森。

李牧在一边，斜倚在太师椅上，一边嗑瓜子，一边看。

他看得津津有味。

对于活着离开的渴望，和对于死亡的敬畏，让两个二流高手身上所有的能量都爆发了开来，张宁和王冲可以说是各展所学，吃奶的力气都使出来了，毫不保留。

这样的战斗，要比当日生死擂台上的比斗，更加惊险和拼命。

约莫一盏茶之后，胜负分晓。

却是张宁打掉了王冲手中的长枪，单刀架在了对手的脖子上。

这一刀，并未斩下去。

王冲面色死灰，浑身颤抖。

李牧摆摆手。

两个衙卫过来，将面如死灰的失败者王冲，从旁边另外一个门中带了出去。

吭当！

铁门关上。

"王冲会被处死吗？"

张宁盯着李牧。

李牧站起来，耸耸肩，道："也许会，也许不会，看我的心情吧。"

他走到近前，脚尖一点，将掉在地上的长枪握在手中，随手一抖，九个枪花出现，竟是"无回枪法"的第一式，精妙程度，比之前的王冲更加高明。

枪芒寸寸，朝着张宁点来。

"你……"张宁面色大变，"言而无信，你说过，获胜的人，可以毫发无损地离开。"

他边说，边用手中的单刀，下意识地招架反击。

几招之后，张宁逐渐冷静了一些。

因为他发现，太白县主李牧并未展露出来那种碾压式的力量，而他施展的枪法，正是之前王冲施展的"无回枪法"，招式精纯，竟然要比浸淫这套枪法七八年的王冲更加娴熟，而且招式的衔接变化之间，多了几分随意和灵活。

张宁奋起反击，但是一套"燕子刀法"施展完毕，这一次，战败的人是他。

长枪的枪尖，则是点在了他的咽喉之前。而他的单刀，却连最后的变式还未完成。

相同的招式，相同的变化，相同的最后一次兵刃交错，最终获胜的人，却不同。

冷汗，从张宁的前额后背流淌下来。

但李牧并未真的刺透张宁的咽喉。

他随手一丢，将长枪丢回到墙壁下的兵器架上，然后手一伸，有一位兵卫递过来一柄单刀。

单刀在手，李牧一言不发，再度展开了攻击。

张宁被逼着再度反击。

但很快，他心中的震惊，几乎难以掩饰。

因为李牧施展的，正是他修炼了十几年的"燕子刀法"。

刀光滚滚。二十息之后，张宁再败。他败于最后一式"燕子抄水"。

这一招，两个人同时施展出来，李牧的变化更快更准，也更加高明，正是张宁修炼了许多年而不可得的精妙之处。

所以当张宁的刀锋才刚刚撩起的时候，李牧的刀刃已经抵住了他的下巴，再往上一点，就会将张宁的脑袋剖开。

如果说之前李牧用"无回枪法"击败他，他的心中，还有一丝侥幸的话，那此时，败在自己最熟悉的"燕子刀法"之下，那张宁心中，可以说是真的一片死灰，也彻底无话可说了。

他最无法接受的是，在太白县主李牧压制了己身力量，保持与他相同水准的情况下，相同的刀法，他自己勤修苦练整整十二年，竟然还不如别人旁观一遍就施展出来的威力。

张宁大概已经猜到，太白县主李牧的目的是什么了。

他从未想过，这个世界上，竟然真的有这种天才，可以过目不忘，看一遍别人施展，就能学会别人的功法战绩。

这简直就是妖孽。

"走吧。"

李牧将手中单刀丢回兵器架，摆摆手。

旁边的铁门再度打开。

两个兵卫过来，卸下张宁手中的单刀，然后示意他进去。

张宁犹豫了一下。

因为这个门，正是之前失败者王冲被带进去的门。

作为那场比斗的失败者的王冲，不会有什么好下场，那说明这个铁门背后，绝对蕴藏着巨大的凶险，如果自己也被带进去，那岂不是凶多吉少？

学去了自己和王冲俩人的战技，要杀人灭口吗？

张宁惊恐而又愤怒。

"你说过，获胜者，可以毫发无损地离开。"他死死地盯着李牧。

李牧没有说话，只是笑着。

在两个兵卫的拉拽下，张宁被朝着那铁门中拖去。

"我做鬼也不会放过你……我……"张宁大吼。

李牧哈哈大笑。

这笑声，在张宁的耳中，犹如魔鬼的狞笑。

他愤怒到了极点。

……

大约一盏茶的时间后。

刺眼的日光中，张宁沉默着。他心中的愤怒，早就烟消云散。手脚上的镣铐，都已经撤去。他站的地方，是牢房之外。

换句话说，他自由了。

"县尊大人说，你在太白县城中，未有恶迹，依照帝国律法，不加惩戒，可以自行离去了。"一名年轻的兵卫，说起李牧，脸上会浮现自豪而又镇定的表情，看着张宁，道，"你要在一炷香的时间之内，离开县城，县尊大人说，这段时间的太白县城，并不欢迎江湖中人。"

张宁机械地点点头。

他也说不上自己此时是什么心情。

但这几日发生的一切，对于他来说，绝对是一个巨大的冲击。

他木偶一般地朝着城外挪动脚步。

走了几步，他突然又想起什么，回头问道："王冲……就是刚才被带进铁门的那个虎牙宗高手，他也被放走了吗？"

年轻兵卫点点头，道："走了。不过，王冲在城中有恶迹，虽然是小恶，但也必须接受惩罚，缴纳了足够的罚金之后，已经离开了。"

果然如此。

原来王冲也没有死。

得到这样的回答，不知道为什么，张宁心中，突然松了一口气。

之前，太白县主李牧说"获胜者可以毫发无损地离开"，但其实并未说失败者就必须要死，只不过是当时，在那样的环境之下，他们下意识地产生了不好的联想，以为是赢者生，败者死。

现在想想最后时刻，太白县主李牧的哈哈大笑声，仔细回味，其实恶作剧的成分更多，而并非如当时他认为的那种丧心病狂的狰狞嚣张。

张宁抬头看了看天空。

天色很蓝。

阳光很亮。

空气温热。

"也许是我退出天龙帮的时候了……"

他的心头，冒出了这样的想法。

"十年来，厮杀争夺，虚名假利，只是为他人卖命而已，但是，也要记得，曾几何时，我也有一个行侠仗义的英雄梦啊，为何如今变成了一个仗势欺人的帮凶？"

张宁这一次真的是浑身大汗淋漓。

他产生了一种发自灵魂的战栗和反思。

初心啊！

我的初心，是什么时候丢弃的呢？

恍然大悟之间，他突然很想哭。

"也许，真正刀光剑影，傲啸天地，行侠仗义，仗剑天涯，那是给太白县主李牧那种绝世天才们准备的生活吧，而我……差得太远啊，为何非要在江湖中好勇斗狠争一个名头呢？"

张宁的心中，萌生了退意。

实迷途其未远，觉今是而昨非。

一念及此，他顿觉天地宽阔，有一种前所未有的轻松。

"这位小兄弟，如果可以的话，请转告县尊大人，日后江湖中，再无'燕子刀'张宁这个人。"

说完，阳光下，他大踏步地离去了。

第六十四章
勒 索

"哈哈哈哈……"

李牧笑出来了眼泪。

"尿×。"

他指着跪在地上求饶的"云龙剑"穆仁龙。

说真的,他没有想到,这个号称西北武林道四快剑之一,与东方剑、邱子涵和高盛鹏是结义兄弟的"云龙剑"穆仁龙,竟然胆子小到了这种程度,被拉到刑讯暗室的第一时间,就跪在地上,魂不附体地求饶。

暗室中的兵卫们,看着穆仁龙,脸上也露出了鄙夷之色。

今天之前,这些人还是他们心目之中的大侠,是高人,是他们艳羡而想要成为的对象。

但是现在,兵卫们突然觉得,所谓的江湖好汉们,也只不过是一些凡体俗胎而已,和他们想象之中那种傲啸山林、剑胆琴心的高人形象,实在是相差太远。

而如穆仁龙之徒,则更是连他们这些普通人都不如。

站在穆仁龙身边的"明心剑"高盛鹏,脸上出现羞愧之色,但却也低着头,没有去斥责穆仁龙。

因为他心中也非常惧怕。

在他和穆仁龙被拉进来之前,在过去的三个时辰里,被关进县衙大牢之中的江湖中人,已经有五十六位合气境的高手,被拖入了这间刑讯暗室中,并且再也没有出来过。

大牢中的江湖好汉们，透过刑讯暗室的门缝，可以隐约听到怒吼和打斗的声音，还有各种哀号、惨呼的声音，也在钥匙孔等缝隙中传过来。

这些声音隐约可闻，不是很清晰。

但这已经足够被关押在外面的江湖中人产生联想，并且陷入深渊一样的恐惧之中了。

越想越怕，越怕越忍不住想。

恐惧，在想象之中不断地被放大，将所有人淹没。

每一次有人被从牢房人群中拉出来，心志坚定者都会颤抖，有人向相熟的同伴留下遗言，也有人大声咒骂李牧，更有人死命挣扎，鬼哭狼嚎，犹如末日降临一般，被吓破了胆。

而这些丑态百出的人中，就有数个在西北江湖道上手段毒辣阴狠的硬角色。

死亡面前，这些人崩溃得比其他人更快。

所以，高盛鹏可以深深地理解此时穆仁龙的丑态。

实际上，若不是内心深处最后一丝理智和尊严让他颤抖着站立，只怕是他也已经跪倒在地哀求了。

李牧坐在大案后面，嗑着瓜子，吃着西瓜，满脸的鄙夷。

他使了个眼色。

有兵卫将两柄长剑，丢在了"明心剑"和"云龙剑"俩人的面前。

"胜者，可以活。"

李牧吐出两颗瓜子儿道。

穆仁龙愣了一下，旋即疯狗一样冲过来，抢到了一柄剑，毫不留情地朝着高盛鹏刺了过来。

而几乎是在同时，高盛鹏也抢到了一把剑。

锵！

剑刃撞击，火星溅射。

"你竟然对我出剑？"穆仁龙一怔，怒吼，道，"我是你的三哥，你竟然……"

"我不出剑，难道站着被你这个贪生怕死的懦夫刺死不成？"高盛鹏冷笑。

为了李牧口中那一个"活"字，两个人都扯下了平日里结义义气，相互嘲讽，哪里还像是兄弟，比之仇人更狠更凶，恨不得一剑就将对方刺个窟窿。

两个人都是西北武林道上有名的快剑手，以快打快，暗室之中，剑影犹如闪电一般来回纵横，剑气呼啸，流光生灭，密密麻麻犹如雷霆降临一般的金属撞击声，敲打着刑讯暗室之中每一个人的耳膜。

战斗异常惨烈。

很快，穆仁龙和高盛鹏的身上，都受了伤。

两个人结义为兄弟，平日里也少不了切磋，对于彼此的剑术，颇为了解，因此打得无比惨烈，都负了伤，但都躲开了对方招式之中的致命伤，浑身浴血，也只是皮外伤而已。

穆仁龙的"云龙三现剑法"和高盛鹏的"明心问意剑法"，都是八品剑法之中的巅峰战技，的确是要比之前那些江湖中人施展的战技高明太多。

李牧连西瓜都放在一边不吃了，瓜子也不嗑了，看得很仔细。

虽然今日在擂台战过程中，李牧可以一巴掌拍晕这两大快剑手，但那是因为李牧的速度、力量、反应完全碾压了他们，并不代表着李牧在武道造诣、理论水准和战技修炼方面，比这两个人强。

李牧的优势，在于力量、速度和反应。而他的劣势，就在于战技。

如果碰到具有相同力量、速度的敌人，那李牧就会处于劣势。

对于这一点，他很清楚。

而且，当初在地球的时候，老神棍曾不止一次地说过，战技很重要。

技巧磨炼到一定的程度，近乎规则和大道。这就是所谓的"技"近乎"道"。

就算是老神棍口中的仙人，也很重视战技的修炼，各种仙法、仙术等等，可以增加仙人的战斗力，是以弱胜强的不二法门。

李牧的想法很简单。

他要从零基础做起，从无到有，走锤炼自己的战技之路。

这个过程，当然要有借鉴，有模仿，只有足够多的积累，从简单到复杂，由浅入深，才能量变引起质变，这是初中政治课上最基础的哲学理论。

所以，他将这么多的江湖高手，关押起来。

一方面，当然是要惩戒震慑他们，让他们为自己在太白县城之中的恶行付出代价，另一方面，则是通过这种方式，来学习观摩这些人的武道战技，开阔自己的武道眼界，提升自己，开创出属于自己的武道战技之路。

这有点儿像是地球上金庸老爷子的武侠小说《倚天屠龙记》里面，女主赵敏囚禁七大派武林高手，逼他们传授武艺的方法，实际上，李牧也的确是受了小说中这段情节的影响。

而事实证明，这个做法是正确的。

通过不同的武林高手的厮杀，李牧脑海之中，关于武道战技的思维和认知，正在飞速地提升着。

尤其是这强大快剑手的交手，很精彩。两部剑法战技，高明深奥。

李牧看得很认真，很入神。

他整个人的灵魂，仿佛都沉入了这场厮杀之中，犹如情窦初开的少男，看到了自己心仪的女神向自己款款走来一样，整个人都痴了。

就在这时——

咻！咻！两道剑光，化作闪电，朝着李牧刺杀而来。

正在决斗之中的穆仁龙和高盛鹏，突然不约而同地对入神中的李牧出手。

这两剑，无疑是两人自从进入刑讯暗室之中最强最可怕的两剑。

而"云龙剑"穆仁龙和"明心剑"高盛鹏，也在这一瞬间，迸发出了自己最强的实力。

"死！"

"杀！"

两个人之前的一切，都是在演戏。

演戏的目的，就是获得这一瞬的机会。

然而，就在剑光临体的一瞬间，李牧却似早就有准备，身形一闪，就在太师椅上消失了。

下一瞬间，他出现在兵器架旁边，手中已经多了两柄剑。

"戏演得不错，可惜杀不了我。"

李牧微微一笑，猱身而上。

他双手用剑，左手是"云龙三现剑法"，而右手则是"明心问意剑法"，左右不同，两柄剑同时攻向了穆仁龙和高盛鹏。

一开始，李牧还有点儿生疏。

但很快，两只手出剑，就变得越来越娴熟快速。

锵锵锵锵！雷霆乱舞，剑光撞击。

一盏茶的工夫后，穆仁龙和高盛鹏的脸上，出现了惊骇欲绝之色。

两个人的表情，都如见了鬼一样。

李牧施展的，正是他们的独门剑法，而且越来越高明，逐渐已经超越了他们，剑招变化之精巧，用招之时机，把握得炉火纯青，宛如浸淫其中数十年一样。

而且，他双手双剑，用的是不同的剑法，一个人同时施展两套剑法，简直闻所未闻，却偏偏效果奇佳，仿佛是分身成了两个人一样。

叮叮！两声脆响。

穆仁龙和高盛鹏手中的剑，同时脱手飞出。

两人痛呼，捂着开裂的虎口，抽身急退。

"哈哈哈，纸上得来终觉浅，绝知此事要躬行……"李牧哈哈大笑，又开始乱吟地球上的古诗来装 ×。

不过，观看参悟和真正交手过招，的确是不同的感受。

与两大高手交手之后，他对于"云龙三现剑法"和"明心问意剑法"的掌握，才算是真正到了饱满纯熟的境界。

穆仁龙两个人，面如土色，心如死灰。

这已经不是技不如人的问题了。

是全方位、无死角、彻底性、根本性的碾压。

"我们认栽了，你动手吧。"

"我们兄弟无话可说。"

两个人相视而立，脸上没有了之前那冲彼此的仇视，神色变得从容了起来，既然演戏没有用，那也就不用演了，西北武林道上的四快剑，并非贪生怕死之辈，又岂会真的兄弟相残？

"哟，兄弟情深啊，呵呵，我最讨厌的就是你们这种人了，说实话，像是你们这种自诩侠义，但目光狭隘，做着祸国殃民的事情，却偏偏骨头还挺硬的垃圾，处理起来，还真的是让人头疼呢。"

李牧对于这两个人，依旧并无多少好感。

西北武林道上的英雄好汉们，哪一个不是杀人如麻，哪一个手上没有沾过无辜者的血？

他们只为自己快意，只为所谓的兄弟情义，杀戮不知凡凡。

像是穆仁龙和高盛鹏，县衙收集的资料中也有评价，不是什么好人，在太白县城中这些日子，虽然没有直接杀戮平民，但那只是因为他们没有这个时间和精力，而且还纵容了手下在县城中抢掠，与亲自出手无异。

"给你们的家族写信，每个人八品战技两本，赎金黄金一万两，或者兑换为等价的粮食，来太白县城赎人，否则，你们就在这大牢之中，把牢底坐穿吧。"

李牧指了指旁边的桌案。这就是他的最终办法。

狠狠宰一笔。

最终，在李牧的威逼利诱之下，两柄快剑都写了家书。

李牧派人拿着家书去驿站送信。

然后，两人被重新套上特质的手铐脚镣，押了下去。

这样的"重犯"，李牧当然不会像放掉张宁、王冲那样，这么轻松就让他们离开。

接下来，大约一天一夜的时间里，李牧做着相同的事情。

就连"擎天铁手"铁振东和"天龙一剑"东方剑，也都难逃这样的厄运，被李牧逼着打了一场，战技被学去，然后被逼着写了家书，恳求家人带着巨额的赎金来赎人。

当然，这种巨头级人物，赎金肯定是最贵的。

第六十五章
新形象

"我感觉自己有点儿苍老了。"

李牧站在镜子面前。

刑讯暗室里，有一面做工精良的大尺寸铜镜，几乎占据了暗室西面墙壁的一半以上。

这是典狱长甄猛的设计。

传闻甄猛在刑讯犯人的时候，会让犯人通过这面铜镜，来清楚地看到自己受刑的过程和画面。

他认为，这种方式，可以击垮犯人的心理防线，让其意志崩溃。

之前李牧没有怎么注意到这镜子。

此时，已经基本上"套路"了所有的合气境武林高手之后，连"天龙一剑"东方剑和"铁手擎天"铁振东，也像是正在完成老师作业的小学生一样，乖乖地趴在桌案面前写赎书，计划彻底完成，他的心情放松下来。

吃完了桌子上最后一牙西瓜和一颗瓜子之后，李牧就注意到了这面铜镜。

站在铜镜前，李牧发现，自己的头发有点儿长，而且有些胡子拉碴。

在这个阴森的大牢中，待的时间有点长啊。

效果和在地球时熬夜看球打游戏一样，而且要更加消耗心神。

他伸了伸懒腰。

这个异世界武道星球上，不管是男人还是女人，都留着长发，各有不同风格的发髻发式，与中国古代极为相似，梳洗起来非常费劲，还耽误时间。

李牧来到这个星球，已经有数月时间，也许是因为修炼"先天功"生机旺盛体质增强，头发长得很快，已经长过肩了。

"头发太长，不舒服啊，打理起来很困难。"

这段时间以来，其实李牧生活中的许多小习惯，还保持着地球时的传统。

"不如自己理个发？"

李牧心里冒出来这样一个想法，眼睛一亮。

是啊，我只是一个外星人而已，最多也只是在这个星球停留几十年而已，何必非要融入进去啊，哥们儿我迟早也是要回地球去当超人的啊。

心动不如行动。

锵！李牧环顾四周，最终从兵器架上，取下了那柄从"天龙一剑"东方剑手中夺过来的名剑"正阳剑"，拔剑出鞘。

"你……你要干什么？"

刚刚被逼着写完了赎人家书的东方剑和铁振东，面色都一变。

难道李牧要杀他们灭口？

财物还没有勒索到就要撕票？

太禽兽了吧？

李牧懒得理会这两个战战兢兢的"人质"。他拿着剑，来到了铜镜跟前，自己给自己理发。

如今的李牧，对于自己肢体的控制，已经到了一个炉火纯青的地步，给自己理发，完全就是手到擒来，极为简单。

"正阳剑"无比锋利，吹毛断发。

随着李牧的动作，一团团乌黑的长发，掉落在地面。

东方剑的心，都在滴血，满脸的耻辱之色。

那可是自己花费了无数心血才得到的名剑啊，不知道斩了西北武林道上的多少英雄豪杰，现在，却被大魔王李牧用来削发。

而铁振东更是一脸的困惑。

太白县主这是要干什么？

为什么要斩掉自己的头发？

难道是要削发出家吗？

片刻之后。

李牧吹落"正阳剑"上的一些发楂，满意地看着镜子之中的自己。

毛寸。

地球时代他最喜欢的发型。短短的发楂，简单清爽，极易打理。

"哈哈，不错，这样一来，妈妈再也不用担心我睡觉的时候把发型压乱了。"

李牧对于他这个新造型，极为满意。

在修炼了"真武拳"和"先天功"之后，他整个人的精气神，还有形体，都有了巨大的提升，比之在地球的时候，不知道强了多少倍。

他往铜镜面前一站，出现在铜镜之中的年轻小哥，帅气逼人，英气勃勃，五官端正，虽然不是那种精致到了极点的细腻和俊逸，但充满了男人的阳刚之美，也不乏一种灵秀之气。

"哈哈，颜值等级提升了……"

李牧很满意地摆了几个POSE。

锵！长剑归鞘。

"咦，赎书都写好了？"

李牧转身过来，看向处于蒙×状态中的东方剑和铁振东，笑嘻嘻地从桌案上将两个人的赎书都拿过来，仔细看了看，表示很满意。

"好了，接下来，在你们的宗门和家族没有表现出诚意之前的这段时间里，你们都得在这县衙大牢之中待着了，太白县是小县城，贫瘠荒芜，物产不足，所以饮食什么的，可能不会太好太足，两位大侠，就稍微担待一点。"

李牧笑眯眯的表情，就像是一只刚从鸡圈中满载而归的黄鼠狼。

说实话，不管是东方剑还是铁振东，都无法将眼前这样一个贪婪奸商一样的家伙，和不久之前那个神勇无敌、强横无匹的太白县主联系起来。

这个太白县主，实在是太奇葩了。

"哦，对了，丑话说在前头啊，逃跑一次，打断一条腿……所以，我劝两位最好不要试图逃跑，也不要试图煽动其他人逃跑，跑掉一个，我都会觉得心疼，毕竟，你们每一个人，对我来说，都有巨大的价值。"

李牧说的是真心话。

现在这些被截留下来的武林高手，在他的眼中，就是金山银山啊。

这将是他来到这个武道星球之后，真正意义上的"第一桶金"啊。

面对李牧的威胁，东方剑和铁振东都愤怒且无语。

他们何曾受过这种气啊。

早知道这样，打死他们，也绝对不会来太白县城凑这个热闹啊。

说话之间，铁门打开。

主簿冯元星和典狱长甄猛走了进来。

"一切都安排妥当了？"李牧看向两人。

被截留下来的武林高手的安排，当然不能大意，否则会逃脱，之前都是交给了这两个人去安排。

"全部都安排妥当。"冯元星道。

"保证他们任何一个人，都不会逃脱。"甄猛很自信地道。

李牧满意地点点头。

冯元星通过了很长一段时间，才算是取得了他的信任。

而这个甄猛，似乎是骨子里就有一种让人信任的沉稳气质，相同的话，从他的口中说出来，明显要比其他人更具有说服力。

"好了，将这两位大侠带下去，好生看管，记住别让他们吃太饱啊，没力气才不会逃跑……哈哈。"

李牧蔫坏。他觉得自己都快有一种当大魔王的瘾了。

"对了，还有一件事情，大人，您前几日所说的那种服饰，小人已经命人做好了。"冯元星谄笑着。

他一挥手，让身后两个兵卫，抬着一个小箱子进来。

打开箱子，里面装着的是十几件风格奇特的软布衣服，以白色为主。

地球上风格的衣服。

长裤，长袍，古风靴子……

都是充满了现代中国风元素的服饰。

李牧一怔。

他有点儿意外，但还是很快明白过来。

这个冯元星，真的是一个超级马屁精啊。

前些日子，午餐时间，自己和两个小书童闲聊打屁，无意中说起衣食住行，没忍住说起一些关于地球上服饰的理念，而且出于对地球的思念，李牧忍不住多说了一些。

当时，冯元星也在场。

没想到，这个冯元星还是一个有心人。

他不仅将自己一时随口所说的这件小事，暗中记了下来，还真的派人去裁制。

李牧随手取出一件袍子。

白色的袍子，造型极为简单，但有着地球工业风的裁剪理念，外观看起来简单质朴，做工却无比的精致，与地球上的现代中国风元素长袍极为相似。

可见，冯元星的确是用了心思的。

与如今李牧身上穿的道袍相比，这种古风长袍穿脱起来更容易，没有那么多乱七八糟的系带，也不用内衫外罩一层层地套，对于李牧这个"懒人"来说，的确是最适合不过。

而且，大小尺寸，完全是按照李牧的身形来裁剪的。

"有心了。"

李牧干脆直接在铜镜前换上了这一套长袍、长裤和靴子。

整个人焕然一新。

配合着李牧的短发，这一身打扮造型，在其他人眼中，可以说是奇装异服了，但对于李牧来说，却无比满意，这种装扮让他恍惚之中，有一种回到了地球的感觉，虽然不是西装直筒裤，但却可以勾起他许多关于地球的美好回忆。

铜镜中，那个一身现代中国古风服饰的少年，散发着一种邪魅诡异的气息，简单质朴，有一种莫名的道韵。

"好，你做得很好。"

李牧很满意地拍了拍冯元星的肩膀。有这样一个马屁精在身边，还真的是一种享受啊。

县长大人觉得自己快要被腐蚀了。

冯元星受宠若惊。

虽说这是他有心栽花，但没有想到效果这么好。

自己这样一个投机取巧一般的小心思，竟然获得了县尊大人这么隆重的赞赏，这让他更加坚定了心思，一定要从各种细节方面，多动心思，来博得李牧更多的赞赏。

而一边的甄猛，看到这一幕，心中一动。

不过，他依旧保持了自己的风格，一语不发。

他难道不想得到县尊大人的重用吗？

当然不是。

在此之前，他之所以一直都没有在李牧面前去刷脸，并不是因为他不想升官发财，而是因为他觉得自己没有资本，不善言辞，没有财力，没有人脉，除了管理犯人、审讯犯人之外，一无是处，前去刷脸也是白搭。

不过，今日事毕，甄猛敏锐地感觉到，县尊大人对于自己的感观，似乎极好。

他意识到，自己的机会来了。

但是，他也很清楚，自己和八面玲珑的冯元星不同。

冯元星的这一套，自己想学也学不来。

想要得到大人的信任和重用，那就只能是通过自己真正的本事和能力了。

眼前这么多武林高手被押在大牢之中，就是一个极大的机会。

只要保证这些人没有逃走，顺利完成大人的意志，就算是把握住这个机会了。

不求有功，但求无过。

最终，东方剑和铁振东两个人，带着耻辱和难以理解的心情，被带了下去。

李牧干脆在铜镜面前，仔细体会这一身新衣服，又当着冯元星的面，提了诸多意见。

"你找人设计好图纸，拿来让我过目，通过之后，用那条绿色的蛇皮，来削制裁剪成为新衣，会更加耐用一点，当然，普通布料的也要，多多益善。"

反正老子现在是县长了，多备几件衣服，不过分吧？

虽然这种衣服，在这个世界的人看来，或许和地球人看杀马特没有什么区别。

但是，管他呢。

老子开心就好。

从此以后，这就是我在这个世界的新形象了。

李牧心里美滋滋。

冯元星——牢记在心里。

就在这时，外面突然传来急促的脚步声。

咣当！大门被打开。

就看马君武一身鲜血地冲进来。

"大人，不好了……有武道高手冲进县衙，伤了我们不少兄弟，明月被抢走了……"

"什么？"

李牧闻言，面色剧变。

怎么会有这样的事情发生？

这是后院起火了啊。

难道老子今天在武林大会上的表现，还不够震慑这些江湖蠢贼？

"什么人干的？"李牧说着，就往大牢外走去。

先赶回县衙要紧。

马君武擦着脸上的血，快步跟着，道："是一个盲眼道人，带着一只乌鸦，会妖术，弟兄们拼死都挡不住，被他冲进了县衙中，捉走了明月，口口声声说，明月是妖魔，要抽筋扒皮放血……"

第六十六章
栽赃嫁祸

抽筋扒皮放血？

李牧虽然心急如焚，但是听到这样的话，也差点儿笑喷出来。

这是多大仇啊？

而且，这个世界，真的有妖吗？

明月为什么会被认为是妖？

嗯，不过想一想这些日子以来，明月身上发生的一些奇奇怪怪的事情，那惊人的饭量，还有那飞毛腿一样的速度，还有……总之，这个呆×萝莉，被说成是妖怪，李牧一点儿都不意外。

不过，就算是妖怪，也是一个好妖怪啊。

哪里来的盲眼道人，真的是不长眼……好吧，瞎子貌似真的不长眼，竟敢来砸我这个外星人的场子，这也太嚣张了。

李牧冲出大牢。

时间紧迫，他也顾不得惊世骇俗，一只手在马君武后背上一抓，施展轻身术，身形如电一般穿梭，带着马君武在古树、屋顶上跳跃，快到了极点。

马君武只觉得耳边生风，眼前景象都是模糊的。

罡风迎面扑来，他下意识地一张口，嘴里就灌满了凉气……

马君武有点儿蒙圈。

人的速度，竟然可以这么快。这简直就是在御空飞行吧？

眼前发生的一切，简直超越了马君武的常识。

不过，这样的事情，发生在县尊大人的身上，似乎又并非那么难以理解了。

如今的马君武，是李牧的狂热崇拜者。

……

"咦，那是什么？"

县城中，一处开满了兰花的六层精雕楼宇上，身穿着明黄色龙纹袍、额头上佩戴着一块椭圆形温润美玉的小男孩，原本正在写写画画，突然惊讶地睁大了眼睛。

因为，他看到一道光。

那是一道白色的亮光。

光芒闪烁。

在暗夜青色的苍穹中，这一道白色闪电一样异常刺目，从远处穿梭而来，每一次闪烁，便跨越近百米的距离，速度快到了极点。

很快，那白色闪电近了。

"什么？竟然……好像是……是一个人？"

小男孩看清楚了，惊讶地张大了嘴巴。

他揉了揉眼睛。

怎么可能？

怎么有武者，竟然可以达到如此之快的速度，这是什么轻功？

神话级轻功吗？

这小小的太白县城中，怎么会有这样的高人？

"姐姐……快来看啊，有高手在月夜狂奔啊。"

小男孩大声地呼叫了起来。

但他一扭头，却发现，不知道何时，姐姐与王先生已经到了身后，此时也正在看着远处的那一道白色闪电亮光。

"是他？那个小县令……"

王先生眸子里有星辉流转。

看清楚了之后，他的脸上浮现出意外之色。

而站在他身边的，是一位正当妙龄的年轻女子。

这女子一袭明黄色的宫装长裙，裙摆和胸围上，有青色的鸾鸟图案，眉眼清秀典雅，肌肤白皙如玉，容貌绝美，神情恬淡，但沉默之中，却有一种雍容华贵的气度，气质威严冷漠。

她只是看了一眼，就收回了目光。

"不为外物所惑，才可收发由心，心静如高山不动，气浮如流水不止……政儿，你今日的功课，做完了吗？"女子的声音温婉软糯，有一种甜美的气息，却也颇具威严。

小男孩还不到十岁的样子，与这女子有六分相似，眉眼灵动，神态顽皮，但明显对于这年轻女子有些敬畏，闻言，羞答答地低头，道："姐姐，马上就可以做完了。"

"好，一炷香之内做完，然后修习'明玉功'，我会让青儿督促你的。"

女子说完，转身离开。

小男孩苦着脸吐了吐舌头，愁眉苦脸地将自己的头发揉得乱七八糟，然后才小大人一样长长地叹一口气，继续趴在桌子前，在一张雪白的绢纸上，写写画画起来，描绘着什么。

那位头戴书生方巾、面容清癯的王先生也微微摇摇头，转身跟着女子身后离开。

六楼，过道中。

王先生又开口，微笑着道："殿下，您虽然是微服私访，但毕竟要在太白县城之中住一些日子，要不要我派人通知县衙，令他们做一些准备。"

"不用了。"

女子头也不回，直接否定了这个提议。

"民间传言，近些日子，这县城中发生的事情不少，我今日一到，就已经派人调查过了，其实这个太白县令，是一个怪才，或许可以为您所用。"王先生不打算放弃，干脆将话题挑明了说。

他之前的第一句，其实也是这个意思。

不过，说得比较隐晦罢了。

"王先生，我明白你的苦心，但是，我们这一次，只是来回乡祭祖的，武林中的事情，我不想掺和。"女子身姿绰约，步履平稳，声音恬静地道。

"我知道，我知道……"王先生笑了笑，道，"但是祭祖也并不妨碍招揽人才啊，这个小县令，实力不错，刚才您也看到了，他的轻功惊人，必定是天赋异禀，如果使用得当……"

他在努力地说服。

最近几年以来，殿下身上承担了太多的压力，诸多志同道合的同伴朋友，在寒风之中飘零散落，那位的冷酷，让殿下备感心寒失望，尤其是春狩之事，更是让殿下对于那位彻底绝望。

这一次，殿下如此轻装简从，来到太白县城，名义上是来祭祖，拜祭那位已经故去十年的善良灵魂，但实际上，却是为了散心，也为了避开秦城中那诡秘的政治漩涡。

这样的选择，似有急流勇退之意。

但是，真的退得出来吗？

作为谋主，也作为遍览秦城三十年风雨的老人，他并不这样认为。

这一次陪着殿下前来，他最大的目的，当然是要帮助殿下恢复昔日的信心，也要让殿下看清楚，这个世界是如何对待那些后退者。

其实，在殿下决定来这个小县城暂避风波之后的第二天，他就已经开始做一些准备工作，整个太白县城在过去三个月里发生的一切，他都了如指掌。

这些准备工作，原本是出于安全考虑。

所以发现太白县主这个人才，是意外收获。

本能告诉王先生，这个小县令值得招揽。

但作为合格且忠诚的谋主，他当然不可能不经过殿下的同意，就将自己的想法付诸行动，所以才如此苦口婆心地劝说。

而在刚才，看到了这个小县令不知道发什么疯，在夜空之中，领着一个人闪电一般突进狂飙的一幕，王先生心中，对于李牧的评价，又提升了一层。

别的不说，就这种惊世骇俗的轻功，日后也绝对用得着啊。

女子停了下来，转身看着王先生，道："不用再说了……我不喜欢他。"

王先生怔住。

女子又补充了一句："我不喜欢一个贪财、敲诈勒索的人，同样的错误，我不想再犯第二次。"

说完，她转身离开。

"以后，不要再在我面前，提起这个人。"

绝美女子的声音，在楼阁六楼的过道中回荡着。

她的身形，却消失了。

这个曾经在秦城掀起过风暴的女子，是一个武道高手。

真正的高手。

王先生苦笑不已。

"春狩之事，对于殿下的影响，竟然到了这种程度，那个人的死……唉。"他也不好再说什么了。

关于太白县主李牧的事迹，包括一个时辰之前发生的所有事情，所有的信息，都是他亲自整理之后，交给殿下看的，很显然，发生在刑讯暗室之中的一些事情，勾动了殿下的一些不好的回忆，也让她产生了成见。

这就是所谓的……命运吧。

也只能怪小县令的运气不好了。

王先生摇头。

他不再去想这件事情。

推荐李牧，只不过是一时兴起。

既然不成，也不必苛求，毕竟在泱泱大秦帝国之中，八府七十二城，一共数百个行政县，一个县令就像是海浪滚滚之中的一朵小浪花，真的是左右不了什么。

他还有更多的事情，需要去费神。

……

"有人攻破了县衙？"

周镇海大感意外。

随行而来的四名太白剑派弟子，也都惊讶万分。

天黑之前，他们摸到了县衙附近，一直都在等待着李牧归来，准备进行一次伏击。

数日之前一起来到太白县城的长老周镇岳并没有前来。

因为周镇海和这四名太白剑派弟子，都是擅自行动的。

在憋了这么久的时间之后，复仇心切的周镇海，终于忍不住了，连续请求兄长周镇岳出手击杀李牧失败之后，他决定自己单干，而在今夜，他使了点手段，付出了一定的代价，终于成功煽动了四名太白剑派弟子，和他一起行动。

没想到，五个人埋伏半天，商议了很多次的计划，最终等来的却不是李牧，而是县衙被一个盲眼玩鸟的古怪道人攻破的画面。

这盲眼道人，实力诡异得出奇。

他简直像是会妖法一样，完全碾压了驻守县衙的衙卫，然后吐出一口气，就吹倒了县衙大门，笃笃笃地用竹竿敲着地面，就进入了县衙之中。

难道是宗师级的超一流高手？

四个太白剑派弟子，看向了周镇海。

现在怎么办？

到底要不要趁乱冲入县衙，抢掠一番出气，还是说继续在这里埋伏着？毕竟一旦李牧得到县衙被攻破的消息，必定会第一时间赶来，伏击的成功率很大。

"周族长，我们该怎么做？"

一个太白剑派弟子看向周镇海。

"先冲进去，千载难逢的机会……"周镇海毫不犹豫，神色坚定地道。

说完，他带头朝着已经乱成一团的县衙冲去。

其他四个太白剑派弟子，下意识地就跟了上去。

谁知道，就在刚刚从之前那个盲眼道人打碎的围墙缺口处进入县衙的时候，意外的变化出现了。

突然一股异香，在四个人中间弥漫。

等到这四位太白剑派弟子察觉到身体酥软无力，感觉不妙，事情已经来不及了……

噗！一截刀尖，从其中一位太白剑派弟子的胸膛前面冒出来。

"你……"这位弟子口吐鲜血，艰难地扭头，却难以置信地发现，暗算自己的，不是别人，正是允诺了种种好处的周家族长周镇海。

"为什么……"临死，这位弟子心中充满了困惑和不甘。

周镇海狞笑，一刀一个，将四名太白剑派的弟子全部都杀死。

"呵呵，李牧啊李牧，四名太白剑派的弟子，死在了你的县衙之中，看你如何向太白剑派交代……"他擦拭着刀上的鲜血，又在四名已经死了的太白剑派弟子的身上，连续补了几刀，确认四人都死透了，这才放心。

栽赃嫁祸。

并不高明的栽赃嫁祸手段。

但以周镇海对于太白剑派那些高傲、骄横、古板的深山剑士的了解，这种简单的手段，亦完全可以起到自己期待的效果。

四个太白剑派剑士死在县衙中，这是事实。

有这个事实在，不论如何，太白剑派都不会放过李牧。

《网络文学名家名作导读丛书》已出版书目

第一辑：

辰东与《遮天》/ 肖惊鸿 著

骷髅精灵与《星战风暴》/ 乌兰其木格 著

猫腻与《将夜》/ 庄庸 著

我吃西红柿与《吞噬星空》/ 夏烈 著

血红与《巫神纪》/ 西篱 著

第二辑：

子与2与《唐砖》/ 马文运 著

林海听涛与《冠军教父》/ 杪椤 著

忘语与《凡人修仙传》/ 庄庸 安迪斯晨风 著

希行与《诛砂》/ 肖惊鸿 薛静 著

zhtttty 与《无限恐怖》/ 周志雄 王婉波 著

第三辑：

天蚕土豆与《斗破苍穹》/ 夏烈 著

萧鼎与《诛仙》/ 欧阳友权 著

耳根与《一念永恒》/ 陈定家 著

蝴蝶蓝与《全职高手》/ 张慧伦 张丽军 著

蒋胜男与《芈月传》/ 肖惊鸿 主编

第四辑：

更俗与《楚臣》/ 西篱 著

烽火戏诸侯与《剑来》/ 庄庸 著

梦入神机与《点道为止》/ 周志强 李昕 著

无罪与《剑王朝》/ 许苗苗 著

乱世狂刀与《圣武星辰》/ 房伟 著

图书在版编目（CIP）数据

乱世狂刀与《圣武星辰》/ 房伟著 . -- 北京：作家出版
社，2022.5

（网络文学名家名作导读丛书）

ISBN 978 - 7 - 5212 - 1747 - 6

Ⅰ. ①乱… Ⅱ. ①房… Ⅲ. ①网络文学 – 长篇小说 –
小说研究 – 中国 – 当代 Ⅳ. ①I207.425

中国版本图书馆 CIP 数据核字（2022）第 006344 号

乱世狂刀与《圣武星辰》

作　　者：房　伟
责任编辑：袁艺方　王　烨
装帧设计：天行云翼·宋晓亮
出版发行：作家出版社有限公司
社　　址：北京农展馆南里 10 号　　　　**邮　　编：**100125
电话传真：86 - 10 - 65067186（发行中心及邮购部）
　　　　　　86 - 10 - 65004079（总编室）
E – mail: zuojia@zuojia. net. cn
http: // www. zuojiachubanshe. com
印　　刷：唐山嘉德印刷有限公司
成品尺寸：152 × 230
字　　数：385 千
印　　张：26.75
版　　次：2022 年 5 月第 1 版
印　　次：2022 年 5 月第 1 次印刷
ISBN 978 - 7 - 5212 - 1747 - 6
定　　价：48.00 元